惜　珍　著
徐坚一　摄

北　# 永不拓宽的上海马路　南

N　一　S

東方出版中心
Oriental Publishing Center

总 序

程梅红

城市在道路的延伸中成长着。

每个城市的每条道路，都是它过去和现在的独特缩影，蕴含着城市的发展脉络、城市精神和气韵，并昭示未来。上海有64条永不拓宽的道路，它们是上海的一类风貌保护道路，属于上海都市旅游的精华部分。

在这些永不拓宽的马路里，曾经的过往，流金的岁月，在砖石的斑驳处和老旧的百叶窗间，透出上海最深的历史记忆。东方出版中心出版的《永不拓宽的上海马路》（全三册），是海派女作家惜珍女士像优秀旅行体验师般专注与执着的呈献。她用寻宝者的精神和探索者的眼光去发现、体验这些上海道路，挖掘在那里发生的十里洋场、风花雪月的故事，风云际会、繁华似绵的生活，在这些街巷里和马路上重重叠叠留下的无尽印记。

细读《永不拓宽的上海马路》（全三册），就能感受到它们是惜珍十余年来探寻上海64条一类风貌保护道路的结晶，是她对这些永不拓宽的上海马路以很大的耐心和信心不懈寻访后的解读。惜珍说："上海的马路是上海开埠以来所谓大都会风格的又一个解读这座城市的密码。马路两旁林立着的法国梧桐是上海马路的标志，而马路深处的花园洋房和欧式廊柱背后攀满藤萝的庭院所溢出的是最纯正的上海味道。"在盛产女作家的上海，她是别具韵味的一位解读者。长期积累的丰厚的有关上海的故事，融入这位个性独特的女作家的情愫和文字中，具有青花瓷般的质感和对这座城市的挚爱。寇善勤、徐坚一、朱克家三位摄影师的影像记录，使惜珍的笔触更为具象地聚焦和定格。

如果说对这些道路的一类保护护住了上海这座城市的历史脉络，那么这套书便温暖了在这条脉络中流淌的血液；如果说永不拓宽的刚性法则从物理状态上赋予了寻找归宿感的上海人可触摸的记忆，那么书中的往事记载则赋予了记忆的灵魂。

64条永不拓宽的马路，是上海被体验的马路，更是一直在路上的体验。它导引着市民和游客在现代化都市的凝固部分，行走着，探寻着，记忆着，体验着，感悟着。上海都市旅游的魅力，真的是属于发现者的。

（本文作者系上海市旅游局副局长）

自序 | 惜珍

马路是城市的经脉，要了解一个城市，最便捷的方式就是到它的马路上去走一走。

2007年6月，上海中心城区内144条道路和街巷被列为风貌保护道路，其中64条风貌保护道路为永不拓宽的道路。这64条马路将作为城市历史、文化的传承和象征，给以原汁原味的整体保护；同时，严格控制原有道路的宽度，并加强对沿线建筑、市容、绿化及环境的管理。这意味着今后不会为了拓宽道路而拆掉被保护的老建筑，上海旧区的马路和马路景观将得到永久性的保护。

上海的马路作为城市最基本的元素，不少依旧保留着东、西方两种文化碰撞的特殊符号，镶嵌着东、西方两种文明互相包容的印迹。64条永不拓宽的马路便是其中的典型。这些马路是建筑文化在城市发展中的演绎，和上海城市的特点密切相连。首先是多元性。上海处于中、西文化碰撞交汇的中心，形成了多元文化兼容并蓄的态势，体现在建筑风格上，同样也是神态各异，多姿多彩。其次是商业性。商业在城市中的重要地位决定了城市格局中的商业特点，与上海日益发达的商业活动相适应，各种功能、各类风格的马路和建筑应运而生，反映在建筑形态上又有一种追求时尚、讲究实用的特征。因此，这些永不拓宽的马路是展示上海城市发展脉络、延续城市文化的物质载体，它们集中体现了上海城市的精华和神韵，浓缩了上海的历史印象。

上海的马路是上海开埠以来所谓大都会风格的又一个解读这座城市的密码。马路两旁林立着的法国梧桐是上海马路的标志，而马路深处的花园洋房和欧式廊柱背后攀满藤萝的庭院溢出的是最纯正的上海味道。

这些年来，我到国外一些城市旅行，不管是在美国，在新加坡，还是在俄罗斯，我发现自己对看到的那些异国建筑都有似曾相识之感，它们时时让我想起上海。难怪有人说，在上海可以做一次不出边境的出国游。20世纪初上海南京路就号称是“最世界主义的马路”。老上海留下了许多美轮美奂的异域风格的建筑，几乎没有一个城市能像上海那样拥有全世界各国风格的建筑，这是海纳百川的上海的城市特质。建筑是城市的灵魂与历史的写照，当我漫步在纽约的第五大道上，感觉这里竟然与上海的外滩如此相像，到处是鳞次栉比的摩天大楼，人就像走在峡谷中一样。但纽约怎么能和外滩比呢？中山东一路毗邻黄浦江，这条上海的母亲河让生硬的建筑变得柔和了许多，也让马路有了透气的空间，这是上海特殊的历史与人文赋予马路的灵魂与气质。

上海最有特色、风格最多样化的建筑，就是坐落在城市中心马路两侧的20世纪20年代建造的花园住宅。由于当时上海的繁华，这些住宅的主人充满了神奇的经历，也赋予了这些建筑本身浪漫、神秘的色彩，留给后人启示和无限的遐想。承载着城市记忆的上海马路总有诉说不尽的故事，路上写满的历史沧桑弥漫着令人沉醉的怀旧气息。如今，它们完美和谐地融合了许多时尚元素，就显得更加风姿绰约、楚楚动人。于是，这些马路成了我们进入过去的一个通道，通过它们，我们有幸和老上海幽会。如果你想看一看最有历史底蕴的上海以及最真实、最原生态的上海人，就必须走一走上海马路上隐藏着的石库门弄堂，这些石库门以它特有的建筑特色，开创了这种适合于寸土寸金之地的上海市民居住的海派建筑范例。

64条永不拓宽的马路分布在上海的各个区内，以徐汇区为最多，其次是黄浦区，还有一些是跨区的。我把这64条马路按其所在区域分为3本来写。《永不拓宽的上海马路（一）》中涉及的马路主要分布在黄浦区和虹口区，共20条马路，其中黄浦区15条，虹口区5条。《永不拓宽的上海马路（二）》中的马路主要位于徐汇区、静安区和长宁区，共24条马路。其中徐汇区21条马路，静安区1条马路，长宁区两条马路。《永不拓宽的上海马路（三）》主要为跨区的马路，共20条马路。这三本书既各自独立又互相关联，合在一起就是完整的上海64条永不拓宽的马路。因我探寻这64条一类风貌保护道路的时间跨度较大，文中部分建筑入驻单位、商家等相关信息和写作对象的现状可能有所变动，在此一并说明。

如果你想从骨子里了解上海，那么请打开这3本书，跟随我到上海的这64条永不拓宽的马路上去走一走，感受这些路上曾经的沧桑，看一看那些老房子，品一品那里曾经发生过的故事，从今往后，上海对你而言将不再陌生。

目 录
Contents

中山东一路：上海历史的见证

中山东一路（外滩）南起延安东路，北至苏州河上的外白渡桥。这条马路的与众不同之处在于它一面临江，一面是如同山脉般千姿百态的万国建筑，这是海纳百川的海派文化特有的产物。这些建筑外观精致，细部优美，整体协调，形成了外滩独具特色的城市天际轮廓线。中山东一路浓缩了上海160多年的城市开埠史，历史的脉络绵延一路。当年，这条濒临黄浦江的马路因其名闻遐迩的金融特色，被称为“远东华尔街”。从某种意义上说，外滩是随着西方文明跨越近半个地球在东方登陆而形成，是近代中国“与国际接轨”的象征，是上海作为当时“远东第一大都市”的见证。

上海开埠之初，上海县城外北郊一派江南水乡风光，河渠纵横，阡陌相间，黄浦江沿岸杂草丛生。外国人沿黄浦江修建堤岸，建立码头、客栈，沿江的一条道路随之出现。那是一条被船夫和苦工用泥足踏出的沿江铺开的弧状纤道，又名“黄浦滩”，这就是中山东一路最早的模样。当时，它有一个英文名字“The Bund”，意思是“江边堤岸上的小道”，因其位于上海县城厢之外，后人俗称为“外滩”。

当年上海的县城位于现在城隍庙附近，英帝国的大炮将凋敝破败的清帝国的门户轰开，上海被迫开埠通商，上海县城北部这一片芦苇纤道的泥滩之地便被划定为上海最初的租界。上海租界一开，最先入驻的是洋行。1845年夏，已有几十家洋行在上海落户，它们建造的房舍连同货仓从北至南依次坐落在黄浦江边，外滩成为对华贸易的最大洋行的荟萃之地，随后银行也纷纷入驻，然后是外国人生活区，俱乐部、夜总会等也就应运而生。至20世纪初，由于外国银行大量进驻上海，各银行或财团为显示自己的实力大兴土木，营建豪华大厦，逐渐在外滩形成了风格各异但格调统一、轮廓协调的万国建筑群。

外滩建筑群落的形成是1910年至1920年，光看建筑就不难了解当时上海的城市化发展到了什么程度。20世纪二三十年代上海是亚洲的中心，经过工业时代的外国人聚居在这里，给上海嫁接了中国最早的都市生活方式。1945年为纪念孙中山先生，外滩改名为中山东一路。但是，外滩这个非正式的称号却被保留和延续了下来，它的知名度甚至远远超过了“中山东一路”这一官方的命名。

中山东一路上的建筑，有19世纪八九十年代建造的，也有20世纪二三十年代建造的。20世纪30年代以后，这条路上就未造过新楼，给我们留下了那个年代完整的风景线，可以说是历史的活化石。每一幢石头房子都镌刻着历史的印痕，用手摸一摸那些旧楼的石头，那种冷冷硬硬、缄默而悲悯的忧伤，会顺着指尖渗入心扉。中山东一路上的建筑群是海派建筑风格最集中的体现。这些建筑出自许多建筑设计名家之手，虽然并非建于同一时期，但它们的建筑色调却基本统一，色彩呈灰白色，显得低调优雅，整体轮廓线条的处理也是惊人地一致。极目远眺，或是徜徉其间，都能感受到一种雍容华贵的气势。这些建筑多采用花岗岩、高拱顶及对称结构。哥特式的尖顶、古希腊式的穹隆、巴洛克式的廊柱、西班牙式的阳台，处处散发着浓郁的异国风情。石头房子阐述的是欧洲文明，欧洲建筑的美在近代中国被张扬到了极致。难得的是每一幢建筑都能融合在整体中，而不哗众取宠，也不自我突出。这样，就使这条路上的建筑形成一个连续链，有统一的格调，轮廓线上又能高低起伏，产生韵律。具体的每一幢建筑却有着各自不同的样式，显得既丰富多彩又统一和谐。

中山东一路上的每一幢房子都是有故事的，这些故事并非一个家族的，而是与时代风云变幻息息相关，殖民主义在中国的由盛到衰在这一幢幢石头房子里都可读出。从某种意义上来说，它是中华民族由弱小到强盛起来的活的教科书。

外滩第一幢西洋建筑：英国领事馆

外滩历史最悠久的建筑，是位于黄浦江、苏州河交汇处的原英国驻沪总领事馆，门牌号是中山东一路33号。它是上海殖民文化大本营的象征，从这里发端，便有了如今外滩绵延数里的壮观景致。据说当时外滩所有的建筑均是在英国领事馆里筹划的，里面还专门辟有房间供建筑师们规划和绘图之用。

1843年11月8日，英国首任驻沪领事巴富尔来到上海，先是按规定在城外租房办公。不久，他按照英方在上海开辟居留地的构想，决定自建领署。1846年4月28日，他定下了黄浦江、苏州河汇合处西南，当时叫李家厂的房地126亩。此后不久，巴富尔卸任回国，继任领事阿礼国得到英国政府对租地建造领事馆的批准，并利用青浦教案发生的中英交涉，乘机扩充租界范围，将李家厂也圈入英租界之内。1849年7月21日，英国驻沪领事馆正式迁入李家厂新址，这就是后来的中山东一路33号。这所领事馆，1852年翻建过一次，1870年毁于一场大火；1872年6月1日奠基重建，次年建成。

这座建成于1873年的建筑是外滩第一幢西洋建筑，也是外滩现存最早、保留最完整的建筑。中山东一路鳞次栉比、气度恢宏的建筑群由此发端。同时，它也是租界时期上海出现的第一个外国领事馆。上海开埠后的城市化进程、外滩国际化社区的形成发展，无不由此策源。这幢建筑集中体现了英帝国黄金时代的特征：朴实庄重，韵味隽永。步入其中，更可体会英帝国当年的威势：无论是大厅还是楼梯、走道、房间，格局均气度不凡。这幢2层砖木结构建筑具有典型的英国文艺复兴时期外廊式建筑风格，它将东印度热带生活的经验直接搬到了亚热带的上海。米黄色的外墙，深棕色的木制百叶窗，青灰色的阳台廊柱。建筑正立面底层中部有5孔圈廊，有罗马式栏杆，其内是大厅，立面上下窗洞呈平卷式拱券，装有硬百叶窗。底层和二层均有宽阔的内廊，廊侧才是房间，在炎热的夏季，内廊可以隔离阳光，避免直晒房间。到了寒冬，将廊边的门窗关闭，可以保温。楼顶呈四面坡形，覆盖有中国的蝴蝶小青瓦。由于外滩地势低，故设计了较高的台基。英国领事馆面对黄浦江，中山东一路的大门内，是典型的英式花园，有宽阔的大草坪，当年这是

英国领事馆

远东最大的英式草坪，四周环绕着几十棵古树嘉木。1875年，英国领事馆的花园里曾举行了本埠境内第一次花卉展览——西人赛花会，数百位绅士淑女穿着时尚华服在此聚会赏花。这一场景后来被清末小说家曾朴写进了他的小说《孽海花》里。后来，这个花园的草坪上曾放了铁炮、日晷等。

在绿茵茵的大草坪北侧有一座建于1884年的2层砖木结构楼房，这就是原英国领事馆总领事官邸。这幢楼的建筑风格与领事馆相近，底层采用券柱廊与主楼相连，领事上下班可以脚不沾泥。廊上有设置栏杆的平台，站在平台上，可以看见苏州河与黄浦江交汇处的三角地带以及外白渡桥的身影。

中华人民共和国成立后，英国驻上海领事馆仍设在中山东一路33号原址。1961年，受中东局势影响，中英关系出现裂痕，英国下令撤销驻上海领事馆，原领事馆按国际惯例被中国政府收回。这里成为市府机关事务管理局用房，先后有20多个市府机关事业单位在里面办公。多年来，这里还一直作为上海市府办公厅机关事务管理局老干部活动室。

这座历经沧桑的楼房，如今基本保持原貌，整修后更加风姿绰约。英式花园里的树木都已长成了参天大树，其中一棵广玉兰，树干焦黑掏空，但在人工钢筋支撑下，依然绿叶葳蕤。春天一朵朵硕大的白花在绿叶间绽放，阵阵暗香袭人。据说，这棵广玉兰已有200余岁高龄，当年先由慈禧太后送给清朝重臣李鸿章，李鸿章又将它转赠给了英国领事，栽种于此，所以它又被称为“慈禧树”。如今，主人们都已逝去，树木却依旧生机勃勃地挺立在那里，犹如活化石般无言地见证着开埠后上海的历史。

面朝黄浦江的石头房子

原英国领事馆虽是外滩最老的建筑，它却在中山东一路的最北面。按照习惯，我们还是从外滩的最南端开始，也就是从中山东一路1号开始，一路看去。

首先看到的是黄浦江边一座从海关门前堤岸上平移过来的外滩信号台。这是一座“阿塔努”式的圆柱形建筑，1907年由西班牙建筑师阿塔努设计。这种样式的建筑，目前存世的仅有两座，另一座在挪威。如今信号台所

原英国领事馆总领事官邸

处的位置，在很早以前，是上海公共租界与法租界在外滩的分界点。

上海开埠以后，进出上海港的海轮日益增加，海上航运的危险性较大，人们必须及时了解当日或近期气候的变化。由于当时还没有无线电广播，人们只能通过读报纸来了解天气，直到1865年，一个叫刘德耀的法国传教士首先在董家渡建立了气象观测站，这是上海出现的第一个气象观测站，但是这个气象台只工作了几年就被迫关闭了。1883年，由法租界公董局和英租界工部局出资，在当年的英、法租界分界处建立了一座木结构的信号台。这个信号台虽然简陋，却是全国第一个出现的气象信号台，也是亚太地区最早的信号台之一，一直用了24年，直到1907年9月1日，才在原址建成这座砖石结构的“阿塔努”式的信号台。重建的信号台高约50米，下面为地下室，地面两层为长方形平顶房屋，其上为一高36.8米的圆柱，柱顶安装风向仪和悬挂风旗、风球的桅杆。外墙红、灰色相间，屋顶及圆柱顶部均有铁栏杆。该台建成后每天向在黄浦江上行驶的各国船只提供气象报告五次，如遇天气突变时，则在台顶桅杆上挂出风旗或风球，作为警报。这座“外滩气象信号台”一直使用到新中国成立后的1965年才撤销，交由上海市航运公安局外滩水上派出所使用。

1993年，在外滩综合改造中，为保存这座在上海发展中作出重要贡献的建筑，采用整体移位方法，将其向东南移位20余米。一楼辟为见证外滩发展轨迹的小型历史陈列室，里面布置着老上海外滩的照片和古董。二层有一家名叫“1865”的咖啡馆，是为了纪念第一个上海水文天象台在董家渡的诞生，而1865年本身所传递出来的历史纵深感颇能满足人们的怀旧心理。咖啡馆在三楼有露天位，坐在那里，飘来的是江边特有的阴凉潮湿的气味。我曾经踏着螺旋形的铸铁阶梯登上那里，因为就在黄浦江岸边，周围显得异常空旷，风声水声尽在耳边，空气中夹带着潮湿的水汽，在上面可以看到整个外滩的全景，和平时所见的外滩很不一样，是一种神奇的体验。再上四楼就是灯塔了。

在信号台对面由北向南便是一排面朝黄浦江的石头房子，它的气势和浓烈的异国风情足以让所有看到它的人震撼，至今仍吸引着一批批来上海观光的游客。西方建筑师们把在本土无法实现的梦想带到了中国，在上海这个“冒险家乐园”伸展身手。中山东一路上的建筑没有纯粹正宗的风格，却都融入了建筑师自身的理想和创意。

这排大楼的第一幢便是亚细亚大楼，这里原是上海招商局地产，1912年英商麦克皮恩公司买下这块地产建造新楼，1915年竣工后命名为“麦克皮恩大楼”，简称“麦边大楼”，后来产权转让给亚细亚火油公司，遂易名为“亚细亚大楼”。因为它的门牌号码是中山东一路1号，而且高7层的大楼曾是20世纪外滩最高大的建筑，1939年又增加了1层，人称“外滩第一楼”。大楼充分利用位于黄浦滩与爱多亚路（今延安路）转角的位置，在转角处设置正门，门框以大小相间的6根古希腊爱奥尼克式立柱制成，门楣则以变形的巴洛克涡旋形图案作装饰，门上还有半圆形券顶，造成一种华丽富贵的气派。整幢建筑具有新古典主义和巴洛克式的折衷主义风格，平面呈正方形，中央设置天井，四边均为写字间。三至七层的东、南、西三面中间设置有宽敞的游廊。新中国成立后华东石油公司进驻办公，1959年上海冶金设计院、上海市房地产管理局、上海市丝绸公司迁入办公。在1996年的外滩置换中，此大楼成为中国太平洋保险公司总部，后迁走。

中山东一路2号最早是英国总会，又称“上海总会”，也称“上海俱乐部”。该楼是在1865年建成的3层东印度式结构的原英国总会的地基上重建的。英国总会由英侨上层人士组成，规定只有纳税的英国侨民才有资格入会，每年须缴纳会费，后放宽条件，允许在沪居住3个月以上的英国人和其他国家的外国人也可以入会。非会员外国人须购买高额门票并在会员陪同下才能进入总会。1905年英国总会依靠会员会费和其他收入积累了一笔可观资金后，决定重建新楼，几经周折，于1909年才开工，1911年1月6日举行新楼落成典礼。上海总会立面为英国新古典主义风格，以大门入口为主轴线，建筑两侧对称，屋顶南北两端的塔亭为巴洛克建筑风格，这是继汇中饭店后外滩第二个屋顶带巴洛克风格的塔楼。屋顶采用变形的芒萨尔式，即在下部很陡的屋顶上开老虎窗，开了上海在屋顶建造老虎窗的先河。踏上上海总会大理石的台阶，进入以黑白相间的大理石铺地的门厅，厅内有贯通两层的

8对塔司干式双柱，拱形玻璃天棚。门厅中央两侧，白色的柱子支撑半层的长廊，几座犹如欧洲剧场包厢的圆弧形廊台挑出于长廊，令人有置身艺术殿堂之感。穿过门厅，就进入酒吧，用意大利大理石精制的吧台长达34米，是当时远东最长的吧台，曾经见证了夜夜笙歌的穷奢极欲。酒吧用5米余高的橡木作护壁，酒吧两侧是豪华的阅览室和弹子房。因其室内装潢模仿英国王宫，充满着皇家气派，故上海总会又有“皇家总会”之称。总会新楼建成后，这里成为上海滩最豪华的总会之一，外国使馆官员、洋行大班及少数沪上头面人物经常出入其间。每年英国女王加冕日，旅沪英侨在这里举行庆祝活动。太平洋战争爆发后，上海总会曾被占领为日军海军武官府。1956年大楼被接管后改建为国际海员俱乐部。1971年，将部分建筑改建为东风饭店。目前，外滩2号已成为亚洲首家华尔道夫酒店。华尔道夫是希尔顿酒店品牌家族最高端的奢华型酒店。

中山东一路4号（现为外滩3号）原名有利大楼，源于它曾经有20余年为英商有利银行使用的历史。这幢楼所在地原属成立于1898年的英商天祥洋行，当初只是一幢3层砖木结构房屋。天祥洋行由于经营水上运输保险受到日商倾轧宣告破产，后由华商保安、保家等保险公司和几家机构联合租赁，因楼房陈旧，于1913年由这几家公司出资联合重建，1915年4月落成。这是上海首次用钢框架外包混凝土建造的商务楼，内部开间大，层高较高。建筑立面作古典主义纵和横三段处理，并带有折衷主义倾向，在大楼临外滩和广东路转角处的顶部建有一座巴洛克风格的凉亭。抗战即将爆发前，各保险公司无法担保因战争造成损失的赔款，纷纷关闭或撤回本国，保安和保家也迁往内地。有利银行是英国经营远东贸易的银行，1854年在上海就开设分行，该行行址在外滩附近多次变动，1945年抗战结束后上海分行复业，看中了中山东一路3号这座关闭的大楼，买下了房地产权，大楼易名有利大楼。新中国成立后，大楼由上海市民用建筑设计院、上海市水文地质大队等单位承租。20世纪80年代初，大楼南部和西部屋顶上加建了两层。2004年1月，这幢楼被改建成为黄浦江边的时尚高地，开辟了外滩奢华之风的现代版。里面既有阿玛尼专卖店，也有中西餐厅、水疗屋及画廊等。七层露台上的塔亭是透明的，白天清明的天光透过，夜晚，灯光闪耀，一派金碧辉煌。坐在原木铺设的露台上，可将黄浦江、外滩以及陆家嘴的广阔景致尽收眼底。

中山东一路5号原为日清公司大楼。日清公司全称“日清汽船株式会社”，是日本近代在华最大的航运公司，1907年由日本邮船、大阪商船、大东汽船会社和湖南汽船会所等4家合并组成，总部设在日本东京，分社设在上海中山东一路5号。日清公司主要经营长江流域航运和中日沿海航运，有大小轮船数十艘，在浦东有码头、仓库。1921年，日清公司在中山东一路5号新建带有折衷主义倾向的日本近代西洋建筑风格的6层大楼。由于当时资金不足，投资方遂与犹太人合资，各建3层。大楼将日本近代西洋建筑与西洋古典建筑风格相糅合，被人们称为“日犹式”建筑。底3层装饰比较简明，而上面3层装饰比较讲究，有古典立柱和雕刻有浮雕图案的窗框，凹凸感强。日本战败后，中国政府接管了该楼，改为招商局办公大楼。新中国成立后，大楼由上海海运局使用。20世纪80年代在大楼西部加建了一层作为海运局电台用房。20世纪90年代大楼底层借给华夏银行上海分行外滩支行使用。2006年外滩5号开始改建，经整修后成为集国际著名餐厅、酒吧为一身的顶级综合消费楼。七楼是享誉全球的米氏西餐厅，西餐厅还拥有一个大型的露台，天气好的时候，坐在露台宽大的沙发上边品尝红酒美食，边欣赏外滩美景，是一种难得的享受。

具有悠久历史的中山东一路6号是中国人自办的第一家银行——中国通商银行的旧址。该地块在租界之初是会得丰洋行的产业，建有3层英国殖民地外廊式房屋一幢。美国商人买入后于19世纪80年代初在此建造了一幢4层哥特复兴式建筑，屋顶斜度大，山墙突出，立面近似欧洲早期市政厅式样，大楼入口处有罗马风格的柱廊，屋顶四周有哥特式圆柱尖顶，每个老虎窗尖顶和四周圆柱尖顶上原均竖有十字架。大楼建成后用于商业出租。1897年后，中国通商银行、大清银行和华安保险公司等都曾租用该楼。1900年该建筑曾遭大火，修复时原清水红砖墙改为水泥粉刷，哥特式圆柱尖顶和屋顶竖立的十字架均不存在。1956年中国通商银行业务划归中国人民银行，其房屋由长江航运管理局接管。2005年初起开始改建，外立面恢复了老虎窗和四周的哥特式圆柱尖顶，十字架改为圆球组合。现在这幢楼也已脱胎换骨，被整修开发为高档休闲购物娱乐场所。

中山东一路7号最早是旗昌洋行的所在地。早期上海租界内没有中国人开设的电报公司，却有3家外商电报公司，控制着中国的通讯命脉。清政府洋务派领袖盛宣怀于1880年向李鸿章提出仿照轮船招商局的办法由官设局，试行招商，筹办电报局，李鸿章奏请朝廷批准后，任命盛宣怀为电报局总办。盛宣怀于1906年买下中山东一路7号土地盖5层电报局大楼，次年建成。大楼属法国文艺复兴建筑风格，每层窗洞有不同的装饰，窗的两侧都设置大小不同的爱奥尼克式立柱，入口及两侧顶端穹顶采用巴洛克装饰。黑色的穹顶与立面白墙形成强烈反差，显得庄重而又夺目。电报局大楼既是轮船招商局的电报机房，又租给大北、大东和太平洋3家电报公司。该楼曾遭火灾，1917年对第四、第五层作修复设计，修复后的穹顶四周有一个个尖角，有别于火灾前的穹顶。1917年第一次世界大战期间中国对德国宣战后，电报局迁入福州路四川路转角处的德国邮电局大楼。原租赁于此的大北电报公司于1919年在今延安东路34号土地自建大楼，不久，大北、大东和太平洋电报公司也迁往那里。抗战胜利后，中国通商银行从内地迁回外滩6号，随着业务扩大，又购进隔壁的电报局房屋。新中国成立后，该楼由房管部门接管，现该楼产权为上海长江轮船公司所有。1994年盘谷银行上海分行进驻前对大楼做过整修，现大楼由盘谷银行上海分行、泰王国驻沪总领事馆及其他办事机构使用。

在外滩的灰色楼群中矗立着一幢红色的大楼，它就是位于中山东一路9号的轮船招商局大楼。轮船招商局是中国人自己经营的第一家新式轮船航运企业，由李鸿章于1887年筹建成立。此楼建于1901年，为仿文艺复兴新古典主义风格。这幢建筑以面向黄浦江的正大门为中轴线，两侧形成对称，每层都有明显的腰线。东向的二、三层立面为外廊式，二层采用塔司干式廊柱，三层采用复合式廊柱，檐部雕饰图案精美异常，大门两侧各有两扇罗马拱券型的落地长窗。新中国成立后，大楼成为上海港务监督局、上海海上搜救中心等单位的办公处所。2004年10月完成全面修缮，恢复为轮船招商总局大楼。

被公认为外滩建筑群中最漂亮的建筑是中山东一路12号的汇丰银行大楼，它是中国近代西方古典主义建筑的杰作，曾被英国人自诩为“从苏伊士运河到远东白令海峡最讲究的建筑”。这幢建筑所处的位置恰好是黄浦江弧形岸线的底端，欧洲人曾把这条弧形曲线看作是一个聚宝盆。汇丰银行当年的董事们相信，滔滔不绝的江水带来的财富将会不断地积淀在这个盆底。1923年，汇丰银行大楼建成，整个立面处理是严谨的新古典主义手法，横三段和竖三段的划分十分严谨，带有路易十六时期的典雅风格。立面正中是贯通二至四层的仿罗马科林斯巨柱，中间4根成双排列，内部营业厅和门厅则是爱奥尼克柱式。顶部穹顶受罗马万神庙的启示，穹顶正中的鼓座下面有希腊神庙式的三角形山花构图，显得端庄肃穆，穹顶顶部有皇冠标志。大楼兴建时向英国订购了2尊青铜狮子，安放于大楼的正门前，现已成为汇丰银行的重要象征物。虽然如今门口的铜狮已是复制品，但仍不难想见其百年前的雄姿。从旋转大门进入是高达10余米的八角形门厅，门厅上的穹顶直径15米，穹顶和其下的鼓座覆盖了彩色马赛克镶嵌画，总面积近200平方米，下方有8扇圆拱形门洞，拱肩上镶嵌了16幅古希腊神像。门洞上方的鼓座用马赛克镶嵌了8幅图案，其主体分别是汇丰银行在伦敦、巴黎、纽约、东京、曼谷、加尔各答、香港和上海的8家银行，以所在的城市建筑风貌为背景，并以象征这个城市的一位女神为主体，展示了汇丰银行在全球的业务发展与资本扩张。壁画间还有一圈文字，译为“四海之内皆兄弟”，象征整个世界的和平繁荣。穹顶中央的马赛克镶嵌壁画图案为太阳神、月神和丰收女神，外圈为象征汇丰银行的8头金狮和12星座，个个风格独具，形态鲜活，环绕着太阳在宇宙间运行。当金碧辉煌的大厦落成之际，正是上海汇丰银行进入巅峰状态之时，世纪壁画记录着这个远东金融巨无霸昔日的辉煌，穹顶中心的太阳神图案，便是号称“日不落帝国”的英帝国的象征。

穿过八角形门厅进入富丽堂皇的主营业大厅。大厅的屋顶为巨大的拱形玻璃天棚，大厅约20米高，分上下两层，护壁和地坪均用大理石铺贴，爱奥尼克式的大理石柱廊支撑着双层玻璃圆弧拱顶。大厅两端矗立了4根8米高的用整段意大利大理石雕琢而成的爱奥尼克式柱，大厅西南角营业厅的方形大理石石柱和藻井采用的是中式图案。在营业大厅南端有一座双向可行的对称式大理石楼梯通向夹层楼面，北端也有一个类似的夹层楼面。南端的大理石楼梯下，是银行的另一个出入口，出了门就是福州路。无论是从福州路的西南门还是从主营业大厅西南角的大理石拱道进入当年的华人营业大厅，参观者都会被眼前金碧辉煌的中国式装潢所吸引，那种绚丽的色彩让人想起北京的故宫。设计师在20世纪的西式建筑里巧妙地融入了14世纪中国最好的艺术传统。整座大楼内部所用的大理石均从意大利运来，门厅地面用马赛克铺成，边缘用大理石，据说这样做是因为要应对上海初夏潮湿的天气，而马赛克是不容易打滑的。中华人民共和国成立后，汇丰银行遵照中国政府法令和有关金融管理办法继续经营外汇业务，但行址迁往圆明园路兰心大楼内。该建筑1955年4月修缮后，上海市人民政府从江西中路老市府大楼搬入汇丰银行大楼办公，穹顶顶部原先的皇冠标志改为五角星。1995年7月1日上海市人民政府机关迁往人民大道新楼后，浦东发展银行进驻该楼，并按照修缮如故的原则将建筑进行了修复。在修复过程中发现了被奶黄色涂料覆盖着的精美绝伦的马赛克镶嵌壁画，使之重见天日，令所有见到的人惊艳。

早期的外滩海关是一座中间有瞭望塔的2层中国衙门式带飞檐的建筑，历史上著名的江海北关就设在此处。1893年，掌握江海关大权的英国人赫德重建了一座3层砖木结构的英国都铎王朝建筑风格楼房，红砖墙、局部贴青石，法国瓦屋面，有钟楼、石狮和报关大厅。当汇丰银行大楼重建后，这座海关大楼相形见绌，便决定拆除重建。1927年底建成的海关大楼成为20世纪20年代上海外滩最高的建筑，其雄伟挺拔的身姿与雍容典雅的汇丰银行大楼齐肩并立，相得益彰，因其都出自英国设计师威尔逊之手，被誉为姊妹楼。建筑外形以高耸的10层楼高的哥特式钟楼为轴线，正面入口为希腊神庙式，门楣由4根巨大的陶立克花岗石圆柱支撑形成门廊，柱身有20条凹槽，柱头是突出的圆形，上方有方形的石头盖顶，是男性美的象征。立面装饰简洁，钟楼层层收缩的顶部处理，标志着外滩建筑群已开始受到西方现代主义建筑思潮的影响。大楼正门底层入口为大厅，大厅顶部有八角形藻井，其8面各饰有以彩色马赛克拼成的

8幅历代帆船、战舰的海事图案。大厅、门厅的地坪、楼梯和走廊都以马赛克铺砌。这座建筑最著名的是钟楼，海关大钟与位于英国伦敦威斯敏斯特广场国会大厦顶上的大本钟是同一工厂制造的，大钟仿英国大本钟式样造成，是从英国定制后运回上海的，当时，被称为“亚洲第一大钟”。1928年1月1日零时，在浓浓的夜色中，海关大钟正式敲响了它的第一声，从此，悠扬的钟声每天在黄浦江上空回荡。几十年前，海关钟声可以传到吴淞码头，全上海都听得到，现在上海的高楼大厦多了，钟声被层层建筑挡住。城市的发展，就这样把过往岁月里的生活细节渐渐遮盖了。新海关大厦建成后，对外滩建筑的整体轮廓线起了重要的构图作用，如果说汇丰银行的建成意味着开始了对外滩中段轮廓线的改画，那么只有在中山东一路13号的海关大楼建成后，这部分轮廓线才趋于完美。

中山东一路14号的交通银行大楼是建国前外滩最后建成的一幢楼，这里原是保顺洋行于1878年所建的一幢4层外廊式建筑，1889年德华银行买下后于1902年扩建。1917年8月北洋政府对德宣战，德华银行房产由当时属国家银行的交通银行接管使用。1937年交通银行计划重建大楼，因日本侵华战争，新大楼至1947年6月才动工，1949年上海即将解放时竣工。大楼正面和侧面均以垂直线条来突出建筑的立体感，中间收缩向上，带有装饰艺术派风格。大楼主楼高6层，沿外滩中部升高为8层，方体尖顶，大楼的南北两角用了凸棱的装饰，使临外滩的一面楼顶形成山字形。东大门是主入口，大楼底层基座和高大的门框用黑色大理石作饰面，其余墙面均以白水泥粉刷，形成醒目的反差。从东大门进入，圆形门厅内是彩纹人造大理石铺成的过道，两侧靠墙设有带紫铜扶手的环状楼梯，可直接上二楼平台进入高大宽敞的营业大厅。大厅内有36根大理石柱组成柱列，门洞、护壁、天花板和地坪的装饰也带有简洁雅致的装饰艺术派风格。1951年，交通银行总行迁回北京，外滩14号则由上海市总工会进驻至今。

在交通银行大楼南面的中山东一路15号坐落着一幢很有特色的3层建筑，它就是华俄道胜银行大楼。华俄道胜银行是创建于清朝的中国第一家中外合资银行，1896年创设上海分行，1899年银行买下外滩15号房产，建造新楼，于1902年10月落成。这是一幢法国古典主义风格的大楼，该建筑以法国凡尔赛的小特里阿农宫为原型，其立面沿袭当时讲究排场的银行所崇尚的意大利文艺复兴式复古建筑风格。外墙用意大利进口的白瓷砖与花岗石相拼，这是上海第一幢以瓷砖作为外墙装饰的建筑。大门左右两面有4个券窗，二、三层立面贯以6根爱奥尼克式柱子，楼顶南、北角各有一个蘑菇形的装饰堡。建筑室内装饰精致华丽。底层的中央大厅贯通三层屋顶，层间爱奥尼克柱式回廊国内稀有，屋顶以彩绘玻璃顶棚覆盖，由12根罗马柱头支撑，置12组浮雕图案。大厅沿廊墙壁还有多幅雕刻精美的浮雕作品，周围上部木窗镶嵌彩色玻璃，其装饰风格受欧洲新艺术运动风格的影响，格调典雅、华丽。在底层大厅里有一个具有俄罗斯风格的W形反向大理石楼梯，直接通往二楼营业大厅。在营业大厅的沿廊墙壁上，还有不少雕刻精致的浮雕、花饰。三楼大会客室洋溢着浓浓的俄罗斯风情。这幢建筑还是上海最早使用釉面砖贴面、卫生设备和电梯的建筑。据说，它是一位德国建筑师将当时欧洲的新思潮在中国付诸实践的结果。1928年11月，南京政府设立的国家银行即中央银行接管这幢大楼作为行址。新中国成立后，此楼先后有各民主党派、市航天局等单位入驻办公。如今，这幢大楼已成为上海黄金交易所和中国外汇交易中心。

中山东一路16号原是一家日商“台湾银行”。我国台湾于1895年被日本侵占后，日本立即在台湾开设了多家银行，其中以“台湾”两字命名的银行为最大银行之一。台湾银行总部设在台北，1911年日本又在上海设立分行。早期外滩的台湾银行是一座东印度式建筑，1924年拆除重建，新楼是一座以日本近代西洋古典主义风格为主，同时又广泛吸取各国建筑的长处，成为集多种风格于一体的建筑，楼高4层。面向黄浦江的主立面设有4根粗大而变形的复合式巨柱贯通一、二层，使原本不大的建筑显得庄重挺拔。三、四层的层高明显小于一、二层，采用平拱窗框，外墙面饰花岗石。建筑外表低调，但内部营业大厅及一层贵宾室的木装潢颇为精致。1945年日本投降后，台湾银行撤离，这幢大楼被政府接管后，中国农业银行上海分行在这里开业。新中国成立后，人民政府接管了农业银行，这幢楼调拨给上海市土产品进出口公司使用，后又迁入上海工艺品进出口公司，底楼大厅内设工艺品陈列室。1998年，该建筑产权置换给招商银行总行，经装修后，作为招商银行上海分行的营业场所和办公使用。

中山东一路17号新中国成立前为《字林西报》大楼。该报是英国人办的一张英文日报，创刊于1850年8月3日。它的前身是《北华捷报》，是由在一家商铺当销售代表的英国人奚安门创办，报馆设于新开河。起初该报为4页英文周报，主要刊登商贾行情、船期航班等消息，1864年7月1日，报馆从新开河搬到今汉口路，改名为《字林西报》，成为独立的日报。《字林西报》问世后，就与英国领事馆和租界工部局关系密切，时常刊登英租界当局的文告、新闻公报，被称为租界工部局的喉舌。1901年，《字林西报》报馆搬到中山东一路17号，独家采用路透社电讯稿，使别的洋文报纸望尘莫及。随着业务的迅速发展，报社于1921年在中山东一路17号重建新楼，1924年2月16日举行落成典礼。大楼前部8层，后部7层。立面分三段式处理，底层和二层用粗糙花岗岩大石块贴面作为基座，粗犷中尽显华贵。底层中间用罗马陶立克柱式和仿文艺复兴时期浮雕的大理石，其余外墙采用细石水泥粉刷，檐部腰线用8根男性雕像亚特兰蒂斯承托，具有强烈的装饰效果。上端顶层中间设置陶立克双柱双廊，两侧为拱形券窗，两角各矗立一座巴洛克式塔亭。入口门厅内是白色大理石地坪，内墙面为黑色大理石镶金色马赛克，门厅大穹隆圆顶则为金色马赛克铺砌，室内过道护壁主要用马赛克和白瓷砖镶铺，色彩对比十分抢眼。新楼启用后，一层及五层、六层自用，其余部分出租给美商友邦保险公司和其他洋文报馆使用。1951年3月31日，《字林西报》这张上海历史上影响最大的外文报纸在连续出版了101年后寿终正寝。《字林西报》停刊后，大楼由上海房管局接管，上海市内河航运管理处、丝绸公司等单位曾长期租用。1998年，美国友邦保险公司上海分公司将大楼租赁作为办公使用，楼顶上镶嵌着大红的代表友邦公司的字母AIA异常醒目。

在南京东路与九江路之间的中山东一路18号坐落着麦加利银行大楼，该银行以第一任经理麦加利的名字命名，但一般人都喜欢接受另一个译名“渣打”。这栋大楼建于1923年，曾是英国渣打银行驻中国的总部。麦加利银行是在1892年迁至外滩18号的，这里原是第一家进入中国的外国银行——丽如银行所在地。当时外滩18号还是一幢3层砖木结构的英国式建筑，1922年开始重建，重建的大楼外形具有新古典主义建筑风格，立面采用横三段和纵三段的构图，严谨对称。二至三层中间采用爱奥尼克巨柱式，两边各挑出一个小阳台，其门框上除有垂花雕饰外，还采用了三角形的眉构，并饰有典型的希腊式叶形花饰。四层上下设简洁的檐口线，立面正中五层顶部有三角形山墙，是外滩唯一带有三角形山墙的建筑。从双色青铜大门进入，门厅内有4根爱奥尼克式大理石圆柱，据说来自200年前意大利的托斯尼卡克教堂，后来教堂废弃了，它们便由英国人辗转运到了上海。新中国成立后麦加利银行上海分行并入香港分行，在圆明园路185号设立留守办事处。1955年，麦加利银行大楼由房管部门接管，陆续有上海市家用纺织品进出口公司、上海水产总公司等单位迁入办公。2002年，外滩18号采用全新的古建筑修复模式，将现代设计元素与传统风貌水乳交融，对其进行里里外外的彻底整修后，变身为集国际时尚品牌旗舰店、餐厅、酒吧以及艺术展馆为一身的商业综合大楼，成为历史记忆与现代消费时尚的完美结合。典雅的大庭内3米高的璀璨吊灯全由红色空心玻璃管组装而成，纯手工制作的24K金砖马赛克壁画尽显奢华。

中山东一路19号汇中饭店是上海现存最早的饭店之一。1854年中央饭店在此建造了一座3层英国式楼房，成为上海最豪华的旅店。1903年中央饭店产权被英商汇中洋行收买后，改组为汇中饭店，并于1906年翻建，两年后建成6层英国文艺复兴时期风格的新楼，被誉为“上海第一摩天大楼”。外墙底层以花岗石贴面，上部各层设白色面砖，楼层间和最上两层窗间墙均用红色清水砖镶砌，红白相间，艳丽夺目，部分窗口上部配有三角形或弧形楣式。饭店内部装修极为豪华，推开柚木旋转门，可见雕花精致的紫檀木色的大扶梯，护壁、柱子、天花板处处雕花，巨大的宫廷式吊灯以及可容纳300人同时用餐的大堂餐厅，让人窥见伦敦皇家宫廷的遗风。二至五层有120套客房，六层为员工宿舍，屋顶是上海最早的屋顶花园，东面屋顶两端各有一座巴洛克式塔亭。汇中饭店建成后，生意十分兴隆。1909年2月1日，世界第一次国际禁毒大会，又叫“万国禁烟会”，在汇中饭店举行，会上通过了有关禁止烟毒的

9条决议，在世界禁烟史上写下了新的篇章。1914年六层员工宿舍突然起火，将屋顶花园以及两座塔楼一并烧毁了。不久，第一次世界大战爆发，业主顾不上修复，只是草草修理一番，并将屋顶层改为了平屋面。1947年饭店产权出售给华商大庆公司，1953年歇业。不久由上海市建筑工程局等单位租用，1965年改建为和平饭店南楼。1998年修复了屋顶塔亭。

2008年和平饭店南楼改建为斯沃琪和平饭店艺术中心。饭店还将两个楼层设计成为艺术家的工作室和生活区，邀请世界各地的天才艺术家在和平饭店住宿，在此进行艺术创作和交流展示。酒店顶层露台上一个个竖在地上的古典灯具闪射着柔和的灯光，对岸的东方明珠塔仿佛触手可及。露台上两座标志性塔楼分别命名为“汇中阁”和“宝珀阁”，里边均有高高的天花板，装饰典雅，在这里举行私密的烛光晚餐想来是所有女人的梦想。

中山东一路20号坐落着享有“世界著名饭店”美誉的和平饭店北楼，历史上它叫沙逊大厦、华懋饭店。沙逊大厦是犹太大商人维克多·沙逊于1929年在上海造的第一座高层建筑，也是全上海第一座真正意义上突破10层的摩天大楼。沙逊大厦是上海装饰艺术派风格代表建筑。平面呈A字形，前部13层，后部9层，地下1层。建筑外墙采用花岗石饰面，以竖向线条作为装饰主体，简洁明朗。屋顶为金字塔形，四方攒金顶，顶部耸立一座19余米高的瓦楞紫铜皮覆盖的金字塔形屋顶，呈墨绿色，这是受1922年发现埃及图坦卡蒙法老陵墓的影响而特意建造的。檐部及基座使用抽象几何形装饰，在各入口处使用沙逊家族猎狗族徽作为装饰主体。沙逊大厦不仅在外部造型上属于典型的装饰艺术派风格，而且在室内大理石地面和墙面拼花图案、栏杆、天花板图案和青铜灯具等的造型设计也都具有装饰艺术派风格。大厦落成时的底楼包括贯通整个大楼的3条拱廊和1个中央大厅，底楼以上的3层用作办公室，三楼是新沙逊洋行的写字间。大厦其余部分则由另行成立的华懋饭店经营管理。饭店有着长长的甬道，被黄色的青铜壁灯照亮，温暖而安静。五层设德国、印度、西班牙和日本式住房，六层设法国、意大利、美国式住房，七层设中国、英国式住房。八层维多利亚风格的和平厅是酒店最大的宴会厅，挑高6米的天顶和枫木弹簧地板价值不菲，两边的半月形小拱窗美轮美奂，6个

和平饭店北楼

巨大闪耀的水晶吊灯将华丽的大厅装扮得流光溢彩。同层的龙凤厅是一座富有中国传统宫殿艺术特色的建筑，鲜红的大方立柱引人瞩目，框架式雕梁上装饰着中国传统图案，斗拱支撑的屋顶被巧妙地分割成若干块面，9对生动的金色龙凤浮雕傲踞屋顶，连西式钢窗上的把手也是精致的中式花纹。倚窗就餐，可以俯瞰黄浦江。九楼有一家中国风格的餐馆和一个露天花园，这间主餐厅几乎从大楼的一端延伸到了另一端，中间还有一个可容纳250人的舞厅和一个面向外滩的休闲阳台。这间主餐厅叫九霄厅，可坐拥270度浦江景致，它曾经是维克多·沙逊的私人宴会厅。外滩的建筑中不乏露台，但孤悬在外的阳台却只有和平饭店九霄厅外的一座。十层以上由沙逊家族自己居住，室内装饰采用精致豪华的英式风格，餐室内设有小电影银幕。十楼的沙逊阁是当年“跷脚沙逊”的私人卧室和书房，中间是客厅，卧室和餐厅分列两旁，宽大的英式壁炉正对着半圆形的大玻璃窗，凭窗远眺，看得见阳光下波光粼粼的黄浦江，也看得见夜幕下闪烁的灯河。当年沙逊很喜欢坐在壁炉边叼着雪茄对着黄浦江出神，据说那时上海的很多大事就是沙逊与一帮大亨们在壁炉旁商定的。在金字塔屋顶下有座露台，曾是外滩一带面积最大、位置最高且最具历史感的屋顶花园。露台位于酒店A字形建筑顶端的十一层，正对黄浦江及外滩，纵览浦东天际线，尽拥上海最迷人的景色。当年，这里曾是赫赫有名的金融家俱乐部，露台上还有两间贵宾包房，即面积为25平方米的苏格兰厅和35平方米的英格兰厅，拥有高挑的屋顶和英式绅士俱乐部风格的装潢，是私人晚宴的理想地点。

新中国成立前，华懋饭店接待过许多中外名人。1933年12月，享有“无线电之父”美誉、1909年获得诺贝尔物理奖的马可尼下榻华懋。1936年，美国喜剧大师查理·卓别林偕《摩登时代》女主角宝莲·高黛同乘“柯立基总统号”海轮抵沪，就在华懋饭店豪华的5A（现为568房）特色套房小住。英国剧作家卡活尔最有名的一部戏剧《私人生活》在濒临黄浦江的314房间写成。美国魏德迈将军、司徒雷登校长，印度著名诗人泰戈尔等均光临过这里。1945年12月，美国特使马歇尔上将来上海后，就下榻于当年沙逊的豪华套房里；1947年6月16日至25日，首届联合国亚洲暨远东经济委员会在华懋饭

上图：浦江美景
下图：外滩建筑群

店八楼举行,这是“二战”后首次在中国召开的大型国际会议，共有中国、美国、苏联、英国、印度、澳大利亚、菲律宾、泰国、法国、荷兰10个国家100多名来宾参加。在20世纪30年代，曾有“住在华懋饭店，如同身处世界的中心”的说法。作为当年上海首屈一指的政治和社交场所的华懋饭店，无数政要风云聚会于此，许多重大历史事件在此上演。1949年5月，中国人民解放军解放上海，为不扰民，解放军官兵曾露宿沙逊大厦门前人行道上。上海解放后，市财政经济委员会在此办公。1956年，沙逊大厦改名为和平饭店，许多国家元首、著名人士都曾在此下榻，欧洲宫殿式的和平厅曾经见证了无数名流盛宴。1991年至1994年，和平饭店连续4个年度被维也纳世界最著名饭店组织评为“世界最著名饭店”，中国仅此一家获此殊荣。

中山东一路23号是中国银行大楼，该楼于1937年开始建造，因不久抗日战争爆发，工程停顿，直到1944年7月才全面竣工使用。这是外滩20世纪30年代唯一一座由中国建筑师参与主体设计和装饰设计的具有中国传统民族风格的高层建筑，也是继汇丰银行之后上海外滩又一座气势恢弘的大楼，其建筑规模和设施，堪称当时远东地区之冠。中国银行大楼是近代摩天楼式的钢筋混凝土高层建筑，主楼17层，外墙用平整的金山石饰面，顶部为巨大而平缓的四方攒尖顶，上面覆盖中国传统的蓝色琉璃瓦，檐部用巨型斗拱装饰，栏杆与花式窗也采用中国传统形式。大楼上部两侧呈台阶状，以垂直线条作为主要造型，顶部腰线花式图案及进厅楼梯铜扶手图案均带有装饰艺术派格调。进门后的营业大厅高敞，厅内有大理石饰面的柱列和营业柜台，宽敞华丽，其他楼层均为写字间，地下室为精巧坚固的银行保险库房。新中国成立后，该行作为官僚资本收归国有。1979年后，中国银行大楼成为上海金融业的一个集中点，与黄浦江对面上海新兴的陆家嘴国际金融中心新老呼应，相得益彰。

中山东一路24号坐落着横滨正金银行大楼。横滨正金银行是日本横滨的一家官商合办的银行，成立于1880年，1893年到中国开展业务，开设了上海分行。1922年买下中山东一路24号原沙逊洋行楼，拆除旧屋盖新楼，于1924年11月竣工。新楼为新古典主义风格。底层外墙面采用平整花岗石平砌装饰，第二层两侧设小阳台并对门上方檐部作重点装饰。建筑局部装饰菩萨及日本武士头像雕塑。立面中部采用贯通二至五层高的爱奥尼克柱式，是外滩建筑中柱身最为细长的巨柱，巨柱之上有较大挑檐。六层顶部的女儿墙设有典型的希腊式叶形花饰，于庄重典雅中显出柔美。宽敞的过厅立有组柱，里面是宽敞豪华的银行营业大厅，楼上各层为走边式写字间。室内装饰讲究细部，别致的门楣装饰、玻璃穹顶、复合式柱头、大理石楼梯等尽显气派。抗战胜利后，该楼被国民党政府接收，改作中央银行行址。新中国成立后，这里成为中国人民银行华东行区办公地，1956年上海市纺织工业局迁入办公，现为中国工商银行上海市分行营业部。

中山东一路26号是扬子大楼。1863年美商旗昌洋行大班发起成立扬子水火保险公司，当时只是作为洋行内的机构在外滩9号旗昌洋行内办公。1891年旗昌洋行倒闭后保险公司才成为独立的公司。外滩26号原是老沙逊洋行产业，19世纪末被扬子公司买下后，于1916年重建，两年后建成7层大楼。新楼是以新古典主义风格为基调的折衷主义建筑，一、二层墙面以粗石料砌叠，一层为平拱式入口，二层为半圆形券窗；三至五层为磨石子对缝墙面，设贯通附壁柱；六层中央设爱奥尼克式柱廊，不带齿槽的柱身及细腻、典雅的装饰体现出新古典主义的简约风格；七层屋顶为孟莎式。1941年太平洋战争爆发后，扬子保险公司产业被日军强行接管，直至抗日战争结束才复业，复业后保宁、中华、保家、保安等保险公司纷纷租借该楼营业办公，这幢大楼遂成了保险大楼。新中国成立后，扬子保险公司移到香港，1952年改名为北大西洋保险公司。扬子大楼为房管部门接管，改名为扬子大楼，供市粮油进出口公司租用。现大楼由中国农业银行上海市分行外汇营业部和国际业务部使用。

中山东一路27号是怡和洋行大楼，怡和洋行在20世纪初有“洋行之王”之称。这幢大楼建于1920年。大楼为5层仿英国复古主义派风格建筑。大楼落成后，除怡和洋行自用外，其余租给大英轮船公司、昌兴轮船公司等单位。1939年加建过1层。1955年后大楼被市房管部门接管，由上海市外贸局等单位租用。1983年再加建1层，但在后退道路数米处实际加了2层，建筑成为8层。与怡和洋行相邻的中山东一路28号，远看形状好像一艘航行中的商船，它就是格林邮船大楼。当年建造时，取中国传统坐北朝南的习惯，将正门设在北京路上，门牌号码为北京东路2号。

中山东一路29号是东方汇理银行大楼，体量虽不大，却是上海少见的法国古典主义与巴洛克风格相结合的建筑。在上海开埠初期曾是英国传教士拜经堂的所在地，后拜经堂将一部分房地产转租给成立于1860年的“巴黎国家贴现银行”，该行在1896年停业前将此房地产判给了华俄道胜银行。华俄道胜银行在1910年将全部业务搬到中山东一路15号新楼，这里便由法国东方汇理银行买下。东方汇理银行是一家法国政府特许设立的海外殖民地银行，1875年由法国的社会实业银行、巴黎商业银行和巴黎荷兰银行联合组成，总行设在巴黎，1889年在上海设立分行。该行买下地产后将原建筑拆除，于1912年开工建造新楼，1914年建成。立面正中有2根贯通二、三层的爱奥尼克柱式圆柱，窗户中间和两侧装饰了多根塔司干式方柱和圆形壁柱。设计师用豪华夸张的手法，把教堂和宫殿、绘画与雕塑艺术融合在一起，并用短檐、波浪形墙面、重叠柱及壁画等，使建筑物产生一种神秘的宗教气息，整个建筑立面有不少华美的浮雕，有强烈的装饰感。大厅内有爱奥尼克式大理石柱廊，按当时银行建筑通用的格局，楼梯居中，上有玻璃顶棚。室内木装修十分精致。1955年东方汇理银行申请歇业，大楼由市房地局管理，一度由市公安局交通处租用。在20世纪90年代外滩房屋置换中，中国光大银行于1996年入驻该楼。

和平饭店老年爵士酒吧和老年爵士乐手们

在上一节中我已阐述了在国际上享有“远东第一楼”美誉的和平饭店不同凡响的过往。2007年4月，这座20世纪30年代上海最豪华、规格最高的饭店歇业修缮。按照“整旧如旧”的修缮原则，老和平饭店底楼原来的拱廊商场被彻底摒弃，恢复了20世纪30年代的“丰”字形大堂结构，并在饭店四面均设有旋转门。当年饭店最为辉煌的八角庭大堂数十年来一直被层层搭建物所覆盖，作为外贸商场对外营业。在此次修缮中，昔日大堂被完整复原，八角庭大堂的玻璃天窗也得以重见天日。修缮后的八角庭，屋顶采用深黄色的大块玻璃，使直射八角庭的阳光为之柔和，也使整个八角庭的端庄氛围，增添了一抹明亮、温馨的色调。在八角庭四面照壁上，饰以4幅银箔浮雕“外滩印象”，从4个不同的视角，对包括和平饭店在内的外滩、浦江两岸的旧时境况作了艺术刻画，与饭店及建筑的历史形成了呼应。除此之外，珍贵的拉利克艺术玻璃也被保留了下来。拉利克艺术玻璃是20世纪风行全球的，体现了欧洲珍贵的特种玻璃的艺术。和平饭店在八楼特意设置了“拉利克廊”，以作展示。在和平饭店的几个餐厅和会客室里，镶嵌着若干块半尺见方的拉利克艺术玻璃饰品，有花鸟屏风，有飞鸽展翅，有鱼翔浅底。这类玻璃制品远看是乳白色，近看则是暗蓝色，迎着光看则呈鲜红色，非常神奇。饭店还特意规划设计了专门用于收藏、展示和平饭店发展史料的博物馆——和平收藏馆。修缮后的和平饭店约有270间豪华客房和套房，比原先客房数量减少近100间。其中，闻名遐迩的“九国特色套房”被保留下来。沙逊曾经居住过的十楼套房被改建成了“沙逊总统套房”，连沙逊时代窄小的电梯间也被原样保留下来，成为VIP专用电梯。

许多年前的一个黄昏时分，我走进和平饭店那扇古色古香的旋转厅门，头顶上一盏盏富丽典雅的镂花吊灯把我吸引进大堂，褐色的护壁板，黄色的铜栏杆，昏暗沉重的暖色灯光，立即让人生出一种浓浓的怀旧之心。向左拐，就进入了一个长长的空间，这便是名闻遐迩的和平爵士酒吧。酒吧的格调是典型的英国乡村式，里面是幽暗的，几乎看不见窗户，昏黄的灯光透过旖旎曲卷着的黑色铸铁花纹灯罩向上射去，照亮了高大的天花板，可以很清楚地看到裸露粗壮的房梁。四周墙上挂着上海外滩30年代的旧照片，照片是黑白的，带点浅棕色，残留着岁月的沉沙。酒吧大堂里摆放着36张沙逊八角桌，这些暗褐色的八角桌是半个多世纪前使用过的，八角桌上压着厚厚的玻璃，上面是木制的煤油灯，火苗一闪一闪地跳动着，把人拉回到了过去的年代。褐色的椅子围立在褐色的八角桌旁，一派与世隔绝的落寞。老式烛灯柔和的光晕溢漾在红钢砖地板上，那些红钢砖已经褪色暗淡，却散发出一种挥之不去的贵族气息。

和平酒吧长长的吧台是上海一绝，这里的洋酒品种齐全，单鸡尾酒就有10余种，拿破仑XO等干邑白兰地在这里是可以论杯买的。身穿白衬衣黑背心，头发梳得一丝不乱的调酒师在里面忙碌着。吧台后一排擦得发亮的铜质啤酒泵把手在昏黄的灯光下熠熠生辉。坐在高高吧椅上的宾客一口一口地细细品味着调酒师精心调制的饮品，随着爵士鼓点，他们有节奏地摇晃着身体，一副怡然自得的样子。爵士酒吧的侍应生清一色是男的，他们训练有素的举止带着老派绅士味，似乎离时代很遥远。酒吧本身所蕴涵的贵族气息使前来光顾的客人不由自主地彬彬有礼。和平饭店老年爵士乐队便是在这样一种充满怀旧气氛的酒吧里演奏。那时，6位爵士乐手的平均年龄已超过70岁，演奏的也都是三四十年代的流行曲子。老厅，老曲，老乐师，这岁月造就的三位一体，使人仿佛回到了张爱玲笔下的30年代。

和平酒吧深受宾客欢迎，被在沪外籍人士评为最喜爱的酒吧。每当夜幕降临，和平饭店宁静的外墙闪亮泛光，6位老乐手从上海的四面八方赶来，安坐在酒吧中央的演奏台上。8点整，第一个音符准时奏响，开场曲是《顽皮的小孩》。清丽的小号，优雅的萨克斯风，节奏强烈的爵士鼓融合着大提琴贝司的低沉，在充满古旧的欧式风情的酒吧里回荡。老乐师们演奏着半个多世纪前的名曲，曲中融入了对旧上海的缅怀和对生命的感悟，空气中弥漫着小壶咖啡的清香与陈年佳酿的馥郁，大多数人到这里来不是醉酒，而是醉乐。和平酒吧的老年爵士乐队是对旧上海风情最为感性的诠释，一曲《夜上海，夜上海，你是一座不夜城》吸引了海内外多少游客来这里过一把怀旧瘾。老年爵士乐队使和平酒吧变成了热门的旅游点。

1980年圣诞节对于老年爵士乐队来说是一个值得记念的日子。这一天，掀开了它数十年辉煌的序幕。那一年，从上海交响乐团退休的周万荣找到郑德仁等老朋友，筹划着组织一支重现当年风采的爵士乐队，这一设想得到了和平饭店领导的支持，觉得可以试试，于是便成立了老年爵士乐队。首场演出定在圣诞节，地点选在和平饭店八楼的和平厅。圣诞夜，从晚上6点到午夜，和平厅里响彻着20世纪40年代的爵士乐，勾起了人们浓浓的怀旧情结，使无数国外来宾和驻沪使馆的官员度过了一个终身难忘的圣诞节。如今，当人们回顾改革开放后上海斑驳多彩的夜生活时，老年爵士乐队的这场演出显得意义非凡：上海不仅就此出现了“文革”后的第一家音乐酒吧，而且上海娱乐业又带着新时代的气息展现出国际大都市独特的风采。刚开始，老年爵士乐队一星期只有两个晚上的演出，不久，由于客人的要求，不得不每天晚上都演出。乐队的成立实际上迎合了当时大量外国游客的需要，那时，上海的夜生活还相当贫乏，外宾晚上的消遣不是京戏就是杂技，甚至只能“白天看庙，晚上睡觉”。老年爵士乐队的演奏为住在和平饭店的外宾解决了改革开放初期的夜生活问题。热情的外宾经常会点一些怀旧意味很浓的曲子，而这些老乐师恰恰特别擅长演奏欧美三四十年代的爵士流行名曲，如《爱》、《蓝色多瑙河圆舞曲》、《怀念旧金山》等，在演奏中这些当年的爵士乐手情不自禁地流露出他们对那个传奇年代的珍贵回忆。演奏达到高潮时，老乐师们脸上会露出兴奋不已的表情，动作也会夸张起来，为现场带来欢愉热闹的气氛，而许多旧地重游的客人则早已沉醉在莫名的感动中了。领队周万荣说：“作为一名乐手，最大的心愿就是遇上知音。我们每天演奏的曲目重复性很高，有几支每晚都会被重复点到，之所以乐此不疲，正是因为看到许多慕名而来的客人欣赏陶醉的神情。”如果客人当场写个曲子递给乐队，乐队也可以即兴为他演奏。一位美国老太太曾点了一首曲子：《我的心属于爹爹》，乐队当即演奏了。这位老太太感动至及，当场哭了。她说这首乐曲让她回想起读中学时看过的一场电影，把她带回到遥远的年代，她觉得非常奇妙。老太太的情绪感动了所有的客人，全场起立，鼓掌致意。周先生说，常有这样的情况：乐队演奏某一个国家的乐曲，来自这个国家的所有客人便都会起立鼓掌。我想，也许是因为他们在异国他乡听到了熟悉的音乐，从而使自己流浪的心灵找到了归宿吧！

老年爵士乐队自1980年成立以来，接待过数以百万计的各国贵宾，和平爵士酒吧曾留下众多中外名人的身影。和平爵士酒吧每天从晚上8点演奏到凌晨，演奏间隙，常有宾客涌向乐池，同老乐师握手问候，有的举杯致意，仿佛在异国他乡见到了阔别多年的老朋友。演奏时，闪光灯此起彼伏。当最后一个曲子《一路平安》奏响时，激动的人们仍流连忘返，客人们争相和老乐师们合影，以留下美好的纪念。

这个爵士乐队在和平饭店底楼酒吧驻唱了30余年，已成为和平饭店的一张音乐名片。值得庆幸的是，爵士酒吧在2007年和平饭店修缮后被保留了下来，其中的老年爵士乐队，在和平饭店歇业整修期间，一度移师到上海华亭宾馆进行演奏，在新和平饭店装修完毕后，他们又回到了原来的领地。底层大堂的东北角厅堂内，黑色粗壮的房梁以及矗立着的粗壮的石柱依旧，一张张沙逊八角桌上一盏盏老式烛灯闪烁着柔和的光，映射在红钢砖地板上，显出一圈圈的光晕。每晚8点，老乐师们像以往一样忘情地开始演奏，为宾客们送上一首首世界名曲改编的爵士乐。乐手们那神采飞扬的表情，熟练的身手，就像回到了年轻时光。而许多老外到此都会点上一支曲子，以此来体会自己家乡的味道。

是的，这里的怀旧不但属于老上海，也属于全世界。

陈毅广场、金融牛、情人墙

在中山东一路和平饭店前面的堤岸上有一个小广场，一个世纪前这里有英国驻华公使巴夏礼的纪念铜像，“二战”时被日军移除。如今广场中央矗立着新中国上海第一任市长陈毅的铜像，铜像再现了陈毅视察工作时的姿态，显示他一路风尘、勤勤恳恳的公仆形象。于是，这个小广场就被叫做陈毅广场。每天早晨，许多上海市民都会聚集在广场上晨练，有舞剑的，打拳的，也有跳广场舞的，煞是热闹。周末晚上，这里还经常会举行广场音乐会。陈毅塑像南面是一个外周正方，内圈椭圆的现代化喷水池。水柱随着声音喷射，时高时低，池底安装了彩色的光源，夜晚随着灯光的变换，条条水柱辉映出红、黄、蓝、绿的光束，为外滩增添了瑰丽的夜景。

中山东一路福州路口是外滩金融广场。作为曾经万商云集的“远东华尔街”，上海外滩具有悠久的金融发展历史和深厚的金融文化底蕴。有人提议，为上海建设金融中心设立一个标志物。华尔街铜牛是美国华尔街的标志，这座铜牛诞生于1989年，是一座长5米，重6.3吨的铜牛塑像。设计者艺术家阿图罗·迪·莫迪卡最早为它挑选的立足点是纽约证券交易所门前的

陈毅广场

人行道。当时，为了保证铜牛的安全，警察每晚8时在铜牛周围巡逻察看。当人们第一次看到这个身体健硕、鼻孔发光的庞然大物时，都被它浑身透着的“牛”气镇住。铜牛最后被搬到与华尔街斜交的百老汇大街上。华尔街铜牛是“力量和勇气”的象征，成为纽约人不可缺少的精神支柱。似乎只要铜牛在，股市就能永保“牛”市。

2010年5月15日，被誉为中国版“华尔街公牛”的外滩金融牛亮相上海外滩金融广场，这头充满活力的“金融牛”是华尔街金融牛的创作者阿图罗·迪·莫迪卡先生依照外滩乃至上海的文化设计并创作的。这头牛被塑造得年轻、强壮，富有活力。在中国，牛寓意着坚韧勤奋、富足祥瑞，它又是以物易物原始交易中最早的等价物之一，是原始货币的起源。设计师在设计上融入了一些中国元素和自己对于外滩的理解。相比黄铜色的华尔街公牛，高约3.2米的外滩金融牛通体呈现出红铜色，线条深邃，肌肉结实，牛眼圆睁，头部转向右边，牛尾则卷曲上扬，呈螺旋状蜿蜒指向天空，四肢强健有力，尾巴高高翘起，头也微微上昂，一副蓄势待发的模样。这尊象征金融的外滩牛被称为华尔街牛的孪生牛，它隐喻着外滩作为东方华尔街曾经的辉煌以及未来再造辉煌的渴求。外滩牛是上海外滩金融广场的标志，它落户外滩后成为继上海市人民英雄纪念塔和陈毅雕像之后，外滩的又一标志性雕塑。

外滩的情人墙曾是20世纪七八十年代上海的一道浪漫的风景，它承载着一代上海青年的甜蜜记忆，而且名扬海内外。其实，所谓的情人墙，就是中山东一路黄浦江边的一道用水泥砌成的灰白色防洪墙。每当夜幕降临时，成百上千对青年男女，就会悄然出现在防洪墙边，他们互相依偎着，缠绵着，面对涛涛江水，喃喃诉说着心底的情话。那时，黄浦江对岸还是一片空旷的泥地，东方明珠等建筑群尚未诞生，情人们在宁静的江水和背后气势雄伟的万国建筑群的包围中温柔着、甜蜜着、窃窃私语着。长长的江堤环抱了一对对恋人，静静的江水聆听着亲密的耳语，这一切是现代工业文明无法复制的文化。海子诗中的名句“面朝大海，春暖花开”，引起无数人的共鸣，但面朝黄浦江的情人们心底绽放的花却是四季都不会凋谢呢。随着黄浦江对岸一幢幢现代化的标志性建筑拔地而起，外滩情人墙的概念也逐渐被各式咖啡馆、舞厅、茶楼等新约会场所淡化。情人们在衡山路、新天地、田子坊等地找到了更适合谈情说爱的伊甸园。那种情人墙下相依相偎的壮观场面也早已不复存在了。

20世纪90年代后，外滩结合防汛墙的改造，情人墙被加高巩固成新的堤坝，昔日水泥做的防洪墙，被花岗岩、大理石与铸铁雕花栏杆所取代。全长约1700米的观光台其实是建造在伸向黄浦江上的空箱式结构防洪墙上，观光台的地面是用14万块地砖和花岗石铺成的，观光台临江有32个半圆形花饰铁栏杆的观景阳台以及64盏庭柱式方灯。观光台上还有21个碗形花坛以及柱形方亭和六角亭，还有造型各异的人造大理石椅子。观光台西侧，有四季常青的绿化带，犹如绿色屏障隔开了马路上的喧嚣。

外滩最年轻的建筑：上海半岛酒店

在中山东一路32号坐落着上海半岛酒店，它与外滩最古老的建筑原英国领事馆相邻。上海半岛酒店是近几十年来外滩第一座新落成的建筑物，也是外滩60年来唯一的一座新建筑，因为从1937年中国银行建成以后，外滩就再没有建造过新建筑，直到2009年10月，半岛酒店在外滩源拔地而起。为了和周边久经风霜的建筑群相协调，半岛酒店外墙的花岗岩采用了与外滩许多建筑同一个采石场的花岗岩，看上去低调而朴实，却蕴涵着一种贵气。

这里原本是创建于1958年的友谊商店，它曾是上海市指定的外宾参观购物的百货商店。友谊商店最初是为了照顾在中国工作的苏联专家和领事馆官员建立的，原名叫“外国友人购物处”。当年，它是上海唯一与外部世界相连的地方，在物质匮乏的时期，作为一所涉外的零售商店，友谊商店可以用外汇券买到很多市面上见不到的东西和稀罕的洋货。那时候，其他大型百货商店里还没有统一的制服，友谊商店的员工却早已穿上灰色卡其布制服，打着笔挺的领带，神气地接待着中外宾客了。20世纪80年代，在大草坪上又建造起了一栋有蓝色玻璃幕墙的大楼，这栋当年上海最时髦的建筑看上去和外滩的其他建筑是那样地不协调，显得十分另类。不过，这丝毫也不影响人们对它的兴趣，因为在这座新建造的友谊商店里面可以买到有异国情调的物品，满足上海人的新鲜感。2005年初春，友谊商店被夷为平地，拆除前，许多以前被人们孜孜以求的货物被堆在花车上廉价甩卖，似乎是在为这个曾经辉煌的建筑唱着“无可奈何花落去”的挽歌。4年后原址上矗立起了上海半岛酒店，酒店一侧的花园终于与原英国领事馆的后花园再次相连起来。于是，外滩最早的异国风情建筑和最年轻的半岛酒店隔着花园遥遥相对。花园里的草地郁郁葱葱，有着百年历史的数十株银杏树、玉兰树、朴树、香樟树、梧桐树则笑看着这里的沧桑巨变。是的，它们原先只是小树苗，如今却已长成参天大树。这些树的平均年龄超过一百岁，大片大片恣肆纵横的枝叶连成的绿浓得化不开，衬得原先的英国领事馆建筑十分低矮，反倒是和一旁新落成的半岛酒店建筑更加匹配。

2004年5月7日，嘉道理家族正式宣布投资上海半岛酒店。这是它在阔别上海50多年后，第一次重返申城，续写与上海的“百年情缘”。上海半岛酒店在设计中着力表现上海20世纪二三十年代被誉为“东方巴黎”时的风貌，巧妙地将酒店的设计主题与外滩建筑群和谐融合。从大门进去便是一个半岛招牌式挑空大堂吧，其尽头是超大景观窗，窗外一片绿意面向原英国领事馆的大草坪，主前台安排在偏厅一个相对私密的位置，里面同样挑空，极度亲切和人性化。通往客房的电梯藏在前台一条走道的另一端，走道上的绘画和艺术品让人愉悦安逸。酒店装饰采用的艺术风格与现代设计手法相结合，繁复横生的装饰线条，对称的几何图形，柔美而浪漫，进入酒店就仿佛回到了20世纪二三十年代。航海主题酒吧和航空酒廊突出了上海昔日作为交通运输中心的地位，里面陈列了大量海事主题珍贵藏品；玲珑酒廊、顶层餐厅和大堂茶座则参照了旧时上海高雅社交场所的设计风格。酒店特设的大型升降机，可以将一辆豪华轿车运送至宴会厅，而另一台老式升降机，则按照20世纪30年代Schindler公司的古董升降机原型复制；中餐厅逸龙阁的设计以旧上海一个商贾之家的布局为原型，包厢部分更以祖、父、孙三代卧室的不同风格构建。酒店的十四层乐士文厅内，放置着一架19世纪的水上飞机复制品，从中可重温中国航空史发展的点滴。半岛酒店内分别以汇中、大华和礼查酒店命名的高级套间更是尽显品位特质，汇中套间拥有1100平方米的环形露台，可以在此举办宴会PARTY，礼查套间的私人露台则配备了按摩浴缸，二者皆能一览黄浦江和浦东的优美景色。半岛精品廊是国际级购物商场，入口门厅挑高8米，天花板的正中悬挂着一个长达8米的螺旋形金色珍珠套索，尽显奢华。

上海半岛酒店的下午茶被誉为英伦风情的典范和欧式生活风格的极致。下午茶座设在酒店3层高的敞阔大堂内，绿色和象牙白构成高雅清新的格调，高大的廊柱巧妙地隔开了空间。出自香港艺术家Helen Poon手笔的两幅金属感强烈的巨型立体壁画气势慑人，把素雅的大堂烘托得金碧辉煌。宽大的沙发椅、深色的原木餐桌，暗藏低调的华丽。高挑大堂内挂满了复古的欧式吊灯，洒下柔和的灯光。每天下午在大堂附设的演奏阳台上由大堂弦乐队现场演奏，从黄昏开始则由大堂爵士乐队演奏。在悠扬的音乐声中侍者为你端上以3层银盘盛载的迷你三明治、原味英式司康烘饼、奶油及果酱、糕饼、酥皮点心，辅以各式装在精致陶瓷茶具里的半岛酒店精选名茶，让人不经意间领略到英国历史悠久的下午茶文化。半岛酒店十三楼的艾利爵士餐厅是露台景观餐厅，中西结合的装修设计非常独特，餐厅经营的是高级法式欧陆菜，在此享受异域美味，别有风情。

中国第一座公共园林：黄浦公园

从半岛酒店出来，马路对面的中山东一路28号，就坐落着上海最早的公园：黄浦公园。这个坐落在外白渡桥南端的公园就像是半岛酒店的后花园，它处于黄浦江与苏州河的交汇处，在那里可以看到两股水流交汇形成的旋涡。如今这座公园没有围栏，也没有大门，是完全开放式的。

这个公园的历史可比半岛酒店要悠久得多了，公园基址原为英国驻沪领事馆前三面临江的涨滩，由泥沙聚积于沉船碎片之上而形成。1862年，上海娱乐事业基金理事会决定用白银1万两于此建造公园，1866年由上海租界的管理机构工部局负责施工，两年后建成。这是上海、也是中国第一座现代意义上的公共园林。公园的英文名称为Public Park，中文译名公共花园、公家花园或公花园，中国人习称为外国花园或外摆渡公园、大桥公园、外滩公园。租界当

黄浦公园

局于1936年9月将园名改为外滩公园，1941年12月21日改名春申公园，1946年1月20日改名黄浦公园。

初建时的黄浦公园为西欧古典式，园中以草坪林木为主，有长条绿篱、圆形水池和喷泉，建有一座小玫瑰园，还建有一座露天音乐亭。在公园北部进口处立有英国人马嘉理（A.R.Margary）的碑石和雕像。每当气候宜人、夜幕降临时，工部局乐队便在音乐亭前的草坡上演奏，乐声夹带着潮湿空气中的玫瑰花香阵阵袭来，令游人心醉。这种欧洲式的情调吸引着在沪工作的外国人，慰藉着他们的游子情怀，外滩公园很快成为这些外国人娱乐、休闲的场所。

可是，这个诞生在中国土地上的公园开放第一天起，工部局就在公园门口派巡捕阻止中国人进入。后来，华人开始大量入住租界，并同外国人一样交税，但公园等公共场所还是不向华人开放。如此不公，国人开始反击。不料工部局反而变本加厉，在1885年于黄浦公园门口竖立了一块刻有园规的牌子，上书："一、脚踏车及犬不准入内……五、除西人用仆外，华人不准入内……"民间将其中的第一条和第五条概括为"华人与狗不得入内"。同年11月25日，上海著名绅商陈咏南、吴虹玉、颜永京等8人联名写信给工部局，要求拆除这块牌示，并提出有条件开放公园的建议。1889年3月11日，任涛泰设计师写信给英国总领事抗议。上海道台会见了英国领事，转达国人的意见，英国领事却把事情又推给了工部局。工部局稍作让步，宣布酌情发放"华人游园证"，允许少数高等华人入内。这一敷衍之举引发了又一轮的口诛笔伐，英国人只得答应在苏州河摆渡桥东面另造一所公园，专供中国人使用。1890年12月，公园建成后，张园、愚园等私人花园也相继开放。外滩公园的园规事件暂时得到了缓解。1925年"五卅"反帝示威游行爆发。当时，学生队伍行进外滩公园看到门口悬挂的园规禁牌，当场就有学生从皮匠摊上借来榔头，把牌子砸掉了。两年后，慑于北伐军节节胜利和武汉收回租界的热潮，不得不在西人大会上通过开放公园议案，延至1928年7月1日起，中国人可购门票入内。从公园建成到1928年准许中国人入园，前后共经历了漫长的60年。

如今的黄浦公园，已被改建为一座纪念性公园。公园南部的花坛中，面朝园门的是一尊名为“浦江潮”的大型青铜人像雕塑。雕塑造型为一位挥舞着旗帜，扬着风帆迎向袭来巨浪的男士，形象而动感强烈，雕塑四周，绿荫环抱，花团锦簇。雕塑后面的紫藤架长廊是游人休憩之地。紫藤开花之季，长廊上垂下串串随风摇曳的紫花，漫步其间，几多风情。人民英雄纪念塔矗立在公园东北部的黄浦江与苏州河交汇处，这里的两条江堤相交原呈钝角形，施工中将苏州河堤延伸8米，黄浦江堤延伸11米，两堤相交处变成圆形。塔身建于硕大的下沉式圆岛上，圆岛、塔座、塔身均为钢筋混凝土结构。高高的纪念塔形态犹如江中涌起的3股浪柱汇于高空，分别象征着在鸦片战争、五四运动、解放战争中牺牲的人民英雄。碑下有献花石，其周围为小花坛，里面栽种着各式草花，一年四季花开不断。圆岛平台有3条弧形大斜坡道与公园相通，坡道前设两只栽满花花草草的三角形花坛。圆岛塔座壁的花岗石浮雕以写实手法撷取具有典型意义的历史事件，表现了从1840年至1949年间上海人民的革命斗争。浮雕分为7组，有97个典型人物，表现了先烈们的不朽业绩。两翼为装饰性的花环图案，象征着上海人民对革命先烈的缅怀。在人民英雄纪念塔平台下的参观大厅内，开辟了外滩历史纪念馆，以历史照片、具有代表性的珍贵实物和3幅巨型灯箱片展现了1880年的原外滩、1923年初具规模的外滩和20世纪90年代的新外滩，浓缩了上海开埠以来的历史。

公园中北部是纪念塔广场。广场中间是花岗石地坪，东面为市长陈毅和副市长潘汉年、盛丕华的题字奠基石碑；东、北面分别有两块三角形草坪；南面有花坛和椭圆形草坪；西面有圆形喷水池，池中间竖着的钢架上镌刻着“永垂青史”、“浩然正气”8个金字。

公园东面是黄浦江堤，北面是苏州河堤，沿河堤内侧植有会开花的灌木和四季草花，堤外侧设置铁栏杆，凭栏观赏，浦江两岸美景尽收眼底。

南京东路：举世瞩目的中华第一街

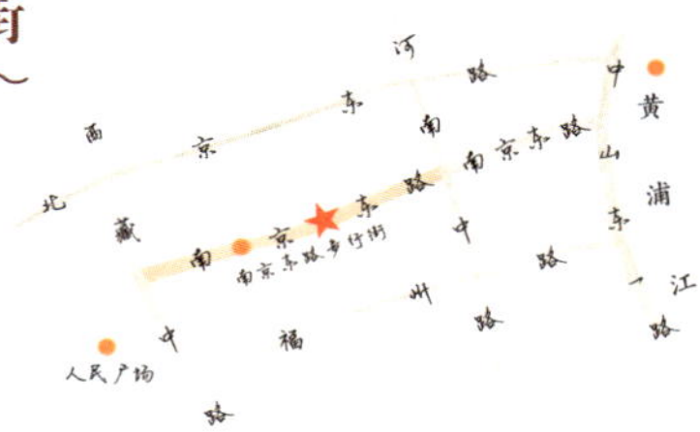

南京东路东起中山东一路，西至西藏中路，与南京西路相接。这条路是在上海开埠后自东向西分三段筑成的。自中山东一路外滩到河南中路一段始筑于1851年，初名“派克弄（Park Lane）”，即花园弄。1854年英商在西藏中路以东、浙江中路和湖北路以西一带另辟新花园，即第二跑马场，道路随之向西延筑到今浙江中路，扩建后的花园弄成为英租界交通主干道，人们称之为“大马路”。1862年，跑马场再次西迁至今天的人民公园和人民广场处，辟第三跑马场，亦称“跑马厅”，号称“远东最大的赛马场”，大马路也随之继续西筑至西藏中路。

1865年，英工部局将大马路更名为南京路；1945年，这条路被当时的上海市政府命名为“南京东路”。

在上海的马路中，南京东路的知名度可以说是最高了，虽然马路并不宽，却有个俗名叫“大马路”，至今老上海人还会这么称呼它。在老上海，南京路是十里洋场最繁华的地段，当年许多代表近代物质文明的声、光、电等都源于南京东路，如第一批煤气照明路灯、第一批自来水用户、第一盏电灯、第一项道路排水系统、第一条有轨电车线路、第一家公共菜市场等。这些诞生在南京东路的重大市政工程紧随近代都市文明，佐证了南京东路在中国乃至整个远东地区城市中的特殊历史地位。

如今，这条有着150多年历史的马路被称之为“中华商业第一街”，是中外游客来上海的必游之地。

曾是远东最大的购物中心

南京东路的前身叫做“派克弄”，即“花园弄”，源于当年的跑马场花园。1840年鸦片战争后，上海被迫成为通商口岸，英、法等国纷纷进入上海，划定租界，修筑马路。1850年，瑞麟洋行大班霍格等人在上海组织跑马总会，在五圣庙（今南京东路河南路口）一带购农田80余亩，建成一座花园，沿花园辟筑了专用的跑马场，即老花园跑马场。次年，由外滩新筑通往花园的跑马通道，被洋人称作“派克弄”，老上海人称它为“花园弄”。跑马场开张后，地皮价格上涨，瑞麟洋行的跑马总会遂将这一跑马场的土地变卖获利，供商人经营开市，这就形成了最早的南京东路。1854年，跑马总会在今浙江中路和湖北路以西、西藏中路以东建起第二跑马场，称“新花园”，由此引起人气旺盛，地价上涨，霍格等又将新花园分块以高于原地价10倍的价格出售，花园弄随之向西延伸，1862年延伸至今西藏中路。1864年，管理上海租界行政事务的工部局觉得有必要规范上海路名，决定将租界内东西向的道路以中国城市命名，南北向的以省份命名，东西走向的派克弄便命名为南京路。

随着跑马场设置，道路拓展，南京东路的商业活动也逐渐由东向西推进。上海开埠之初，南京东路的商业活动集中在河南路以东。自花园跑马场成为租界游乐中心后，上海规模最大的增泰洋布店开业，同时期还开设了恒兴洋布店、老德记药房和一些专营高档日用品的洋行门市部及西式酒店餐馆。至1862年，南京路已有公道、公平等14家洋行，科发等药房3家，洋布呢羽庄9家。1880年左右，洋广杂货店大户恒昌蚟、兴昌祥等开始经营批发业务。至1906年，南京路有洋广杂货、洋布绸缎、衣庄、银楼、茶食等30余个行业的商店184家。1908年3月南京路通有轨电车时，路面铺上了从印度进口的铁力木，涂上一层柏油，成为远东最漂亮的马路，老百姓都叫它红木马路。当时曾有“北京的蓬尘，伦敦的雾，南京路上的红木马路”的顺口溜。19世纪70年代，外国消费品大量涌进上海，洋杂货店日益增多，南京路商业进入兴盛时期。有《沪江商业市景词》为证：“满街装饰让银楼，其次绸庄与匹头，更有东西洋广货，奇珍异产宝光流。”从1843年到1893年，南京路逐渐形成为当时远东最大的购物中心，其中最著名的便是泰兴公司、福利公司、惠罗公司和汇司公司。这4家由英国人经营的公司号称“南京路四大公司”，它们共同的特点是顾客基本上都是外侨，并且店址都集中在河南路以东的路段上。河南路以西，则是典型的中式商号，马路两旁是鳞次栉比的茶园、酒家、饭庄、银楼……

清代中叶，钟表属于高档消费品，当时上海只在少数洋广杂货铺中销售。上海开埠后，钟表业兴起，钟多采用进口零件组装应时，表则依赖成品进口。1860年，法商霍普在今延安东路江西中路路口开设了名为亨达利的钟表行，此后，上海接连冒出了一些钟表行。19世纪末，霍普将亨达利转卖给德商礼和洋行。第一次世界大战后，美华利钟表行的老板宁波人孙美堂从礼和洋行买办虞芗山的手中买下了亨达利，精明的孙老板自知亨达利的招牌比自家的美华利要响得多，就以“支付商誉费800两白银”的条件保留了亨达利的招牌，他还从礼和、洋茂洋行进口瑞士钟表零件用以组装本钟、闹钟及怀表，在钟表上标明亨达利牌以招徕生意，充分发挥了外国钟表的品牌效应。20世纪初，孙老板将美华利总管理处和亨达利一起迁到河南路口的今南京东路340号，还在全国各大城市普设分支机构，终成上海乃至全国的“钟表大王”，被国内同行尊为钟表业鼻祖。现在，亨达利出售的多半是从瑞士进口的名表。

1914年第一次世界大战爆发后，我国民族工商业因帝国主义忙于大战而得到较大发展。随着南京路日趋繁荣，老城厢里的大纶、老九章、老九和等绸缎局以及费文元银楼等陆续搬到南京路。在20世纪30年代初，新雅粤菜馆、建华瓷器商店、培罗蒙西服店、吴良材眼镜店、大昌祥绸布店等商号竞相在南京路择地造房开业。据统计，1938年南京路商号有277户。1947年，南京路有门面记载商号达340户。

“朋街”和老介福绸缎店

在老上海人的记忆中，“朋街”是一个难忘的名字。在名牌服装的概念还没有引入我国之前，“朋街”就是上海女子服装的名牌。

当年的“朋街”就坐落在今天的南京东路154号。“朋街”并非是一条街，而是一家专营女子服装而驰名国内外的特色商店。它在女子服装的量体、设计、裁剪、缝纫上形成了自己独特的工艺。“朋街”的创办人是一名叫立西纳的德籍犹太人，他是一个有名的时装商，在德国汉堡一条名叫“BORG STREET”的小街上有他开设的时装店。20世纪30年代，犹太人遭到德国纳粹党人迫害，立西纳变卖家产从莱茵河畔只身来到十里洋场的上海滩，依靠当时在沪犹太同行的帮助重操旧业，又招聘了几位中国裁缝，于1937年在南京路61号2楼开设了一家高级服装店。为招徕顾客和表示对家乡的思念，以“OLD BORG STREET”为店名，译成中文即“老朋街”。这家商店承制的女子服装以质量上乘，款式新颖时尚取胜，并能按穿着者的体型、肤色、职业、爱好等特点来确定选料配色、造型设计，进行立体裁剪，尤其注重工艺，缝工精细，烫工周到，洗涤后不走样。每年春、秋二季，该店都要举办流行时装发布会，推出欧洲最新流行的各种时装款式，致使“老朋街”很快名噪一时。在上海的美国、日本以及西欧各国的女士都把它作为自己定制服装的首选之地，上海一些名媛也对它十分青睐。

1941年，太平洋战争爆发，日军进入英租界，立西纳因是犹太人被日军关进集中营，原“梅龙镇食府”的业主李光斌出面代管“老朋街”业务，将店名中的“OLD”去掉，改名为“朋街”。抗战胜利后，立西纳回到了“朋街”。历经磨难的思念之情日盛，就把“朋街”让给了领班张新远、张根桃叔侄，从此“朋街”成为华人经营的商店。1956年企业公私合营，政府特拨出南京东路154号门面，扩大“朋街”营业场所。在20世纪80年代以前，“朋街”一直是上海最有名的女子服装店。只是后来日渐衰落，呈现出门庭冷落车马稀的状况。现朋街已经拆除，原址矗立起了一幢新楼。

与“朋街”一样，南京东路河南路南面的老介福呢绒绸缎商店也曾是老上海人难以忘却的一家商店。老介福曾是上海规模最大、资本最雄厚的绸缎店，还自行设计图案委托苏、杭等地丝织厂织染，有“中国丝绸业之王”的美誉。这家绸缎店是福建祝氏兄弟于1860年创建的，原址在今九江路89号，当时名为“介福绸缎局”，介字拆开为两个人，福意为福建。他俩本是文人，无心经商，便委托徽州人姚某管理，后盘给苏州人程芦舟，并迁址九江路23号。不久该店又由绰号叫“老寿星”、“长脚”、“大阿福”的李灿石、姚荫莉、程用六（程芒舟之子）三人合伙经营，从各人绰号中取一字（“脚”谐音“介”），更店名为“老介福”，并请近代著名书法家唐驼写了招牌。“老介福”最早以经营绸缎著名，备货注重高档贵重商品，并以收集世界各国精美花型图案，自行设计新品种，直接向沪、杭、苏、湖州等地丝绸厂定织定染、特殊加工为其经营特色，因此在品种、花色上具有独特风格，有“丝绸总汇”之称。

20世纪30年代，美国幽默电影大师卓别林来上海时，慕名向“老介福”定制60打真丝格子碧绉衬衫。当店员将货送到，并当场以火柴点燃真丝以示质量时，卓别林竖起大拇指称道：“Very good！”1936年冬，“老介福”迁入南京东路257号“哈同大楼”，第二年3月正式开张，成为当时上海规模最大、资本最雄厚的绸缎店。新中国成立后，哈同大楼改名为南京大楼，除继续发扬丝绸的经营特色外，还扩大了呢绒商品的经营。与本市的章华、协新、元丰、寅丰等毛纺厂实行“厂店挂钩”，经销各厂的产品，如花呢、凡立丁、派力司、巧克丁、高级开司米、拷花大衣呢、全毛麦尔登毛料织物。“老介福”在管理上也非常严格，尺准寸足是该店取得信誉的经营之道。店堂内设有复尺部，凡发现营业员尺寸不足者，第一次批评，第二次警告，第三次扣发薪金，所以到该店购物的顾客买时称心，买回去放心。20世纪80年代，“老介福”经营品种达1500余种，年销售各类丝绸160多万米、呢绒100多万米，成为全国最大的呢绒、绸缎特色零售商店。2009年，南京大楼变身为外滩名店，老介福的柜面退居商场三楼，昔日辉煌不再。2011年5月，老介福黯然离开了相依相偎了70多年的南京东路。

德大西菜社和马尔斯咖啡馆

号称十里洋场的南京东路自然少不了西菜和咖啡。

在四川中路南京东路转角处的德大西菜社是上海最老、最大的一家西菜馆，也是上海第一家由华人创办的西餐馆。上海人的西餐礼仪，对西餐的了解，最早就是通过德大获得的。德大西菜社创建于1897年，原名德大牛肉庄，也不在南京东路上，而是开设在虹口区塘沽路177号，一开间门面，2层楼，楼下经营牛羊肉批发，并门售各种西式卷筒火腿、培根和生熟牛肉菜肴，楼上设有西菜厅，供应大众化德式西菜，店名“德大”意即“德国大菜”。1910年2月，因德国老板回国，德大由中国商人陈安生接手，除了继续经营牛羊肉外，供应德式西菜成了主业。该店推出的腓利牛排肥厚多汁，十分出名。旅美作家董乐山在《旧上海的西餐馆和咖啡馆》一文中写道：“德大饭店，以牛排著称，一块牛排又厚又大，几乎有两个手掌大，即使是关照侍者要‘well done’（即烧得烂一些的），也是一刀下去会冒出鲜血来的。国人胃口小，一般只吃了四分之一或三分之一就吃不下去了。”大约在20世纪40年代，德大牛肉庄改名为“德大公记伙食公司”。

1946年7月，老板陈安生又在四川中路南京东路转角处开设了一家分店，取名为“德大饭店”。当时该店楼下为三开间门面，设有100多个座位，供应牛奶、咖啡和西式点心，并经营蛋糕外卖业务；楼上为六开间门面大的店堂，设有一个大餐厅，200多个座位，主要经营德式西菜，兼营法式、意式、欧美式西菜及日式菜肴，为当时上海最大的西菜馆。德大供应的西菜有一二百种。该店的特色西菜有汉堡牛排、铁扒鸡、亨利猪排；法式名菜蛋煎鳜鱼、茄汁牛尾、葡国鸡等。每年冬季供应的日式火锅司盖阿盖颇受欢迎。“司盖阿盖”即日本火锅“锄烧”的音译，类似菊花锅、涮羊肉等中菜的传统吃法。西菜内点缀着东方菜，是德大的标新立异，从20世纪40年代经营此菜，始终在沪上独领风骚。由于德大饭店毗邻银行、洋行集聚的外滩，所以西菜生意一直很好，加上环境幽雅，装潢华丽，许多名人都曾来这里用餐。据说上海滩赫赫有名的沙逊虽然自己拥有多家饭店，却非常喜欢德大的菜肴，经常光顾德大。

新中国成立后，因外国客商大量回国，德大生意清淡。公私合营后，虹口总店歇业。1957年后，德大实行西菜大众化，并增加了特色西点和蛋糕的产销业务。1963年10月起至“文革”中，该店停止出售西菜，底层改售生煎馒头、面条，唯一仍在供应的西式菜汤是德大牛肉汤。直到1973年2月

5日，才重新恢复经营西菜，并改名为“德大西菜社”。1987年，德大西菜社装修改造，扩大场地，楼下设有咖啡厅，供应小壶咖啡，另有外卖柜供应西点和裱花奶油蛋糕，二楼设有大厅和包房，经营各式西菜。2004年7月，德大进行了又一次大整修，沉重的黑色大门，店内装饰富丽堂皇，大理石地板，铸铁雕花栏杆，彩色马赛克墙面，造型优雅的水晶灯，处处洋溢着老上海特有的风情。德大新开张后，在保持原有特色菜的同时，又增加了许多新品种，还举办了美国牛排周、德式牛排周和西菜美食文化周等活动，深受欢迎。2007年底，德大因地块被置换，不得不告别伴随了60余年的南京东路，于2008年2月7日迁至南京西路473号原“小绍兴南京路分店”所在地。德大新楼为一栋装潢华丽的3层小楼，所幸德大的经典元素被全部保留，许多老顾客抱着怀旧的心理来此用餐。

离德大西菜社不远的南京东路147号曾是老上海有名的马尔斯咖啡馆。

1945年初，白俄侨民楚谷门在靠近江西中路的南京东路上开设了一家马尔斯咖啡馆，一开始经营俄式西菜和咖啡，其中俄式炸鱼排、煎虾饼、茄汁鸡饼及罗宋汤等都颇受欢迎。由于四周洋行公司密集，马尔斯很快便成了白领聚集之地，一些外国洋行的老板也是这里的常客。随着欧美西菜在沪上的盛行，马尔斯遂改经营各式西菜。该店还经营“公司大菜”，即西式快餐，类似于今天的盒饭。大菜分为A、B、C三套，A套为高级大菜，有牛排、熏鱼块等，B套、C套为中、低档大菜。由于当时南京东路外滩附近英、美洋商开设的洋行和国际运输报关行较多，因此生意十分红火。马尔斯咖啡馆因经营绝无仅有的“公司大菜”很快蜚声老上海。抗战胜利后，马尔斯又增加供应德式西点。该店自设工场，自产自销各式奶油裱花蛋糕、巧克力蛋糕及各式柠檬攀、苹果攀、菠萝攀等，因用料新鲜，制法独特，所以深受欢迎，一时名扬海上。

1954年，楚谷门回国，马尔斯由职工自己维持营业。同年9月1日，改名为东海饭店。1988年经过装修改造后，又改名为东海咖啡馆。该店楼上、楼下设有两个环境幽雅的餐厅，经营咖啡、西点，兼营西菜和盒饭，并设有西点外卖专柜。东海咖啡馆的小壶烹制咖啡味浓醇香，其营业额占全店营业额的一半以上。栗子蛋糕、奶油哈斗、油酥蛋糕等亦深受欢迎。2007年底，伴随了南京东路60余年的东海咖啡馆和德大西菜社一样，因地块置换，暂停营业，黯然离开了相依相偎了60余年的南京东路，但它们已经永久留存于老上海人的记忆之中。

历经沧桑的四大公司

中国现代公司是由上海南京路开始的，这已成为不争的事实；而标志大都市商业现代公司时代到来的，是南京路上先施、永安、新新、大新四大公司的诞生。这四家中国人经营的环球百货公司的规模远大于英资百货公司，且顾客基本以国人为主，店址都集中在浙江路以西路段。随着这四家中资百货公司营业态势的日趋红火，原有的四大英资百货公司逐渐衰落，被人们淡忘。20世纪二三十年代，四大公司竞相装潢，橱窗陈设争奇斗艳，加上异彩纷呈的霓虹灯，使南京路有了“小巴黎”的美称。四大公司历尽将近一个世纪的沧桑风雨，至今独具风韵的欧式建筑仍然屹立在南京东路步行街上，风采依旧。

四大公司中先声夺人的是在南京路浙江路路口西北角的先施公司，这是上海第一家由国人经营环球百货的大型商店。南京东路浙江中路西北侧原为易安居茶楼，这是一家广东人开设的带卖粤式点心的茶楼，为2层砖木结构建筑。1914年，粤巨商马应彪以每年租金3万两银子，租期30年的条件租下了易安居茶楼的地皮，并请英商德和洋行设计，于1917年10月20日建成先施公司开业。整个建筑为巴洛克风格的经典三段式大楼，底层设大橱窗，有连续券洞通向街道；二、三层用爱奥尼克立柱支托弧形出檐；四层是铸铁阳台；五、六层为双扇窗。东南转角立面的六层顶部盖一座摩星塔，以塔什干式柱支撑，基座装有圆面自鸣钟，上部三层，并装有漂亮的霓虹灯，落成后成为南京路商业街景标志之一。

当年先施公司建筑底层和二、三层为商场，四至五层为东亚饭店和东亚又一楼酒家，六至七层为先施乐园，乐园内设有京剧、地方戏、杂技、魔术、电影等专场，屋面为屋顶花园，夏季举行纳凉晚会，开创了上海大型商

先施大楼（现为上海时装商店）

场开办娱乐业的先例，并成为都市人生活的一大时髦。东亚饭店在新中国成立前是一流旅馆，房间内都是上等家具，并有汽车往返火车站接送客人。先施公司很注重商业文化，比如每个销售部都有介绍商品的诗歌，增加了商场的文化氛围。先施公司还开创了上海乃至中国商业历史上的许多第一。除了它是第一家由中国人开办和经营的现代化百货公司以外，还改变了讨价还价的习惯，在上海首创了商品明码标价的先例，并在当时破天荒地雇用了女营业员。先施公司的屋顶游乐场也开了上海大型综合游戏场的先河，从这以后，上海滩上兴起了露天花园风潮，很多百货公司和游乐场都在顶楼开辟了露天酒吧等娱乐场所。

1937年，先施公司曾遭遇一场空前浩劫：那年的8月23日下午1时左右，日军在获得国民党将领白崇禧等人当天午饭后将在东亚旅社召开军事会议的情报后，悍然派出飞机在闹市区的先施公司上空投下一颗重磅炸弹，在大楼东南角的马路上爆炸，大楼二、三层楼面和东南角大门以及东亚酒楼西餐部都被炸毁，殃及周边的10余家商铺。当时，正在路上行驶的一辆双层公共汽车也被炸毁，乘客全部罹难。此次爆炸共造成死250人，伤570人，全是无辜市民，一时震惊中外。先施大楼在轰炸后进行了修建，但其东南部已与原建时不同了。新中国成立后，因南京东路浙江路路口至西藏路口段行人拥挤，20世纪50年代将先施的底层沿南京路橱窗改为骑楼式外廊，作为人行道，橱窗后退，但廊柱、券式门洞仍为原状。1952年起，先施公司大楼为上海时装公司、黄浦区文化馆、东亚饭店等单位所使用。屋顶花园的纳凉晚会也保存了下来，成了普通市民的娱乐场所，尤其是“戏曲大家唱”活动异常红火，吸引了无数爱好戏曲的市民们。

如今，先施公司的名字已重回南京路，原先的建筑依旧风姿绰约，“先施大楼”4个大字屹立在楼顶，入夜，大楼外墙上亮起的灯光为这座建筑渲染了一股浓厚的老上海味道。

先施公司的对面就是永安公司。永安大楼地产原属于犹太人哈同，1916年华侨富商郭乐以每年5万两白银，租期25年，期满后连同房屋和土地归还的苛刻条件，从哈同手中租下了浙江路路口的“陶陶居茶馆”原址一带8.51

永安百货大楼

亩土地建造永安大楼，由英商公和洋行设计，于1918年9月5日正式开业。永安大楼为6层英国式风格，六楼顶上有精美的浮雕和“永安”字样。外墙用圆柱与贴壁方柱修饰，平面略呈长方形，东北面沿马路呈弧形，二层及六层均有长廊挑出，外面设有镂空铸铁栏杆。在南京路一侧有3座爱奥尼克双柱式拱形大门，还有大片玻璃橱窗，开创了上海大玻璃橱窗的先例。除了一至四层的百货商场外，其他楼层还设酒楼、旅馆、弹子房、跳舞厅、游乐场和戏院。西北端的转角入口设3层高巴洛克式塔楼，呈现出永恒的庄严与和谐之美，名为“倚云阁”。楼顶为“天韵楼”屋顶花园，是上海著名的娱乐场所。

当年永安公司提出的商业信条是：“顾客永远是对的！”这句话还用霓虹灯制成了英文标语置于商场显眼处，成为职工必须恪守的准则。永安公司是上海第一家发行公司独用礼券的商店，还雇用漂亮的女营业员当做“花瓶”招徕生意，营业额居然超过了对面先开张的先施公司，成为上海百货行业的老大。抗战时期，永安公司内还开过绿宝剧场，先演文明戏，后来演话剧。绮云阁设有天韵楼游艺场和屋顶花园，每日在《申报》等新闻媒体上刊登演出广告，招徕客人。1941年哈同的遗孀罗迦陵去世后，正逢太平洋战争爆发，哈同洋行没有收回永安公司产权，1946年，郭家以112.5万美元赎还永安公司产权。1949年5月25日倚云阁顶上升起了五星红旗。20世纪50年代，在永安底楼开设骑楼式走廊作为人行道，以缓解南京路上拥挤的人流。1987年永安公司改组为“华联商厦”，2005年4月28日恢复原名——永安百货。身为南京路四大百货公司之一，永安百货是最坚持老上海风格的一家，即使商场引进了国际大品牌产品，其建筑内部装修和外部装修都依旧保留了老上海的风格。商场内部的步行楼梯和楼梯间的镜面也是沿用当时的设计。来这里购物的顾客不妨去走走楼梯，感受老上海的“转角”特有的味道。

永安公司的房产，根据协议1941年应全部归还哈同，为了不让几十年苦心经营的事业付诸东流，1930年永安公司老板的儿子郭琳爽从国外考察回来后，以高价收购了永安公司大楼东边相邻的“楼外楼”茶楼产权，拆除旧楼后于1933年建成新永安百货公司。永安新楼是一座钢框架结构的高层建筑。建筑师根据三角形地形因地制宜设计：临南京路为22层摩天楼，后部为

8层，有地下室。七层以下为梯形状，以上是长方形。一至五层为公司营业用房，六层至大面积的屋顶为电影院、茶园及露天散步场所，即闻名的“七重天”游乐场，内有舞池。在浙江路上空还建有封闭式天桥两座，与老永安大楼连通。1937年9月1日，郭琳爽在此开设了国货商场。公司合营后，新永安公司大楼商场改为上海第一医药公司，后来又改为华侨商店，楼层部分为“七重天”宾馆。1958年10月1日上海电视台在永安新楼建成试播，成为上海最早的电视台。这里接待过海内外广播电视名流，为电台、电视台举办过大型酒会，曾是历届上海国际广播音乐节、上海国际电影节、上海电视节指定的接待单位，直至1974年12月迁至南京西路651号。如今，这座大楼主要是七重天宾馆、老上海餐厅，底楼则是Gior Dano（佐丹奴）服饰专卖店。

新新公司是南京路“四大公司”中第三家新开设的公司。老板、侨商刘锡基原是先施公司经理，1923年他脱离公司，以每年租金8万两银子，限期32年，租期满后房屋收回的苛刻条件租下了毗邻先施公司的哈同洋行房地产地皮，于1926年元月23日建成开业。根据《大学》里“汤之盘铭曰‘苟日新，日日新，又日新’”之意而名曰“新新公司”。

新新公司大楼由匈牙利设计师鸿达设计，建筑高6层，折衷主义风格，大楼简化了古典主义建筑繁复的线条和装饰，趋于简洁明朗。在面临南京路的楼顶中部设一座方形二层空心塔亭，是新新公司标志性建筑物，在高度及霓红灯的设置上与“先施”、“永安”争奇斗艳。两侧转角处有楼亭，亭顶为巴洛克式的圆顶。20世纪50年代底层沿街开辟骑楼空廊。整座楼高6层，并在上海首先于商场内开放冷气。底层至三层为百货商场，底层还辟有新新美发厅，1959年迁至东面的老大房旁，是当年上海最高级的理发店之一。四层为粤菜馆，五层设新新茶室、新新旅馆等，六层设新都饭店、新都剧场，并在新都饭店大厅内自行设计和装备了上海第一个由中国人创办的广播电台，因电台的房子四周是用玻璃隔断的，俗称“玻璃电台”，1927年3月18日首次播音。1941年10月因火灾被毁，抗战胜利后重建，故取名“凯旋电台”。1949年5月27日上海彻底解放，电台最早向全市人民广播了这个重要消息并播放了人民解放军的约法三章和革命歌曲。

前身为新新公司的上海市第一食品商店

新新公司由于资金规模有限，先天不足，在四大公司中居于末位，但它在经营上也动了不少脑筋，曾发明了“猜豆得奖”、“当场摸奖”和“房屋奖券”招徕顾客。新中国成立后，新新公司歇业，底层商场改为上海市第一食品商店，楼层为新新溜冰场和服装商店，现整幢建筑为上海市第一食品商店。

上海市第一百货商店的前身是旧上海南京路上有名的大新公司，位于南京路步行街西入口处的南京东路830号，也即南京东路西藏路转角处。大新公司是南京路“四大公司”的小弟弟，开设最晚，但它博采众长，不同凡响。1932年澳大利亚华侨蔡昌来沪，见广东同乡开的“先施”、“永安”、“新新”三大公司都很红火，便决定在新新公司西首的南京路西藏路路口开设大新公司。这里原是西藏路劳合路（今六合路）于20世纪初建造的联排式里弄住宅“忆鑫里”，十字路口转角处则是英美烟草公司代销店“荣昌祥”，蔡昌以高价买下该处地皮，于1934年11月19日破土动工，1936年1月10日建成开业。大新公司的命名，有“大展新猷”的意思。在四大公司中，其他三家都是外籍建筑师设计，只有大新公司是中国泰基建筑事务所设计的，并成为该公司的代表作之一。大新公司是中国人设计的装饰艺术派建筑的代表，建筑立面简洁，以竖线条构图为主，平面呈方形，沿转角处作弧形处理，有三面环绕的18扇大橱窗。建筑共10层，当年一至四层为商场，五层为大新舞厅和酒家，六至十层为大新游乐场，还设有屋顶花园，并在国内首创地下商场，内设廉价商品部。楼内装有6部电梯，底层大厅中央的自动扶手电梯属当时国内首创，楼内还有冷暖气设备，是上海最早全天空调开放的百货公司。大新游乐场布置精巧，设有“天台十六景”，同时有京剧、话剧、电影、滑稽、魔术等节目的演出。大新公司先进的装备招徕了不少顾客近悦远来，很快后来居上，成为南京路上赫赫有名的“四大公司”的龙头。1953年，大新公司大楼改为上海第一家大型国营百货商店，称为上海市第一百货商店，20世纪80年代前，这里一直是全国规模最大的百货商店。

南京路四大公司在相互竞争中，繁荣了上海的百货业，四大公司也步入了各自的辉煌时期。它们曾经是南京路购物天堂的支柱，南京路因为有了它们而跻身世界著名商业街行列，成为闻名中外的十里洋场。

前身为大新公司的第一百货商店

南京路步行街的开辟

1945年抗战胜利，租界废除后，当时的市政府统一将南京路更名为南京东路。1953年南京东路拆除铁力木路面，改铺混凝土路面。这条路上百货公司多，名店名商号多，繁荣的商市带来了旺盛的人气，南京路上行人摩肩接踵，热闹非凡。从1949年5月上海解放到21世纪初，南京东路始终保持名特商店云集的上海商业中心地位。

国庆50周年前夕南京路步行街落成。这条步行街东起河南中路，西至西藏中路，步行街的东西两端均有一块暗红色大理石屏，碑体正面镌刻“南京路步行街”6个镏金大字，背面镌刻着中英文对照的南京路步行街建设志。步行街中心线偏北是一条用深红色花岗石铺成的宽4余米的“金带”，贯穿于整条步行街的“金带”上设置了花坛、座椅、德国路灯、电话亭、服务亭、指示牌等。位于“金带”上的37个雨水窨井盖上刻有各不相同的图案，每一个都是上海开埠以来各时期代表性建筑物和构筑物浮雕，并标注建造年份，全部用合金铜浇铸。37个窨井盖浓缩了上海百余年来城市建设的发展史。在“金带”上选用了3组铸铜雕塑，分别为河南中路口的《母与女》、山西中路口的《少妇》和西藏中路口的《三口之家》，3组雕塑均采用真人比例，人物造型栩栩如生，融入步行街上的购物人群之中，为步行街营造了祥和温馨的氛围。“金带”南侧是一条观光车道，开辟了观光游览车，其外观模仿20世纪30～40年代的有轨电车，车顶保留了老式电车顶棚的弧形，车厢的两侧则是完全敞开的，叮叮咚咚地在南京路步行街上来回行驶。两侧步行区平坦开阔，可直接通向商店。步行街中段有一个世纪广场，广场中央设金坪，地面与“金带”相似，广场上设有舞台，供演唱、表演之用，东侧有LED超大电子屏幕。广场东部设有旱喷泉，配有光带辐射。广场西侧草坪上耸立着一尊仿古“东方宝鼎”，东侧安装了一座名为“世纪元钟”的时鸣钟，这是为纪念中国和瑞士建交50周年，瑞士人民赠送给上海人民的礼物，到正点，时钟会响起中国民歌旋律的钟声。空间开阔的世纪广场也是步行街上演出、商品展示、大型活动的理想场所。世纪广场是步行街绿化的轴心，阶梯

南京路步行街

式绿坡与林荫道令人心旷神怡。整条步行街上有34个造型各异的花坛，18棵树龄百年以上的独体构骨树，为沪上罕见。沿河南路、浙江路、福建路、西藏路向南北延伸，设有直径0.6米的花岗岩石球，既是防止机动车进入的路障，也为南京路步行街增添了现代感。

南京路步行街上大店名店林立，各式商厦、优秀建筑聚集交汇，中西方文化相互融合。正是这种多样性的包容，互相渗透与吸收，涵盖古今中外精粹，使南京东路始终充满勃勃生机，展现出百年不衰的繁华，誉满中外。到了夜晚，步行街流光溢彩，林立两旁的中西建筑物的顶部和立面霓虹灯交相辉映，伴着各种百年老店的招牌持续不断地闪动。世纪广场中，五光十色的彩灯、激光映射在体现悠久文化的东方宝鼎上，和音乐喷泉一起构筑了步行街美轮美奂的浪漫场景。

步行街上的名特商店

南京路步行街上名店林立，几乎一步一店。许多名店都开设在有历史感的建筑里，只是花开花落，不少名店也难免无可奈何花落去，但这丝毫也影响不了南京东路的热闹繁华，这条路上的人流永远是上海马路上最为密集的。

南京东路353号被戏称为“商业百慕大”，从建成以来它几乎不断地在“变脸”。这幢大楼建于20世纪30年代。1931年，华商大陆银行用年租金为20万两白银，租期32年，期满后所造大楼全部归出租者的条件，从哈同手中租下山东路路口的南京东路353号一带原为居民住宅的地皮，建造大陆商场。1933年2月9日建成开业的大陆商场北沿南京路，南临九江路，东靠山东路，西近山西路。其中沿南京路建筑为7层，中部过街楼为8层，东西和南面沿街为4层。南京路山东路转角处在屋面上建造3层高的塔楼。铺面及二、三层由中国国货公司租用。大陆商场建成后因出租率不高而入不敷出，最后只能忍痛让出，由哈同遗孀罗迦陵接管，改名为慈淑大楼。新中国成立后，大楼由房管部门接管，改名为东海大楼。沿南京路店铺开设新华书店、服装店、布店等，楼层为一些商业机关使用。对于上海的读书人而言，这个新华书店几乎是一个地标性建筑。它体量大，有3个楼层，是20世纪80年代之前上海最大的书店。“文革”结束后，一大批中外名著解禁，这个新华书店里每天挤满了对知识如饥似渴的人群。1993年，大楼恢复商业用房的作用，在保护原有建筑外貌的基础上，拆除零星建筑，并将围绕大院内的内侧砖墙全部打通，形成一个600平方米的中庭；四周为开敞式排楼，设有自动楼梯及观光电梯。改造后的大楼改名为东海商都，建筑外貌修旧如旧，内部却是上海第一个共享大空间的大商场，1995年对外营业。上海书城南京东路店驻扎其中，一开始尚具规模，之后，书店的营业面积不断削减，最后几乎类似于一家小书店了。四年后，东海商都改为友谊欧洲商城；两年后又改为友谊百货，半年后更名为日向百货。到了2003年8月，营业不到一年的日向百货又成了巴赛尔珠宝中心。五年后，这里又成了353广场。比较起来，353广场还算经营得比较长的。2015年年初，这幢楼再次变脸，成为悦荟广场，是上海首家主打品牌全新形象的专卖店。不知道，南京东路353号这一次能否成功走出“商业百慕大”的怪圈。

张爱玲在小说《金锁记》中写道：“月亮是铜钱大的一个红黄的湿晕,像朵云轩信笺上落了一滴泪珠，陈旧而模糊……”文中提到的朵云轩至今依然在南京东路422号波澜不惊地屹立着，常有张迷慕名寻踪而来，买一叠张爱玲笔下写到的信笺，然后带着一脸的满足离去。朵云轩是创立于1900年的江南艺苑朵云轩。《新唐书·韦陟传》曰：“常以五彩笺为书记，使侍妾主之，其裁答受意而已，皆有楷法，陟唯署名,自谓所书‘陟’字若五朵云。”后因以“朵云”作为书信的雅称。“轩”是小室之意，朵云轩之名由此而来。这里可以说是上海最早的书画店了，除字画外，里面还经营自己特制的信笺、扇子等，在海内外颇有影响，为商业化的南京路注入了浓浓的传统文化气息。

南京东路上的老凤祥银楼创设于1848年，为沪市银楼业九大同行之一。1930年从南京路山西路路口迁至今南京东路432号。南京东路山西南路路口的邵万生南货店，是著名的宁式食品店，以经销四时糟醉和南北果品海味驰名沪上。其创始人据说是宁波三北一位名叫“邵六百头”的渔民，1852年创设于虹口，初名“邵万兴”，1870年迁至南京路，易名为“邵万生南货店”，并自设工场扩大生产。1932年起由光复会会员徐锡麟之弟徐叔荪经营，直至

1956年。邵万生对面的南京路上原先是创建于1930年的冠生园食品公司、1959年开设的小花园鞋店以及门面不小的四川饭店，现已全部拆建为置地广场。南京路福建中路路口坐落着创建于1899年的真老大房食品公司，它最出名的是店内自产自销的鲜肉月饼。门前经常有长长的队伍等候购买新鲜出炉的鲜肉月饼，一年四季都是如此，成了南京路上一道独特的风景。南京路近福建中路的地方曾有一座虹庙，又称保安司徒庙，据说是明代时从虹口迁来，故名。传说《庵堂相会》这出戏讲的故事就发生在虹庙，这个传说吸引着众多的香客。此庙原先是一座小小的土地庙，因南京路日益繁荣，香火也日盛。当年香客以社会下层妇女居多，花界、伶界尤甚。据说每月光蜡烛就可卖出7000余斤。1900年一场大火，使庙宇受到严重创伤。新中国成立后，虹庙香火依然兴旺，直至1963年关闭。后沿南京东路门面开设张小泉剪刀店，后面的殿堂已严重破损，暂作仓库。在南京东路靠近浙江北路坐落着三阳南货店，是上海南北货行业中久享盛誉的百年老店,以经营苏帮糕团、面点著称。三阳南货店是1870年由宁波庄市坂里塘8位唐姓股东合伙开办的。当时这条街刚由花园弄改名为南京路，三阳南货店占据了永安公司对面的绝好地段。由于上海有很多宁波人客居他乡，三阳就经营了南北货、海味和自产自销的宁式糕点。三阳前店后工场，糕点四季不同，叫做“春酥、夏糕、秋饼、冬糖”。它还有一个特色，就是为生日和红白喜事做果品糕点和盆景。桂圆、红枣、莲心和糕点垒成漂亮的假山式花样，装上五色的霓虹灯，印证了“福、禄、寿、喜”。如今的三阳保留了原有特色，依然在卖南北货和宁帮特产。

三阳南货店的旁边是创建于1875年的沈大成糕团点心店,这是沪上一家赫赫有名的以经营苏帮糕团、面点著称的特色点心店，被誉为集精品点心之大成。沈大成点心店原名沈大成粥店，1875年由江苏无锡人沈阿金开设，原址在湖北路福州路口，店名意为“沈家集粥品之大成”，自做自卖了3年。1880年，他盘掉粥店，在汉口路上开设了“沈大成糕团店”；不久，又因火灾迁到了广西路九江路路口营业。沈阿金去世后，就由他的儿子沈子芳当老板。1924年，善于经营的沈子芳看到南京东路的市面逐渐兴旺，便赶紧向亲戚借了一笔钱，托人在南京东路浙江路东北转角处找到了一处七开间门面，将沈大成迁到了那里。沈大成对面正好是一个电车站，市口颇佳。南京东路本来就人山人海，所以沈大成一开张店堂里就座无虚席。到1932年，该店的资本就达到了原有资金的30多倍。1935年，沈子芳又买下了沈大成楼上原“南国酒家”的九开间楼面，职工也由20多人增加到80多人，成为当时沪上规模最大的糕团点心店。由于沈大成注重选料，讲究制作精细，发扬传统，立意创新，因而一举成名。沈大成的寿桃、寿糕、桂花条头糕、双酿团、青团等，或雪白，或金黄，或粉红，或碧绿，看上去就勾人食欲。该店的汤团也馅多、皮薄、味美，被誉为“仙水汤团”。当时最出名的是唯沈大成独有的“虾仁馄饨”，沪人称之为“老虎肉”的价格，因其质量好，许多人慕名而来，供不应求。在附近的五云日升楼茶馆和对面的一乐天茶馆里喝茶的白相人、商人、掮客，常到沈大成吃仙水汤团和虾肉馄饨。此外，还有蟹粉小笼、油氽馒头、各式两面黄及宴席点心等，口碑甚佳，很快享誉海内外。沈大成还采用发放礼券的方法，凭券可以8折优惠，特别是老人做寿，小孩满月等，只要凭事先买好的礼券，电话预购就可送货上门。后来又发放了点心券，顾客凭券在店堂就餐可享受8折优惠。1932年春天，沈大成生意一度清淡，沈子芳又想出了一个赠奖券的办法，在报纸上、戏院里大做广告，凡是来店吃满一元的就奉送一张，每个月开一次奖。沈大成借此既扩大了名声又赚到了钱，至新中国成立前，沈大成已成为沪上资本实力最强的一家。1956年公私合营后，沈大成糕团店改名为沈大成糕团点心店。至今生意依然兴隆，因其价格实惠，一年四季门口总是挤满了选购的人群。尤其是沈大成的鲜肉中包，每个重量仅60克左右，介于鲜肉大包和小笼之间，很受胃口不大的上海女人青睐。

南京东路766号的泰康食品公司已近步行街的尾端。这家以自产自销饼干、糖果、罐头食品等驰名的食品公司，其前身是山东济南泰康罐头食品公司，由浙江镇海人乐汝成于1914年创办。1918年时业务已遍及山东全省及京、津两地，1927年在南京路虹庙对面成立泰康食品总公司，1932年迁至现址。泰康与“第一食品”、“三阳”、“邵万生”并称为“南京路四大食品店”。

抹不去的血雨腥风遗迹

如今，走在繁华热闹的南京东路上，大概很少有人会想到这条路上也曾经历过血雨腥风。

南京东路328号坐落着雅戈尔大厦。1947年这里曾发生过一起震惊中外的劝工大楼血案。抗战胜利后，美国政府将大量战时剩余物资向中国倾销，使尚未恢复元气的上海民族工业又遭摧残，许多工厂纷纷减产以至停工倒闭，大批职工失业。在中共上海地下组织领导下，上海三区百货业工会向职工和工商业者提出“挽救工商危机，反对美货倾销”的口号，得到职工和工商业者的广泛响应。1947年2月5日，百货业召开有200多人参加的座谈会，成立“爱用国货抵制美货筹备委员会”。2月8日，该会发表《告各界人士书》，阐明“爱用国货、抵制美货”的必要性和迫切性，呼吁各界人士团结起来共同行动。2月9日，“爱用国货抵制美货委员会”成立大会在南京路劝工大楼召开，上海各界代表400余人参加，并邀请郭沫若、邓初民、马叙伦、马寅初等到会演讲。国民党特务200余人扰乱会场，打人行凶，打伤群众百余人，永安公司职工梁仁达伤重致死。事后，上海各界人士成立“二九惨案”后援会，上海人民团体联合会、民盟、民进等分别发表宣言，沈钧儒、史良、沙千里等10名律师组成“二九惨案”律师团，声援“爱用国货”斗争。国民党当局迫于舆论，对遇难者家属予以抚恤。如今，南京东路328号门前墙上砌有“劝工大楼遗址”的字样。

“五卅运动”是近代中国首次发生在上海的全国性爱国运动,今南京东路泰康食品店门前矗立着一块五卅惨案纪念碑，这里便是震惊中外的“五卅惨案”的流血地。这块纪念碑石与整条南京路步行街的繁华热闹形成鲜明对照，显得分外醒目。

泰康食品店所在地曾经是上海公共租界巡捕房的一个分区捕房，称之为上海老闸捕房。老闸捕房成立于1861年。1860年，太平天国的李秀成率领部下进攻苏杭地区，大批中国难民涌入租界，需要大量警力来维持治安。1861年，工部局租借今山西南路丝业会馆，建立了租界第一个分捕房：老闸捕

泰康食品店门前的五卅惨案纪念碑

房。为了便于管理，1887年工部局买进今南京东路772号土地，建造新老闸捕房。新的老闸捕房于1890年元旦投入使用，除关押犯人用房外，还有一座马厩，配备有19名西人巡捕，31名印度巡捕和80名华人巡捕。公共租界雇用的印度巡捕都驻在老闸捕房，因印度巡捕多为锡克族人，他们头上裹着红布，因此上海人称之为“红头巡捕房”。1905年12月18日，上海公共租界发生“大闹会审公廨”事件，大批示威群众包围了老闸捕房，将其底层和一楼的建筑烧毁，印度巡捕对示威群众开枪，死伤数十人。事后，工部局在老闸捕房周围筑起了3米高的围墙，以防范冲击捕房的事件再次发生。1925年2月，因抗议日本工头殴打12岁童工，4万华工举行抗议罢工并取得胜利。5月15日，日商撕毁“二月罢工”时与工人签订的协议，进厂交涉的日商内外棉纱厂工人、共产党员顾正红惨遭日方枪杀，另有10余名工人被打伤，激起了全市人民的愤怒。1925年5月30日，2000多名学生在南京路等闹市地段集会，声援工人斗争，公共租界巡捕房逮捕了演讲的学生和听讲群众百余人。下午3时，群众几千人聚集在此，强烈要求释放被捕者；3时37分，守卫老闸捕房的外国巡捕向手无寸铁的群众开枪，在老闸捕房南京路大门前打死10余人，打伤数十人，制造了震惊中外的五卅惨案。由此，上海工人、学生、商人举行了声势浩大的罢工、罢课、罢市，并迅速形成全国规模的反帝高潮。惨案发生后，租界当局将老闸捕房面向南京路的正门堵死，另开门于贵州路上，原先的大门处改建为同昌车行新屋，企图抹去这一枪杀无辜的罪证。然而，历史是抹不去的，它们已被永远钉在了耻辱柱上。

五卅惨案纪念碑犹如一枚分量很重的镇纸，牢牢压在南京东路步行街的尾端，使得这条很容易流入媚俗的南京东路显得庄重而有节制了。

北京东路：老上海的中资金融街

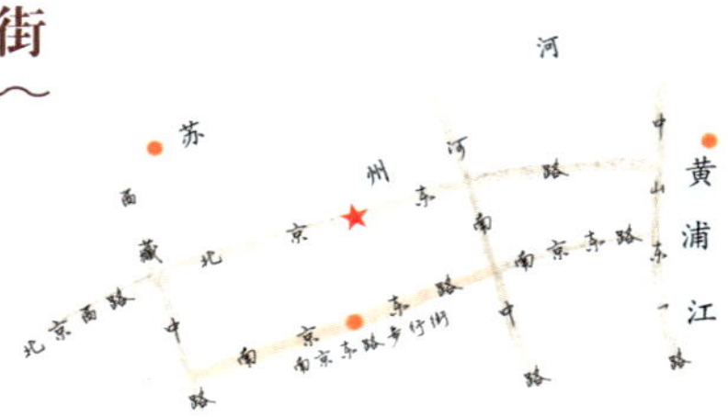

北京东路东起中山东一路，西至西藏中路，与北京西路相接。上海开埠之初，这条路是通达黄浦江的土路。1849年辟筑新路，当时仅辟筑了从外滩到今河南中路一段，因其东端附近是英国领事馆，故初名为“领事馆路”，俗称“后大马路”。1854年向西筑至今浙江北路，1865年以清廷京城命名为北京路，至1876年延伸到西藏中路。1945年更名为北京东路。

北京东路是沉寂的，因为这条路上鲜见商场，人们逛街很少会逛到这条路。与隔路的南京东路相比，这条路犹如山林隐士，市井中人不会青睐它，而它曾经的显赫身世也早已湮没在上海滩的滚滚红尘之中。

20世纪二三十年代，外滩是外资银行的集中地。几乎所有的外国银行都集聚在中山东一路上，而中资银行则屈居于外滩背面的北京东路上。当年，北京东路从外滩中山东一路至河南中路段是中资银行林立的金融地块，机构聚集，享有“中资金融街”的美誉。

在北京东路的东段鳞次栉比地坐落着一幢幢中资银行大楼，这些银行建筑大都具有欧洲新古典主义设计风格，华丽高雅又庄重和谐，整个空间给人以开放、包容的非凡气度，丝毫不显局促。这些建筑现在都成了上海的优秀历史建筑，难能可贵的是每一幢都承载着自身的历史，半部中国银行史留存在这条路上。如今，它们静静地站在路边，默默地阐述着上海滩的传奇。要了解中国银行业的变迁，不妨去北京东路走上一遭。

北京东路街景

对峙的大楼构成典型的欧洲街道

北京东路最精彩的部分在临近外滩段，由于怡和洋行大楼和格林邮船大楼这两幢典型的新古典主义建筑以坚实、规整的花岗石建筑侧立面，使北京东路这一段具备了典型的欧洲街道特点。

北京东路中山东一路路口矗立着一幢五层高的英国新古典主义风格大楼，它就是怡和洋行大楼。1843年上海开埠后，英、美、德、日、法等国商人相继来上海开设洋行，至1859年上海就有洋行62家。20世纪初，最早进入上海的英商企业“怡和洋行”已成为上海最大的洋行，享有“洋行之王”的称誉。怡和洋行于1845年在临近外滩的北京东路上造了一座2层英国乡村建筑，双坡屋顶式，主屋外筑建大围墙，各楼层均有阳台，窗户也较大。随着怡和洋行的发展，原本的2层建筑就显得小家子气了。于是，怡和洋行在外滩北京东路南面转角处又买了3亩土地，造了一幢东印度式的建筑。但很快便觉得还是不够气派，就在1922年将原来的建筑翻建成高6层的钢筋混凝土建筑。大楼为仿英国文艺复兴时期的建筑风格，整幢外墙采用花岗石垒砌，一、二层花岗石粗凿，这是上海早期大楼建筑的流行做法。建筑平面呈凹字形，西面凹进，朝东立面呈三段样式。一、二层为一段，门和长窗为罗马拱券形，大块拉毛花岗石作外墙贴面，大门进口处用平整石块铺砌台阶，包铜的大门两侧装有一对壁灯，二楼中央有石雕羊头装饰。三至五层为第二段，有4根巨大的大理石科林斯立柱作为装饰和支撑，立柱间为阳台和石栏杆。五层以上为第三段，屋顶有较宽檐口，顶部为大平台，平台前有栏杆，中间是石屏，紧贴石屏建有一座圆顶，圆顶中心插有旗杆。大楼内部不设营业大厅，但底层四壁及地面全用大理石铺砌，楼内每间办公室的设计和装修都十分豪华。怡和洋行在太平洋战争后被日本三井洋行强行接管，1946年恢复营业，试图重振雄风，可此时的上海滩已是美国人的天下，怡和最终只能是黯然回国。1955年，大楼由市房地局管理，交外贸部及所属公司使用。

与怡和洋行隔着北京东路相望的一幢大楼，其形状犹如一艘航行中的商船，它就是格林邮船大楼。这幢楼由英商怡泰公司投资兴建，地皮原属德商禅臣洋行分行，其总行在汉堡，这是在中国第一家建立香港—上海—广州间

怡和洋行大楼

正式轮船运输业务的商行。“二战”德国战败，禅臣洋行退出中国，其在怡和洋行大楼的产业被英商爱德公司远东分公司——怡泰公司于1921年收购。怡泰公司有10余艘轮船，经营直达日本的航线，还有上海—日本—香港—新加坡—纽约—伦敦—日内瓦—月往返的航线。这些轮船都是冠以格林字样的邮船，怡泰公司又名格林轮船公司，1922年建成的这幢大楼也被叫做格林邮船大楼了。大楼外观为英国新古典主义文艺复兴风格，7层钢筋混凝土结构，另有2层地下室。坚固厚实的花岗石拱券大门上饰以拱形花环石雕，两旁是有着精美柱头的花岗石科林斯式柱，显现出希腊古典建筑的特色。门面和外墙都有花环、花带等雕饰，典雅华丽。大楼的四、五层立面中央设置阳台，七层中央向上收缩成一座城堡式塔楼，二至五层附有外展的阳台，七层顶楼还建有塔楼，整个大楼外立面稳重壮观、简洁明朗。进门是半圆形大厅，以黑白相间的大理石铺就地坪，扶梯也是大理石铺就，各层走廊铺有马赛克地坪。当年建造时，因格林邮船大楼沿外滩的宽度较窄，因而将正门开在北京东路上。太平洋战争爆发前夕，1941年7月，怡泰公司通过怡和洋行将这幢楼售与日本正金银行。抗战胜利后，大楼又为美军所用，海军宪兵机关、军邮局均设在内，沿外滩底层转角处开了扇门，为美国新闻处阅览室，新中国成立后成为中苏友好阅览室。

从1951年3月起，北京东路2号成为上海人民广播电台所在地，所以称“广播大楼”。上海最早的官办广播电台是由交通部在1935年收买的美灵登电台改建而成，播音室设在沙逊大厦（今和平饭店）内。1949年5月27日市军官会接管上海广播电台，建立上海人民广播电台，并于1951年3月迁入北京东路2号。民营电台通过整顿改造加入上海联合广播电台，于1953年并入上海人民广播电台。1952年9月，在这里建成当时为全国规模最大、技术比较先进的播控中心。在此后的45个春秋中，上海人听惯了从这幢楼里发出的声音。1996年10月，上海人民广播电台搬迁到虹桥路新建成的广播大厦，这幢楼就被上海文化广播影视集团和上海市文化广播影视管理局作为办公楼使用。

曾为上海人民广播电台所在地的北京东路2号

能发行钞票的中实银行

在怡和洋行大楼的西侧，沿北京东路有一幢外形狭长的老建筑——益丰洋行大楼。这幢欧洲文艺复兴时期风格的大楼，建于1911年，是原英国益丰洋行的建筑。大楼绵延至北京东路31号到91号，是上海最长的“清水红砖”老建筑，也是国内现存最长的巴洛克式建筑。大楼共有5层，东起黄浦江，西至四川中路，北抵苏州河，南临滇池路，平面近似矩形，它以特有的沿街124米门面宽幅创下当时上海同类单体建筑之最，立面沿着北京东路铺展而开。屋顶为孟莎式，这是一种折脊式屋顶，即在屋面上多了一条脊，上半部分屋面的坡度稍缓，下部则较陡，顶部有精巧的三角形山花作间断分隔，清水红砖、白色拱门的外立面，在西北角入口和东北角穹顶上缀满了巴洛克时代建筑特有的线条和符号。建筑底部的窗为半圆卷门窗，二、三层为弧形卷窗，顶层为平卷窗，一至三层的窗卷装饰着锁石，顶楼有露台。这栋充满异域风情的建筑早期主要作为洋行和职工宿舍使用，后来成了办公大楼。经过多年的演变，近年来大楼的一层变成了商铺，经营古玩、餐饮等，而楼上则是居民的住所。经几番风雨后重新亮相的益丰大楼成为集精品百货、餐饮休闲娱乐为一体的高端商场，于2012年5月17日开始营业，目前已有40个品牌入驻。

益丰洋行大楼的对面是位于北京东路130号的中实大楼。与邻近外滩的诸多大楼一样，中实大楼同样有着显赫的身世。大楼建于1929年，是折衷主义和新古典主义的代表作品，整体造型沉稳端庄，在塔楼上可以清晰地看到“1929”字样。大楼为6层，三段式立面线脚划分明显，外墙设竖条窗，底层为厚重的石材，有较深的水平条纹。这幢楼曾是中国实业银行总部所在地。中国实业银行系1915年由北洋政府财政部筹办，1919年4月正式成立，总行设在天津，1920年设立上海分行。1932年,因华北局势不稳定，中国实业银行总行由天津迁至上海中实大楼，名为实业银行，实际上仍从事一般商业银行及储蓄、信托、仓库等业务。中实银行由于得到北洋政府的支持和有钞票发行权，业务较为发达，至20世纪30年代，中实银行在全国重要商业银行中位居第八位。该行所发钞票，在市面流通甚广，由于发行过滥，又准备不足，导致1935年上半年发生挤兑。挤兑风潮后，国民政府下令其改组，与四明银

益丰洋行大楼

中实大楼

行、中国通商银行、中国国货银行合称“小四行”。抗日战争时期，总行曾经先后撤往汉口、香港及重庆。建国后，陆续进驻中实大楼的有：国家电力华东设计院、中国农业银行上海分行等。

名噪一时的四明银行大楼

在北京东路四川中路转角处的北京东路190号坐落着5层的沙美大楼，原名沙美银行大楼。这是一幢较为典型的新文艺复兴时期风格的古典欧式建筑，空间开敞，大楼的塔楼、门楣等处采用了巴洛克式的多曲线雕刻，使建筑尽显欧洲古典主义的雅致和庄重。大楼平面形状呈梯形，古典三段式，中部外凸，南向的主立面大门为券式门，两侧以科林斯柱支撑，上饰三角形的山花涡卷，十分豪华气派。二层是罗马式钢筋混凝土栏杆，二层以上后退形成阳台，三层以上则为纹饰简约优雅的铸铁栏杆，窗间墙均有壁柱，并有笔直的横向嵌纹。底层入口、大厅以及沿北京东路和沿四川中路为圆柱，其余为方形柱，使得此幢楼的整个立面形象丰富而又庄重，显示出欧洲古典主义建筑的风范。大楼建成于1918年，曾先后为沙美洋行、上海信托等单位使用，后来又成为了居民住宅和企业办公楼。

北京东路230号坐落着原浙江兴业银行大楼。浙江兴业银行成立于1907年，它是由浙江铁路公司创议设立并担任最大的股东，总行设在杭州，第二年在上海、汉口设立分行。1915年改组后，总行移到上海。1936年在北京东路建成了这幢大楼。20世纪70年代起，大楼底层作为铁路上海站北京东路售票处，延续至今。

在北京东路232号至240号坐落着四明大楼。四明大楼是由原四明银行投资兴建的，于1921年建成。四明银行是旧中国主要商业银行之一，1908年8月开设于外商银行和旧式钱庄林立的宁波路江西路路口。四明是宁波的别称，在宁波路上开设为宁波人服务的金融机构自然是顺理成章的事。四明银行的积极倡议者是俗称“阿德哥”的“海上闻人”虞洽卿。19世纪后半叶五口通商后，宁波帮的实力已遍及上海近代工矿航运及公用事业，他们急需获得金融业的支持。1906年，宁波人虞洽卿曾组织上海工商业人士赴日考察，在日

原浙江兴业银行大楼

四明大楼

本的半个月中，他对用资本主义经营方式经营企业印象深刻，回国后，便积极倡议筹办四明银行，两年来终于集聚了资金75万两，开设了这家银行。四明银行开设后，经营一般商业银行及储蓄、信托、仓库等业务，房地产投资较多，并曾从清政府取得银行券发行权，逐渐发展为上海金融界名列前茅的银行之一。之后，四明银行的营业种类进一步扩大，包括买卖有价证券及金银等，1918年成为上海银行公会12家发起人之一。1919年四明银行增设汉口分行，1921年9月总行迁入上海北京东路新建成的四明大楼内，和浙江兴业银行正好对峙于江西路的东、西两角，成为轰动一时的盛事。1930年四明银行设南京分行和总行房地部，从此大规模开展房地产业务。三年后又设立了四明储蓄会，并设立了上海西区、城区支行。但好景不长，1935年，该行因滥发银行券，发生挤兑，四大家族官僚资本乘机加以控制，加入大量“官股”，与中实银行、中国通商银行、中国国货银行合称“小四行”。建国后，“官股”由人民政府接管。1952年12月，四明银行与其他行庄合并组成公私合营银行。

当年四明银行大楼建成后，楼下营业，二、三楼办公，其余用作银行职工家属宿舍。公私合营银行成立后，留用楼下作营业部，二、三两层出租给外单位办公，四、五两层用作职工宿舍。现在这幢大楼是上海建筑材料集团总公司办公地。

北京东路239号坐落着原中垦大楼，这幢楼是由中国垦业银行投资兴建的。中国垦业银行创办于1926年，业务主要有以垦牧农林事业所用土地房屋及籽种、原料、出产物物品等抵押放款，收受各项存款，办理国内汇兑，承购国家债券、地方债券及公司债券，并经财政部核准发行纸币，兼办储蓄存款等。中国垦业银行总行设在天津，1928年春，上海分行开张，创始人之一是上海滩当时有名的“金子大王”王伯元。国民政府定都南京后，该行为办事便利起见，于1929年6月将上海分行改为总行。1931年该行购进北京东路江西路拐角处的地基，兴建八层钢筋水泥大楼，于1932年建成。大楼入口设在转角处，贯穿3层的入口门厅上面建起两层塔楼，整体上强调竖向线条，檐部及其他部分用麦穗图案做装饰，突出银行的农牧主题。大楼的钢筋混凝土柱均为方形柱子，截面直径逐层缩小，柱间设置主梁和次梁。楼内还设置了保管库及银库。1948年该行更名为中国恳业商业银行，新中国成立后，总行于1951年10月加入金融业第一联营总管理处。

做过学校校舍的银行大楼

河南中路和江西中路之间的北京东路270号坐落着中一大楼（原为中一信托大楼）。中一信托公司原名中央信托公司，创办于1921年，是我国最早出现的信托业公司。中央信托公司营业范围为信托、银行、储蓄、保险四部分。公司在1924年购得上海北京东路270号基地，自建5层大楼为总公司营业所，经营房产经租处、保管箱及仓库等业务。1929年在信托部附设证券股，1930年和1935年分别在上海虹口和上海西区增设办事处，并于次年1月1日起改称中一信托公司。这幢大楼同时也是上海市信托商业公会所在地。

中一信托大楼在抗战期间还曾作为复旦大学临时校舍。1937年，抗日战争爆发后，复旦大学一部分学生随校西迁重庆，但大部分学生因经济及交通问题未能入渝。1938年2月，我国近代著名教育家、复旦大学名誉校长李登辉出面租赁北京东路中一信托大楼的四、五两层作为临时校舍，校名暂称“复旦大学沪校”，经费以学费充用。1938年6月初，改校名为“复旦大学上海补习部”，只是在招生时仍用“复旦大学”名义。中一信托大楼外观简洁平整，局部有简化规整的浮雕装饰。如今，中一大楼进驻了好几家公司，一、二层是深圳证券信息（上海）有限公司，算是承袭了这幢大楼原有的功能。

北京东路280号坐落着盐业银行大楼。盐业银行成立于1915年3月，由袁世凯的表弟、张伯驹的大伯父（因其膝下无子，遂把张伯驹收为义子）、久任长芦盐运使的张镇芳创办。总行初设于北京，1928年8月移至天津。该行与金城银行、中南银行、大陆银行合称“北四行”，是当时享誉全国的中资银行，金融辐射功能遍及长江以北。盐业银行以其雄厚的实力，成为“北四行”之首。张家为盐业银行最大的股东，“民国四公子”之一的张伯驹曾长期担任盐业银行董事、总稽核一职。盐业银行上海分行虽成立很早，却一直没有固定的营业场所，1931年，该行在北京东路280号建成一幢7层高的盐业银行大

中一大楼局部

延安高架路
Yan'an Elevated Rd.
虹桥机场方向
To Hongqiao Int'l Airport
入口
Entrance 1km
首尔3D艺术殿堂

盐业银行大楼

楼。这是一幢简化的新古典主义风格大楼，其细部的处理带有巴洛克风格。大楼外观简洁，构图严整。大楼南立面构图以中轴对称，其外立面的装饰主要集中于底楼沿街部位，转角处有隅石装饰，入口大门上雕刻着圆环，檐部出挑厚重，内部吊顶精美。大门两边一左一右矗立着一根塔斯干柱，上方挑出二层阳台，以镂空的圆形连成阳台围栏，中间拱出一实心圆匾，于不经意间传递出一种巴洛克风范。两侧入口门套上方饰以粗石，显得粗犷有力，大楼的二至七层都是平窗，显得十分简洁。盐业银行大楼落成后，其一至四层为银行的办公用房。五楼以上则用于租赁。大楼的地下室还有很大的金库。1934年6月总行迁至盐业银行大楼，其中就设有张伯驹的办公室。很难想象这位集收藏鉴赏家、书画家、诗词学家、京剧艺术研究家于一身的文化奇人会在这间办公室里端坐办公。

除了盐业银行大楼外，当初盐业银行还在上海建造了著名的国际饭店、四行仓库等建筑。新中国成立后，盐业银行先于1951年9月参加“北五行”联营联管，又于1952年11月加入私营金融业的全行业公私合营而最终完成了其历史使命。

和中一大楼一样，盐业银行大楼也曾作过学校校舍。1939年后，日寇入侵，原在龙华路（今中山南二路）的沪上名校南洋中学为避战乱，租借盐业大楼五楼作为临时校舍，在此进行教学，直至1945年抗战胜利后陆续迁回龙华路校址，到新中国成立后的1952年才完全结束和盐业大楼的关系。但是盐业大楼和教育界的关系却并未结束，由君毅、文昌、新生、辅仁、光耀、群进、民生、苏民、进修、五育等私立中学合并成的私立五育中学搬进了盐业大楼。1956年该校改为公立，定名为上海市六十七中学。此后这里就成了六十七中学的校舍，直至1997年，六十七中学与贵州中学合并后方始迁出。

北京东路河南中路转角处的北京东路342号坐落着原国华银行大楼。国华银行是旧中国主要商业银行之一，1928年1月27日成立于上海，经营储蓄、信托、仓库、外汇等业务，华侨资本占相当比重。

国华银行大楼建成于1933年，高达11层，不但在楼层上远远高于北京东路上的其他建筑，而且建筑风格也采用了当时比较前卫的装饰艺术派风格。该楼转角处为十一层，两翼为十层，竖向构图的立面简洁明朗，没有繁复的装饰和线条。大楼地面至二层裙墙采用花岗石垒砌，二层至塔顶则采用白水泥人造石砌筑。顶部出檐为塔楼状，十分醒目。大楼主入口设在东南转角处，两扇拱券形大铁门高达两层，上端有半圆形孔雀开屏图案雕饰。进门后登上9级台阶进入第二道门，这道门原为两扇铜门，上有半圆形铜框玻璃窗，现已拆除。大楼设地下室，底层是营业大厅。大厅中央由13根大理石立柱支撑，地坪也用大理石铺砌，顶部为饰以从法国进口的彩色玻璃天棚，显得十分华丽气派。大厅四周建有隔层，上下两层都是办公室。大楼沿北京东路设有两部电梯，电梯四周的扶梯都是用大理石建成，足见其豪华。大楼建成后，其二、三楼为银行写字间，六楼为银行俱乐部，其余楼层都出租为写字间。

1948年国华银行改名为“国华商业银行”。新中国成立后，该行于1951年9月受中国人民银行总行管辖，1952年12月与其他行、庄合并改组为公私合营银行。1980年10月总行改称管理处，迁址北京。1989年4月接受中国银行投资，成为中国银行全资附属企业。1993年底，在港九、新界各区共有20家支行，职工近千人。

1956年上海市口腔病防治院迁址于北京东路国华大楼内，许多20世纪五六十年代出生的上海人都曾在这幢大楼里看过牙齿，他们把这里称之为“国华大楼”。除了口腔病防治院外，里面还进驻了上海市金属材料公司等多家单位。

唱响国歌的金城大戏院

从19世纪50年代起外商在沪的洋行纷纷兼营五金商品，至20世纪初上海已成为全国性的五金交易市场。1937年“八一三”后，由于闸北、虹口五金业主纷纷逃入租界，北京东路的五金经营户数大增，初步形成了位于北京东路中段的河南中路与西藏中路之间的五金商业街。改革开放后，这一段的北京东路又发展成综合性生产资料街。北京东路历史上有很多著名的企业，如

1931年起设在北京东路800号的祥生汽车股份有限公司，该公司于1985年前后又开出强生物质公司，经营生产资料。北京东路851号大楼自1929年后就是黄楚九等9人合资创办的中法大药房所在地，在20世纪三四十年代这家药房是上海一家规模颇大的药房，一楼是营业厅，二、三楼是附属事业办公室，四楼设“大陆广播电台”。1956年公私合营后，该药房歇业。这幢大楼现为装潢和建筑五金分公司。

北京东路的西面临近西藏中路，承袭了这一带的海派文化气息，而最典型的便是位于北京东路780号的黄浦剧场。

黄浦剧场是一处具有深厚历史文化积淀的标志性文化设施和文化历史遗迹，当年电影《风云儿女》在此剧场开映。由田汉作词、聂耳作曲的《义勇军进行曲》作为该影片的主题歌正是在此唱响和传播。黄浦剧场是一幢外观简洁的现代派风格的4层楼房。如今这座拥有70多年历史的老剧场被包围在周围五金商店之中，显得卓尔不群。走进大门，一种老电影院的气息扑面而来。两边有着回形图案的环绕扶梯，中间的烛台式吊灯以及带回形窗框的玻璃窗户给人一种雅致的感觉。大厅的墙上还贴着当年《风云儿女》开映的报纸广告，挂着“爱国主义教育基地”的铜牌。楼梯正中迎向观众的墙上是一幅主题浮雕《国歌从这里唱响》。浮雕生动展现了国歌曲作者聂耳热烈奔放的创作形象，勾勒出烽火连天的抗日战场以及国歌激励下中华民族的奋勇崛起等场景，形象地反映了《国歌》创作的时代背景以及主题思想，让人感觉到了这座剧场不同一般的历史。

黄浦剧场前身为金城大戏院，是由国华影业公司经理柳中浩、柳中亮兄弟于1933年筹资建造的，第二年2月1日落成开张，专映电影。开幕式上放映了由联华影片公司摄制、阮玲玉主演的电影《人生》。早期因大量左翼进步电影在此首映而引起轰动，被誉为“国片之宫”。其中有我国第一部在国际上获奖并连映84天，从而创下国产片连映记录的《渔光曲》；有中国第一部有声影片《桃李劫》以及连映21天、观影人数多达10万的《马路天使》等。1935年，左联剧联在这里展开进步戏剧活动，先后上演了田汉创作的反映“一·二八”淞沪抗战的《回春之曲》和《水银灯下》以及易卜生的《娜

黄浦剧场

拉》和果戈里的《钦差大臣》，轰动了整个上海滩。

1935年3月中旬，著名剧作家田汉写完电影《风云儿女》的故事梗概，就被反动当局逮捕入狱。在狱中，田汉坚持创作，在香烟盒上为《风云儿女》写出了主题歌《义勇军进行曲》的歌词，随后悄悄托探监的亲属带出。夏衍把田汉留下的故事梗概改写成了电影台本交给了导演许幸之。青年作曲家聂耳从许幸之和司徒慧敏处听说电影结尾有一主题歌曲，于是立即赶到夏衍那里，主动请缨，要求为主题歌谱曲。他在一间阁楼里连熬两夜，完成了初稿，并在日本最终定稿。该年5月24日，地下党领导的电通公司出品的影片《风云儿女》在金城大戏院首映。该片由许幸之导演，王人美、袁牧之主演，周璇客串。影片描写"九一八"事变后，一个青年诗人摆脱颓废生活，参加抗日义勇军的故事。《风云儿女》在金城大戏院放映后，抒发了中国人民反对侵略的坚强意志和决心的主题歌《义勇军进行曲》，以其雄壮的旋律和坚定的行进节奏而大受人民群众欢迎。"起来，不愿做奴隶的人们，把我们的血肉筑成我们新的长城……"激发起了国人的满腔爱国热情。《风云儿女》首映之日，这首歌就被传唱开来。许多人为了学会这首歌曲，反复到金城戏院一遍又一遍地观看电影，不久就出现了银幕上下同时高歌《义勇军进行曲》的动人场面。随着影片的放映，《义勇军进行曲》从金城大戏院火速蔓延，开始大范围地在上海民众中唱响，特别是在"一二·九"运动中，《义勇军进行曲》更是引起了全国的共鸣，全国各地的学生、工人、爱国民主人士和支持中国的国际友好人士，在集会上、在游行中都放声高唱《义勇军举行曲》等抗日爱国歌曲，整个中华大地和着《义勇军进行曲》的歌声，吹响了抗日救亡的进军号角。

聂耳不幸去世后，1935年8月16日，上海音乐界、电影界和戏剧界进步人士冲破国民党重重阻力，在金城大戏院隆重举行了聂耳逝世追悼大会。这里不但是《义勇军进行曲》的唱响地，而且，聂耳还曾经在这个剧场里指挥联华女声合唱团演唱过《新的女性》。大会预定在上午9:30开始，但是8点左右，拥有1600座的金城大戏院内就已座无虚席，后到的人因为进不了剧场，就都聚集在门口，把剧场的入口处围得水泄不通，戏院不得不挂出"座满请回”的告示牌。那天，主持追悼大会的是明星公司的董事之一周剑云，在现场悲泣的哀乐中，被称为“聂耳之后继者”的音乐家吕骥报告了聂耳的创作生活，演员们合唱聂耳挽歌，小明星陈娟娟演唱了聂耳的《卖报歌》。1949年，中国人民政治协商会议第一届全体会议一致决议，《义勇军进行曲》作为中华人民共和国代国歌。黄浦剧场也名副其实地成了国歌唱响地。

“八一三”事变后，金城大戏院成为临时难民收容所，1938年复业后重新放映电影。抗日战争时期影业萧条，遂于1943年改演京剧，1944年和1945年由国风剧社演出话剧。抗战胜利后，剧场恢复电影放映，并增设了“译意风”设备。据统计，当时上海的人口中有五分之一为苏北籍，他们平时喜欢看家乡戏——淮剧。上海市人民淮剧团（现上海淮剧团）建议将金城大戏院改为淮剧团的固定演出场所，文化局同意了该团的要求，于1957年11月正式批准金城大戏院作为人民淮剧团固定演出场所。就在此时，周恩来总理在友谊电影院看了人民淮剧团演出的《白蛇传》。演出结束后，团长筱文艳向周恩来总理汇报了金城改为专演淮剧场子的事，并提出请他为剧场改名。周恩来总理问：“这个剧场在哪一个区？”大家说，“在黄浦”。周恩来总理随即微笑着说：“那就改为黄浦剧场吧。”

周恩来总理还亲笔题写了“黄浦剧场”4个雄健的大字。黄浦剧场于1958年2月16日春节开幕，首演由人民淮剧团演出的淮剧《水漫泗州》。淮剧现代剧《夺印》、《海港的早晨》也首演于此。后来，终因原舞台只适应放映电影，从1974年起仍改为专映电影。2008年，黄浦剧场辟出400多平米的场地，修缮扩建了“国歌唱响”爱国主义教育基地，基地由序厅、国歌起源、国歌唱响、国歌与黄浦剧场等4个展厅组成，于该年5月23日正式落成并举行揭幕仪式。展厅陈列大量史料、图片、实物、雕塑等，真实展现了国歌从诞生、发展到唱响的历史写照。2009年，黄浦剧场被正式命名为“上海市爱国主义教育基地”。

喜欢越剧的老上海人大概都会记得在黄浦剧场对面的北京东路贵州路路口，曾经有过一座丽都大戏院，是以“越剧十姐妹”之一的尹桂芳为团长的芳华越剧团的专业演出场地。1958年，芳华越剧团调往福建福州市，这里又成为由越剧名家张云霞领衔主演的少壮越剧团经常演出的场地，沪上其他的一些越剧团也常在此演出，成为沪上重要的越剧演出场所。记得我小时候，就经常被外婆牵着小手在这里看了好多绍兴戏（上海人对越剧的昵称），像《李翠英》、《碧玉簪》、《三请樊梨花》、《孟丽君》、《秦香莲亲审陈世美》等张派名剧都是在这里看的。可以说，我的最早的戏曲启蒙就是在这个戏院里完成的。其实，这个剧场的年龄比我要大得多，它建于1926年，初名“北京大戏院”，我猜测可能是因其位于北京东路上，1935年才改为“丽都大戏院”。这个名字可比北京大戏院要好听多了，和江南柔美的越剧艺术很匹配。1972年改名为贵州剧场，还是离不了所处的地理位置，却少了许多想象的空间。剧场大修后作为影、剧两用场地，又改称贵州影剧场。1982年，因剧场后台出现了塌陷，墙面出现裂痕，演出停止。1990年，剧场被拆除，改造为黄浦区物质公司商场。昔日“丽都”的印象已荡然无存，只能在梦中回味了。

福州路：花开花落中书香不散

福州路东起中山东一路，西迄西藏中路，与人民大道相接。上海开埠前，福州路原是通向黄浦江的四条土路之一。19世纪50年代初筑成泥砂石子马路，当时仅中山东一路至界路（今河南中路）一段，因附近设有基督教伦敦会传教机构，故称“布道路”，又称“教会路”。1856年向西延伸至第二跑马场，即今湖北路，1864年筑完全程。次年12月以福建省福州市名命名为福州路，俗称“四马路”。

福州路是上海开埠后，继纤道路（后称“二马路”，今九江路）之后，与英大马路（今南京东路）同时辟筑而成的早期马路。据说，福州路的命名源于一桩风流韵事。当时工部局五董事之一的一个名叫马太提的英国人乘船来中国时，曾在福州码头邂逅一位风情万种的中国女子，便因此而日夜神魂颠倒，想方设法终于抱得美人归，纳作偏房，把远在英伦三岛上的妻子忘得一干二净。到上海后，工部局讨论路名，他便提议把福州作为路名，那帮英国殖民者在探得了马太提这段风流韵事后，在一片艳羡声中居然全票通过了他的提议。

福州路是上海近代文化出版业的阵地，曾拥有大小书肆300余家。如福州路254号内的北新书局、黎明书局，271号的作者书社，279号的文化书店，291号的文怡书局，294号的文江图书文具公司，296号的光明书局，300号的上海书店，324号的时代书局，326号的大众书局，328号的启明书局，331号的独立出版社，375号的求益书社，380号的中国图书杂志公司，384号的言行社，400号的群益书社，679号的中国文化服务社以及中央书店等。可见这条马路的文化出版业之发达。

如今从河南中路往西藏中路一路走去，窄窄的街道两旁依旧是大小书店

福州路街景

林立，连空气中都弥漫着书香。街道两边有着许多文化用品商店，从文房四宝到电子用品，应有尽有。于是，这条闹市中的马路便成了都市读书人最爱的去处，并被誉为上海的一条文化街。

海派文化的发源地

近现代中国的文化素有京派、海派之分，而海派文化的源头便是在福州路上。当年在这条路上布道的麦杜斯，1835年便到上海来了。据说他还是个汉学家，并能说一口流利的中文，在上海落地生根后就开始研究起了儒家学说。1843年，他在山东中路福州路南侧一带圈了地，被称为“麦家圈”，并在此创办了中国第一个出版机构：墨海书馆。这是中国最早使用铅印设备编译、印刷的出版机构。墨海书馆雇佣了一批落拓文人当枪手，传播西学，并有个专用名词，叫“秉华笔士”。这批既有国学功底，又吸收了西洋文化的秉华笔士便是日后海派文化的始作俑者。之后，这批秉华笔士又继续在四马路（今福州路）以及附近的望平街（今山东中路）上创办起了上海最早的报馆，各类书馆、印刷所也相继成立。1872年4月30日，英商安纳斯特·美查在望平街一带创建了近代中国历史最久的中文报纸《申江新报》，即《申报》。当时的一批主笔融中西传媒为一体，形成了具有上海地方特色的一家媒体。从此，四海报人、笔士相继聚集于此。不久，四马路上云集了大小书报馆100余家，其中包括中国第一家大型出版企业——商务印书馆。1934年全国第一家杂志发行机构——上海杂志公司在福州路324号成立，当年公司联合出版界、著作界，多方搜集全国各地出版的各种专门刊物和书报杂志，以便读者选购。福州路文化街的格局就此形成。

近百年来福州路上的书店开开关关，此起彼落，好不热闹，一路弥漫着的书香却总也飘散不去。

在河南中路和福州路的交叉路口，曾是上海科技图书公司所在地，正门开在福州路259号，它的前身便是创办于1912年的中华书局。在近代中国文化史上，中华书局是与商务印书馆齐名的两大出版机构之一。中华书局河南中路边门的隔壁，便是商务印书馆的发行所。两大出版业的巨擘，比邻而立，当年竞争之激烈可想而知。至1949年，中华书局先后出版期刊将近40种，出书达5700余种。有名的《四部备要》、《中华大字典》、《辞海》、聚珍仿宋版《二十四史》等皆出自中华书局。1954年5月公司合营后，其总部迁往北京，上海则成立办事处。1958年，上海办事处与上海古典文学出版社合并，成立中华书局上海编辑所，这里成为上海科技书店。这座大型科技书店曾是上海学子的梦中故乡，这里的参考书门类众多，科技类书更是几乎集各地之大成，可惜由于河南路的拓宽改造，如今这个福州路上的文化地标也已随风而去了。

福州路272弄的中和里有过一家创办于1923年的新文化书社，该社曾因出版《白话文做法》而获利起家。后来，它专出无版权的古典文学和通俗小说，并以提高书价、降低折扣的方法，吸引书商和读者，是上海滩书业书价“一折八扣标点书”的首创者。创刊于1919年3月的《晶报》馆址在四马路靠近河南中路的地方。《晶报》每三日一张，内容多为风花雪月，编撰人有包笑天、周瘦鹃、张恨水、林琴南、邵飘萍等，还请了沪上一些画家画插图。在刊载上述名家文章时，标题做得很讲究，版式编排生动活泼，很受市民欢迎，发行量高居当时上海滩小报之首。1932年10月，《晶报》改刊为日报，1946年底停办。位于福州路280号的杨振华笔庄是商报馆旧址，附近的长江测绘仪器商店则是开明书店的旧址。开明书店由章锡琛、章锡珊兄弟创办，由夏丏尊、叶圣陶主持编务，一代文学泰斗茅盾和巴金的成名作《子夜》和《家》就是诞生在这家不起眼的小书店里。开明书店还出版了《新女性》、《中学生》、《开明少年》等。1953年，开明书店和青年出版社合并，组成中国青年出版社。

在山东中路与山西南路间的福州路上矗立着24层高的百腾大厦，这里最早是建于1904年的时报馆，昔日的时报馆建筑为3层，门框用爱奥尼克柱式装饰，二、三层中央挑出阳台，在东南转角处建有仿中国传统宝塔造型的塔楼。塔身外呈八角形，内为方室。微风吹来，塔楼的铃声响起。这一中西混合、造型别致的建筑成为当时福州路上十分醒目的街景。《时报》为康有为、梁启超授意创办的大型日报，主张立宪，介绍欧美文化，其发刊词和不少评论文章由梁启超亲自执笔。1929年，时报社迁至浙江路，这里改为“大东书局”。这是一家发行量仅次于商务、中华、世界的书局，出版过著名的《福尔摩斯探案全集》、《紫罗兰》、《中华法学杂志》等。新中国成立后，因年久失修，塔楼上层部分被拆除，下面房屋一度被上海美术书店租用。1998年时报馆建筑被拆除，在原址上建起了百腾大厦。百腾大厦的底楼一度进驻了跨国图书巨人贝塔斯曼书友会，因为喜欢书友会的名字，我也成了它的会友。贝塔斯曼书友会的书比较时尚，而且大多装帧精美，拿在手里就让人心生欢喜，这促使我在出版自己写的书时特别强调装帧之美。临福州路的落地窗前有沙发和小茶几，我每次挑选完书籍，付完款，就舒舒服服地坐在沙发上静静地看一会儿书，顺便看看福州路来来往往的人们，很是惬意。2008年我福州路去得少了，不久就听说了贝塔斯曼宣布撤出上海的消息，其在福州路318号高腾大厦底层的旗舰店也随之关闭，这让我多少有一点失落。

有名的《万象》杂志社最初就设在福州路328弄6号。这里原先叫“画锦里”，因为边上开了一家“世界书局”，渐渐地，就被叫做“世界里”。上海最早的连环画《西游记》就是1928年在福州路世界书局出版的。福州路338号是广益书局的原址，它与大东书局齐名，仅次于上海书业三大亨。它原名“文益书室”，早期出版读物以儿童开蒙读物《三字经》为代表，1904年改称“广益书局”，曾在1934年出版了大量的通俗小说，用彩色封面铅印了一折八扣标点书，与新文化社竞争。后来，又自设印刷厂，在全国各地开设分店。1955年，广益书局合并于四联出版社上海图书发行公司。

在福州路390号怀远里弄口有一家名闻海内外的“上海外文图书公司”，它可是“世家子弟”啊！它的前身是仅次于商务、中华书局的“世界书局”，当时因其门面被漆成红色，故又有“红屋”之称。一开始，这里以出版武侠和言情小说为主，如《江湖剑侠传》等，并刊行通俗文艺期刊，如《红玫瑰》、《家庭杂志》、《侦探世界》等。这里还是我国连环画的诞生、发展之地，《三国演义》、《水浒》等连环画最初就是从这里走出来的。1938年11月，世界书局因拒绝与日寇合作，其福州路发行所里被日寇放了定时炸弹，酿成一死一伤的血案。新中国成立后这里成为国际书店上海分店，1958年改名为上海外文书店，在这里可以看到最流行和畅销的外文原版书，至于各种外文工具书更是应有尽有，品种繁多。在外文书店的三楼是美术书店，这里可以买到各种画册和进口的美术摄影杂志。在山西南路至福建中路（旧名石路）间的福州路上，是书店相对集中的路段。1945年，朱雯在福州路392号创建正言出版社，主要出版文艺类书籍。朱雯编辑的《正言文艺丛刊》，代表作有：施蛰存编辑的《域外珠丛》等2种，罗洪的《这时代》等5种。正言出版社于1950年关闭。

福州路424号现在是上海图书公司所在地。一楼为专卖设计、摄影类图书和画册的名为艺术书坊的书店；二楼恢复了百年老字号“九华堂”的功能，销售高端文房四宝、古旧文玩等传统艺术品。上海九华堂在国内外收藏界极负盛名，它开设于1887年，是一家以制作经营笺纸、印泥、扇面、名人书画及木版水印为主的字画店，其制作的笺纸更是名家、学者所钟爱之物。20世纪30年代九华堂的小伙计、现已九十高龄的老画家郁文华透露，九华堂除文房四宝、信笺成扇外，还承接海上名家字画的代理。民国年间，九华堂装裱名扬天下。三楼则是“艺苑真赏社”画廊，供海派书画艺术家展示交易。“经营不忘琴书乐，贸易犹存翰墨香”，这是100年前“艺苑真赏社”创始者秦文锦祖父秦祖永的座右铭。上海图书公司打破了传统书店的经营模式，旨在把福州路424号打造成一个既具海派特色，又具开放视野，融艺术创意、人文阅读为一体的文化沙龙，并试图通过这种自我突破的方式，最大限度地传播阅读的乐趣，让书店成为传递温暖和美好的地方。

福州路401号原是1956年10月开设的上海旧书店，1994年原书店改建，扩大营业面积后，上海旧书店搬到福建中路120号，这里成为上海社科书店，在三楼开出了一家特价书店，虽然不大却很有自己的特色，算是延续了旧书店的功能。后来，1956年5月起开设在福州路424号的上海古籍书店搬了过来，这里便挂上了上海古籍书店的招牌。一、二楼卖各种图书，三楼依旧是特价书店，四楼是连环画和古籍专卖店，五楼是上海博古斋拍卖有限公司。上海博古斋拍卖有限公司正式成立于2006年12月8日，隶属于上海世纪出版股份有限公司，其前身是有着50余年古旧书画经营历史的上海博古斋。1997年上海博古斋参股上海国际商品拍卖有限公司，强强联手，合作经营古籍善本和中国书画的拍卖业务，其宗旨是“为珍品找藏家，为藏家找珍品”。上海古籍书店的东面是有文化用品王国之称的上海文化商厦，在其二楼也开出了一家规模不小的特价书店，因其书的品种多，折扣大，吸引了许多读书人前来淘书，成为这家文化商厦里人气最旺的楼层。古籍书店的西面坐落着集餐饮、住宿为一体的吴宫大酒店，“吴宫”的旁边是老字号的会宾楼面馆，新中国成立前，这一带可是旧上海有名的青楼勾栏之地“尚仁里”、“公和里”。

福州路446号的商务印书馆专卖店，是这家中国重量级出版社在上海唯一的门店，其大门只有一两米宽，曾被称为上海“最容易错过的书店”。它开业于1999年，和这条马路有着不解的情愫。商务印书馆1897年成立时便在福州路上，1952年从沪迁京，但是商务印书馆终究与福州路情缘难了，于是，在1999年重返上海，在福州路上开了这家小小的门店。当时可谓高朋满座，顾客云集。其门面虽小，却堪称福州路上最具个性的书店，当周围绝大多数书店都在频频推出打折促销手段之时，商务印书馆门店却坚持不打折。这家著名小书店不打折的“老派”作风曾赢得了不少读书人发自内心的敬意。据说，台湾著名作家李敖在2005年访问上海时，还惦记着这家书店。他说自己小时候在上海时经常去福州路游逛，商务印书馆是他最喜欢去的地方，后来在台湾也时时关注商务印书馆。2011年6月，当商务印书馆门店再次悄悄地离开福州路时，不知引起了多少爱书人的伤感。

以独特创意吸引读者的书店

福建中路至湖北路这一段，可算是福州路的中心地段。路南的久安里是清朝末年至民国初年上海滩高级妓院“书寓”、“长三堂子”的集中地。岁月抹去了旧尘，如今这里赫然挺立着被称之为“远东第一书店”的上海书城。这是一幢气度非凡的建筑物，它的阔绰和大气令读书人真的有了一种“坐拥书城”的幸福感。书城的一楼至六楼是卖场，每一层都有各自的定位。如果有时间，你尽可以到那里的随便哪一层抱上一大摞你想看的书，找一个角落坐下来看上一天，保证不会遭遇任何白眼或呵斥，难怪书城的一些较为隐僻角落的地上从早到晚始终都有人坐着埋头看书。上海书城的特点在于它的博大，其图书品种丰沛。在书城的二楼还有一个网络咖啡座，如果有兴趣的话，还可以直接在那里上网。

福州路浙江中路口的福州路567号，原有一座著名的室内菜场——福州路菜场，后这里建起了八仙商务楼。2002年10月1日，位于徐家汇美罗城的思考乐书局在商务楼里开出了一家连锁店。开张第一天便推出了一项对囊中羞涩的读书人颇有诱惑力的活动：开张当天清晨6点至7点买多少送多少，单次消费赠券最高限额为300元。于是，那年国庆节清晨6点不到，思考乐门前便排起了长长的队伍，许多睡眼惺忪的书虫从全市的各个角落赶来，还正应了他们广告语所说的："思考乐邀您共同唤醒上海。"思考乐书局的店堂在二楼和三楼，布置得开阔疏朗，还像超市那样备有塑料提篮。店堂中庭有宽阔的木头楼梯通往三楼，一级一级的楼梯上常常有人坐着看书。

思考乐书局在福州路上轰轰烈烈了不过三年，于2005年撤离了福州路。这里成了大众书局福州路店，波澜不惊地开了几年后，在2012年3月15日以24小时营业的全新风貌亮相，着力于打造老上海风情并体现"文化不打烊"的理念。踏上大众书局二楼，令人恍如重回20世纪二三十年代的上海：仿古式的青砖墙，一根根石库门建筑式的廊柱，仿煤油汽灯投下温暖的光，木质街头长椅以及青藤椅在店内投下浅浅的阴影，在书店的一面墙上挂满了曾经闻名上海滩的杂志《良友》的封面画，分立于书店两端的咖啡吧和创意产品区则透出21世纪的风味，怀旧与时尚在这里悄然融合，为读者带来了别具一格的体验。

福州路云南中路路口有一家"明天特价书店"，这家二层小店一楼卖书，二楼是画廊，驻扎福州路已好久了。店里面各种书都有，一年四季挤满了人。福州路广西路路口是黄浦区图书馆，它的底层是上海音乐书店。这家成立于1961年的音乐书店曾是全国最大的专业音乐书店，差不多成了那个年代上海的文化标杆之一，而如今盛况不在，人们也许只能到这里来怀旧了。

四马路上的食文化

旧上海素有"吃在四马路"的说法。当年，福州路上就聚集着全国各大菜系的菜馆、酒楼数十家。

位于福州路343号的杏花楼酒家，以广东菜肴为特色。它创立于1851年，一开始只是一家以广东茶点、小吃为特色，以广东杏华商行老板为主董的规模

杏花楼酒家

不大的“杏华楼粤菜馆”，仅一开间的门面。一次，墨海书馆的秉华笔士王韬应邀来此喝茶，在座的商、文两界朋友提请王韬另起一个叫得响的店名。王韬略加思考，便随口吟了唐代诗人杜牧的一首脍炙人口的诗：“清明时节雨纷纷，路上行人欲断魂。借问酒家何处有？牧童遥指杏花村。”吟毕说：“我看不如以杏花楼替代杏华楼。”当即举座叫绝。这一改，不但与原名谐音，而且其中蕴涵的诗意切合了四马路报馆、书社云集之地的雅趣。从此，这家粤菜馆一开间的门面便辟成了两开间。民国初年来沪经商的广东人增多，生意也越来越兴隆。1928年，杏花楼搬迁到四马路山东路路口，并拆除民房建起一幢4层楼面、7开间门面的酒楼，并从广州请来了粤菜名师李景海来当经理，挂牌经营。除扩大品种外，李景海还擅长烹制蛇筵，很快名震上海滩直至海内外，其最为兴盛时，曾以同时开席百桌而名传沪上。为适应国内外食客的不同需要，杏花楼三楼又辟设了西餐厅。那时，一班政府要员、各国驻沪领事、社会名流都是这里的座上客。

1928年中秋节，杏花楼首次推出自产的杏花楼月饼，免费赠送给一些老客户、老食客以听取意见。在听取了各方面的意见后，便正式制订批量生产计划。1929年中秋节，杏花楼酒家首次向社会推出精心选料制作的杏花楼月饼，当即一炮打响。从此，每年中秋，杏花楼就致力于月饼的生产。自20世纪30年代起，杏花楼月饼不论是质量还是销售额，都在同行业中独占鳌头，成为上海滩月饼业的龙头老大。将近一个世纪以来，每逢中秋佳节，品尝杏花楼的月饼便成为上海的一种时尚，延绵至今犹长盛不衰。每年中秋前后杏花楼前长长的购买月饼队伍，已成为福州路上的特殊景观。改革开放后，杏花楼在原有基础上，翻建成7层楼，设施现代化，装潢仍然保持着粤菜馆的特色。

福州路浙江中路路口的老半斋酒楼是四马路上文人墨客最爱光顾之地。王韬、柳亚子、于右任、施蛰存、鲁迅等，都曾到那里一饱口福。

和杏花楼一样，老半斋也是一家百年老店，并且有着自己的故事。清光绪年间暮春的一个周末傍晚，几位扬州籍的白领相约在四马路上的一品香番菜馆聚餐，吃着吃着，有人提议，何不合伙开一个扬州小餐馆，从此一日三餐便都可尝到家乡菜肴。这个建议当即通过，大家公推英商有利银行的扬州人张

老半斋酒楼

景轩牵头，在今汉口路596号开设了一家半斋总会。里面经营扬式茶点酒食，同时也是扬州同乡的俱乐部。半斋总会一开张就受到沪上扬州人的欢迎。1903年，由张景轩全权主理，在原地翻屋造楼，还从扬州请来乡厨掌勺，并正式将半斋总会改为“半斋菜馆”，打出镇扬菜系旗号，向社会开放。一时间，门庭若市，生意火爆。孰料，菜馆的账房先生见财眼红，居然从菜馆里拉出几个人来，在半斋菜馆的对门，开了一家新半斋菜馆，抢去了不少生意。张景轩一气之下，便在1905年将菜馆改为“老半斋酒楼”，以示正宗；同时，又重金聘请名厨，在菜肴点心上翻出新鲜花样，从而名声大噪。对面的新半斋开了不久只能关门。到了20世纪30年代，名厨徐福明独创的雪菜烩面风靡了当年的上海滩。这一道面点的底蕴在于汤色好，它是用猪大骨、昂刺鱼、鸡骨熬制出来的高汤，其纯正的鲜香之味吃了确实让人回味无穷，至今仍是老半斋的一个招牌面点。

老上海都知道以前开设在四马路的“一品香番菜馆”，这是上海第二家由华人开设的西菜馆，曾以经营“中西合璧”的中式西菜而驰名沪上60年。1882年，广东人在今福州路310号开设了一家规模较大的西菜馆，名为“一品香番菜馆”。该店为三开间门面，2层楼，有30多个包间。一品香经营的中式西菜，即按照欧美西菜的品种及制法，改用中国传统烹调方法烹制，比较适合中国人的口味，外国人也能适应，故开业后，华人争相品尝。至20世纪初，除礼查饭店、汇中饭店里的欧美式西菜馆外，一品香已成为沪上最有名气、最上档次、规模最大的中式西菜馆。作家曹聚仁在《上海春秋》一书中说：一品香的大菜，乃是华人的大菜，等于中菜西吃，这才有点菜吃，下得肚子，煎牛排就不会那么血淋淋，望之生畏了。由于一品香的中式西菜价格比正宗西菜便宜，用餐方式也极为文明，环境又清净，于是不少文人也成了这里的常客。李鸿章的侄女婿孙宝暄能文能诗，兼善书法，他就对一品香情有独钟，甚至还在这里款待过康有为。

1919年，因房屋租赁期满，一品香番菜馆迁址福州路西藏中路路口，并改名为“一品香中西旅社附设西菜馆”。一品香中西旅社是沪上早期一家有名的以接待中高档顾客为主的旅馆。其中北部2层，设有舞厅、小花园、弹子房、西菜馆、外卖部等；南部3层，设有旅社、宴会大厅，在宴会大厅两侧还设有供西洋乐队演奏的乐台。西菜店的装潢为西式，餐桌上有烛台、鲜花点缀，并有身着制服的侍者殷勤服务；但菜肴却是融中西烹调于一体，似是中菜西吃，而且许多菜根本就是中国菜。由于地处福州路西端，东面和南面就是当年海上著名的红灯区会乐里，顾客中不少是嫖客和高级妓女；许多上海人也很乐意到这里来体验吃大菜的礼仪，品尝中菜西吃的风味，故生意颇为红火。1942年，一品香中西旅社北部改建为皇后大戏院（今和平影都），南部改名为一品香大旅社，继续营业。20世纪40年代中期后，沪上出现大量西菜馆，一品香的西菜业务逐渐衰退，遂着重于旅社业，一品香的西菜业务便由新开设在今汉口路763号的皇后咖啡厅所取代。一品香大旅社开至1956年关门歇业。之后，二、三层改建为上海市农业委员会招待所，底层改为商店。1980年后，招待所又改为由农委经营的一品香旅社。1995年，因原地改造，一品香旅社移至斜土路1277弄15号营业，并改名为“一品香饭店”。

随风飘散的勾栏红粉

在今天的福州路西藏路路口矗立着异常气派的来福士广场，里面各种名牌商品汇集，还有酒吧、咖啡馆和各式风味餐厅，著名的人文书店“季风书店”也曾跻身其中。但人们可能不知道这所集大成的现代化商厦所在地曾是旧上海被称为“妓女窝”的会乐里的旧址。1948年以前，这条弄堂里的28幢石库门房子里就开设了151家妓院。

19世纪末，一品香大旅社在还是一条沟浜的西藏中路汉口路路口建成后，这一带的福州路便日见旺盛。一些住家便紧挨着“一品香”自行造起了两排老式本地房子，起名为“会金里”，又称“会香里”。由于法租界和公共租界的扩张，原先居住在县城里的一些车夫、商贩、妓女也陆续迁来。1904年，浙江南浔富商刘景德买下了会金里的地产，他将原先两排本地房子拆除，翻建成老式里弄房子，取名“会乐里”。1912年，工部局对泥城浜（今西藏中路）进行填浜筑路，这一带便成了商贾云集的黄金宝地，妓院也风生水起，逐渐与五马路（今广东路）、六马路（今北海路）成鼎足之势。1924年，刘景德出资将沿福州路一带东侧的老会乐里的房子拆除一部分，翻建成石库门房子，其确切位置为东起云南路，西至西藏中路，北为汉口路，南是福州路，并起名为“新会乐里”。新会乐里弄口设在福州路726弄，主弄左右对称各有4条横弄，弄门为简式牌坊，上写：东一弄，西一弄。每条横弄左四右三，4条横弄共28幢楼房，均为新式石库门。每幢房子都是一堂屋两厢房，进门都有天井。刘景德将新会乐里以高昂的租金出租，20世纪20年代至40年代，会乐里一带成了上海滩名闻遐迩的风化之地。那时节，新会乐里的28幢房屋，除了一家开设“乾元药房”外，其余全都开设妓院。每当华灯初上，大大小小的红灯笼挂满了整条弄堂，一盏盏灯笼上全写着妓女的名字。据说赛金花也曾在此盘桓过，引得一众沪上文人争相前来一睹昔日苏州“花国状元”的风采。新中国成立后，妓院被封，会乐里的沉渣也被彻底铲除。之后，大批市民搬进了会乐里居住。

说到四马路上的销金窟，还得说一说这条路上曾经有过的花旗总会，那里在20世纪二三十年代曾被称之为“男人的避难所”。花旗总会又叫“美国总会”。在所有的国旗中，也许要算美国的“星条旗”最繁复了，所以称其为“花旗”。而属美国的好多东西也往往冠以“花旗”字号，所以这座建筑又叫“花旗大楼”。当年，它与位于茂名南路58号的法国总会、英国人开设在外滩的“上海总会”一起被称作“旧上海的三大总会”。移居老上海的美国人在成立俱乐部上相对而言有些滞后，早在1910年，英国侨民就在中山东一路2号建造了一所上海总会大楼，成为上海第一个侨民俱乐部，旧时有“东洋伦敦”之称。美国总会的建造，要从纪念美国总统华盛顿说起。1916年2月19日，上海的美侨计划在上海搞一次纪念华盛顿诞生184周年的纪念活动，由于没有自己的集会场所，只能租借英国的礼查饭店。据说在开会期间，饭店里的一些服务生对美国人作出了一些不礼貌的举动，使美国人很不舒服，从而促使他们下决心尽快建造自己的总会。第二年的7月4日，正是美国建国141周年的国庆日，在上海的美国华侨得到美国殖民银行上海分行的支持和资助，在位于今南京东路与河南中路交会处附近的殖民银行楼上正式成立了美国花旗总会。1922年，花旗总会买下了今福州路209号所在地块，兴建了花旗总会大楼。

花旗总会大楼是邬达克设计的，于1923年5月破土动工，两年后建成。大

花旗总会大楼

楼连地下室共7层，为美洲殖民时期乔治亚式建筑风格，这是一种介于欧洲建筑风格与其他地方的建筑风格相混合的形式，它吸收了欧洲市政建筑的特点，同时又融合了非洲建筑风格的某些特征。其正立面为竖三段式，底层至六层外墙砌着从美国进口的赭色墙砖，以白水泥嵌砖缝。底层中间弧形大门入口两旁各置两根塔什干式石柱，构成装饰性的浅门廊。二层为落地长窗，窗口上方有白色平券状楣饰，外面挑出三组长阳台、铸铁栏杆。每层窗户皆呈长方形，窗楣呈白色弧形。顶层为白色双壁柱拱形长窗，外墙以白瓷砖贴面，屋顶挑出檐口，屋檐雕饰精致。大门有铁栅拉门及玻璃木门。步入大门，下二级台阶，迎面有一扇拱形门，入内为一半显露在地面上的地下室。而大门左右设置环形楼梯盘旋而上，可直达通向一层门厅的平台。环形楼梯、平台走道以及二楼地坪皆用大理石铺成。花旗总会建成后，其外观气派和室内装修的豪华程度，均超过了外滩的英商上海总会。

花旗总会建成初期，采用会员制。会员是美国在沪银行界的高级职员以及少数有身份的华人。总会底层的环形扶梯后面是西餐厅，东侧为酒吧，西侧是弹子房；二楼辟有舞厅、麻将室、扑克房、阅览室等。三楼以上均辟有供会员住宿的标准客房。楼内电梯、水汀、锅炉等一应俱全。根据别发洋行1920年出版的英文《上海游客及侨民手册》记载：该总会允许其他国籍的侨民加入。入会费为每人50美元，每月另需缴纳7美元会员费。当年的花旗总会有会员400名，后来，又允许各种身份的美侨、士兵自由出入。四马路本是灯红酒绿之地，美国人担心他们的侨民、士兵外出嫖妓有损体面，就在花期总会的三楼辟出专门的“情人房”，为那些招妓的美国人提供淫乐场所，无形中，为四马路增加了一个卖笑场所。太平洋战争爆发后，这里成为日军的情报机构。抗战胜利后，花旗总会改作美军俱乐部，成为美军官兵寻欢作乐之地。旅沪美国律师诺伍德·阿乐满于1916年以美国驻华使馆见习翻译身份来华，20世纪20年代初他曾先后出任美国驻沪领事、公共租界会审公家陪审等职，后脱离外交界，在上海开设律师事务所。但他同时还是位社会活动家，担任过公共租界工部局董事等职，是花旗总会的热心会员。他曾在《上海律师》一书中写道：“与世界上其他地方相比，总会对居住在上海的男性侨民更具重要性。花旗总会堪称旅沪美侨的社会活动中心。它拥有5层楼面，约50间设施豪华的房间供会员们享用，素有男人避难所之称。每逢7月4日国庆日，或华盛顿诞辰日，旅沪华侨都会在此庆贺一番，其他社团也常聚会于此。”

当年，建造花旗总会花费了30万美元。到了1940年前后，总会的财务委员们因经费紧张决定变卖总会大楼。由于战争原因，这幢大楼当时只值5万美元。这一决定遭到会员们的强烈反对，他们认为，无论何时，总会都起着一所战地急救所的作用，出卖总会就意味着退出中国。他们表示，宁愿让这座美国人所有的建筑随同迎风飘扬的星条旗一起倒下，也决不愿看到它的上面飘扬起别的国旗。然而，事实却是不以这些美国侨民的意志为转移的。太平洋战争爆发后，日军开进租界，将美国人赶出了花旗总会大楼,这里成为日军的情报机构。抗战胜利后，花旗总会改作美军俱乐部，星条旗重新在大楼上飘扬。但没过多久，随着美侨纷纷撤出上海，花旗总会遂告结束。1953年，大楼改由市府房管部门管理，1960年成为上海市高级人民法院及中级人民法院所在地，大楼也改名为“高法大楼”。1991年，上海市高、中级法院迁往虹桥路1200号。

2008年6月14日至19日，在这幢楼的五楼举办了“建筑华彩——邬达克在上海”展览，去参观的人络绎不绝。除了看展览外，许多人是冲着这幢多少带点神秘感的建筑去的。

1997年会乐里被拆迁，2003年岁末在其原址上建立起了来福士广场。来福士广场建成后，以其得天独厚的地理优势迅速成为上海的时尚地标。可是，文化却总是和时尚无缘，2011年7月底，来福士广场内的季风书店因“合约到期，租金要涨，无力续约”被迫关闭。2015年6月20日端午节，作家韩寒在来福士的二楼开出了一家名为“在一起”的书店。“在一起”是一家只营业两个月的“闪店”，虽然短暂，却是把福州路的书香重又渗入了这家商场。

在来福士斜对面的福州路729弄弄口有一家杂志摊，名叫“汕头书屋”，层层叠叠悬挂着的各类杂志封面是它最醒目的招牌。“汕头路”是福州路后面的一条路，之所以叫汕头书屋，是因为这家杂志摊最早就开办在汕头路上。汕头路是一条很短的路，因为我舅父就住在汕头路上，我经常会去那里，所以对这家杂志摊并不陌生。这家小小的弄堂杂志摊位有着36年的历史，是上海滩有名的杂志种类最齐全的摊位，曾被旅游媒体评为“来上海必看的××地方”之一，甚至吸引了一些外地背包客来此与之合影。这对夫妻是上海滩最早一批卖书卖杂志的个体户，1979年，夫妻俩在西藏中路汕头路摆了个杂志亭，生意很不错，他们在大世界附近又开了家杂志亭，后来因汕头路要拆迁，他们便将杂志摊迁移至如今的福州路729弄，为了纪念自己的第一家店，便取名为“汕头书屋”。仅20平方米左右的小小书屋蜗居在福州路一条弄堂内，进门就是各类时尚杂志，再往里是旅游类杂志的地盘，下面压着几本英文原版杂志，左侧小架子上还摆着几本新闻杂志，漫画杂志、奢侈品杂志放在更深处。老板和老板娘坐在里边的一张小桌边喝茶、算账，偶尔抬头望一眼挂在墙上的镜子，便能看遍整个小店，将“螺蛳壳里做道场”发挥到了极致。每次经过这个杂志摊，总感觉这家小小的杂志摊开在福州路上是很搭调的，在偌大的上海滩，大概也只有福州路可以让它延续数十年的岁月而不败，而它也在无意中传承了福州路的文脉。

天蟾舞台：曾是上海最大的剧场

在福州路湖北路路口转角处有一幢弧形街面房，一个世纪前，这个地方曾矗立过一家著名的京戏戏院——丹桂第一台。1883年，宁波巨商刘维忠在这里开设了一家“新丹桂茶园”，以邀请京班名角唱戏而名噪一时。1910年1月，在这里新建了丹桂第一台。丹桂第一台由英国设计师设计，为两层钢筋混凝土混结构，观众厅分官厅和包厢，座位宽敞，厅内装有电灯，舞台为新式转台，完全颠覆了早年茶园式戏院的模式，一开幕，就让上海观众耳目一新。1913年11月，应老板许少卿邀请，北京名角王凤卿偕梅兰芳来沪在此演出一个半月，不到20岁的梅兰芳由此红遍上海滩。盖叫天、周信芳、小杨月楼等均在此成名。继梅兰芳后，不少京剧名家都对丹桂第一台情有独钟。1915年，“麒麟童”周信芳入丹桂第一台，演出了讽刺袁世凯称帝的《王莽篡位》。此后他任丹桂第一台后台经理，持续在这里领衔演出达8年之久，他的代表作《萧何月下追韩信》、《投军别窑》、《清风亭》等，都在丹桂第一台公演或首演。1916年，京剧老生余叔岩在此演出一个月。1922年，“四大名旦”

之一的程砚秋正式受聘于丹桂第一台。1923年，京剧票友俞振飞应程砚秋之邀，与之合演《游园惊梦》，在丹桂第一台正式“下海”。1930年6月底，丹桂第一台房屋因年久失修，被迫拆除，后来在旧址上盖起了店面房。

今天，要到福州路上寻找梅影麒踪，聆听梨园之声，恐怕只能到福州路云南中路路口的“天蟾逸夫舞台”了。“天蟾”之名，原是与“丹桂”争锋的产物，寓意“蟾宫折桂”。天蟾舞台最初开在九江路湖北路路口，1912年4月4日开幕，称为“老天蟾舞台”，又名“新新舞台”，1916年改名“天蟾舞台”。1919年9月邀荀慧生首次来沪演出，反响奇佳，遂为园主倚为台柱。1928年，周信芳转入该园演出，加工排演《封神榜》等戏，声誉日益扩大。1930年，老天蟾舞台拆屋重建新永安大厦，天蟾舞台迁至福州路701号。

福州路701号原是开幕于1926年2月7日的大新舞台，是海上富商李徵五所建。这是一幢4层楼的现代建筑，外形为扇形，李徵五为它取名“大新舞台”，即“大地更新”之意。大新舞台是上海有史以来最大的戏曲剧场，一至三层均为观众厅，厅呈圆形，可容纳3436个座位。舞台的台唇呈半圆形，伸向观众厅5米。台前乐池70平方米，后台大小化妆室6间。扇形的门厅十分宽敞。从1927年元旦起，大新舞台日夜演出两场。很快得到了南北名角的响应。绿牡丹（黄玉麟）、麒麟童（周信芳）、盖叫天等先后登台献艺。当年11月17日，梅兰芳、李万春、姜妙香等名角也从北京南下至大新舞台献艺，在沪上引起不小轰动，大新舞台门口天天高悬“客满”牌。那时，大新舞台的一场票钱，可购黄金50两呢。大新舞台的极佳票房却使各股东对分红、拆账心存怀疑，以致谁也不愿续股为东，后来，便不断易主改名，先后改为“上海舞台”和“天声舞台”。1930年，又出让给在南京路永安公司底层开设天蟾舞台的人称“江北大亨”的顾竹轩接办，并从此锁定戏院名称为“天蟾舞台”，意寓上天送个金蟾吐金钱。之后的岁月里，又不断有京剧名角南下到天蟾演出连台本戏及带机关布景的传统名剧。由于天蟾舞台是当时上海最大的剧场，社会上一些重大的集会也在这里举行。1947年夏天，社会各界召开的爱国民主人士李公朴、闻一多追悼大会就是在天蟾舞台举行的。

新中国成立后，天蟾舞台移交市文化局管理。1951年5月声势浩大的“三

天蟾逸夫舞台侧景

反五反动员大会”在这里召开，会上，陈毅市长作了动员报告。1955年，上海京剧团成立，第一期排练与公演，都在天蟾舞台进行。新中国成立后天蟾舞台的第一次演出高峰是在1957年的4月14日至6月6日。当时，刚成立不久的北京京剧团马连良、张君秋、裘盛戎等名角来天蟾舞台演出，连演连满整整两个月，欲罢不能。“文革”期间，天蟾舞台被改名为“劳动剧场”，与之对应的是，福州路北侧的和平电影院（原皇后大戏院）被改名为“战斗电影院”，“劳动”与“战斗”，异曲同工，惺惺相惜。1986年，剧场重又恢复“天蟾舞台”之名。

1984年，天蟾舞台被有关部门测定为危房停演，1989年划归上海京剧院并负责筹资。其间，香港邵逸夫先生对剧场举行了部分捐资。1990年将老天蟾舞台拆除重建，但保留天蟾舞台门面，1994年4月落成开幕，更名为“天蟾逸夫舞台”。剧场新建后为上海京剧院振兴京剧、普及京剧演出基地等作出了贡献。除了京剧，这里还兼演其他戏曲剧种，凡是路过天蟾逸夫舞台的人都会发现，这里几乎每天晚上都是灯火通明，似乎和对面的“来福士”广场在无形地叫板。时尚和传统奇妙地在上海城市中心交相辉映，和谐共处，奏出了一曲古今同乐的交响乐章。

紧挨着天蟾逸夫舞台的是一家名为“淘书公社”的特价书店，因为和天蟾逸夫舞台紧连着，我凡去看戏，必然要提前到那里逛逛，顺便闻一闻福州路的书香。

汉口路：那些难忘的城市记忆

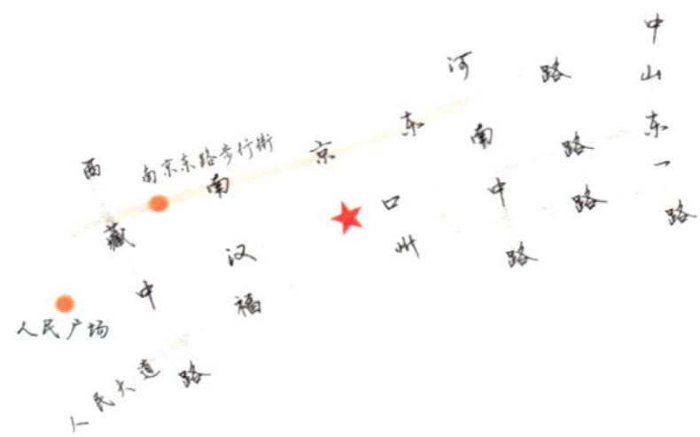

汉口路俗称“三马路”，原是上海开埠前通往黄浦江的四条泥路之一。开埠初，该路自外滩筑至今河南中路，因靠近江海北关，故初名“海关路”。1855年后，向西延筑至今湖北路。上海第二跑马场拆除后，该路又向西筑至今西藏中路，这就是现在汉口路的起讫点。1865年以后以湖北省汉口名作为路名。

不通公交车的汉口路承载着这座城市的太多记忆。

上海开埠初期，汉口路两侧多为洋行，1845年从广州来沪的三大鸦片大王之一的颠地洋行就设于汉口路东端。20世纪初，中国银行创始于这条路上，上海最早的证券交易所大楼也设在这条路上。

从20世纪20年代起，汉口路东段山东路路口一带，曾为全中国新闻业中心，《新闻报》和《申报》报社都设在此处。诞生于19世纪中叶的《申报》在汉口路的申报馆里跨越了晚清、北洋政府和国民政府三个时代的办报生涯。汉口路江西中路路口的工部局大楼，曾经见证了上海历史的交替时刻，后来一度成为上海市人民政府所在地。而有“远东第三大饭店”之称的扬子饭店则是上海第一座由华商出资成立的饭店。风靡海内外的经典老歌《玫瑰玫瑰我爱你》当年就是由银嗓子姚莉在扬子饭店唱红的。

一条汉口路，写满了几多风云变幻，几多人间沧桑。

中国银行、中南银行和“大壶春”

诞生于辛亥革命时期的中国银行，迄今已有一个世纪。作为中国唯一持续经营百年的银行，中国银行的发展历程，堪称中国近现代金融史的缩影。

中国银行的第一笔交易就落在上海汉口路上。

汉口路50号是中国银行的创始地，这里原为大清银行上海分行旧址。大清银行是中国官方开办的最早国家银行，是中国第一家中央银行。这是一幢4层的欧式老楼，建成于1908年。该建筑具有欧洲古典主义风格，立面构图严谨，纵向三段式划分明确。入口转角部位，具有明显的意大利巴洛克建筑特色。1840年鸦片战争后，外国银行入侵，大量发行钞票，国内各省都办起了官银钱局。民间钱庄、票号更是多如牛毛。有的准备金很少，发出的钱票却很多，形成钞少票多的虚票，金融秩序十分混乱。清廷有识之士意识到这将影响财政以致动摇政权，必须整顿金融币制，遂决定办起国家银行，统一发行中央银行纸币。清政府于1905年8月成立了中国第一家国家银行——户部银行，1908年2月更名为“大清银行”。辛亥革命爆发后，大清银行商股联合会于1912年1月上书刚刚成立的民国政府，建议将大清银行改为中国银行，作为政府的中央银行。临时大总统孙中山先生迅速批准，要求“先行开办，克期成立”。1912年2月5日，中国银行在今汉口路50号举行成立大会，并正式对外营业。中国银行成立后，立即承担起中央银行的职能，收兑军票，代理国库，整理公债，发行货币，在统一全国币制、维护金融秩序、服务民生经济等方面发挥了中枢作用，有力巩固了辛亥革命的成果。

新中国成立后，这幢大楼一部分房屋归市民政局使用，后由上海市残疾人联合会使用，一部分由红光中学使用。如今，这幢矗立近百年的历史建筑重新回归中国银行。

汉口路110号是中南银行总行所在地。中南银行与盐业银行、大陆银行及金城银行合称为“北四行”，而北四行的中坚是中南银行。中南银行的主要创始人之一的黄奕柱是福建泉州人，约20岁时赴南洋谋生，后发迹为巨商，1920年回国后，定居厦门鼓浪屿，开设日兴银号，并希望到上海创办银行。但他对国内的情况不甚熟悉，一次偶然的机会他与上海《申报》老板史量才相识，又通过史量才的关系结识了原交通银行北京分行经理胡笔江，三人一拍即合，决心合资募股成立银行。中南银行在筹建过程中就已购进了汉口路110号的地块，建造自己的银行大楼。大楼为5层，新古典主义风格，立面构图严谨，横向以檐口划分为3个层面。一层为基层，中轴线两侧略向内凹，两端略外凸，入口设在中轴线上。入口处设凸出的三开间塔斯干式双柱廊，具有质朴和阳刚之美。大楼的二层至四层为第二个层面，中间以通三层的4根多立柱作为支撑，内开方形窗。五层为第三个层面。四层与五层之间有明显外挑的檐口。五楼的设计则较为简洁。1921年7月5日，中南银行就在刚建成的中南银行大楼挂牌营业。开业后，中南银行便争取到了钞票发行权。发行钞票虽然可以帮助银行降低成本、筹措资金，但也有可能因为滥发钞票而引起挤兑风潮，严重的甚至会导致银行倒闭。鉴于此，中南银行决定采取比较稳妥而切实可行的方法，即联合盐业、金城和大陆银行成立四行联合营业事务所。随后便筹建了四行准备库，制定了“十足准备”的发钞原则，联合发行中南银行钞票。这在中国商业银行史上是一个创举。四行准备库不仅成功地规避了挤兑风险，且取得了发钞额稳步上升的骄人业绩。直到1935年11月，南京国民政府实施法币政策，统一全国币制，四行准备库才正式结束其历史使命。1923年6月，由四行各出资本25万元，成立了四行储蓄会，吸收了大量的储蓄存款，后来还建成了当时国内最高的建筑——24层楼的国际饭店。1931年四行设立了企业部和调查部，1936年又设立了四行信托部。除了联合营业外，中南银行本身的业务也不断拓展。

1922年7月，中南银行首先在天津设立分行。之后又在北京、厦门、汉口、广州、南京、杭州、苏州、无锡、重庆、香港等地增设了分行和支行。中南银行开业后，先在上海总行设立业务部，主要经营存放款业务，继而开办储蓄部吸收储蓄存款提供给业务部放款，接着又成立信托部代客户保管贵重物品及买卖有价证券。第一次世界大战以后，由于美元、英镑、法郎等外币价值甚为稳定，许多国内银行纷纷开办国外汇兑业务。中南银行也不甘落后，为此专门聘请了一名英国人办理此项业务。由于中南银行和华侨的特殊关系，因而外汇业务相当活跃。除了上述业务外，中南银行还涉足贸易、保险、信托、工业管理等业务，以后又将业务扩展到新加坡、菲律宾等国，取得了骄人的业绩。之后，中南银行又与金城银行合办了诚孚信托公司，通过诚孚信托公司对工厂进行管理，成功地将几家濒于破产的企业恢复了生机，如天津的恒源纱厂、北洋纱厂和上海的新裕纱厂。中南银行通过这样的实践，也逐步积累了银行资本渗透到企业资本以后如何进行有效管理的经验。后来，中南银行还独资兴办了上海德丰毛纺厂。

天有不测风云。1938年8月，总经理胡笔江不幸遇难身亡。7年后，董事长黄奕柱病故，由其长子黄浴沂先后接任总经理和董事长之职。日寇发动侵华战争以后，中南银行也和全国许多银行一样蒙受了巨大的损失，元气大伤，经营管理也不如从前。1952年全国各商业银行联合改组为公私合营银行，中南银行也参加了公私合营。1951年9月，其中国总行被收归国有。2001年，其香港分行并入中国银行（香港）有限公司。

说起这两家银行，还不得不说一说沪上最著名的一家生煎馒头店，它就是位于汉口路四川中路转角处的大壶春点心店。大壶春点心店原名“大壶春馒头店”，开设于1932年，当时整个店堂仅有7平方米，只能摆3张小台子，做馒头的炉子都放在马路上。该店生意很好，因店堂太小，所以有不少顾客携餐具前来购买。大壶春经营的生煎馒头品种比别家多，有鲜肉、虾肉、三鲜等，表面色白，底板金黄硬结，卤汁足，葱香与芝麻香味浓厚，令人食欲大增，早在20世纪30年代末，就享誉沪上。当时附近的银行、钱庄和外国洋行职员都是大壶春的常客。位于汉口路四川中路的中南银行和中国银行的职员也都喜欢去大壶春叫上一客生煎，再配一碗牛肉汤，慢慢享用。公私合营后，上级公司决定将该店隔壁关门歇业的钱庄所在地租下，扩大了店堂，并改名为“大壶春点心店”。1970年后，又将隔壁关门歇业的新风照相馆、永藏服务店合并进来，几经翻修，大壶春店面扩大到130平方米，具有两开间门面，2层楼。即便如此，店门口还是经常排起长龙，有时顾客为了吃上一客大壶春的生煎馒头和一碗牛肉汤，需要等上一个小时左右。新世纪初，大壶春因原地块改造，迁址金陵中路营业，后又相继迁至四川南路和西藏南路。2004年7月，大壶春彻底关门歇业。从此，沪上再难闻其生煎香。

中国新闻事业的奠基地之一：申报馆

在汉口路与山东路交会处的汉口路309号是历史上大名鼎鼎的申报馆。

申报馆旧址

《申报》之于上海的意义，远非一张薄薄的新闻纸可以说清。它不仅是上海第一份报纸，也是第一个把买报纸、读新闻的近代生活理念带入上海市民阶层的大众传媒读物。至今，许多上海老人仍用“申报纸”来指代报纸。1949年5月27日上海解放前一天，《解放日报》在这里正式接管《申报》，宣告新中国新闻宣传工作的开始。因此，有人把申报馆比作上海所有报人的精神故乡。

《申报》原名《申江新报》，创刊于1872年4月30日，创办者是英国商人安纳斯脱·美查。他将报纸的笔政交付中国的主笔，聘请清朝举人蒋芷湘出任总主笔，钱昕伯、何桂笙为主笔，并派钱昕伯去香港，向流亡海外的《循环日报》创办人王韬求教。王韬不但为之出谋划策，还欣然为《申报》撰稿。最初，《申报》隔日出版一张，4个月后改为日报。该报刊最为人注目的是刊载了杨乃武与小白菜冤案平反始末的新闻报道，一时轰动朝野，深入民间。1909年，报馆股份为中国经理席裕福购进，产权转为中国人所有。1912年，由清末状元、近代实业家张謇，做过江苏首任省长的应德闳，以及赵竹君、史量才、陈冷5人合股经营。后张謇等退出，由史量才独资经营，自任总经理。《申报》由史量才主持后，首先对广告经营进行改革，设立广告推销科，聘用广告设计人员，1915年报纸的广告版面甚至超过了新闻、副刊的版面。《申报》还设法扩展外埠订户，凡火车、汽车和轮船当天能到达上海邻近地区的，《申报》都通过邮局尽量当天送达，远的地方，则通过邮局或代办处送达；还努力发展机关、团体、工厂、商店和个人订户，使《申报》的发行量不断上升。

很快，《申报》就成为全国性的一张大报。“申报纸”一词，在一段时期内，几乎成为所有报纸的代名词。这时，申报馆还依旧在原有简陋的2层砖木架构的老屋里办公，这显然与其如日中天的名声颇不相符。从长远利益考虑，史量才决心筹款建屋。他延请了上海第一流的建筑师，设计了一幢5层钢筋混凝土大楼，于1916年在汉口路山东路路口的一块土地上动工兴建，花了70余万两银子，历时两年建成。这幢具有西方古典主义装饰风格的建筑内有100余间房子，墙的外立面檐口下部和壁柱都有花纹，二楼挑出阳台，栏杆美观，阳台座下也有装饰性的图案。大楼按报纸工作流程设计建造，是一座集编辑业务、营业广告和排字浇铸、照相制版及生活卫生设施一应俱全的现代化新闻楼，底层还附设有印刷厂。这在当时的上海乃至全国新闻界，都是独一无二的。在大楼落成的同时，史量才向美国购置了最新式的何氏32卷筒轮转机，把它装置在新大楼的底层。这种印报机，分上下3层，同时可以印48页，两旁出报，并附有切纸机、折叠机，每小时可印4.8万份。至于其他如铸字、铅版，制作铜版、锌版的设备也一一加以更新。1918年10月，《申报》迁入新楼。办公室内打蜡地板，办公桌上绿色灯罩铜质台灯，其工作环境可与洋行媲美。

当时，在汉口路上还有一家报纸《新闻报》，它是继《申报》之后，于1893年2月17日创刊的，投资者是美商福开森。《新闻报》的报馆就在申报馆的斜对面，即今汉口路274号，与申报馆隔路相望。据说，当年新闻报馆在四楼屋顶还养了三四百只意大利信鸽，用于记者远距离发稿。于是，在汉口路的马路两侧，西侧为申报馆，东侧为新闻报馆，两家的编辑、记者经常隔着一条马路，用笔争论各种问题，引来报贩不断穿梭奔走在汉口路的两边，好不热闹。

自1921年1月起，《申报》文字编排采用标点符号，新闻采用逗点，评论用句点，《自由谈》等副刊文字用双句点。这样的标点符号虽然还比较简单，可这是自19世纪60年代中国有近代报纸以来文字编排上的一次革新。创刊于清末的《申报·自由谈》是上海报纸创办最早的综合性副刊，长期由善写哀情小说的作家周瘦鹃编辑，带有鸳鸯蝴蝶派气息。史量才于1932年改设杂文、随笔、读书笔记、短篇译文和连载小说等栏目，约请鲁迅、茅盾、巴金、叶圣陶、老舍、郁达夫等一大批作家为其撰稿，《自由谈》成为20世纪30年代上海最有影响的报纸副刊。至1932年，《申报》发行量已从当年的9000多份，猛增至15万份。还先后发行《申报周刊》、《申报月刊》、《申报丛书》等杂志，并举办申报流通图书馆、申报新闻函授学校以及业余补习学校等，致力于开启民智、传播先进文化。九一八事变后，《申报》主张抗日救亡，批评国民党蒋介石的不抵抗主义和内战政策，激烈批评国民党“攘外必先安内”的政策，引起当局不满，蒋介石亲自批发禁令：“《申报》禁止邮递。”因与国民党当局的矛盾进一步激化，史量才于1934年11月14日在沪杭公路上被军统特务暗杀。1937年抗战爆发，上海沦陷后《申报》被迫迁到汉口；1938年返沪，10月10日以美商哥伦比亚公司名义复刊，太平洋战争后被日本海军报道部强行接管。1945年抗战胜利后，《申报》被国民党接收，杜月笙任《申报》董事长。

1949年5月27日上海解放，跨越晚清、北洋政府和国民政府三个时代的《申报》停刊。解放当天，沿用延安《解放日报》报名的中共中央华东局兼中共上海市委机关报的上海《解放日报》创刊，申报馆大楼转给解放日报社使用，宣告了新中国新闻宣传工作的开始。20世纪90年代，解放日报社迁往位于汉口路300号的解放日报报业集团高耸云天的蓝玻璃幕墙大厦内。1998年1月1日解放日报社创办了《申江服务导报》，颇受年轻白领的喜爱，现今多被简称为“申报”。2011年9月解放日报社又迁往上海市闵行区都市路4855号。申报馆旧址挂上了“新旺粥面餐厅”、“圣法兰西斯女子美容院”、“东航售票处”、“一番拉面”等招牌。汉口路上昔日《申报》轰轰烈烈的遗迹已随风飘散，难觅踪影。

2015年4月30日下午，申报馆旧址开出了一家咖啡馆。为了向百年报业传统致敬，不仅店名取作The Press（申报咖啡馆），店内的服务生，也一律以身穿衬衫背带裤、头戴报童帽的形象示人。当天，复旦校友齐聚汉口路309号申报馆，庆祝The Press开业暨复旦大学中国金融家俱乐部挂牌，同时举行了复旦大学建校110周年系列校友活动——第一届申报咖啡馆论坛：说说汉口路309号的那些事。申报咖啡馆选择在4月30日开业，因为143年前的这一天，正是《申报》创刊的日子，算是对“无可奈何花落去”的《申报》的一种纪念吧！

见证上海历史交替时刻的工部局大楼

在汉口路与福州路、江西中路和河南中路包围的一块方形地块上，有一座城堡式花岗岩石外墙呈环形的大楼，它曾是近代上海租界的权力中心，上海市公共租界最高行政机关工部局的办公大楼，门牌号码为汉口路193—223号。在上海众多的历史建筑中没有一幢楼能像工部局大楼一样，长期作为一个城市的政权中心，见证了上海几个重要历史交替时刻。

这幢工部局大楼建成于1922年。整个建筑呈回字形，以朝北的汉口路为主要立面，沿街作周边布置，环成内院。这是上海唯一保存完好的具有罗马艺术风格的建筑，也是远东最杰出的仿罗马建筑之一。因其厚厚的砖墙外再用花岗石贴面，所以俗称“石头房子”。工部局大楼外墙的雕塑物全部仿照欧洲文艺复兴时期的建筑式样，为新古典主义与巴洛克风格的结合。大楼呈环形，正门设在汉口路与江西中路的转角处，前面为凹面扇形门廊，由4根多立克式花岗岩方柱、4根花岗石圆柱，支撑上面一座平台，其上的三楼则挑出半圆形平台，小车可以直接驶入门廊。大楼四周有10处边门，39扇券形钢窗，四层上伸出1米左右的廊檐。大楼内部装饰华贵，地坪用英国马赛克瓷砖铺砌，主入口和通往二楼董事会会议室的楼梯采用黑白相间的大理石铺砌，走廊过道和墙壁都采用大理石和彩色釉面瓷砖。每层有很宽很长的走廊，两边均为办公室。楼内共有大小办公室400余间,可宽敞地容纳近千人办公，工部局下设的各处室全部集中在该大楼内。这里还是万国商团的大本营，楼内宽阔的中央广场除了停放工部局职员的汽车外，还时常停放着6辆万国商团的装甲车，并附设一个室内操练厅和一个小型靶场。面向河南路和福州路的三楼是万国商团俱乐部，俱乐部设有带图书室和阅览室的大讲演厅、军官休息室、军士休息室和健身房等。工部局大楼规模之大，建筑之豪华、设施之先进在当时都堪称上海之最。

1941年12月7日太平洋战争爆发，次日，日军进驻上海租界，工部局实际上已被日军掌控。1943年8月1日，在日本的干预下汪伪政府收回租界，年底，汪伪的上海特别市政府迁入工部局大楼。1945年，抗战胜利后，这里又成了南京国民政府的上海市政府。由于汪伪政府无权代表政府收回租界，所以，1946年元月，在这里举行了正式的“收回租界”仪式。新中国成立后，上海市人民政府曾一度设于该大楼内。1949年5月28日，上海市新旧政府的交接仪式便在这幢大楼里举行。这是上海历史上一个重要的日子。这一天，军管会主任陈毅、副市长潘汉年以及党政军各界领导，沿着黑色大理石楼梯来到二楼145室原上海市长办公室，半圆型的办公室里铺着红色地毯，进门左侧顶端放着市长办公桌和皮椅子，办公桌对面靠墙有一排皮沙发，右侧靠墙放

上海市民政局人民群众来信来访接待室
上海市社会团体监察总队
上海市燃气行业协会
上海市水利工程设计研究院
193

工部局大楼

着一排木质皮垫靠背椅子。宽大的办公桌上有雕花台灯和几部电话机，墙上有几幅可以上下拉动的上海市地图。陈毅看了一下说："嘿，吴国桢派头倒不小啊！"就坐到一张有着黄皮大扶手及很高椅背的大椅子上。对面是专管记录的女秘书朱青，周围坐了潘汉年、警备区司令员宋时轮以及周林、刘晓、曾山、沙千里、周而复等。不久，由熊中节引了最后一任国民党政府代理市长赵祖康进来，交出了旧市政府的大印，陈毅接下旧市政府的印信后，当即命人封存，作为历史陈迹，将其移送至上海历史博物馆收藏。然后，他对赵祖康率领旧市府人员悬挂白旗迎接军管会接管以及保存文书档案等行动深表嘉许，并请赵祖康出任上海工务局局长。

1949年10月1日，毛泽东主席在北京宣布中华人民共和国成立，第二天上午8时，上海市人民政府在这里举行隆重仪式，潘汉年副市长致词，在爆竹与军乐声中，冉冉升起了上海市的第一面五星红旗。接着，新产生的首届上海市人民政府委员会全体成员在会议室里留下了一张珍贵的就职合影。1950年5月28日，上海人民也是在这里欢庆上海解放一周年，刻有陈毅市长手书的"上海人民按自己的意志建设人民新上海"的石匾镶嵌在这座大楼正门迎面的墙上，欢腾的群众在大楼门前热烈庆贺。1956年，上海市人民政府迁到外滩的原汇丰银行办公，工部局大楼成为上海市政府下设的劳动局、卫生局、审计局、民政局等局机关办公处，称为"老市府大楼"。

上海最早的证券交易所大楼

证券交易所在上海是有悠久历史的。上海最早的证券交易所大楼就在汉口路上。

19世纪80年代初，上海就有一批企业集股筹资，并出现了发售股票的机构。1883年，上海爆发了一次金融风暴，致使上海78家钱庄倒闭得只剩下10家，股市基本停止。1891年，英商上海股份公司成立。20世纪初，外商上海众业公会成立，沪上工商界提出创建沪上证券交易所的设想。1914年，上海股票商业公会成立，交易场所有先期和定期买卖。1920年由上海股票商业公会改组成立"上海华商证券交易所"。随着业务量的增大，上海华商证券交易所决定建造新楼，1932年在汉口路422号建造8层钢筋混凝土大楼，1934年8月建成。这就是上海最早的证券交易所大楼，原称“证券大厦”。大楼呈长方形，“工”字形布局，前后5层，中间8层。大门为花格铜门，磨石子地坪。四至八层有60多间客户房间，当时可是远东最大的交易所。每天都有大批的证券商涌入交易大厅，报行情，打电话，一片热闹繁忙景象。

1945年8月18日上海华商证券交易所停止营业。1946年5月，国民党政府行政院发布训令筹组上海证券交易所，9月9日在原上海华商证券交易所大楼成立了上海证券交易所，9月16日营业。这是全国唯一的证券交易所。它继承原来上海华商证券交易所的业务，兼容原外商上海众业公所的业务。营业以本国企业的股票为主，兼及政府发行的公债和外商在华发行的证券。交易所分为股票、债券两个市场，在股票交易大厅内设交易柜9个，各种股票分别在指定的柜台前交易，两侧有对讲电话230余部，厅内还备有记录行市的大黑板和供经纪人与专门电话员联系的信号灯等设施。1948年，法币制度逐渐崩溃，股票价格全面下跌，证券交易一蹶不振。同年8月19日，发行金圆券，实行所谓“币制改革”，交易所奉命停业。1949年2月4日颁布《上海证券交易所复业办法》，规定可上市的证券为三大类，即政府债券、国营事业股票、民营公司股票。除政府债券可酌做一天期货外，其余都必须是现货交易。2月21日复业后，上市的证券为32种股票。然而交易远不如以前踊跃，成交量平平。5月初上海解放，上海证券交易所停业。这个中国最早的股票公债交易所就此寿终正寝。

1956年11月起，这幢大楼由房管部门管理，后改名“华企大楼”，由市五金交电供应站等单位使用。

首唱《玫瑰玫瑰我爱你》的扬子饭店

在汉口路云南南路路口坐落着的扬子饭店（现名为扬子精品酒店）是一栋有着近80年历史的建筑，它的建立有着特殊的意义。20世纪二三十年代，上海被称为“东方巴黎”，由于和外国通商以及文化交流频繁，成为当年亚洲高级酒店最为密集的城市，但其中大多数豪华饭店都是由洋人投资经营

扬子精品酒店

的，如礼查饭店、汇中饭店、大华饭店、华懋饭店等。1932年6月，由华商出资成立的扬子饭店股份有限公司向当时在沪设立的美国教会蓝理公会总布道会妇女协会租地，决定在上海的三马路云南路路口建造一家决不能输给外商的华资高级饭店。公司不惜花费重金聘请了当年刚刚从法国留学归来的华人建筑师李蟠操刀设计，李蟠将扬子饭店的设计定调为当年法国特别流行的装饰艺术派建筑风格，米灰色的外墙色彩、丰富的纵向直线条装饰和逐层退缩的结构轮廓，极富造型美。此外，电梯、木雕等许多建筑小细节又潜藏着中国元素，整个饭店充溢着上海特有的“海派文化”氛围。

1934年，扬子饭店落成。开业当日即备受上海新闻媒体和社会名流的关注，不仅《申报》等沪上知名报纸纷纷以“华资高级饭店叫板外商酒店”为热门话题做宣传，更有国际建筑刊物将扬子饭店誉为“远东第三大饭店”。扬子饭店在开业后，当月就吸引了胡蝶、徐来等上海演艺界明星捧场，而阮玲玉、“金嗓子”周璇、“银嗓子”姚莉等名媛日后也很快成为扬子饭店的熟客。扬子饭店里设有风格独特的舞厅。舞厅共分3层，底层为可供100对舞者同时翩翩起舞的大舞池，舞池周围地板内有镶入玻璃框中的彩灯，当年有上海滩“弹簧舞池”美誉，号称全中国都找不出第二家。舞厅第二层外圈高出大舞池15厘米处摆放着一个个小圆桌，每个小圆桌可供4人喝茶，最外一圈又再高出中间层15厘米的四周设置包房，供贵宾使用。舞厅顶部四周镶嵌彩色灯泡，可随舞曲变化闪现时明时暗的灯光，显得如梦如幻、扑朔迷离。扬子舞厅还聘请了由十几个外国人组成的乐队为舞会伴奏，诸多海内外歌手当年也都以在扬子舞厅演出为荣，使得扬子舞厅很快跻身于上海一流舞厅之列，其名声不下于当时的“百乐门”、“仙乐”、“丽都”以及“大都会”等老牌舞厅。阮玲玉的情人、上海滩大亨唐季珊是扬子饭店股份有限公司的大股东之一，加上阮玲玉喜欢跳舞，唐、阮两人一有空便会在扬子舞厅内翩翩起舞，这段浪漫情史在当年的上海滩几乎家喻户晓。据上海王开照相馆创始人王炽开的侄子、“百岁老人”王振寰回忆，除了阮玲玉外，周璇、胡蝶等上海名媛也经常出入扬子舞厅，王开照相馆的摄影师当年也经常被召唤去为这些名人的聚会照相。然而繁华散尽却归凄凉，1935年3月7日凌晨，25岁的阮玲玉在新闻路沁园村的寓所内吞服大量安眠药自杀，次日与世长辞，红消香断，留下“人言可畏”四字。阮玲玉自杀轰动海内外，出殡时全上海有几十万民众相送，当年《纽约时报》驻沪记者还专门为阮玲玉自杀写专题报道，将她的去世比作“当今世界上最伟大的哀礼”。令人唏嘘的是阮玲玉把自己年轻生命的最后几个小时留给了扬子饭店，在这里阮玲玉陪她的情人、上海滩大亨唐季珊在扬子饭店的舞池里跳完了属于他们的最后一支舞……

姚莉是民国时期著名歌手，有“银嗓子”、“百代唱片女王”美名，她也是演唱国语流行曲资格最老、中国流行音乐史上最具代表性的歌星之一。据说，这位当年红遍上海滩的歌星从1942年至1946年曾在扬子舞厅常驻演唱。风靡海内外的经典老歌《玫瑰玫瑰我爱你》就是由姚莉在扬子饭店首唱的。姚莉当年不但在扬子饭店唱红，同时也收获了自己的爱情，扬子饭店副经理、从英国游学回国的黄志坚疯狂地爱上了她，两人相恋成婚，成为当年上海滩轰动一时的新闻，也被当年沪上大小媒体争相报道。现在，扬子精品酒店特意保留了这首歌作为每间客房的背景音乐，还专门以“玫瑰”命名了一间套房，这间套房也成为了酒店标志性的套房之一，受到很多客人的青睐。

当年，扬子饭店的服务员都能讲一口软糯的上海话，扬子饭店师傅做出来的西点也丝毫不逊色于南京路上其他外资西餐馆，再加上扬子饭店的华资背景，沪上诸多本地商人和政府高官都乐于出入其中消费。20世纪40年代初，很多上海资本家开始纷纷移民香港，不少达官贵人在临行前都喜欢选择在扬子饭店设宴告别，许多社会名媛也都在扬子饭店的西餐厅依依惜别，甚至有名媛在上海报纸上写专栏感叹“去了香港，以后可能再也吃不到那么好吃的奶油蛋糕了”。1949 年5月，上海解放，扬子饭店也收归国有。由于扬子饭店地理位置优越，离上海市中心人民广场和外滩都仅需步行就可抵达，登楼远眺，更可见人民公园全景，因此扬子饭店在很长一段时间内成为上海市政府接待重要外宾的一个主要餐饮场所。

2007年10月，扬子饭店进行了自1934年开业以来最大规模的一次整修改造，于2009年5月正式重新对外营业。改建后的扬子饭店将原有的200余间客房规模缩小至96间，但每个房间的面积则几乎相当于过去平均客房面积的一倍，并各自拥有独立的观景阳台，客人入房刷卡，《夜上海》等20世纪二三十年代名曲随即缓缓响起，令宾客仿佛又回到了昔日上海。

广东路：上海近现代史的缩影

东起中山东一路，西至西藏中路的广东路曾是上海开埠前通向黄浦江的四条土路之一。开埠初，从中山东一路至河南中路一段辟筑成马路，因其临近上海县城北门，故初称为“北门街”，后来逐渐向西延伸到浙江路。

今河南中路至福建中路一段的广东路，曾称为“宝善街”；福建中路至浙江中路一段则称“东正丰街”，名字源于这一带有一家“正丰酱园”。1862年，上海第二跑马场拆除后，东正丰街继续向西延伸至西藏中路，新筑路段称“西正丰街”。1865年，英租界当局定名全路为广州路（Canton Road），俗称五马路。因Canton在英文里既可作“广州”，又可作“广东”，后在中文中译作广东，沿用至今。

19世纪中期，广东路东段多为外商洋行的堆栈，中段宝善街在19世纪60年代曾是上海的声色场所，广东路286弄原宝善街上的公顺里建于1852年，是上海最早出现的石库门里弄住宅。

19世纪80年代，随着隔壁四马路（今福州路）的兴起，逐渐取代了广东路宝善街一带的热闹。19世纪末，东正丰街商业开始发展起来，上海第一个公用电话亭就设在这里，其专线直通十六铺。到20世纪初，沿路两侧开设了日清汽车会社、三菱洋行、永年保险公司、美孚洋行、依巴德电器公司、中华水火保险公司等。从20世纪30年代起，整条广东路形成了全上海闻名的七个行业聚集地。江西中路至河南中路一段是古玩聚集地，有古玩市场、九福公、晋古斋、金才记、珊瑚林等多家。河南中路至福建中路一段，是糖业、香云纱业和旧五金业的集散地。福建中路至西藏中路聚集了10余家汽油灯商

广东路街景

店，10余家戏袍、乐器专业店，路西端是鸟笼、鸟食和鸟兽等专业商店。

一条广东路几乎就是上海近现代史的缩影。

著名洋行林立的东段

广东路东起中山东一路外滩，这条起点夹在恢弘的英国有利银行大楼和日清大楼之间的路一开始就气度不凡。20世纪初，沿广东路两侧开设了一系列洋行、保险公司等。

广东路51号至59号的大来大楼是由美商大来轮船公司投资建造的，于1921年建成。该大楼为新古典主义风格，共8层，外墙为花岗岩块垒砌而成，中间为拱形正门，配有黑色大铁门。正门两侧各有3扇拱形落地大玻璃窗，东、西两端各有一道拱形旋转边门。六层外有一排长阳台。进入大门后，正面腰门内的电梯在两侧，中间是白色人工大理石楼梯，东、西腰门分别通向东大厅和西大厅。1923年1月23日，美国论者奥斯邦与《大陆报》合办的“中国无线公司电台”在该楼内开始播音，当年1月26日全文播放了孙中山的《和平统一宣言》。1929年这个航空公司在该楼内开业。1953年黄浦区委曾设于此，后这所大楼归上海无线电十二厂使用。

广东路的华彩在四川中路口的广东路93号。这是上海第一座新式办公楼，原名“永年人寿保险公司大楼”。该楼竣工于1910年左右。大楼外观为英国新古典主义风格，局部巴洛克装饰。永年大楼是我国第一座外墙全部采用花岗岩石面砌筑的大楼，石柱都用红花岗石磨光，显得稳重坚实。立面窗框采用不同式样处理，底层为连续半圆券窗，二层窗楣为弧形或三角形，并用小柱支撑窗楣，三层为平框；转角处为重点装饰部位，入口门廊配置爱奥尼式立柱。二、三层为通贯的爱奥尼式壁柱，大柱间设帕拉蒂奥式组合窗，虽然建筑层楼不高，却有高楼感觉。这幢楼最引人注目的是底层沿马路的连续半圆券窗，上面满是绚丽的彩色玻璃镶嵌画，画面内容多为耶稣、圣母马利亚等西方宗教故事，制作精妙细腻，极有特色，至今保存完好。据说当年永年保险公司在营业厅窗上装饰这些宗教画，是寓意“上帝保佑，客户长寿”，和当年经营人寿保险的永年大楼的意境非常吻合，既有商业气，又充满

永年大楼

人性的关爱。现在它们保存完整，成为稀有的艺术珍品。室内设计为拜占庭风格，以穹窿顶为主体，帆拱为过渡，传承古希腊和古罗马的建筑特色。门厅采用爱奥尼和陶立克柱装饰，门厅和底层大厅均为大理石地坪及墙面，门厅上部有人像雕刻装饰，穹窿顶部以及四壁均以云面玻璃彩色马赛克衬以金色镶拼成圣经故事图画，画面五光十色，色彩斑斓，使整个大厅显得富丽堂皇，金碧辉煌，与大楼外部线条简洁的砖体表面形成鲜明对比。一战后三北轮埠公司购得此楼，1955年由市房地局代管并租给培高钟厂，故又名“三北轮船公司大楼”、“培高大楼”。

永年大楼对面的广东路94号为建于1920年的美孚洋行大楼。美孚洋行是美商在华三大石油公司上海分公司，专营石油进出口业务。该楼主入口设在转角处，大门左右分列两根立柱，上方为二层阳台，入口内设小门厅，经楼梯可以直上二层。现这幢楼为黄浦区中心医院所用。相邻的广东路102号是建于1914年的日商三菱洋行上海分行大楼，该洋行主营煤炭、砂糖、杂粮肥料、纸张、木材等进出口。这是一幢具有欧洲古典主义风格的4层大楼，以与四川路相交的转角处为中轴线，两翼直角展开，出入口在中轴线上，设有半圆券门洞，券顶有锁石装饰，二层和三层设计为通层的3扇圆拱窗，檐下有西洋建筑雕花，四层为方窗，中轴线设有亭式的五层顶层。大楼屋顶的露天平台可以眺望百米之内的海关大楼和汇丰银行大楼以及黄浦江对岸的陆家嘴建筑群。1945年日本战败后，三菱洋行大楼作为敌产被中国政府接管，归中央信托局地产处使用，于是该楼改称“中信大楼”。2008年，这幢楼里曾经开设了高端奢华的兰会所。2012年7月，我经过那里时，发现兰会所已暂停营业，兰会所的英文标识也被部分摘除。后来这幢历史保护建筑又因外墙在违规施工中遭“野蛮喷涂”事件弄得沸沸扬扬。这些保护建筑正在重新被认识，人人都已感觉到了它们潜在的历史价值，而如何呵护好确实应该引起人们的重视。

老上海有名的声色犬马之地

19世纪中期以后，广东路中段宝善街一带，到处是戏园、茶楼、酒楼，清末沪上四大京班茶园丹桂轩、金桂轩、天仙茶园和大观茶园都在广东路上。当年名角来沪多为这些茶园老板所邀。京剧名角谭鑫培、孙菊仙、杨月楼、夏奎章、熊金桂等都曾演出于此。

上海最早的营业性戏园是创建于1851年的三雅园，该戏园位于原上海县署西首，专演昆曲，1854年毁于战火，1859年沿用三雅园招牌在小东门外沿浜（今舟山路）建园，仍演昆曲。1864年，昆曲小生陆吉祥在今福建中路近广东路建了一个戏园，将小东门外的昆班连同三雅园的招牌一起迁此演出，称“老三雅”。这一年，在广东路近福建路东首，也开出了一家名为“一桂轩”的戏园，主要由扬州“金台”徽班演出，以武戏闻名沪上，人称“武班戏园”，尤以武生朱湘其名噪一时，一桂轩也随之闻名沪上，后京班南来，徽班少人问津，营业一落千丈，至1875年关闭。

1867年广东路靖远街开出了一家2层木结构的“满庭芳”戏园，这是上海第一家京剧演出场所。开幕时特地从天津邀来京班演出。此后，昆、徽、梆子戏等皆有，还常以灯彩、烟火招揽观众。1880年初，满庭芳戏园翻修后租给了升平京班，改名“升平茶园”，两年后，又恢复为“满庭芳仙记茶园”。到了1904年，这家茶园遭火焚毁，后改建住宅，地名仍称满庭芳。与满庭芳同一年开设的丹桂茶园堪称广东路最出名的戏园，地点在广东路湖北路路口，开张时邀请了北京三庆班名角演出，引起轰动。之后北京名角经常来此演出，其中不少人还因此长期滞留于沪，不仅使茶园生意越来越好，而且还为上海成为南方京剧中心奠定了基础。1872年，京剧名角夏奎章在此连演10本京剧《五彩舆》，成为沪上早期连台本戏的代表作。1874年，西方魔术师瓦纳在此连续表演魔术一个多月，被称为“海上盛事”。1875年初，因同治皇帝逝世，戏园停止演出京剧，不得已邀请英国人以煤气灯演影戏维持生计，到年底才又复演京戏。第二年丹桂茶园改名“丹桂轩”，之后因经营不善，戏园影响日趋减弱。1882年，原开设在福建路的金桂轩茶园迁到广东路上。金桂轩以原一桂轩的金台徽班为主，角色整齐，以武戏闻名沪上，并邀请杨月楼等京剧名家演出，使之成为京徽合演的主要阵地。之后，园主还常请山西、河北梆子演员水上飘、月月红来演出，在沪上轰动一时。金桂轩迁到广东路后，除邀约天津的双凤班演出外，还常与大观茶园的戏班联合演出，影响较大。

1872年，广东路上又开辟出了一家人称“新三雅”的昆曲戏园，只邀昆班演出。自京班南下后，昆曲大受影响，老三雅和新三雅的营业均趋下降，先后在1876年和1882年关闭。《沪北竹枝词》云：“丹桂茶园金桂轩，燕赵歌舞戏新翻；人人争看齐称好，闲煞笙箫山雅园。”这时，戏班中一些不甘失败者伙同戏迷在原址复业，称“三雅园复记”，对外仍称“老三雅”。不久，老三雅又迁往满庭芳一茶园，延续旧名，但经营惨淡，开开关关，1912年6月又迁至汉口路幻真戏园，仍称三雅园，上演“合川昆剧”。这个60多年来坚持主演昆剧的戏园至1913年终告结束。广东路上还有一家开设在福建路广东路路口的天仙茶园，它开设于1875年底，是一处以徽班为主，融京、昆、汉、梆子五班合一的演出场所。1910年，广东路又开设了一家新天仙茶园，原先的天仙茶园被称为“老天仙”。1913年，天仙茶园转与肇明公司后，改名“肇明茶园”。该茶园经理擅长编剧，他和茶园演员编演的剧目《铁公鸡》、《三门街》等连台本戏，成为南派连台本戏的重要一支。演员王鸿寿还编演了不少关羽戏，创造了“红生”这一行当。

19世纪70年代广东路宝善街一带，由于戏园、茶楼的开设带动了这里各行业的兴旺，食品店、饮食店、小吃摊、小客栈纷纷开设，甚至出现了赌台、燕子窝和妓院，三教九流出没，夜夜笙歌，成为当时上海有名的声色犬马之地。福建中路至浙江中路一段的商业在19世纪末发展起来，上海第一个公用电话亭即设置于此。到了20世纪30年代，上海京剧四大舞台在西藏路和南京路附近陆续开设，广东路的娱乐商市逐渐衰落。

名闻遐迩的古玩交易街

如果说现在的广东路上，还保留着当年宝善街痕迹的话，那应该就是位于广东路218—226号的上海文物商店。

广东路曾是旧上海最为热闹的古玩一条街。广东路的古玩集市始于19世纪60年代，当时在广东路299弄3号有家怡园茶社，茶客将佩件和小件古玩

上海文物商店

相互鉴赏、交换，后有古玩商插足，与茶客看货议价，逐步形成茶楼古玩市场。与此同时，一批旧货商在茶楼附近设摊出售古玩，因常有外国人来此选购，交易活跃，促使了这里古玩业的发展。至20世纪20年代，广东路上有古玩店18家，古玩地摊100余家，是全上海最热闹的古玩市集。到了1921年，因怡园茶社楼房不敷应用，上海的一些从事古玩商业资历较长者，便发起募集资金，用募集到的资金在广东路191号二楼开设中国古玩市场，内设专供摊商租用的24间小间，成为上海古玩商业系统中最早的一家室内交易场所。古物商场成立后，同业间在此买进卖出，顾客也可自由选购或出售古玩。

1932年，因古玩商场内摊位拥挤，加上房屋年久失修，经部分古玩同业倡议自行增设上海古玩市场，内部各字号独立经营。后因摊商求租增多，于1934年在广东路218—226号扩建成上海大古玩市场，当时称之为“新市场”，“新市场”与在原址的中国古玩市场（俗称“老市场”）同时并存。抗日战争时期，旧城厢一带古玩商纷纷迁入这里，古玩商号剧增至近百家，形成上海古玩商品集散中心，广东路东段成为上海的古玩交易街。到20世纪40年代，仅从江西中路段至河南中路口短短数百米的广东路上，就云集了当时最主要的古玩店铺30余家，零星摊点数以百计。在那旧日的奢华时代，当权政要、前清遗老、洋行大班、旧式富绅，形形色色的人群络绎不绝地到上海广东路上来觅宝寻珍。

新中国成立后，广东路上的摊商全部移入室内营业，就此成立了上海文物商店。1998年上海文物商店进行改扩建，除保留原古玩市场的经营格局外，还设立了3个专业商场，它们是主营金石书画的墨缘堂，主营古玩杂项的粹珍堂和主营名瓷、古玉、青铜器的怡古斋，一直延伸到车流骤增的广东路四川中路路口。琳琅满目的古玩商品还吸引了诸多世界名人纷至沓来。法国前总统蓬皮杜、美国前总统卡特夫妇、美国前国务卿基辛格夫妇等都曾经慕名到此造访或选购中国文物商品。1998年美国总统克林顿访沪期间，特意到广东路文物商店选购了一幅中国画《鱼乐图》，作为中国之行美好回忆的留存。

飘然远逝的中央旅社

过山东中路，在广东路306号坐落着一幢5层楼的西方现代派风格的大楼，外立面和内部装饰带有明显的装饰艺术派特色，青灰色墙面，富有特色的山墙，压顶为折线缺口装饰，分别在二、四层顶部与三层中部设立阳台。门前的招牌，是维拉斯酒店。这家酒店在这一带显得有点另类。其实，这幢建筑以前是洋行，而在它对面不远的广东路543号倒是有过一家在旧上海名气很响的旅社，它就是位于广东路、海口路和浙江路3条马路合围处的中央旅社。这幢建筑像艘巨轮，其首部在湖北路上，广东路和海口路酷似巨轮两侧，其尾部则落在浙江中路上。

中央旅社原是旧上海大流氓陆连奎的产业。陆投奔青帮大亨黄金荣之后，凭着机灵、善于钻营拍马的江湖手段，几年后便成了上海滩"包打听"的总头目——公共租界督察长。随后，有权有势的陆连奎开始大肆敛财。先是开了一家百货公司，接着又在南京路上建了大陆游泳池，还创办了中央旅社、中南饭店等。中央旅社建于1929年，1930年4月开业。自英国加入世界禁毒组织后，公共租界不得不执行禁烟，而这正好给了早想一统上海滩烟土市场的杜月笙机会，潮州烟土八大家纷纷涌入法租界，而当时公共租界里除了秘密开的烟馆，只有陆连奎的中南饭店和中央旅社敢公开卖烟土。这个旅社可以说是陆连奎的"大本营"，旅社内烟房、妓间、赌厅一应俱全，餐厅、舞厅、夜总会应有尽有。民国时期的上海，广播电台都是民营的，最早的一家是美国人在1928年开设的，每天晚上8点会准时播新闻和娱乐节目。1930年，陈子桢在广东路中央旅社内创办了国华广播电台。在电台举办的闻人联欢会上，上海著名人物黄金荣、虞洽卿、梅兰芳均出席，可见其影响之大。

新中国成立后，中央旅社关门歇业。1951年，新华书店华东总分店机构扩张。到了1953年年初，书店承租了中央旅社，二、四层为职工宿舍，三层由新华书店发行所开设了"新华苑客房部"。因其干净、周到的服务，廉价和便捷的交通，60多年以来，这个被简称为"广东路招待所"的地方一直是各地出版发行人士抵沪公干、旅游的下榻之地。如今，这栋有着80

多年历史的大楼，也已在广东路上消失了。

源于格致书院的格致中学

广东路615号坐落着颇负盛名的具有140余年历史的上海市重点中学格致中学。格致中学的前身为“格致书院”，取“格物致知”的儒家之训为名，它是我国近代最早开办的中西合办、官民合资，最先传授自然科学知识，培养科技人才的新型学堂。

格致书院始建于1874年，由清朝重臣李鸿章倡议，又由近代著名化学家徐寿和时任英国驻沪总领事的麦华佗联合创办。1876年，格致书院正式开院，李鸿章亲题院匾。格致书院是中国教育史上第一座专门研习“格致”之学的教学机构，书院主张以近代科学为教育内容，弘扬“格物致知、厚德博雅、好学敏求”精神。格致书院有书院之名，但并非传统书院；设在租界，但并非租界公立学校；有传教士参与其事，但并非教会学校；含有官方资金，但并非官办学校。它是上海这个特殊城市的产物，是异质文化交织的结果。

格致中学校名的确立经过了一番曲折。1914年10月，格致书院归公共租界工部局，学校易名“华童公学”。1917年2月7日，华童公学改为“工部局格致公学”。1943年又改名为“上海特别市市立格致中学”。抗战胜利后，学校改名为“上海市市立格致中学”。上海解放后，学校正式改名为“上海市格致中学”，此校名沿用至今。

现在格致中学的这个占地1.3万平方米且四面临街的幽静校区是近年来建成的，从广东路上看去，体量庞大、高达10层的红砖教学大楼被围在一长排黑色的铸铁栅栏后面，铸铁栅栏以红白相间的砖墙分隔，教学大楼的顶层中间有“格致中学”4个大字。教学楼按教学功能科学规划成“格意楼”、“物趣楼”、“致远楼”、“知行楼”、格致校史馆以及室外运动场等，在与广东路相交的广西北路上保留着格致中学的老校门，校门前竖立着一块长椭圆形石头，上面用红字勒刻着毛泽东亲笔题写的“格致中学”四个大字。

这所坐落在上海最繁华市中心的历史悠久的著名学校为广东路添上了浓浓的书香味，并成为广东路上的一个特殊地标。

源于东方饭店的工人文化宫

广东路的最后一笔落在西藏中路上。在广东路733号醒目地坐落着一座大厦，大门朝向与广东路相交的西藏中路，犹如一艘巨轮，船头朝向人流滚滚的人民广场。建筑整体显得十分壮观，细部装饰华丽，融合了文艺复兴

式、巴洛克式和新古典主义形式等各种风格。顶上镌刻着它的诞生年代：1929。

这座大厦的前身是开业于1930年的东方饭店，地块原来属于新沙逊洋行，是英籍犹太商人伊利亚斯·大卫·沙逊于1872年创办的。此人是老沙逊的儿子，他于1880年后，在上海购置大量房地产，经营抵押贷款，并成为了上海房地产大王。东方饭店在这里经营，不仅租金很高，而且到后期连饭店也要归新沙逊所有。但东方饭店仍然敢开在这里，证明这里是有高额利润回报的黄金大厦。

整个建筑包括两部分，主楼7层，副楼5层，主副楼为两块长方体合成结构，主楼为立式长方体，副楼为卧式长方体，主、副楼一体。建筑的檐、角、顶为直线，直线间形成大大小小的矩形平面。在平面间采用或凹或凸的半圆形窗、高高的圆柱、圆弧状的黑色铸铁栏杆阳台，使建筑物在庄严华贵中显得跌宕多姿。二层和五层各挑出檐口主楼6个、副楼100多个半圆弧形阳台伸出楼面，站在上面可远眺人民广场周围的景象。由于面对着空旷的人民广场，这座建筑显得巍峨而又分外醒目。正门设在广东路西藏中路转角处，硕大的半圆窗下方是方阔深邃的双重式大门，大门两侧用花岗石贴面粗缝砌成。大门内是个高达2层的平顶圆厅，中间有6根圆柱，呈圆形排列，增加了大厅空间的层次感。这幢楼最精华的部分在正门的立面上方三至五层之间和建筑物两侧前部的三至五层之间，这些地方采用了古希腊的建筑元素，用了爱奥尼克式石柱，尤其是正门上方2根石柱华丽精美的柱头让人想见东方饭店昔日的辉煌。

新中国成立前，上海有两家名叫“东方”的旅馆饭店，一家在浙江中路九江路，人称“老东方”；广东路的这家，就被称为“新东方”。这里既是商

业处所，又是文化娱乐的会所，它是当时有钱人享乐、休闲的地方，也是上海一些文化单位演出的场所，具有浓郁的文化气息。旧时东方饭店内除客房外，还附设有餐厅、舞厅、弹子房，尤其是设在底层的东方书场更为红火。东方书场是20世纪上海最大的书场，档次超过一般的茶楼书场和小书场。由于当时人们的文化娱乐主要是看戏听书，东方书场说的大多是我国古典章回小说，如《三侠五义》、《三国演义》、《水浒传》、《隋唐演义》等，一些清末的奇案，也被说书人加工后搬进了书场，吸引了很多人前来听书，每天门庭若市。东方书场还曾上演过沪剧，饭店后来还设了东方剧场。除此以外，东方饭店内还有创办于1932年的东方广播电台，节目以评弹、沪剧、滑稽戏及话剧为主，很受听众喜爱。抗战胜利后，民营无线电播音同业公会也设在东方饭店内。

在我国第一个国庆纪念日来临前夕，东方饭店改为上海市工人文化宫，1950年9月30日揭牌时的盛况人们记忆犹新。那天从清晨起，文化宫内外到处张灯结彩，每一个窗口上都悬挂着迎风飞舞的红旗。门前锣鼓喧天，两头舞狮欢蹦乱跳，一派喜气洋洋景象。上午8时，高举火把的火炬队伍浩浩荡荡地从新世界金谷饭店出发，经南京西路、黄陂北路、延安东路、大世界进入西藏中路，到达广东路路口的工人文化宫，并把门口象征胜利之火的火盆点燃，从四面八方不断涌来贺喜的人群。开幕典礼上陈毅市长为工人文化宫题写了“面向生产，学习文化”的题词，并赠送了“工人的学校和乐园”的横匾。现在走进工人文化宫大厅，就见迎面墙上镌刻着的陈毅的横匾题词。娱乐中心、大型活动制作中心、培训中心、艺术中心、电视制作中心等分布在各层楼面，各种各样的群众文化艺术团体活跃其中，许多工人艺术家从这里脱颖而出。

20世纪90年代，这幢大厦的六楼恢复了东方饭店的功能，成了上海市工人文化宫东方宾馆，除了客房外，还有一个观光咖啡厅，原木的装饰和温馨的暖色调给人一种欧洲乡村咖啡馆的感觉，坐在那里边喝咖啡边欣赏人民广场的如画美景，宽大的玻璃窗隔开了都市的喧嚣嘈杂，让你静静地感受繁华都市的热闹，是一种别样的享受。

在这幢楼的顶层还藏着一个空中花园。乘电梯抵达六楼，从左手楼梯上去，便见一个长长的以一长排罗马柱围合的回廊，回廊的尽头是餐厅。回廊旁的花木丛中一截粉墙上镌刻着金灿灿的“空中花园”四个大字。走过又一段楼梯，空中花园显现在面前。首先让人惊艳的是8根罗马柱围成的一个半圆形建筑，好似古希腊剧院的舞台，半圆形舞台背后还有一条长长的平台，那是刚才走过的回廊的廊顶，是通往空中花园另一半的通道。在空中花园，向西可俯瞰大半个人民广场，远看，是林立的高楼大厦，中景高架公路蜿蜒曲折，近景则是满眼绿色，探头又可见西藏路上的车水马龙，果然是一幅美轮美奂的大都市立体画。入夜，璀璨的灯光把周围衬托得犹如人间仙景，一片流光溢彩，你会觉得自己仿佛在云中漫步。

江西中路：城市文明见证地

江西中路南起延安东路，北至南苏州路，辟筑于1855年，是上海开埠后建成的最早几条马路之一，因路旁有一座圣公会教堂即圣三一堂，故初名“教会路”，又名“教堂街”。1865年，工部局重新为上海各马路命名，以江西省名命名该路为江西路，1945年更名为江西中路。

江西中路是一条南北向的道路，其北段发展较早，19世纪80年代，上海第一家发电机厂和第一家自来水公司就诞生在这条路上。

上海开埠后，贸易量激增，中外商人因贸易而发生的财务关系，通常都是经过经纪人或洋行买办与当地钱庄进行清算，钱庄还代外国洋行到内地收购土产，推销洋货，因此钱业非常兴旺。其中不少中小金融企业选择在外滩背后的小马路上营业，原因主要是这里地价较外滩便宜，但又紧邻外滩，方便与外滩的大银行业务往来。而贯穿这一地带的主要马路就是江西中路，因为初始入驻的金融机构主要是钱庄，故这条路又被称作“钱庄街”。沿线还有几十家大型公司，如中华烟草公司、中国石油公司等。

最早的发电厂和自来水公司

电和自来水是现代文明的象征，它们给人们带来了生活的便利，是现代生活须臾也离不开的生活必需。上海在19世纪80年代初就开始有了电和自来水，上海最早的发电厂和最早的自来水公司就坐落在江西中路上。

据考证，全国最早的电灯产生在上海。1879年5月28日，一名英国工程师毕晓浦在上海乍浦路路口的一个仓库里，利用一台10匹马力的小型蒸汽机发

江西中路街景

电，第一盏弧光灯首次在中国土地上发光。1882年，由英国人利德尔等筹资创办上海电光公司，从美国购得发电设备，在江西中路南京东路路口开办了一座小型发电厂，这是上海也是中国最早的发电厂。同年7月26日下午7时，该电厂正式对外供应照明用电，在6.4公里长的线路上，串接15盏弧光灯，每盏亮度约2000瓦，亮灯后，吸引了成千上万的市民前往观赏，耀眼的灯光当时被誉为“奇异的自来月”。1883年，南京路外滩一带首次用白炽灯作路灯，从此，上海的道路照明发生了巨变。

同样是在1882年，英商在上海创办了申城第一家自来水公司。第二年5月，自来水公司开始放水，李鸿章参加了放水典礼。当时风气未开，中国人很少有人用自来水，甚至有传言说水里有毒质。后来公司将自来水赠给各水炉茶馆，用的人便逐渐多了起来。城市居民中有不装自来水龙头的，可让水夫挑担送，每担自来水收10文钱。自来水这才在上海普及开来。如今坐落在江西中路464号的自力大楼就是原英商自来水公司的办公楼。这幢楼建成于1888年，是一幢典型的清水红砖夹杂着青砖的3层外廊式建筑，主立面为连续规整的券柱式外廊，平面呈梯形，四坡顶，老虎窗，窗上圆券及部分线脚镶嵌红砖，窗间墙装饰着壁柱，檐部微有出挑，整个立面纹饰丰富华美，具有较高的艺术价值。离自力大楼不远的江西中路484号坐落着的自来大楼是原英商自来水公司大楼，它比自力大楼看上去要气派。这幢楼建成于1921年，是一幢4层混合结构体系大楼，房屋平面呈梯形，折衷主义风格，细部带有巴洛克特征，以山花、壁柱和雕饰强调主立面。红瓦坡顶，仿石水泥墙面，横向水平勾缝，立面纵横向三段式构图，转角部位略作装饰。一层窗上铸铁花饰精美，檐下及三层窗下墙面、四层窗间墙面重复出现精美花饰，整个立面纹饰丰富精美。大楼的钢筋混凝土柱均为方柱，显得典雅规整，截面尺寸逐层缩小。

这两幢楼见证了上海自来水事业的发展。

昔日荣氏大本营：三新大厦

江西中路421号坐落着一幢欧式新古典主义风格的建筑，这幢漂亮的大厦正面朝南，低调地蛰居于大铁门后面，一点也不显山露水。很少有人知道它就是昔日三新财团的所在地：三新大厦。三新财团是荣氏兄弟数十年打造的茂新、福新、申新系统的统称。19世纪20年代，该财团雄踞面粉、棉纱两界，分别占据全国面粉、棉纱产能的四分之一和七分之二，总经理荣宗敬曾难掩自豪之情地说："从衣食上讲，我拥有半个中国。"

自1902年投身实业，荣氏从资本5万元的保兴面粉厂起步，到1922年，经历20年的时间，已发展为拥有资本上千万，有着近20家面粉、棉纱工厂的产业巨头，代表着当时民族工业的最高水平。荣氏兄弟被誉为国内实业界的"骑士"。江西中路421号的三新大厦就是在荣氏实业鼎盛时期建造起来的。

1919年，荣宗敬在今江西中路421号买下2亩8分地，于1921年建造起了一座英国城堡式建筑作为荣氏大本营，该楼高3层，楼顶上插着公司旗帜，风光霸气。三新总公司实行总经理负责制，荣宗敬对茂新、福新、申新系统的采购、供应、销售、资金和人事进行统一管理。每天中午，这座英国式的城堡建筑里聚集着各厂的经理，他们向荣宗敬报告各自的生产经营状况，并听取总经理下达的指令，然后分头行动，通过电报、电话将指令传至上海、无锡、济南的工厂。从规模和管理方法上，三新财团已经具有了现代企业的风范。发号施令的荣宗敬，俨然企业教父。

如今，屹立在江西中路上的这幢英国城堡式建筑似乎在默默阐述着荣氏家族曾经的辉煌。

见证上海电话事业发展的德律风大楼

坐落在汉口路路口的江西中路232号，是华洋德律风公司大楼，这幢大楼见证了上海电话事业的发展。德律风是英语telephone的中文洋泾浜译音。1908年，6层歌特式大楼德律风电话公司出现在江西中路232号，这是当时上海滩较高的大厦之一。建成初期，众多建筑书刊纷纷介绍，称之为上海最早的钢筋混凝土框架结构建筑。

1837年，美国人莫尔斯发明了电报。1868年，美国菲尔德的大西洋水线铺设成功，上海租界出现了第一份由美商企业收到的电报。1869年，欧洲的丹挪英电报公司、丹俄电报公司、挪英电报公司联合成立丹麦大北电报公司，向亚洲东部扩张势力，两年后上海市民也可以收到越洋发来的电报，这一新鲜事在上海滩引起了轰动。1876年，美国科学家贝尔发明了电话，第二年，上海轮船招商局就装上了简易传声器，即早期对讲电话。1879年，大北电报公司开始在公共租界埋设电杆装设电话，至1881年，租界内已有外商在外滩等处树立电杆架设对讲电话。1882年3月1日，大北电报公司率先在外滩7号公司内设置了上海首个磁石式人工电话交换所，这是电话发明6年后，上海出现的第一个由外商经营的电话公司，只比在美国设立的世界第一家电话公司晚4年。同年，英商中国东洋德律风公司等几家公司也在上海设立了电话公司。

最早接触电话的中国人对电话同样充满了好奇，他们不知德律风原意是远距离传声，还以为是由欧州一位名为德律风的人所创立的。1900年，英商中国东洋德律风被瑞典、英商和华商合组而成的华洋德律风公司所取代。该公司与公共租界工部局、法租界公董局签订了30年的专营协议，垄断了租界内部的电话业务，公司为此获得了巨大利润。1908年，新瑞记洋行为德律风公司在江西路设计了一幢新大楼。这是由早期中国营造厂承建的，也是中国第一座完全采用钢筋混凝土框架结构的建筑，但外观是复古主义的。建筑立面采用欧洲文艺复兴风格，三段式结构，立面腰线、挑檐线有漂亮的花饰。整个建筑以直线条为主，顶部中央有一座塔式穹窿顶，四端也各有一座小穹窿顶，各个穹窿顶上都设置小尖顶，故又具有哥特式建筑峻峭、向上的特点。建筑共6层，设有地下室，底楼是营业大厅，二楼是经理室和写字间，三至五楼是业务用房，六楼为电话接线间。

大楼建成后，公司里出现了当时最早的女职员。第二年，租界内外电话用户已增为3400多家。业务除私人电话、公用电话外，还兼营徐家汇天文台发布的天气预报。该台将天气情况通过电话通知外滩信号台，由信号台挂报风讯号，发布天气预报。1924年，该公司开通自动电话交换所。1930年8月，公司被美商国际电报电话公司收购，大楼也改名上海电话公司。这栋见证了上海电话事业发展历史的大楼建国后改为上海电话局大楼。

富有传奇色彩的银行大楼

江西中路曾被称作“钱庄街”。随着银行业的发达，钱庄逐渐被银行代替。坐落在江西中路上的几座银行大楼颇有几分传奇色彩。

江西中路368号坐落着的是上海大楼，原为上海商业储蓄银行大楼。

上海商业储蓄银行成立于1915年6月2日，陈光甫任总经理。当时行址设在上海宁波路9号的一幢老式洋楼里，额定资本10万元，实际资本仅7万余，这在上海滩众多银行中实在是太微不足道，因此被人称为“小小银行”。陈光甫是旧中国金融界颇有影响力的银行家，被外国人称为“中国的摩根”。他经营精明，管理有方，善于创新，该行发展之迅速在我国银行中首屈一指。陈光甫首先推出的是三英储蓄业务，规定只要1元钱就可以在银行开户，这一廉价亲民的方针果然吸引了不少储户，使其资本上升迅速，开办仅半年资本就翻了一番。1919年实收资本达100万元，算是跻身中等银行行列了。陈光甫强调银行要服务社会，该行的服务态度和办事效率为人称道，很快得到了绝大多数市民的认可。到1926年，该行资本已增至250万元。

1923年8月，上海商业储蓄银行设立旅行部，这便是我国最早的旅行社中国旅行社的前身。该旅行部于创立之始，即制定了经营目标，即“发扬国光，服务行旅，阐扬名胜，改进食宿，致力货运，推进文化”。1927年春，经上海商业储蓄银行董事会开会研究后，旅行部与银行分立，是年6月1日，废除上海商业储蓄银行旅行部之原名，改称“中国旅行社”。独立后的中国旅行社，经办国内外旅游，承接货运代售客票等业务，同时在全国各大城市设立招待所，并首创发行国内旅行支票。上海商业储蓄银行则将中国旅行社作为“先锋队”，为银行开路作广告，此举不失为一种独特的营销手段，顺便把广告费也省了。

1929年，上海商业储蓄银行在宁波路与江西中路转角处自建一幢9层银行大楼。大楼以转角处为中轴线，两翼展开，基本对称，为近现代派风格，带有强烈的装饰艺术特征。外墙为深褐色面砖，以底层与二层之间的腰线和四层至五层的檐口将建筑划分为3个水平立面。由于底层主要用作银行的营业厅，楼层较高，在入口处的两侧设计白色的壁柱，强调了建筑的纵向线条。在大楼顶层的平台上建有一座两层重檐歇山中国传统庙宇样式建筑，据说是因为陈光甫笃信佛教，这是他增建的佛堂。上海大楼落成后，上海商业储蓄银行入驻其内。1922年浦东发展银行成立之初也将行址设在这里面，1930年中国第一家信用保险公司在上海大楼内诞生。1949年，上海商业储蓄银行随国民党政府迁往台湾。

江西中路246号坐落着聚兴诚银行大楼。聚兴诚银行是一家成立于1915年3月的家族银行，总行在重庆，系重庆富商杨文光及其族人出资创办，是川帮商业银行中唯一没有军政背景的民族资本银行。聚兴诚银行在四川成立后，即筹划在上海设立分行。1919年12月9日上海分行正式成立，又称“申行”。最初行址在河南路426号，1935年在江西中路自建办公大楼。当年聚兴诚银行的设计图纸是一座14层高楼，沿江西中路九江路两翼为11层，屋顶有两重蓝色琉璃瓦的飞檐，墙面贴浅黄色大理石，转角中央部分为14层。底层入口处用飞檐门罩，并精心设计了斗拱、霸王拳等中国传统建筑的构件。塔楼是一座仿宋代式样的钟楼，屋顶为八角重檐攒尖顶。1937年，银行大楼施工到四层，因日本侵华战争爆发，四层以上被迫停建。底层入口处基本按原来图纸施工，仅琉璃瓦由蓝色改为绿色。1940年底大楼落成后，聚兴诚银行即迁入该新址。底层为营业大厅，楼层除银行自用外，其余供出租。聚兴诚银行的业务经营以汇兑为中心，其与众不同之处在善于做套汇。1951年，聚兴诚银行参加公私合营，从而结束了长达34年之久的杨氏家族银行。1988年建设单位利用当年施工的地基对聚兴诚银行大楼进行加层，一直加到11层，部分为13层。四层以上大大简化了当年的设计图，钟楼、琉璃瓦檐、中国传统的构件和图案等装饰性部分全部取消。该楼一度被黄浦区税务部门使用，1990年起被交通银行租用，与原金城银行大楼一起构成交通银行上海分行浩大的气势。

金城银行大楼坐落在江西中路200号。金城银行是中国近代银行家周作民在天津租界创办的，它是旧中国有名的“北四行”之一。“北四行”即盐业、金城、大陆、中南4家银行的合称。1922年，这4家银行成立联合营业事务所，是旧中国银行中唯一的联营，目的是厚集资本，互通声气，扩展业务，“北四行”因此得名。金城银行大楼是金城银行于1926年1月在上海建造的银行大楼，该楼是上海著名的银行大楼之一，也是中国人开设的银行建筑中最讲究、最华贵的一座。建筑采用庄重对称的英国新古典主义风格，正面突出的6根方柱将墙面分成3块，使柱墙形成3大块凹凸面。中间大门左右各有1根希腊多立克柱，上部三角形花岗岩柱梁上凿有龙、凤、斧头的圆形图案作为该行标志。外部门楣等带有巴洛克装饰，具有西洋古典建筑的精美。营业大厅地面、护壁、楼梯、方柱用的都是意大利大理石，大厅两侧设置意大利大理石扶梯。大厅双抱梯颇具气势，从波斯圆柱梯口把手，到曾经时髦一时的直棂式一字形栏杆，都十分引人注目。

金城银行大楼建成后，该行业务发展迅速。1927年至1936年，它的存放业务是全国25家主要私营银行之冠，被认为是华商金融业的祥瑞之地。1936年原设在天津的金城银行总行迁入，此处遂成为金城银行总行，1940年又增建了2层。1956年，金城银行大楼改为上海市青年宫；1974年青年宫迁往西藏路大世界，这里成了招待所，20世纪80年代成为福州饭店。直到1986年，这座典型的银行大楼才恢复了它金融大楼的本来面目，成为中国交通银行总管理处和上海分行办公楼。

有着丰厚历史的3幢姊妹楼

在江西中路、福州路的交叉路口，矗立着3幢外形和高度十分相似的大楼，犹如孪生姊妹。这3幢楼均建于20世纪30年代。路的东南侧是汉弥尔登大楼，东北侧是都城饭店，西南侧是建设大楼，3幢大楼沿马路转角呈凹面扇形布置，形成当年大都市摩天楼的氛围，且三足鼎立，十分壮观。

汉弥尔登大楼现名福州大楼，坐落在江西中路170号；都城饭店坐落在江西中路180号。这两座大楼都是当年沙逊家族的产业，由沙逊洋行的分支华懋地产公司出资兴建。

建成于1933年的汉弥尔登大楼模仿了美国城市中普遍存在的摩天大楼风格。大楼分为主楼和副楼。主楼平面沿马路转角呈凹面扇形，立面依竖直线条为构图，底层外墙用花岗石砌成，二至十四层采用白水泥人造石，屋顶有花园，整幢大楼风格挺拔、俊朗。主楼中部14层，两翼7—9层；副楼6层，大门在福州路上，与主楼相连。整座楼的造型风格属装饰艺术派风格，主楼中间是凹进去的，大楼的各门窗用直线框架框组，呈直线条结构，简洁明快，大气厚实，仅大门、顶层和塔楼上有图案装饰。窗框除二楼和顶层正中3扇是券拱形外，其他都是长方格式样，在20世纪30年代这幢楼是租界内最有名的办公大楼，内部设置也是不折不扣美国式的，大门是转门，内部地坪分别采用硬木、人造大理石、马赛克等材料。主楼门厅宽敞，四周镶嵌米色面砖，建筑平面中间设两个大天井。底楼是一个大的办公空间，一至三楼分割成可供出租的写字间，其余14个楼层做成单身公寓，仅在塔楼部分做成欧洲人喜欢的成套公寓。该楼建成后售给美国驻沪领事汉弥尔登开设的汉弥尔登洋行，故名“汉弥尔登大楼”。租用的客户大多为外商企业和机构，如美国可口可乐公司、美国福特汽车公司等。大楼地下室辟有英国式酒吧。新中国成立后，人民政府赎买了大楼，1959年改名为福州大楼。中国冶金进出口上海公司、中国电子器材华东公司等曾驻扎其内。

与汉弥尔登大楼并峙于江西中路福州路转角处的都城饭店大楼建于1934年，外观与汉弥尔登主楼相仿，典型的巴洛克半圆凹塔式造型，大楼中间凹入，14层，连地下一层和塔楼成17层。八层以上逐步收缩，形成中央塔楼。都城饭店旧时是上海第一流的大旅馆之一。在当时被称作“东方巴黎”的上海滩，都城饭店是浮华盛世的一个标志，一个象征。主入口在转角处，大门占3个开间，中间为四叶式转门，大门顶上设大雨篷。饭店大堂内古朴的六角吊灯、回旋的金色扶梯、廊柱间精致的纹雕、哥特式的艺术装饰，显示出欧陆建筑经典的华美风采。大楼底层设饭店大堂和总服务台，二层设豪华酒吧和舞厅，三层以上为客房。部分客房内有花篮式阳台，可倚栏眺望外滩美景。尤其是饭店的美式地窖酒吧，具有浓郁的欧美情调。80多年前留下的啤酒桶至今还依稀散发着木头和好酒的沉香，只是已经冷清了许久。建国后，大楼拨给化工局等单位作办公用房，1964年恢复饭店业务，经过大修，改名“新城饭店”，现在，饭店已恢复“都城饭店”老招牌。

建设大楼全称“中国建设银行大楼”，位于江西中路181号，其建筑地皮是茂盛洋行的。20世纪30年代上海滩不少商业银行拆除旧屋建造西洋风格的

上图：福州大楼
下图：都城饭店大楼

大楼，中国通商银行在外滩6号的楼房不敷使用，遂于1934年决定在江西中路181号地块上投资建楼。设计时，为了与汉弥尔登大楼、都城饭店大楼协调，故立面造型以竖直线条为主，建筑上部逐层收缩，力求体现现代派建筑简洁明快的风格。建筑正面入口呈内凹处理，让出部分转角作为路面环形车道，沿今江西中路一侧10层辅楼作一字形布局。1935年中国通商银行因滥发银行券而发生挤兑，最后是由中央银行垫资才平息了这场挤兑风潮。银行因资金紧缺，只得将江西中路上竣工的大楼卖给了由国民党财政部控制的中国建设银行公司，大楼定名建设大楼。被称为“中国第一家真正投资公司”的中国建设银行公司产生于1934年，其核心人物为宋子文。大楼落成后，底层是邮政储金汇局营业厅，三至九层是中国建设银行公司自用，西部是上海市警察局用房。东部于1945年出租给美国驻沪总领事馆。1952年起，该楼由上海市冶金工业局和上海市公安局租用。

江西中路还留存着一些建于20世纪初的民居，如江西中路135弄为建于1914—1915年的恒业里。恒业里原为英国恒孚洋行建造的公寓式里弄住宅，设计上兼顾商办和仓库用房，体量较一般民宅高大。单体平面呈回字形，立面为券廊式构图，清水青砖外墙嵌红砖带饰，层间有线脚装饰，四坡瓦屋面。至今，在宅内还能发现不少忠实记录岁月痕迹的细节，如木衍架、木板简梯、传统结构的仓库堆栈里留存的老式箩筐等。

九江路：低调的华丽蔓延一路

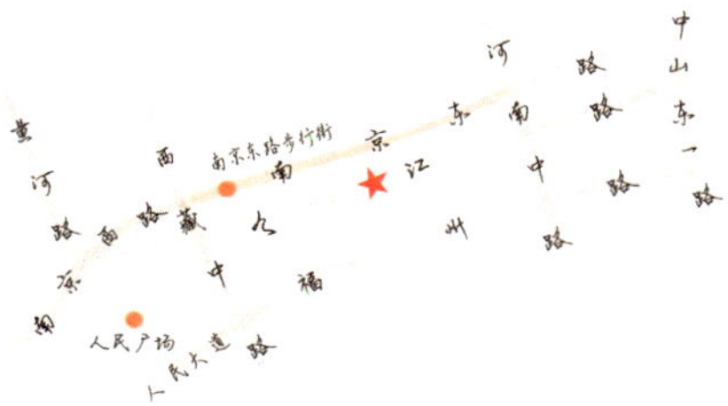

九江路东起中山东一路，西至黄河路。此路辟筑于19世纪50年代，仅有外滩至今山东中路一段，因路东端近黄浦江纤道，故初名“纤道路”。早在1844年，英国人托马斯·颠地向居住在今九江路外滩一侧的20多户农民租赁了十几亩土地，经营航海中的打绳业务，所以早期的九江路也被叫做“打绳路”。

19世纪60年代初，这条路加筑至今湖北路，称杭州路，后再延伸到西藏中路，1865年命名为九江路，俗称“二马路”。1999年该路再向西延伸，新开辟的路段向人民公园借道至黄河路。

九江路俗称“二马路”，它躲在素有“大马路”之称的南京东路的后面，悄无声息，波澜不惊。九江路沿线多为建于20世纪二三十年代的钢筋混凝土结构的高层建筑，建筑风格以西方新古典主义和装饰艺术派风格为主。这些立面严整的建筑鳞次栉比，成为这条马路景观中的主要构成元素。

林立的大楼构成沿路独特景观

九江路上自东向西并排着多家银行大楼，仿佛是外滩金融区的延伸。

九江路33号是日本住友银行大楼。住友银行创办于1895年，总行设在大阪，1916年在九江路开出上海分行。该行资力雄厚，当时与三井、三菱、第一劝业、安田同称日本五大商业银行。住友银行对面的九江路36号是原日商三菱银行大楼，后来国民党政府接收，成为中华邮政储金汇业局。新中国成立后这里成为上海邮政局，现在这里是上海邮政储蓄银行。这幢楼是20世纪30年代标志性建筑之一，大楼地下1层，地上5层。门前有4根高大的贯通

九江路街景

3层的巴洛克立柱，大门两边一左一右匍匐着两只西洋风格的石狮子，气派不凡。九江路41—45号花溪大楼是美国花旗银行上海分行旧址，设立于1902年。这是美国最早在华设立的银行，当时上海人称美国星条旗为“花旗”，所以其中国行名就称之为“花旗银行”。该行在九江路开业后，业务仅次于汇丰银行。九江路50号原为日商三井银行旧址，后为旧上海市政府的直属金融机构上海公库所在地。该楼建造于1934年，花岗岩饰面，立面中部设贯通4层的六边形巨柱，大厅高2层，四周作跑马廊，简约的中国传统藻井式天花，中央为玻璃天棚。现这里是中国建设银行上海分行所在地。

坐落在九江路80号的安利大楼建成于1907年，简化的新古典主义风格，外观为清水红砖墙饰白色水平腰线，构图简洁，色彩对比度明显，也增加了建筑的立体效果。这幢楼当年是安利洋行所在地。安利洋行的前身是德商瑞记洋行，那是一家历史悠久的德国籍犹太人公司，为中国清末民初最著名的洋行之一。1917年中国对德国宣战后，瑞记在华资产被汇丰银行代管，一战结束后，瑞记在香港重新注册，改名为英商安利洋行，重新开业。1924年10月9日，安利洋行投资创办的中国公共汽车公司开辟了第一条营业线路，即从外滩到静安寺，以后线路增加到12条。

九江路89号是江川大楼，原为德华银行所在地。德华银行1889年成立于上海，是由德商在华开办的银行，服务于德国与亚洲地区的贸易。该行是成立于1912年的五国银行团成员之一，在1914年之前，其在中国的影响力仅次于汇丰银行。新中国成立后，大楼为上海医药工业公司所用。这幢楼建成于1916年，新古典主义风格，立面为花岗岩饰面，无基座，采用贯通3层的科林斯柱式，入口处饰有巴洛克式山花。九江路111号大陆大楼是民国时期大陆银行上海分行旧址。大楼建于1932年，为装饰艺术派风格，立面强调竖向构图。底部两层为花岗岩砌筑，窗洞口上下连通，中部与顶部略有后退，形成对称的层次感。女儿墙和基座上的门窗饰有几何图案，现为上海国际信托有限公司所用。九江路沙市一路转角处的九江路120号是原华侨银行大楼。华侨银行是新加坡第三大银行，创办于1919年，1927年2月在上海九江路120号成立了分行。大楼坐东朝西，十层钢筋混凝土结构，于1930年建成。大楼因底层为华侨银行所用，故以银行名命名。整幢房屋为办公及住房两用建筑。建筑外形上小下大。五层以上逐层缩小，似宝塔形。在沙市一路上有月洞形的2层楼高的大门；入门经马赛克通道，可见并立的两座电梯，右侧还有回形人行扶梯。大门底层为淡黄色磨石子地坪，沿街有落地大玻璃窗。三层以上房间为钢窗、柳安地板，五、六层向南临街有一排铁栏杆露天阳台。

九江路190号坐落着一栋高4层的大楼。该大楼以大块天然石料和清水红砖建造而成，顶部点缀巴洛克山花，这就是礼和洋行大楼。礼和洋行曾是远东最著名的德资企业，19世纪40年代已经在广州营业，1866年进入香港，1877年进入上海，后来上海成为总行所在地。设在上海九江路的总行大楼建于1899年，为4层砖木石混合结构，德国新古典主义建筑风格，是当时洋行中最大的建筑，外观庄重恢弘，内部精致奢华，犹如一尊装饰感强烈的艺术品。底层主要为商务楼，层面设计较高，有穹形的门窗，二层以上为职工住宅楼。每层都有通畅的内廊，有连续的拱形窗，可惜如今这些窗都装上了玻璃。四层以上设有假层，在中间及两端设计带有德国风格装饰效果极佳的三角顶。第一次世界大战中，1917年中国对德宣战，根据国际惯例，在华的德国侨民将作为敌对国难民遣返出国，于是，礼和洋行就将大楼转入一家与其关系密切的印度商行——八巴利洋行名下。1927年，新华储蓄银行总部迁往上海时就租用了礼和大楼的底层开业，于是该楼长期被人们叫做新华储蓄银行大楼。九江路250号原为中国侨民银行公司，该公司成立于1943年，总部原设在昆明，1946年7月迁设上海。1949年8月11日正式改名为中国侨民商业银行，但不久就因无力增资而停业了。

上海开埠初期，九江路山东中路以西的道路两侧大都是外商住宅，1860年，在九江路河南中路开设了老介福绸缎庄及一些洋行。至19世纪70年代，九江路商业渐趋兴旺，有洋货行、杂货号、参药店、珠宝店等。至20世纪初，九江路商业已很繁荣。之后，这条路上又开出了有相当知名度的老正兴菜馆、甬江状元楼、元元帽店等。1912年以后，组建股份有限公司的人逐渐增多，股票流通渐广，于是上海自发地形成了以茶楼为日常联络点的股票买卖市场。一个世纪前，证券业已在上海初露端倪。当年讨论股票的场所，叫

礼和洋行大楼

“茶会”，第一家茶会地点就在现在的湖北路、福州路路口的惠芳茶楼。1914年，上海12家股份有限公司在九江路渭水场设立了上海股票商业公会会所。1920年 5月20日，经该公会会员大会议决将九江路429号改组为上海华商证券交易所，这标志着中国人自己经营的第一家现代证券交易所的诞生。

新中国成立后，九江路东段的洋行、银行相继关闭，中段和西段商店也先后歇业或拆迁合并。改革开放后，九江路商业又开始兴旺，逐渐形成以时装为主的特色马路，到九江路买衣服一度成为上海的时尚。20世纪90年代，由于南京东路河南中路到西藏中路路段要建成步行街，原来南京东路上的来往交通功能由九江路和天津路分别承担，从1996年起，九江路从河南中路到西藏中路路面被扩大，时装街受到较大影响；而到2000年年末，随着几个地块改建大项目的启动，沿街大多商户和居民被动迁，九江路作为时装街的历史，就此随风而逝，取而代之的是万象国际广场、南新雅大酒店、宝大祥商厦、中福大厦、王宝和大酒店等一大批新的大型建筑的诞生。这些建筑和九江路东段原先的银行大楼建筑倒是一脉相承，无形中构成了九江路独特的景观。

闻名亚洲的基督教堂：圣三一堂

九江路最华彩的一笔落在这条路219号的圣三一堂。这座跻身于九江路鳞次栉比的大楼之中的2层高的教堂，不注意的话是很容易错过的。它悄然坐落在一片绿树浓荫的街心花园中，透过树丛隐约可见其高耸的钟楼。因为它整个外墙几乎全部用清水红砖砌筑，故俗称“红礼拜堂”。这座教堂是上海最老的基督教堂之一，也是上海早期最大、最华丽的基督教教堂，它既是基督教北华教区的座堂，也是闻名亚洲尤其是远东地区的基督教教堂。清末著名画家吴友如曾作过“红礼拜堂”画卷，并为之配了一首“调寄菩萨蛮”的词，词中写道：“红墙隐隐云中见，琉璃作栋金为殿。生伯断人肠，鲸钟历寅上乱撞。风吹花片片，绣院盈芳甸。礼拜是今朝，纷然各见招。”可见这座教堂之华美。在经历了诸多磨难后，今天圣三一堂已成为中国基督教的中心——中国基督教两会总部。

开埠初期的上海，并没有太多的外国人在他们居住的房子上多费心思，尤其是商人更是如此。早期的外侨住宅多由业主自己画图建造，最多在样式上反映出西方特色，其设计则与西方正统建筑学相去甚远，只有那些传教士，一开始就对他们的教堂建筑倾注了较多的心思，这使得那些教堂建筑成为上海早期吸收西方正统文化的最重要内容。它们或是由熟悉西方建筑学的传教士自己设计，或是由教会聘请欧洲本土的设计师来设计，建造者和设计者都力图将他们在上海的教堂建成真正的欧式建筑，而非大多数洋行办公楼那样的殖民地式建筑，有时甚至直接模仿欧洲的某一座教堂来建造，这就使得上海的教堂大多带有原汁原味的欧式风味。圣三一堂就是由教会聘请了英国本土的著名建筑师设计建造的。

圣三一堂是一座专门为英国侨民中的圣公会教徒服务的教堂。上海开埠后，英国人纷纷来到上海，其中约有百余名基督教信徒。这些信徒每周必须要做的礼拜只能到英国领事馆去，很不方便。1847年，有位名叫贝尔的英国商人，以公司的名义在九江路上买了一块地皮，并资助一大笔资金用于建造教堂。但建成后的小型教堂建筑质量较差，第一任牧师路德溺水而死，接替路德的牧师郝博逊从房顶上摔下来致伤，第三年该教堂又遭暴风袭击。一连串的祸事使大家认为此教堂不吉利，便在1862年拆去，由基督教安立甘会在1866年开始重建。新堂是由著名的英国建筑大师史浩特和凯德纳设计的。史浩特是当时英国哥特复兴式建筑大师，设计有伦敦爱尔伯特纪念塔和格拉斯哥大学等著名哥特复兴式建筑，在英国享有盛誉。他是在英国完成圣三一堂的设计并将图纸带到上海，由当时上海唯一的一位具有英国皇家建筑学会会员身份的正统建筑师凯德纳予以实施。

新设计的教堂为一个主堂，两个耳堂，拉丁十字平面清晰可见。教堂正立面的罗马风格体现在中间高、两边低的构图，以及山墙面上分为3层的装饰处理上，且有连续的券柱廊作为罗马风教堂常用的立面构图，但其檐口装饰和券洞则完全为哥特式尖券,外廊的柱头和拱券等细部也带有明显的罗马风倾向。教堂红砖砌筑的外墙与发券处夹有灰砖，呈斑马纹，独具上海地域特色。山墙正面中间有大玫瑰窗，下部是连续拱券窗。教堂中厅较高，顶部露尖拱状木屋架，中厅和侧廊之间采用形式简洁的单根矮柱，并带有明显的柱帽，柱帽上支撑连续尖券拱廊。厅内列柱粗大而敦实，使人联想起意大利中世纪的比萨大教堂的列柱。教堂内部空间采用罗马风教堂的紧凑型布局，内部光线幽暗，也颇似罗马风教堂幽静昏暗的室内景象。墩堂内到圣所是安立甘式的半穹顶结构，大理石铺底。西南侧有副台、小圣堂。东北入口内侧有洗礼廊。入口门廊有券柱门廊、石柱、石板屋面。大堂中央尽端为大祭坛，花窗镶嵌精致的彩色玻璃圣母像，还有讲经台、读经台及雕刻细腻的洗礼池。1893年，在圣三一堂的左侧增建了一座高耸的钟楼，这座钟楼大大增强了教堂的哥特式意味。钟楼为四方形平面，尖椎形屋顶，中间一个大尖顶，四角有4个小尖顶。钟塔外形与法国夏特尔大教堂西南角的塔楼非常相似。塔内安装八音大钟，能按圣诗的音韵敲打出浑厚优美的音乐。圣三一堂很有色彩感，也非常华丽。当年，圣三一堂除了做礼拜外，还有许多外国人来此举行婚礼。1875年圣三一堂升格为英国圣公会主教座堂。1908年全堂改用电灯照明，1914年又安装了电动鼓风的大型管风琴，这曾是远东最大，也是第一个使用电鼓风的管风琴。在20世纪30年代，10层以上高层建筑在上海出现以前，圣三一堂高耸的钟楼曾经长期是这个城市的制高点和外滩天际线上最醒目的地标。当时有人说，看见它就像《达·芬奇密码》中兰登在繁闹的舰队街商业区转角遇见圣殿教堂一样，尤其是对于乘坐轮船进出上海的乘客。这里还是基督教两会的会所。教堂后部南侧有教长住宅，北侧有教区学校。教堂外原来还有一个面积较大的广场，太平洋战争中，为日军占用作为外侨集中营。

圣三一堂是上海最早的真正意义上的西式建筑，它可以说是近代上海开埠后，西方文化以建筑学为媒介在上海的首次集中展示，为上海引入了西方建筑景象和西方建筑学，进而影响了后来上海的教堂建筑。同时，它通过一次次的改建在结构体系和建筑细部上所作的本土化尝试，为后来上海中西融合的建筑样式，做了最初的地域化尝试。正如上海海纳百川的地域文化特征一样，各种建筑语言在这座建筑中生动地融合到了上海这个极具地域特征的东西方文化交融点上，并影响了之后上海独特的海派建筑特征的形成。

凯德纳在圣三一堂中的出色工作标志着近代上海第一代西方正统建筑师的正式亮相，并预示着上海建筑正在从殖民地外廊式建筑走向一个全盘移植欧洲本土建筑的新时期。圣三一堂的成功还确立了凯德纳在当时上海租界的地位，这使他的业务范围很快扩大到教堂建筑以外，并使得这种正统的西方建筑设计从教堂建筑扩大到其他建筑，尤其是那些已完全在上海站稳脚跟的外国洋行、银行的办公大楼，他们开始把拥有一座正宗的欧式建筑当作自己追求的目标。完成了圣三一堂的凯德纳在几年后接着独立设计了两项有影响的作品，那就是建于1877年的汇丰银行大楼和建于1878年的宝顺洋行大楼。

1949年以后英国侨民撤退，这座教堂就移交给信仰背景相同的中华圣公会江苏教区。1958年，圣三一堂改为黄浦区联合礼拜堂，崇拜沿用圣公会仪式。“文革”中教堂建筑遭到严重破坏，钟楼被毁，东面草地也被改建成街心花园。之后该堂一直由黄浦区人民政府作为政府办公和会议场所使用。直到2005年6月6日，中国基督教两会收回该堂，成为其全国的总部。

九江路219号的另一幢建筑原是教会学校，曾做过同仁医院和百乐饭店，这幢建筑略具哥特复兴风格，外观构图严谨稳重，中间高，两边低，外墙材质对比效果明显，除底层外，大面积采用清水砖墙，上下层窗多作整体处理，窗套、中部入口和墙面装饰表现出哥特式建筑特征。这里曾是黄浦区人民政府大楼，现在这里为中国基督教三自爱国运动委员会、中国基督教协会所用。

见证海派京剧发展的人民大舞台

九江路663号坐落着人民大舞台，它和南京东路的永安公司后门遥遥相对，相看两不厌了将近一个世纪。

人民大舞台初名“文明大舞台”，建成开业于1909年12月30日，创办人是公共租界巡捕房审讯官出身的童子卿，此人依靠经营“茶园”发迹后，耗费12万两银子的巨资向犹太人哈同租地，签下23年的合约建造上海滩最新式的大戏院。当时在上海上演京剧的场子有十多家，其中著名的有南市新舞台，还有因梅兰芳首次来沪演出一炮打响而名噪一时的丹桂第一台等。大舞台大门设在三马路（现汉口路），专演京剧。在其开张前，就在《新闻报》、《申报》、《时报》上刊登广告，宣称“剧场建筑均照泰西形式，规模宏大、伶界上选，行头全新，特请京都内城府初次新到超等文武名角一起登台”，开张当天由曾为内廷供奉的吕月樵和刘永春、赵如泉、沈月来等演出《硃砂痣》、《翠屏山》及《戏迷传》等，红极一时。

这一时期，大批京角南下，形成南北京剧在此会合，相互取长补短的良好局面，梅兰芳称此现象为“南北和”。开始时南北名角的交流以同台演出京剧折子戏为主，双方各演自己的拿手好戏，令沪上观众大饱了眼耳之福。一年后，吕月樵、沈韵秋、赵如泉、龚云甫等利用大舞台灯光布景、电动机械转台的条件，排演了全本《目莲救母》，广告称“游十殿双转大舞台”；此后，冯子和的《新茶花女》，小达子（李少春父亲李桂春）、赵如泉的《沈万山》，林树森、金少山、高雪樵的《大刀王五》等新戏纷纷在大舞台上演。从20世纪20年代开始，大舞台又成了排练和演出连台本戏的基地之一，相继上演了14本的《宏碧缘》，32本的《狸猫换太子》，9本的《彭公案》、《施公案》等。尤其是长达32本的《狸猫换太子》，其机关布景和光电幻术如广告所说：“壁上现魁星，电影剥狸猫，池中出土地，婴儿变蟠桃，火场驾仙桥，莲花腾空飞。”在上海滩引起很大轰动，成为海派京剧的特色之一。1932年，童老板的合约期满时，即由法租界巡捕房“包打听”出身的流氓头子黄金荣接手。黄金荣拆除旧房翻造，在原地翻建，请美国著名建筑师设计，仿照纽约最新式舞台建造，观众席位2632个。整个剧场转了个向，本来开设在三马路的大门，改至二马路即今九江路，面朝当时最繁华的大马路（今南京东路），改称“荣记大舞台”，于1934年9月9日开幕，邀请梅兰芳、马连良两大剧团演出，门庭若市。由于杨宝森在一期演出中上座不佳，急于收回翻修成本的大舞台老板便邀请盖叫天来此演出全本《武松》，上座看涨。不料，在演《狮子楼》时，盖叫天在台上折断了右腿，无奈宣告停演。

1935年，黄金荣把荣记大舞台转让给徒弟沈长赓接办，改称“康记大舞台”（后又改为“鑫记大舞台”）。此后又频繁地换老板，但都是黄金荣的徒子徒孙。据说有一个靠亡命斗殴、敲诈抢夺在十六铺发迹的地痞流氓范恒德，因黄金荣的赏识做了大舞台的“白衣”老板，后因在汪伪时期卷入派系斗争，被大流氓吴四宝门徒、汪伪税务长张国桢派人暗杀在大舞台门口。《武松》停演后，大舞台便请张翼鹏主演42本的《西游记》，从1935年演到1939年，成为上海舞台演出本数最多、演出时间最长、影响最大的连台本戏，大舞台也因此名气更响了。日寇侵占东北，入侵华北后，京剧名角很少南下，具有海派特色的连台本戏成为上海京剧舞台的主力。1943年“孤岛”时期，大舞台营业不景气，又请张翼鹏等复演34本的《西游记》，此时在大舞台上演的连台本戏还有《封神榜》（10本）、《神怪剑侠传》（9本）、《大侠英烈传》（11本）、《荒江女侠》（7本）等，大舞台成了海派京剧形成和发展的历史见证地。1949年5月，上海解放，大舞台老板席卷细软仓皇逃往香港。1950年初，市军管会文艺处戏改处周信芳、刘厚生两位处长，根据中央有关政策，为建设国营的社会主义文艺阵地，提出了赎买的主张，经潘汉年副市长批准，于当年2月5日，买下鑫记大舞台，经过装修后重新开业，在九江路上高高挂起了“人民大舞台”的牌子。

凤凰涅槃的人民大舞台成为上海解放后最早、规模最大的演出场所。人民大舞台的建筑外墙用棕色面砖饰贴，典雅华贵；建筑前部为二层，后部五层。剧场底层西侧为票房，中间是底楼观众休息厅，正中筑有大理石扶梯通向二楼观众休息厅。上、下观众厅共设软席2062只，三楼还设有音乐茶座。从此，人民大舞台不再是单一的京剧场子，上海、华东以至全国各主要地方戏曲剧种以及歌剧、舞剧、话剧、歌舞剧等排演的优秀剧目和有影响的力作纷纷在人民大舞台亮相。1953年底至1954年初，上海歌剧院的前身华东实验歌剧团在人民大舞台连演40天音乐舞蹈，场场满座。1963年，今中央芭蕾舞团的前身北京舞蹈学校实验芭蕾舞团首次来沪，在人民大舞台演出芭蕾舞剧《天鹅湖》，受到观众的广泛欢迎。北京人民艺术剧院在20世纪60年代和80年代两次南下都把演出地点选在人民大舞台。人民大舞台成为戏曲改革、创新成果的展览窗口，全国的戏曲会演都在这里举行，各地主要剧种、优秀剧目、著名演员，纷纷登上人民大舞台；同时，大舞台还接待了世界各国100多个演出团体，成为我国对外文化交流的一个展示窗口。

1995年，大舞台整顿歇业，之后，淡出观众视野整整15年。在经历了跨世纪的重建后，于2010年再次展现出它特有的文化底蕴和独一无二的价值。

1985年至今一直担任大舞台总经理的张耀明先生，是大舞台改革开放后辉煌的见证人，他告诉我，20世纪80年代大舞台演出戏曲的盛况是现在无法想象的，那时，浙江小百花越剧团到上海演出期间，观众买票的队伍一直绵延到广西路。1987年逸夫舞台整修期间，上海的戏曲演出全部集中到人民大舞台，凡是看戏的观众没有一个不知道人民大舞台的，连大舞台正门对面的“天晓得”食品店也随之红火起来。而人民大舞台从1995年开始的整整15年的消失，更是令沪上观众魂牵梦萦，殷殷期盼。2010年，对于上海是具有特殊纪念意义的一年，因为世博会的召开，全世界的人竞相来到上海，一睹东方国际大都市的风采。借此良机，人民大舞台也终于撩开了蒙在脸上整整15个春秋的面纱，以全新的靓丽形象出现在世人面前。和以往不同的是，九江路663号不只是孤零零的一座剧院，而是一幢名为亚洲大厦的21层高楼，改建后的人民大舞台剧场则是它的裙楼。大舞台典雅的门头依然保留，建筑立面具有典型的巴洛克风格，穹形的落地门、半圆形的窗户、贯通3层的罗马柱、古典韵味的西式阳台等令人想起华美的巴黎歌剧院。新建的大舞台兼具芭蕾、歌剧及其他综艺活动的演出功能。从九江路正门走进大厅，半圆形穹顶上硕大的创世纪油画令人惊艳。从自动扶梯可直接进入剧场三层正厅，四层是楼座及包厢，观众厅共设置1006个座位。5个休息厅的墙上都镌刻着具有浓浓怀旧感的铜雕画，昔日老上海南京路一带的戏院风情生动地呈现在观众的面前，让人顿生梦回20世纪30年代上海滩之感。入夜，在泛光灯的照射下，人民大舞台更是彰显其非同凡俗的身姿。

老上海最大的宁波菜馆

老上海宁波人占的比例不小，宁波人对吃是很讲究的，老上海规模最大的一家宁波菜馆最早就开设在今九江路529号，它的名字也起得极好，叫做“甬江状元楼”，符合宁波人什么都要做得最好的心态。

甬江状元楼开业于1938年12月，因店主和厨师都来自于宁波，而甬江为流经宁波的一条河流，故将店名取为甬江状元楼。甬江状元楼是一幢3层楼房，之所以选中这里建造饭店，是因为此处靠近福建中路，面朝南京东路，背靠福州路，周边舞榭歌台林立，商市繁荣，为消费集中之地，开设饭店肯定生意兴旺。该店以烹饪海鲜菜肴为特色，品种多，制作精良，开业不久就蜚声沪上。当时沪上的宁波巨商人称“阿德哥”的虞洽卿、社会名流陈万运等都是该店的常客。至1945年抗战胜利，甬江状元楼已成为沪上最大的宁波菜馆，名扬中外。该店二、三楼设有四五百个座位，二楼小吃，三楼宴席，天天座无虚席。

甬江状元楼的宁波名菜深受顾客欢迎，尤其是该店制作的新风鳗鲞，取用新鲜粗壮的海鳗制成，色泽洁白，鱼肉干香清鲜，风味独特，在20世纪40年代就已风靡上海滩，沪上各帮菜馆纷纷争相仿效，作为冷盘佳肴出售，备受欢迎。又如苔菜拖黄鱼，是该店每天销售最多的一道菜肴。它色泽翠绿，外脆里嫩，香味浓郁，人人争相品尝。再如剥皮大烤，也是该店一道赫赫有名的菜肴，此菜色泽如玫瑰，肥而不腻，味香肉鲜，尤为老年顾客喜爱。新中国成立后，甬江状元楼经营的宁波菜仍深受欢迎，该店还推出了带鱼松、带鱼席、山芋席、菊花黄鱼、特别黄鱼羹等百余种宁波风味新名菜。1963年国家领导人陈毅、蔡畅等来沪时，专程前往甬江状元楼品尝了芋艿汆鸡、特别黄鱼羹、糟鸡、鸡翅膀烤肉等宁波风味菜，很是满意。

1965年，因原址开办小学，甬江状元楼迁往西藏中路162号营业。20世纪90年代初，该店经装修后可同时供300人用餐。可是，到了1998年，将近一个甲子的甬江状元楼因所在地块改建大厦而无奈歇业了。

沐恩堂——老上海的社交堂

九江路上还有一座基督教堂，它就是位于九江路西藏中路路口的沐恩堂。虽然没有同一条路上的红礼拜堂那么气势恢弘，却是当年上海最高的教堂。这座教堂不像红礼拜堂那样，掩映在绿树丛中，犹抱琵琶半遮面的，而是敞开襟怀面对熙熙攘攘的人民广场，走过那里的人，不管是有意还是无意，一眼就能望见。

这座建有哥特式高耸塔楼的基督教堂建于1929年，是由匈牙利建筑师邬达克设计的。沐恩堂的前身是美国监理会传教士蓝柏建于福建南路延安东路的“三一堂”，这是监理会在上海活动的开始。1887年，美国基督教监理公会传教士李德又在云南路汉口路附近建立了“监理会堂”。由于在创建时，美国监理会得到了一名叫慕尔的信徒的巨额捐款，所以于1900年改名“慕尔堂”。1929年，该教堂的信徒超过了1000人，旧堂不敷使用，遂于1929年筹款迁址建造新堂。

新建的慕尔堂是邬达克在上海的最后一个完全复古的作品。慕尔堂的外立面设计属于美国学院派哥特式风格，局部处理也有罗马风手法，建筑为3层，西南角有塔楼一座。当年，邬达克在设计时，采用了当时世界上最流行的视觉审美学说，外墙以凹凸红砖相拼，形成独特的肌理，是上海建筑中唯一使用这种手法的建筑。建筑墙角及窗口镶有深灰色隅石，大堂入口、侧面和塔楼采用火焰式尖拱窗，是典型的哥特复兴式，显得古朴神秘。沐恩堂有宽大的门厅，中部是教堂的主体部分，中心为大堂，三跨空间，其中中央跨度特大，三面围有挑台，总共能容纳1000人。大堂四周是各类教学和附属用房，设计者把东北角原有的一幢建筑组织到新的建筑群中，利用5个单体围合成4个半封闭的院落，分别作为主要入口。这样的布局突出了礼拜堂在功能及精神意义上的中心地位，充分体现了西方文化以宗教为中心的特点。大礼堂的南北两侧有着宽阔的走廊，除了连接建筑各部分以外，还提供了一个怡人的室外过渡空间。

礼拜堂内长方型的柱子和楼座栏杆都用斩假石饰面，顶部外露水泥幔尖拱顶，讲经台也用斩假石做成，地面则为水磨石的。建筑多处采用尖拱门窗和束柱，显示出哥特式建筑的典型特征，靠外廊两侧尖券形的玻璃窗饰以黄色玻璃，为室内营造出一种神秘的宗教气氛。礼拜堂内采用了类似西方古典歌剧院的布局，东端设唱诗班坐席，二层楼座三面围合，顶部作肋骨拱顶形式，外侧有扶壁。东边的门厅虽进深较浅，但由于南北长，故显得宽敞，可兼作休息厅。门厅的上部利用屋架空间辟出一间小礼拜堂，其顶部也是木构尖拱屋。西南角的大楼梯一角有一个独特的西班牙螺旋柱支撑，楼梯顶部便是高达42.1米的钟楼。教堂建成时被称为“建筑雄伟，居全国各堂之首”。1936年，一位美国加州的教徒前来参观时，捐资在教堂的钟楼顶部安装了一座5米高的旋转霓虹灯十字架，十字架底座安装了马达，夜晚，马达开动后，闪闪发光的十字架向四个方向缓缓转动，与星光交相辉映，并和近在咫尺的南京路上的霓虹灯招牌相映成趣，吸引了无数路人目光，使教堂的名气更大。

慕尔堂因其优越的地理位置和完善的功能，受到教徒们的喜爱。慕尔堂创办的中西女塾、女子宿舍等慈善教育事业也相当出名。当年，宋耀如曾是监理会牧师，他的女儿宋氏三姐妹就全部在中西女塾求学。因此，慕尔堂又素有“社交学堂”的美誉，此社交指的是为大城市提供社会交谊服务的教堂，内设社会教育、慈善、医药、救济、体育等事业办事处。在“一·二八”和“八一三”事变期间，慕尔堂收留了千余名难民，组织他们以擦皮鞋、理发等手段谋生自救。太平洋战争爆发后，慕尔堂被日军占领，作养马场之用，座椅大多被破坏。1958年，黄浦区各教派实行联合礼拜，将慕尔堂改名为沐恩堂，意为沐浴于主恩之中。每逢圣诞节、受难节、复活节等基督教节日，这里会举行各种特殊礼拜。国内的重大基督教界会议也选在这里举行。

圆明园路：恬淡如菊的外滩源

圆明园路南起滇池路，北至南苏州路。这条路修筑于19世纪60年代，原为英国总领事馆后墙西面的一条小路，1862年名为“新路”，之后以北京历史名园圆明园作为路名，1865年更名为“下圆明园路”（上圆明园路后改称博物院路，即今虎丘路），1943年更为今名。

圆明园路现存14幢老洋房，它们依然保留了20世纪二三十年代建筑的式样。现在的圆明园路得以整体开发，这些老洋房绚烂转身为奢侈品的展示中心，路面铺设了深色九龙清花岗岩，成为一条充满欧陆风情的步行街。

圆明园路是近现代上海孕育和成长的摇篮，是黄浦江和苏州河沿岸商业与文化诞生并走向兴盛的起点。这条窄窄的小马路与开埠后上海的沧桑变迁紧紧相连，有“外滩源”之称。1855年英国领事馆在黄浦江与苏州河交汇处建造后，随之开辟的圆明园路一带迅速成为外国领事馆，西方各国的宗教、协会和文化机构以及洋行聚集之地，这使圆明园路成为上海市级保护建筑最密集的道路之一，这条路现存所有的历史建筑都建造于1900—1933年间。

历史上的圆明园路是一条仅有单面街道立面的马路，它面对英国领事馆的一大片绿地。这条马路上的建筑排布严整连续而又风格各异，向世人描摹了100多年来上海的沧海桑田。走在这片没有车辆通行的马路上，似乎一脚跨入欧洲小镇，狭窄的马路，高大方正的建筑，灰色调的围墙和百叶窗，尖尖的屋顶，充满异国风情。每当夕阳西下，这里的街景更是透出一种20世纪三四十年代特有的迷离和浪漫。如今，因为东侧新建的半岛酒店和原英国领事馆门前大片绿地草坪的开放，马路显得疏朗开阔不少；西侧的七八幢经过修缮的老楼一字排开，少了些幽深神秘感，倒是暗藏了一种逼人的富贵气。这条躲在外滩后面的小马路默默送走了几代载满繁华的旧日风景，曾经在这一带出入过的各式人等，犹如投入一场场轮回的生命，花开花落，都已陨落在岁月的滚滚红尘之中。而建筑还在，这是外滩源存在的现实标记。

真光大楼：邬达克的上海梦工场

圆明园路209号的真光大楼，原名浸信会大楼，是中华浸信会联合会办公楼。浸信会大楼是美国基督教中华浸信会的所在地，故以宗教机构名来命名。后来，该教会机构创办传道刊物《真光》，就以此刊物名命名为“真光大楼”。当年的真光大楼是一处学术重镇,作为教会综合大学的沪江大学创办者在真光大楼里办起了沪江商学院。据说，20世纪30年代，圆明园路上行走的都是大学教授和大学生，他们腋下夹着厚厚的外文书，沿着圆明园路风度翩翩地拐进隔壁狭窄热闹的香港路。真光大楼里的沪江商学院走出了20世纪初中国土地上培养出来的商界白领和企业家。

真光大楼和位于虎丘路128号的广学大楼都是匈牙利建筑师邬达克于1930年至1932年设计完成的，它们是一对联体姊妹楼，被认为是极具邬达克个人风格的设计。真光大楼造型整体上呈方正轮廓，并采用了顶部层层后退，中间高起部分作几何装饰的处理手法，使得整幢大楼既风格统一，又富于变化。外墙立面为红褐色与乳黄色相间，窗间墙平面处理成锯齿形，在立面上形成强烈的锐角状竖线条。平拱窗与尖拱窗交错分布，而大片玻璃窗与方形玻璃灯柱具有十分强烈的时代感。建筑既有着现代主义的简洁大气，又有古典主义注重细微处装饰的特点，体现了从古典主义向现代主义过渡时期的设计风格。当时，邬达克的建筑设计正处于由古典主义向现代主义转变的探索时期，这幢建筑恰恰体现了勇于创新的邬达克的这一风格。

邬达克是上海二三十年代一位非常有影响力的建筑师。他设计的房子至今遍布在上海各个角落，成为上海城市人文景观的组成部分。这位才华横溢

真光大楼

的建筑天才1893年出生于奥匈帝国的一个建筑世家。他的父亲是一名经营着自己工程公司的建筑师，希望邬达克能继承自己的建筑事业，因此，在邬达克12岁时，便让他在自己的建筑公司里做事。后来，邬达克进入了布达佩斯皇家学院建筑系，在那里接受了系统的学院派建筑风格的训练，打下了坚实的古典建筑设计的基础。1914年，邬达克从布达佩斯皇家学院毕业，不久当选为匈牙利皇家建筑学会会员。第一次世界大战爆发后，邬达克应征入伍，成了奥匈帝国的一名士兵。在与俄国人的交战中，他成为哥萨克人的俘虏，被送往西伯利亚的战俘营。邬达克有着很强的语言天赋，他除了原来就会说的斯拉夫语、匈牙利语和德语外，还掌握了波兰语、俄语、英语和法语，最后利用一张假的俄国护照逃出战俘营，来到中国东北部的哈尔滨。在那里，他换了一张国境出入证，可以在中国和日本到处旅行，他便借机搭乘了一艘日本轮船流亡到了上海，那年邬达克25岁。没有人认识他，他也不认识任何人。从这个意义上说，上海是青年邬达克的避难所。这时，他的建筑教育背景帮助了他。1918年起，他在美国人开的建筑公司克利洋行里做助手，这期间学会了汉语。

邬达克到上海这个新兴都市的最初计划是赚点钱，然后回家。然而，他感觉在克利洋行忙碌工作很有意思，并很快得到了晋升。邬达克决定在上海住下去，他娶了一位在上海出生的德国商人的女儿为妻，并创建了自己的公司。他开始为外国人设计住宅和办公楼，很快，越来越多的中国商人和政客也成为青年邬达克的客户。1925年，32岁的邬达克在上海开设了自己的建筑设计事务所：邬达克洋行。独立开设事务所后，邬达克的建筑风格开始转变为完全的现代主义，被后来的学术界称为“现代的装饰艺术派”。真光大楼建成后，邬达克就把自己的洋行搬进了这幢楼八层的801室，在这个房间中邬达克继续着他的上海建筑梦。他从原先流浪者、配角身份，转变为塑造这个城市建筑灵魂的人物。1925年至1938年间他设计了诸如国际饭店、大光明电影院等诸多老上海建筑。邬达克逐渐成为上海最有名望且最活跃的建筑师，几乎垄断了当时上海滩的经典建筑设计。

兰心大楼：中国新兴话剧的起源地

圆明园路185号坐落着兰心大楼。这幢楼外墙立面采用褐色面砖饰面，简洁清丽。主入口处略前出，设齿状隅石，层间窗洞置连续式平拱钢窗，横线条韵味感强。顶部挑出阳台饰爱奥尼式柱，窗楣上置三角形山墙花装饰。顶层塔楼三面饰弧拱券，中间是券心嵌销石。整幢大楼呈现出新现代主义风格并局部带有新古典主义装饰。兰心大楼是中国新兴话剧的起源地旧址，这里是上海乃至中国现代戏剧的起点，也是当时中国第一座西式剧场所在地，茂名南路上驰名中外的兰心大戏院就源于此地。

上海于1843年开埠后，即成为外国人追金逐银，显露身手的大舞台，世界各地的人都争先恐后地踏上东方这片神奇的土地，来圆自己的人生之梦。据史料记载，1844年，上海刚开埠时，在上海登记注册的外国人仅50名，到1851年时已达265人。1854年，成立了变相的租界“政府”工部局，到19世纪60年代，来沪定居的英、美、法等国的侨民已达5000余人，开设的洋行也从最初的11家猛增至300余家。外国侨民不但把西方琳琅满目的商品运到上海，而且也把西方的理念、法律、文化等源源不断地输入到了沪上。

外侨来到刚开埠的上海时，其文化娱乐活动很是枯燥，一般仅仅是跳跳舞，划划船而已。为了减轻思乡之苦，聊慰乡愁，一部分爱好戏剧的侨民就聚集在一起，开始排练西洋戏剧以自娱自乐，逐渐发展成为一个业余剧社。剧社借了一家洋行空旷的货栈，在里面搭建起一个临时舞台，观众席则是没有靠背的长条板凳。外侨们还为这个简陋的演出场所起了一个奢华的名字，叫做“新皇家剧院”。1850年12月12日，外侨在这里举行了首场演出，演出剧目是《势均力敌》和《梁上君子》两出戏，就此开了在中国本土上最早演出话剧的先河。这两个剧目剧情简单，观众有限，与其说是演出，不如说是外侨们的自娱自乐。之后，又有一个业余剧社演出了一些新的剧目。这两个业余剧社，一个叫“浪子”，一个叫“好汉”，两家剧社经常在一起交流切磋演艺。可惜的是，这家洋行货栈当年就毁于一场火灾。1853年至1862年间，上海又连遭战乱，两家剧社的演出不得不暂时中断。

时局平静后，两家剧社于1866年合并，并吸收了一些新的成员，成立了

兰心大楼

"上海西人爱美剧社（Amateur Dramatic Club Of Shanghai）"，简称A.D.C.剧社。"爱美"是英文"Amateur"的音译，即"业余"的意思。因为该剧团成员和当时的上海滩一样英国人居多，故又称"大英剧社"。这些好事的英国人不满足于在旧货栈里折腾，而是觉得应该像在伦敦一样有一个体面的固定演出场所。同年，A.D.C.剧社的英侨们由上海运动事业基金董事会牵头，集资购买了今圆明园路185号的地块，建造了一个木板结构的西式剧场。1867年剧院落成，取名Lyceum Theatre。Lyceum是希腊文Lukeion的音译，原指公元前335年哲学家亚里士多德在雅典建立的学府，因位于阿波罗的小树林中吕刻昂神庙（Gr. Lukeion）附近，遂以该神庙命名；又因亚里士多德常带着他的学生们在这里的树丛中边散步边讲课，故也指亚里士多德建立的雅典学派。在英国伦敦河滨大道附近的威灵顿大街上就有一座皇家讲演厅兼歌剧院叫"Lyceum Theatre"，在上海的西侨把这个具有悠久文化象征意义的名字借用过来作为中国大地上第一座西式剧场的名字，隐含着他们内心深处的美丽梦想。一开始，国人把它称为"外国戏院"或"西乐戏院"，以区别于当时租界初兴的茶园式戏园，后来，当年在上海墨海书馆任职的我国近代著名思想家、学者王韬按照Lyceum的发音，将其音译成了"兰心"，这座西式剧场就被命名为"兰心大戏院"。

1867年3月1日，兰心大戏院举行了首次公演，剧目为《银鱼在格林威治》。此后，A.D.C.剧社在这里演出了30余场。在19世纪70年代前期，英租界的马戏团巡演还多在临时搭建的演出棚举行，室内演出也只是借用外滩规矩堂作为场地，而兰心戏院作为唯一的正规剧场已小有名气。剧场所在地曾计划修筑一条名为"戏院路"的马路，虽未能成功，但上海华人的娱乐生活中就此有了"西剧"这个新节目。兰心大戏院初建时设施简陋，因消防供水不济，被保险公司拒保。当时没有电灯，剧场照明用的是气灯，很容易发生火灾。1871年3月2日因火烛不慎导致的一场大火将兰心大戏院烧成了一片废墟，A.D.C.剧社的演剧梦也顿时灰飞烟灭。

痴迷戏剧的外侨并未就此善罢甘休，1872年5月，由上海纳税西人会出面募集了一笔资金，在原址重建一座新的"兰心大戏院"。经过将近两年的施工，于1874年1月27日落成。重建后的兰心大戏院是一座3层楼的砖石结构建筑，仿欧洲歌剧院风格。整个建筑金碧辉煌，气度不凡。剧场内有乐池、灯光、舞台布景等。观众席分上、下两层，上层设有豪华包厢。音响效果也不错，台上轻轻叹息一声，楼上的后座也能听到，因此特别适合演出西方写实话剧。剧院剪彩开张那天，爱美剧社在这里举行了首场演出，以作庆贺。随后，一些来沪巡演的欧美职业剧社也在兰心大戏院演出。19世纪90年代前期，兰心大戏院还附设酒吧，逐渐成为一所现代化且具有极高品位甚至是相当奢侈的经营性剧场。那时，每逢“兰心”有戏开演，外侨们便如同过节一般，携着女眷纷至沓来。男的穿着西装，女的身穿礼服，十分隆重。经常去“兰心”看戏的王韬在《瀛壖杂志》中记录了西人在“兰心”演剧的情景：“西人工为戏剧，如纵跃飞舞，皆以女子为之；短裙窄袖，袒胸及肩，衣裙四周，悉缀宝珠，雪肤花貌，掩映于明灯之下，与烛光相激射。台下奏乐者十余人，抑扬嘹亮，皆西国乐器也……演剧时山河宫阙悉以画图，遥望之几于逼真。”

当时，兰心大戏院主要供A.D.C.剧社演出之用，也有很多其他外国团体和个人假座演出音乐、舞蹈、歌剧等节目。新“兰心”落成那一年的3月20日，英商正凤印书馆延请丹桂茶园戏班到“兰心”演出京、昆剧，与西人演出团体同台出演，票价依此为银洋一元到三元不等。《申报》还曾以《西国戏院合演中西新戏》为题，专门作了报道。1876年，客居上海15年的葛元煦在他的《沪游杂记》一书中描述了近代上海出现的许多新鲜事物，其中这样描写兰心大戏院的演出：“园式顶圆如球，上列煤气灯如菊花式，火光四射，朗澈如昼。台三面环以看楼，演时先有十数人排坐台上，面深黑，眼眶及唇抹以丹砂，或说白或清唱数次，然后扮演各种故事。以跳掷合拍为长技，与中国迥别。”作为国内最早的一家西式剧场，中国人正是在“兰心”第一次领略了现代戏剧，包括舞台、布景、灯光和服装的艺术魅力。

以兰心大戏院为固定演出场所的爱美剧社，每隔两三个月在“兰心”公演一次，一般持续三天，全是夜场。所上演的剧目很多是世界名剧，如1909年2月曾上演萧伯纳的名剧《魔鬼的门徒》，这是萧伯纳的作品首次在中国公演。1907年9月，我国境内首家新剧团春阳社租赁兰心大戏院，举行话剧《黑奴吁天录》的首场公演。因事先曾在各大报纸上刊登了大幅广告，开演时盛况空前。因准备时间仓促，演出颇为粗陋，剧情破绽比比皆是。上场的演员全穿着新做的西式服装，但他们不愿把脸抹黑，结果舞台上出现的男女老少众黑奴，个个都是白面孔，就像演了一场《白奴吁天录》。这次艺术上稚嫩的演出却让华人大开了眼界，许多普通中国人走进兰心大戏院，平生第一次领略了西式戏剧和西式剧场的魅力，新颖的舞台、变幻离奇的灯光、浪漫瑰丽的布景和分幕演出的形式，令闭塞的国人耳目一新。这些迥异于中国传统戏剧写意化、程式化的西方演剧，震撼了中国的戏剧爱好者。兰心大戏院也就此成为新剧探索的一个摇篮。戏剧艺术家欧阳予倩曾感慨万分地说："我当时所受的刺激最深……我很惊奇，戏剧原来有这样一个办法。"他将此剧誉为"话剧在中国的开场"（《自我演戏以来》）。与此同时，兰心大戏院还在领座小姐、对号入座等细微处给当时中国的剧场和影院带来了理念的变化。1930年出版的一本上海史专著《上海小志》（胡祥翰著）中这样写道："戏院以圆明园路工部局所筑为最古，中国近建各舞台悉仿其式，座上编号，客凭券上号数入座，秩序井然，无争坐喧闹之事。"

清末民初，上海爱美剧社保持在兰心大戏院定期演出，自1874年1月到1929年4月，共计演出180余场，其他各类文艺团体的演出则不计其数。其中包括意大利歌剧院来沪演出的歌剧《阿依达》和《蝴蝶夫人》以及上海工部局乐队演出的贝多芬、舒伯特作品等。兰心大戏院由此不仅成为外侨戏剧活动的中心，也逐渐成为我国话剧活动的主要启蒙殿堂和演出场所，并成为上海民众接受西风熏陶的一处主要窗口。我国早期话剧运动的一些重要人物，如徐半梅、郑正秋等都是在这里开始与话剧结下不解之缘的。曾经留学日本，痴迷戏剧并曾看过很多新派剧演出的徐半梅，在他的《话剧始创期回忆录》中写道："兰心大戏院每两三个月一次的A.D.C.剧社演出，我必定去做三等看客，躲在三楼上欣赏。"

进入20世纪20年代后，上海的娱乐场、戏院、影剧场飞速发展，尤其是随着电影放映业的兴起，戏剧业日渐萧条。"兰心"也难以幸免，除了偶尔的演出，很多时候只能空置。同时，伴随着沪西房地产业的开发和发展，上海的高档住宅也逐渐向沪西转移。已有半个世纪历史的兰心大戏院外表已显出老态，破旧不堪了。同时，它所在的外滩一带地价也十分昂贵。1929年1月，A.D.C.剧社董事会将兰心大戏院的土地权和房产权一起卖给了一个中国地产商，A.D.C.剧社于当年4月迁出。不久，原兰心大戏院的原址上建造起了一幢诠释着意大利文艺复兴鼎盛时期建筑风格的7层楼的大厦，就是现在的兰心大楼，成为外滩源的一幢商用建筑。

当年12月，A.D.C.剧社在蒲石路迈尔西爱路（今茂名南路57号）觅得一块地皮，建起了三层钢筋混凝土的第三代兰心大戏院，至今仍是驰名中外的剧场。

协进大楼和女青年会大楼

外滩源是西方教会机构集中的所在，曾经汇聚了众多具有宗教色彩的建筑。短短的圆明园路上就留存着两座与基督教有关的建筑。

一幢是坐落在圆明园路133号的基督教女青年会大楼。上海基督教女青年会成立于1908年,是国际性的基督教妇女团体之一，总部是设在瑞士日内瓦的世界基督教女青年会。该大楼建成于1930年，由沪上华籍著名建筑师李锦沛设计。大楼高8层，前五层为南开口的三合院式，五层以上逐层后退成阶梯状。外立面属西方装饰艺术派风格，细部造型则带有中国传统意味。褐色清水砖外墙上有石刻莲瓣须弥座勒脚，窗下墙有夔纹图案，且南侧勒脚有建筑物落成的碑刻。大门采用仿明清宫殿样式，入口门楣有石刻，室内进厅呈方形，上有八角彩画藻井，是典型的中国传统式样，十分精致。原址墙面上至今残留着其会训“尔识真理，真理释尔”的铭文，是近代上海中西文化交流的最好见证。女青年会大楼的四楼，原先是万国艺术剧院，1935年曾在这里举办过“老上海展览会”，展览会上陈列了1854年至1863年工部局董事会议事录、1855年上海地图、1911年礼查饭店上海指南、1912年黄浦滩照片等。1936年3月9日下午，万国艺剧社为国际电影大师卓别林举行欢迎茶会，卓别林在这里和京剧艺术家梅兰芳、电影演员胡蝶等相聚，还参观了正在举办的有刘海粟、黄宾虹等画家作品参展的中国现代名画展，留下了中外文化交流史上的一段佳话。受梅兰芳之请，为卓别林担任翻译的万国艺剧社理事翟关亮在《良友》画报上详细记载了茶会的经过。

还有一幢是坐落在圆明园路169号的协进大楼。该楼建于1923年，建筑层高6层，立面为折衷主义风格，主入口大厅楼梯为铸铁制造，已具有现代建筑的风味。协进大楼曾是中国基督教和中国民众本身统一的象征,在民国时期作为基督教协进会大楼使用。当时，国民基督委员会占据了整个三层楼，其余部分则被不同宗教教派的各个组织使用，它们包括：美国圣经学会、苏格兰圣经学会、伦敦联合学会、中国长老会和美国红十字会。如今的协进大楼虽然不是专门的艺术展示场馆，但经常会有活动、沙龙、展览等在里面举行。

文汇报社和新民晚报社旧址

圆明园路149号坐落着哈密大楼。这幢楼建于1927年，立面风格为折衷主义三段式立面，入口大门及阳台细节处理精致。整栋建筑为8层钢筋混凝土框架结构，楼梯也都是钢筋混凝土浇筑而成。该栋建筑最早是汇丰银行的外籍员工公寓，曾进驻中央通讯社上海分社、文汇报馆、瑞和洋行等单位，现在成了一座带着复古味道的洛克菲勒公司的上海办事处。

这幢大楼曾经是《文汇报》的办公楼。20世纪90年代，我供职的报社在那幢楼里制版，每个星期我们报社的美编都要到那里去两次，送去要做的锌版，顺便取回做好的锌版。我也曾代替他去过几次。那时，我对圆明园路多少带点敬畏的感觉。每次，从北京东路步入圆明园路，马路瞬间变窄、变暗，街道笼罩在一侧高楼的阴影下，更增加了一种神秘感。推门进去，扑鼻的是油墨香气。大楼里有一部老式电梯，电梯的门是铁拉栅的，需手动。大楼内的房间小巧精致，办公室里遗留下许多英国式的摆设。比如台灯，黄铜灯柱，灯罩是掐丝黄铜镶着碧绿的玻璃，每张办公桌上都有这样一盏。每间房间都有的壁炉则被改装成了两层的书架，看上去颇为别致。据说潘虹主演的电影《苦恼人的笑》中编辑部的镜头就是在这幢大楼里拍的。

圆明园路50号是新民晚报社的旧址，隔一条北京东路，与文汇报社南北相望。新民晚报社的大楼，原先是怡和洋行的仓库。《新民报》晚刊就是

协进大楼

于1946年在这里创刊的。一楼是机印车间和食堂，二楼、三楼是编辑部、管理部、排字车间。那时，没有电脑排版，排字工人需把一个个铅字拣出来排版，是一项很辛苦的工作。下午，报社印刷车间大门敞开，一捆捆印好的带有浓浓墨香的晚报被陆续运往各地。报社大门两侧各设有一个阅报栏，栏前站满了看报的人。圆明园路50号的新民晚报社社址后来成了工人业余大学黄浦区分校所在地和上海第二工业大学黄浦分校所在地。

圆明园公寓和安培洋行大楼

圆明园公寓和安培洋行大楼是圆明园路上最早建成的两幢建筑。

圆明园公寓位于圆明园路115号，建于1904年前后，是上海最早的英式公寓。整个建筑表现出典型的英国安妮女王建筑风格，白色的粉刷和清水砖墙形成强烈的色彩对比。在建筑沿街的两个角部，建筑师作了切角处理，而在底层则做了一个半圆的浅门廊，用两根爱奥尼克短柱支撑，自然地为二层退出一个别致的阳台，门廊上还有十分精美的砖雕装饰。像当时的许多洋行一样，在建筑的中部有一部很宽的、精美的木楼梯，楼梯的雕刻十分精致，虽然已经百年沧桑但其花纹依旧十分漂亮，在建筑的后部则有一部较小的钢筋混凝土楼梯。圆明园公寓曾经进驻谦信洋行（1882年）、汉成洋行（1935—1948年）、亚洲花边厂（1948年）等机构。其中谦信洋行为当时德商在华的最大洋行。

英国安妮女王式风格产生于19世纪，当时英帝国正处在鼎盛的维多利亚时期，随之产生了代表国家艺术巅峰的建筑形态——安妮女王风格。它对当时流传的所有建筑样式的装饰元素进行自由组合，对当时流传的多种建筑风格进行重新演绎，成为英国维多利亚时期建筑风格的代表。这种风格并非只是简单的复制，而是加入了更多现代的元素，并运用新的建筑材料，对原有风格进行融合、优化和完善，除大气恢弘的建筑立面外，还常伴有精致的塔楼、封闭式的花园露台等，既形成了上层名流的私密空间，又增强了建筑的美学效果。在19世纪中叶的英帝国，安妮女王风格的建筑自诞生之日起即受到当时英国上流社会的追捧，只有处于社会金字塔尖的王室贵族才可居住，

圆明园公寓

是他们身份的象征。其高贵华丽的建筑外观，精致奢华的细部装饰还赢得了欧美、亚洲等主要国家名流贵胄的钟爱，英国建筑师将此建筑形态推广至世界各地后，很快便受到各国社会中产阶层的追捧，这反映了富裕的中产阶层渴望通过建筑来标榜其地位的崛起。在流行中，安妮女王建筑风格逐渐本土化，世界其他城市及地区大多采用了独具地方特色的可利用材料和制作工艺，并按当地不同的气候条件适时改造住宅的式样。这就是上海外廊式建筑成为安妮女王风格的最佳载体的原因。

安培洋行大楼坐落在圆明园路97号。这幢建于1907年的建筑和圆明园公寓一样，也是安妮女王建筑风格。它的平面呈矩形，立面局部采用变形的古典装饰符号，坡屋顶，红平瓦，南北两端置硬山墙，东立面基础用花岗石砌筑，底层立面为清水红砖墙，砖工精细。入口间强调竖向构图，并饰有半圆形挑窗。尤其是立面的清水红砖墙，带着精细做旧后的粗粝，给人时代的沧桑感。建筑内部仍保留花饰精美的雕花楼梯、栏杆和平台扶手，显得既现代又古典。

安培洋行大楼曾是“二战”后的巴拿马公使馆、安培洋行和橡胶业同业公会等多家知名机构的驻地。如今，这幢经历时光变幻的建筑，一、二层入驻了上海佳士得，佳士得于1994年在上海设立办事处，是第一个在上海设点的国际拍卖行。20年后，佳士得入驻历史悠久的安培洋行大楼，并以一场跨类别的私人洽购“马的艺术”作为揭幕展览。三、四楼入驻了高端餐饮品牌“慧公馆”，在这里吃饭的想必更看重的是那种梦回十里洋场的感觉吧！

AMPIRE
安培洋行
AMPIRE
CHRISTIE'S
CHRISTIE'S
CHRISTIE'S
CHRISTIE'S

安培洋行大楼

香港路：留存原生态城市记忆

香港路东起圆明园路，经虎丘路、四川中路，西至江西中路。这条路最初辟筑于19世纪50年代，当时仅修筑了虎丘路至四川中路一段，初名“诺门路”，1865年始以“香港”作路名。1876年香港路向东、西两个方向延伸，达到了今天的规模。如今，古旧的香港路上依旧保留着一些优秀历史建筑。

在上海的马路中，香港路低调至极，丝毫也不起眼。窄窄的马路似乎一伸手就可以够到对面，倒是很适合喜欢逛街的女孩子来回穿梭。因为这条路至今不通公交车，便少了许多红尘中的喧嚣。

建国前，香港路东段排列整齐的大楼内，多为公司写字间和教会办事机构，有中华圣经会、中华基督教青年会、上海银行商业同业公会、上海银行业票据交换所、大丰保险公司、大达保险公司、华英企业公司、兴华实业公司、利济实业公司、东方渔业公司和同安进出口公行等。路西段多为仓库堆栈，有瑞丰泰准栈、英商茂泰洋行堆栈和亚洲仓库等。上海最早的自来水公司及其水塔设在西端路口两侧。建国后，道路沿线仍以仓库、堆栈及商业批发部为多，主要有上海外滩进出口公司仓库、市服装鞋帽公司批发部仓库、市日用杂品公司批发部等。上海市工商界爱国建设公司、国际旅行社上海分社的不少机构也设于此。众多的仓库和堆栈聚集在马路两侧，使原本狭窄的路面显得越加局促。

随着上海产业的变化和经济的发展，香港路上的仓库、堆栈一个一个地消失了，路上紧闭着的门面一扇一扇地被打开，楼面上也随之高高悬起了招牌。因为有了爱建的毛纺、工商的纺织品批发部，香港路的服装纺织市场有

香港路街景

了一丝成名的先兆。不料，随着苏州河对岸的七浦路服装市场的兴起，香港路刚露头角的服装业之花便未开先谢了。香港路毕竟是与热闹无缘。但是也正缘于此，印刻在这条路上的城市记忆也就更接近原生态，路上隐藏着的上海传奇也在不经意间染上了一丝神秘的色彩。

中国最早的电影公司诞生地

在香港路上漫步的人也许不会想到100多年前，中国最早的电影公司——亚细亚影戏公司就诞生在这条路上。如同中国最早的专业电影院一样，亚细亚影戏公司也是由西方人建立的。那时有4亿人口的中国，已经被认为是世界最大的电影市场了。西方的冒险家们纷纷来到中国，想靠拍摄电影赢利。经过一段个人的零散拍摄活动，中国第一家正规性质的电影公司“亚细亚影戏公司”于1909年在上海香港路1号创建落成，创始人是美籍俄裔商人本杰明·布拉斯基。像很多外来淘金者一样，布拉斯基只是一个希望能利用新鲜事物在中国冒险的西方人，他根本不可能想到自己会成为改变中国电影进程的一个关键人物。布拉斯基在亚细亚影戏公司的拍摄活动无意中成了中国早期电影的启蒙之师，比如在北京拍摄纪录片《中国》，布拉斯基就成了第一个被允许拍摄紫禁城的白人；亚细亚在香港投资的短片《偷烧鸭》被视为香港电影的开山之作；而布拉斯基后来回国时带走《庄子试妻》等片，更完成了中国电影的首次出口……

亚细亚影戏公司创建的两年间，电影放映已在上海遍地开花，人们争相观看影戏，随着观影人群的日益扩大，自然引起了当时清政府的注意。1911年夏天，上海的“自治公所”公布了“取缔影戏场条例”，规定了电影放映与观看的相关规则。这也许就是中国电影审查制度的最早雏形。

1912年，进入民国元年。布拉斯基感受到社会动荡对电影的冲击，便将整个亚细亚公司转让给了另外两个洋商人：依什尔和萨弗。一年之后，中国政局基本趋于稳定，依什尔让歇业整整一年的亚细亚影戏公司恢复运转，并将拍摄制作的工作交给了由张石川与郑正秋组建的新民公司处理，亚细亚自身只负责影片的投资、发行以及提供相关的电影设备。1914年因第一次世界大战，德国胶片来源断绝，这个当年东方的电影梦工厂无奈结束了摄制工作。

这个中国最早的外商投资的小型电影公司仅短短5年的历史，其间可分为两个阶段：1912年前，由布拉斯基经营，在北京、上海、香港等地拍摄了《西太后》、《不幸儿》、《偷烧鸭》等片；1912年后，张石川、郑正秋等组织新民公司承包了亚细亚影戏公司的编剧、导演、雇用演员等工作，完成了《难夫难妻》、《活无常》、《五福临门》、《一夜不安》、《老少易妻》等多部短故事片，还拍摄了新闻片《上海战争》和《茶花女》，为中国早期电影的发展作出了一定贡献。应该说，亚细亚影戏公司所提供的资金和设备，方便了张石川和郑正秋这两位早期中国电影的代表人物走上影坛。

富有传奇色彩的大楼建筑

走在香港路上，类似的惊叹会不时与人们邂逅。

香港路58号坐落着的中圣大楼曾是中华圣经会的会址。这幢楼建于1936年，共两幢，前楼是4层混合结构，后楼是5层钢筋混凝土结构，建筑造型采用近代表现派结合中国民族形式。1833年，美国圣经会委托在华传教士印发中文《圣经》；1876年在上海正式成立美国圣经会中华分会；1937年，英、美、苏格兰传教士在上海成立中华圣经会，其目的是鼓励推行不加注解的基督教新旧约《圣经》。1932年7月大英圣书公会、大美国圣经会和苏格兰圣经会各自的母会先在伦敦开会，讨论促成在中国3个圣经会合并事宜，为此成立了专门委员会。1933年6月在中国也成立了相应的合一委员会。1937年5月3日，大英圣书公会、大美国圣经会和苏格兰圣经会正式合并，定名为中华圣经会，会址就设在香港路58号的中圣大楼内，中圣大楼之名就源于此。

中圣大楼对面的香港路59号是原上海银行同业公会大楼。

上海银行同业公会是上海诸多同业公会中成立最早、机构完整、影响最大的同业组织。自1897年5月27日，近代中国的第一家华资银行——中国通商银行在上海外滩开张后，由中国人开设的银行在上海犹如雨后春笋般出现。它们当时被称之为国内银行，以区别于在华的外国银行。至1918年，全上海的国内银行已达20余家，初步呈现出行业规模。但许多华资银行往往有银行

原上海银行同业公会大楼

之名而无银行之实，经营的方式和范围与昔日的银号、钱庄大同小异，这实际上制约了中国金融业的发展和进步。当时已有不少在外国留学，就读于经济学科的留学生回国，他们或在外资银行任职，或在中国银行担任要职，自然注意到华资银行与外资银行的差别。当时，由梁启超举荐出任中国银行上海分行经理的张嘉璈曾留学日本，1911年来到上海任职，他一来就在同仁中定期举行午餐会，借助聚餐联络同仁之间的感情，也确定了自己在同仁中的地位。梁启超在北京政府主管财政时就积极建议中国的银行应建立同业公会，1916年，北洋政府正式颁布了银行公会章程。由于张嘉璈已经在上海打下扎实基础，于是，中国、交通、盐业、浙江兴业、浙江地方实业、上海商业储蓄、中孚7家银行共同倡议建立上海银行同业公会。1918年7月8日正式成立时，又有四明、广东、中华商业、聚兴诚、金城5家银行加入。初创时的上海银行同业公会成员共12家银行。

银行公会成立时就在寻找一幢建筑物作为会所，上海银行界买办庄得之知悉后向银行公会推荐了香港路3号和4号的两幢洋房，连同后面的一块土地共1.5亩，银行公会买下了这块房地产，经修缮后迁入。1918年10月19日，在这里召开了开幕大会。之后，银行公会会员不断增加，业务日益拓展，原建筑已不敷使用，便在1922年决定将旧楼拆除，在原址重建新楼。新的银行同业公会大楼于1925年底落成，地址改为香港路59号。大楼为5层砖木石混合结构，折衷主义风格，正立面中部为6根2层高的科林斯式立柱构成骑楼式门面，门前有数级石阶。二层顶部设计明显外凸的檐线，三层退为平台。墙、柱均为假石饰面，大门用紫铜镶框，整幢建筑显得庄严雄伟、华贵深严。通层的中央大厅内部装饰呈古典主义风格，顶部有拱形玻璃天棚。大楼底层大厅曾是上海票据交换所，大厅中间悬有一块巨大的匾额“金融枢纽”，标志着上海金融业向现代化迈出了历史性的一步。这个开业于1933年的票据交换所是专门办理全市银行、钱庄票据交换的机构，但不包括外商银行的票据交换。到抗战前夕，上海参加票据交换的银行已达73家。这是我国金融业与国际金融业接轨的象征，它加速了传统钱庄业的衰亡，促进了现代银行业的发展。

1937年“八一三”事变后上海沦陷，银行公会与后方仍保持着联系。

1941年太平洋战争爆发后，该会业务受到影响，抗战胜利后恢复正常。1946年起，全市钱庄、中外银行的票据交换事宜一并由上海票据交换所办理。1952年，中国所有的商业银行统一归并为公私合营银行，不久又并入中国人民银行，上海银行同业公会也就自然解散了。1956年，上海票据交换所撤销。香港路59号大楼后为上海市工商界爱国建设公司使用，于是，这幢楼也被叫做“爱建大楼”。在这幢大楼里还创办了上海工商学院。

香港路60号坐落着的大丰大楼建造于1926年，5层钢筋混凝土结构，因大丰保险公司曾设于此楼，故名。香港路虎丘路转角处坐落着的兴华大楼建于1941年，为3层砖木结构，后改建成南林宾馆，现这里是南林青年酒店。

自来水塔与华德大楼

在香港路江西中路路口曾经坐落着上海第一座自来水塔。1883年英商在上海开办了上海第一家自来水厂，为将自来水送往苏州河南岸的租界地区，从杨树浦排水管经江西路桥过河，又为了保证日夜都能供水，特地在桥南的香港路和江西路转角处兴建了一座大型的自来水塔。水塔的作用是将水厂的清水用水泵送到水塔内，再利用水塔的高度流向各个用户。水厂在夜间就不需要工作，凭水塔的存水供用户使用。在发生火灾时，水塔还能提供大量的消防用水，这在当时的市政建设上具有重大意义。

香港路上的这座水塔高31.5米，上有直径15.24米、深3.73米的水箱，塔身上下全以纯铁造成，以大铁柱为干，以小铁柱为枝，中部置螺旋形的铁梯可盘旋上下，塔顶安放了一个以钢板制成的大水柜。水塔顶盖以瓦楞白铁皮制作，看上去像一把打开的阳伞。水塔周围还有一条1.82米宽的走廊，以使水塔内的清水不受日光的照射，走廊的屋顶搭成锐角形。上海滩的第一座自来水塔造型优美、质地坚固，建成时为当时上海最高的建筑物，人们从很远的地方就能看见它的身姿，被认为是巧夺天工的杰作，成为上海滩一大宏伟的人造美景。

这座自来水塔建成后整整使用了73年。随着上海用水量日益增长，高楼增多，水塔的功能渐渐失去，于是它被闲置起来，至1954年被拆去。现在香港路上已不复见其雄伟的身姿，但它在上海历史上所起的作用却是不可磨灭的。

四川中路和香港路转角处的华德大楼建于1926年，其外立面简洁大方。据说该楼建造之初是作办公之用的，因其临近外滩，入驻的都是洋行。新中国成立后，洋行老板相继离去，1955年起该楼由房管部门管理，没有了洋行气息，成为居民住宅楼。朝着四川中路的门上至今还镌刻着红色的“华德大楼”字样，只是大楼门厅已完全没有了当年洋行的气派。这里和上海的许多老大楼一样，住进了许多居民，类似于“72家房客”，有“洋行里的弄堂”之称。当年，这幢楼是苏州河边的一个制高点，电影《战上海》里，就有几个景点拍到华德大楼。20世纪80年代初拍摄的电影《小金鱼》和电影《邻居》都是在华德大楼取的景。这幢楼有两扇门，一扇门在四川中路，一扇门在香港路。主楼梯设置在香港路，是有木头栏杆的木楼梯，从四川中路那扇门进来，要走半条走廊，才有一处窄窄的消防楼梯，楼梯台阶很高，没有扶手。大楼的门牌编号也是英国式的，从实际楼层的二楼开始，底楼的门牌号为650弄X号，从二楼开始才是650弄XXX室。这在上海也算是极少见的了。据说这幢大楼原来是有电梯的，现在转角楼梯空档处就是以前装电梯的地方。在香港路入口处地面上一块大约1.5米见方的水泥地依稀留存着原本电梯间的痕迹。而楼梯旁过去开电梯的人住的楼梯间里，有退休后的居民摆上台虎钳、小工具帮居民们做一些小修小补的活儿，倒也挺受欢迎。

如今的香港路犹如一位勘破世事的老派绅士，淡然地蛰居于外滩源一侧，笑看着外滩的变化。其实，香港路早已经历过了种种繁华，只是在默默观望，静静地享受着也许不久就会被打破的寂静。

华德大楼

滇池路：狄更斯笔下的英伦街道

滇池路东起中山东一路，经圆明园路、四川中路，西至江西中路。这条短短的小马路辟筑于1899年，因英商仁记洋行迁至此路西端而得名“仁记路”，1943年更名为“滇池路”。

滇池路是旧上海金融区的一部分，民国时期的中国银行、中央信托局就开设于此。外商的荷兰银行、古孟洋行和国人兴办的上海国民银行、中孚银行、上海工业银行等都在此设立营业机构，故有“中国的华尔街”之称。

滇池路是外滩边的一条小马路，走在这条路上，有一种走进欧洲老电影的感觉。窄窄的小路夹在和平饭店大楼和中国银行大楼之间，令人想起峻岭中的峡谷。

这条路左侧的和平饭店建筑外形简洁明朗，具有美国芝加哥学派的风格。外墙除九层及顶层用泰山石面砖外，其余均采用花岗石砌筑。立面用垂直线处理，特别是一扇扇拱形的铸铁大窗，半圆的横框中间雕有精细的图案，透出一种欧洲宫殿般的气派与华贵。右侧的中国银行大楼整个外墙镶以平整的金山石，侧面也是以垂直的线条处理，间隔着一个个黑漆格棱的长窗，折射出欧洲建筑理性排列的韵律。在这两幢大楼阴影笼罩下的滇池路，便显得格外幽暗深邃，置身其间，恍如一脚踏入狄更斯笔下的英伦街道，那种幽暗中夹带着潮湿的氛围，令人想起电影《雾都孤儿》中的欧洲街景。

滇池路街景

具有传奇色彩的中国银行大楼

在中山东一路转角处的滇池路上坐落着的中国银行大楼是国民党执政时期四大官办银行之一，其前身是清朝户部开办的户部银行，1905年开业，上海分行行址设在汉口路3号，1912年改组为中国银行。1928年，中央银行设立后，中国银行改为主要从事国际汇兑业务的银行。同年11月，中国银行总部迁至上海。总行来沪后开始在中山东一路滇池路转角处的原德国总会办公。至1934年，中国银行已是全国资力最雄厚的华资银行，1935年改组成为国民党政府垄断的金融体系的重要组成部分，位居国民党政府“四行两局”的第二位，由宋子文担任董事长。这样一来，原有的房屋已不够使用，于是，决定在原址拆掉重建。当时，为了与外国银行竞争，原计划设计为34层，以期成为当时上海最高的建筑。大楼的地基打得相当结实，这时，隔壁华懋饭店的老板沙逊得知后出来干涉了。老沙逊蛮横地提出在建的中国银行楼高不得超过沙逊大厦的金字塔顶，虽然建34层是宋子文的主张，但在外国殖民者面前，只好将楼层降到17层，顶部比沙逊大厦低0.3米。

中国银行大楼是外滩万国建筑群中唯一由中国人投资、中国人设计、以中国人为主施工建成的具有中国传统建筑装饰艺术的高层建筑，它的开工典礼规格极高。新大楼是1936年10月10日在拆除原建筑的基础上重新设计建造的，宋子文亲自主持了开工典礼，因抗战爆发一度停工，直到1944年7月才全面竣工使用。这是继汇丰银行之后上海外滩又一座气势恢弘的大楼，而且是外滩少有的具有中国民族风格的建筑。整幢大厦的底层勒脚类似于佛像须弥座的线脚，柔中带刚，遒劲厚重。外墙立面每层两侧均有镂空的“寿”字图样，栏杆花纹和窗格采用传统如意纹样雕饰。墙面上明显的中字型窗格，沿着大楼扶摇直上，至天庭屋顶又以仿石斗拱装饰檐口，挑起坡度平缓的四方攒尖形屋顶，顶上覆以暗绿色的琉璃瓦。东大门外两侧各有一座中国古代传说中的神兽“貔貅”，通往大门的花岗石台阶设计成九级，蕴涵“九为至阳”、“财路无穷”之意。两扇紫铜大门上雕饰着中国特有的螭纹图案，彰显出中国银行的非凡气派。两侧有圆柱，大厦主门门楣“中国银行”石刻横匾下有一方“孔子周游列国”石雕，长约6米的条形花岗石上雕着30多个“百

中国银行大楼

工之士”，为渔樵耕读、吹拉弹唱、航船打铁、裁衣补锅的各色栩栩如生的大小人物，形象地表述了“财富源于劳动，金融基于士工”的人文寓意；以孔子为核心人物，则突出了金融业必须讲究秩序和规则的精粹理念。进入营业大厅，两边各有8根八角形厅柱，穹形天花板上有“八仙过海”雕饰，并悬挂36盏传统宫灯。室内大厅地坪多用大面积淡黄色大理石，局部镶嵌黑色大理石，十分典雅。室内大量使用竹纹图案，寓意“节节高”，于细节处体现出深厚的中国传统文化内涵。新楼建成后，中国银行总行和上海分行迁入办公。无论是建筑规模和设施，都堪称当时远东地区之冠。这座楼的落成和使用，成为上海现代化的象征。

中国银行大楼还是创办于1937年8月的中央、中国、交通、农民4家银行的联合办事处，办事处大门开在滇池路上。当时，全面抗战爆发，金融动荡，这4家银行为稳定金融，支持抗战，在上海组织了联合办事处，主要办理钞票发行、外汇收付、汇解军政款项、调剂金融市场以及代理国库等，1948年10月撤销。抗战中中国银行总行迁往内地，分行在上海租界孤岛上惨淡经营了4年，太平洋战争后被日伪强行接收，抗战胜利后收回原中国银行资产。1979年后，这幢大楼内除中国银行上海分行外，还迁入了中国农业银行、中国工商银行上海分行、中国人民保险公司上海分公司、国家外汇管理局上海分局等，成为上海金融业的一个集中点。

华丽的仁记洋行大楼

滇池路被称为昔日中国的华尔街。这条躲在外滩背后的小马路，曾经是上海滩最具大都会气息的地点之一。当年的滇池路上林立着许多洋行和银行，它们象征着财富的敛聚。

滇池路最初叫仁记路，就是因为仁记洋行大楼是这条马路上的代表性建筑。洋行是外国资本家在中国开设的商行，也指专和外国商人做买卖的企业。仁记洋行是上海开埠初期开办的洋行，该行是英国人在1843年创建的，它是早期来华的英国皇家四大行之一。从开办至1941年太平洋战争爆发，仁记洋行主要经营生丝、茶叶、纸张、木材、五金等进出口业务，并代理澳洲轮船公司、伦敦劳合氏保险集团、国外保险公司的水险赔款以及业广地产公司等业务。仁记洋行经营的业务很广泛，甚至像上海跑马厅的赌博业务都收入经营范围。

从中山东一路拐进去，一眼就看见原仁记洋行大楼。由于这幢楼是呈三角形转折状地坐落在路口，使仁记洋行大楼的立面成为街道对景，从中山东一路踏入滇池路，整个视线就被这幢仿佛异军突起的大楼填满，形成了极为特别的街道景观，你会觉得整条滇池路像一条深不可测的欧洲小马路伸向无限远方，显得神秘幽深。

大楼坐落在滇池路100号，这是一座具有典型安妮女王时期建筑风格的砖木结构大楼。这座大楼建成于1908年，高3层，转角处为4层。这幢建筑平面为三角形，沿街转角处塔楼为立面构图中心，就是这块沿马路的三角形地块，因地制宜地将建筑平面撑足，以充分地利用每一寸土地。建筑外墙用清水红砖砌筑，白石灰勾缝，分层处有腰线分割。转角处立面用清水红砖做成的爱奥尼克柱和墙面浑然一体，窗间用爱奥尼克柱式装饰，柱头砖雕花饰做工细腻。窗间墙上均用希腊古柱式作装饰，窗樘上饰以弧拱、平拱，转角处楼层落地门外设铁栏杆，这都是19世纪末至20世纪初西欧风行的建筑形式。整幢建筑既有令人眼花缭乱的花饰，也有理性规范的横竖线条，而清水红砖的外墙既给人华丽的感觉，又给人一种赏心悦目的艺术享受。

仁记洋行早在1950年就申请歇业关闭。这幢饱经岁月风霜的大楼现大部分为居民住宅，楼下是海运局业务部门办公室及黄浦区进修学院。

共奏“欧风”的酒店大楼

滇池路上还有原英商业广地产有限公司大楼和具有古典圆柱立面的曼哈顿外滩商务酒店等建筑，它们的外观也都带有欧洲建筑风格。这些建筑年代不同，风格却一脉相承，有着内在的协调，共同奏起滇池路的“欧风”韵曲。

滇池路120号是原英商业广地产有限公司大楼。英商业广地产有限公司成立于1888年12月，它是由几位洋行经纪人合资创建并在香港注册的。英商业地产有限公司大楼建成于1908年，是一幢4层高的带有英国安妮女王时代建

原仁记洋行大楼

筑风格的砖木结构大楼，砖工细腻的清水红砖墙，门窗洞口进深较大，外观厚实，南入口门洞是用砖一层层堆叠向外挑出的古代砖石结构砌法式样。这幢大楼在交付使用的三年后以高价出售给了日商恒产公司。后来这幢楼的下面成了商店，楼上成为居民住宅。1934年，郎静山、胡君磊、刘旭沧、邵卧云等发起成立上海摄影学会，在1935年至1937年间，曾举办过三次展览，会址就设在居住在这幢楼内的胡君磊家中。

滇池路81—85号的曼哈顿外滩商务酒店，为欧式古典主义风格。外立面一层用爱奥尼柱式装饰，二层为多立克柱式装饰，原国民银行曾设立于此。新中国成立后，上海市公安局边防局设在滇池路81号，21世纪初才置换出去。

滇池路97—103号，是建造于1922年的原中孚银行大楼。中孚银行是1916年在天津创办的私立商业银行，1916年11月在上海仁记路（今滇池路）开设分行，孙仲立任总经理。中孚银行有过最初的十年辉煌，在各地银行的作用下又开设了一系列面粉厂，尤其在上海和武汉各以60万元建立的中孚大厦，轰动一时，在金融界颇有声誉。

与显赫的中山东一路相比，滇池路显得有些落寞，它犹如一位饱经沧桑的睿智老人默默地注视着今非昔比的外滩，淡定而从容。也许，正是因为有了像滇池路这样一些具有深邃历史内涵的小马路的衬托，才使外滩有了足够的底气。

原英商业广地产有限公司大楼

曼哈顿外滩商务酒店侧影

思南路：被唤醒的睡美人

思南路北起淮海中路，南迄泰康路。思南路原址系农田，间有塘潭、村落，1914年填没路东侧水塘筑路。该路初筑时北自环龙路（今南昌路），南至辣斐德路（今复兴中路），1926年向北延筑至霞飞路（今淮海中路），向南延筑至贾西义路（今泰康路）。该路原名“马斯南路”，1943年改名为“兰田路”，1946年命名为“思南路”至今。

北起淮海路、南至泰康路的思南路是一条被法国梧桐覆盖的小马路，也是一条法国味道很浓的路。这条路原名“马斯南路”，其实就是法文的译音“Massenet”。“Massenet”是20世纪初法国作曲家儒勒·马斯奈（Jules Massenet）的姓。马斯奈的音乐具有一种感伤的美，很受浪漫的法国人喜欢。他作的曲子常常被用在当时电影院的默片里，专门用来配那些悲伤动人的电影画面。也许，正是这种法国式的伤感造就了思南路的基调。这条“非主流马路”从无喧哗，多少年来它始终离群索居，一片落寞，却处处弥漫着法兰西特有的优雅风情。

清幽的思南路不通公交车，也没有灯红酒绿的霓虹招牌，入夜，街边静静伫立的老式路灯发出昏暗的光，映照出一片远离尘嚣的宁静。夏日，法国梧桐的浓荫华盖般遮住了思南路的天空，犹如一条绿色的走廊，阳光透过树叶星星点点地洒下来，不再那么咄咄逼人，而树叶间的风虽然不大，却挟带着森林中才有的清香。马路两侧浓密的树丛间藏着一幢幢宛若绝世美人的花园洋房，轻易不被人见。深秋季节，从繁华喧闹的淮海路一脚迈进思南路会感觉自己来到了幽深静谧的丛林之中，路两侧随风飘落的法国梧桐树叶幽然

思南路街景

散发出淡淡的香味，墙上的爬山虎已转成斑驳的红褐色，空气中流淌着略带感伤的静谧。风吹树叶的沙沙声伴随着路人茕茕独行的脚步声，倒是衬出了“蝉噪林逾静”的意境来。

有人把思南路比喻为淮海路的“后宫”，而我更觉得这条大隐隐于市的路像煞了一位酣睡中的美人，因为不介意自己的美也就不会去搔首弄姿地卖弄风情，这让她得以保持着那种干净本真的美。不过，如今这位酣睡着的美人已被悄然唤醒，只见她轻轻抖落披在身上的陈旧衣衫，风情万种地出现在世人面前。思南路上原先隐在围墙后面的连排成片的有故事的花园洋房撩开了层层面纱，在阳光下尽情绽放美艳。

昔日上流社会集聚之地

思南路呈细长线形，自然蜿蜒。1920年，沿法国公园（今复兴公园）南面辣斐德路（今复兴中路），首批花园大宅拔地而起。随后的10年里，辣斐德路以南、马斯南路（今思南路）以东、吕班路（今重庆南路）以西地区的花园洋房陆续建成，其群体所形成的环境和氛围，尤其是多个花园形成的共享绿化空间极为独特。由于思南路环境优雅，住宅品质较高，当年在此居住的多为西欧侨民、金融界上层人士及政府要员，文艺界知名人士也纷纷来此居住，遂使思南路成为上流社会人士的聚居之地。

我国近代畅销小说《孽海花》的作者曾朴曾在思南路81号的一幢花园洋房里度过了他一生中最重要的岁月。曾朴能说一口流利的法语，并翻译了许多法国文学作品及前卫的文艺理论。他住在思南路时，和儿子一起办了份《真善美》杂志，上面有他翻译的法国小说。父子俩还在家里办了一个法国文化沙龙，里面聚集了当时上海滩最风流潇洒的一批文化人，除了著名翻译家徐蔚南、李青崖，美学家张若谷等人外，一代风流才子邵洵美、徐志摩、田汉以及郁达夫等也都是沙龙的常客。在这个私人沙龙里，他们抽烟、品茶、吃水果，用国际化的思维方式和审美趣味谈天说地，谈论法国的浪漫主义作家。那时，思南路81号客厅里的灯经常彻夜通明。对于自己居住的思南路，曾朴曾充满感情地写道：“黄昏的时候，当我漫步在浓荫下的人行道，

Lecid和Horace的悲剧故事就会在我的左边，朝着高乃依路上演，而我的右侧，在莫里哀路的方向上，Tartuffe和Misanthrop那嘲讽的笑声就会传入我的耳朵。……法国公园是我的卢森堡公园，霞飞路是我的香榭丽舍大街，我一直愿意住在这里是因为它们赐予我这古怪美好的异域感。”

在这条弥漫着犹如百年陈酿般浓得化不开的浪漫味道的路上，两边排开的皆是各式老洋房，洋楼门前有着开阔宽敞的花园、精致的黑色铸铁阳台、巴洛克风格的雕花圆窗、镶满卵石的墙壁……一幢幢老洋房，蕴涵着一个个属于自己的故事，其间还藏着众多的名人故居，留存下许许多多凝固在时光里的人世风情，中国历史上几件重大的事件都和这条路有关。多年前，一位法国建筑师曾说：思南路现在还睡着，而我们所要做的，是唤醒它，而不是吵醒它。长久以来，思南路的生活场景总是处变不惊地沉静着、安详着。几十幢花园式洋房，集中记录着当年老上海花园洋房的“原生态”。这里没有虚张声势的繁华，骨子里却透露着高贵的气息。

身世迷离的老洋房

思南路林立的豪宅，庭院深深，几乎每一所都身世迷离，漫步其间，似有穿越之感。一幢幢沉默的老房子镌刻着历史的皱纹，却自有别处没有的高雅。这种高雅，不在城市的表面，而是深入城市的内里，也许是因为那里面有着许许多多凝固在时光里的人世风情。

思南路36号是一幢红砖木结构坡顶建筑，典型的英国风格的花园住宅，爱奥尼克式的立柱、圆弧形的窗户透出浓浓的异国风情。在建筑南侧的宽敞庭院里，却以玲珑透空的假山石构成主景，具有江南园林的特色。春天，花园里的4株高大茂盛的玉兰树开着硕大的白花，熏得半条街都是香的。这里原为国民党将领杨森在上海的府邸，他在这里结交上海各界的名流，寓所里经常高朋满座。杨森赴抗日前线前把住所托给朋友照看，这位朋友是京剧票友，他把房子借给了京剧演员金素琴和金素文姐妹俩居住。两人又拜梅兰芳为师，梅兰芳的家近在咫尺，所以经常来此吊嗓子、演唱和会友，附近的邻里经常可以隔墙聆听梅兰芳大师优美悦耳的唱腔。金氏姐妹后来成了黄金荣的小妾，这里的房子也易手黄金荣。新中国成立后，房子收归国有，1953—1956年这里成为原卢湾区首届区委所在地，现为居民住宅。对面的思南路37号，是具有深厚人文底蕴的上海市启秀实验中学，遭汪伪特务枪杀的中国职业妇女俱乐部主席茅丽瑛烈士生前曾就读和任教于这所学校，现学校里面立着茅丽瑛烈士的塑像。

复兴中路口的思南路41号是袁世凯次子袁克文的旧宅，袁克文1936年离沪北上，这里由袁世凯的孙子袁佐良居住。袁佐良是20世纪三四十年代上海金融界头面人物之一，曾任金城银行行长。这是一幢建于20世纪20年代的西班牙伊斯兰式建筑风格的花园洋房：有伊斯兰穹顶、尖塔、螺旋形圆柱、石造花窗格等，外墙立面用亮黄色的水泥拉毛，饰有绿瓷釉面花饰，并有圆拱形的门廊和窗框，缓坡瓦顶，檐下有齿券装饰，西立面有单层高的红鱼鳞红瓦穹顶，顶端还叠有彩色玻璃小穹顶，十分华美。从1953年起，这里成为上海文史研究馆的馆所，张元济为首任馆长，至今已有60多年的馆史了。文史研究馆是为有文史专长、有名望的老年知识分子设置的机构，里面绿荫扶疏，环境清幽，空气清新。上海的文化老人们在里面喝茶、画画、唱戏、聊天，悠闲地谈论着关于这座城市的历史。锦江饭店的创始人董竹君和才女陆小曼都曾在这里留下过她们的足迹。旁边还有一个小书店，里边出售的图书也大多与文化、历史有关。

思南路44号是著名抗日爱国将领卢汉的故居。思南路46号则是原法国巡捕房，现为普通民居。有一对双双获得过法国巴黎大学法学博士学位的中国夫妇，曾定居在思南路60号，据说这对夫妇是当时上海名气最大的律师。在法庭上，他们能用一口异常流利的法语同法国人辩驳，被一些法国人惊呼为“比法国人更吃透法国法律的中国人”。身为当时政界法律界的大红人，这对夫妇在生活上也异常讲究。他们到南京后，依然坚持贵族的“上海作风”，而且让火车每天按时为他们送一次上海租界里的自来水和老大昌的面包。

还有一位姓张的国民党元老曾经住在思南路70号。此人早年经商，有着很厚的家底，曾在法国巴黎的香榭丽舍大街旁开过一家专卖中国出口的茶叶、丝绸、金石、字画等的贸易公司，公司挣来的钱就用以资助孙中山先生

袁克文旧宅

进行革命。后来，他又在巴黎市中心最繁华热闹的大街上开了一家具有中国古典情调的高雅茶馆，挣来的钱款也都用于孙中山的革命事业。张先生回国后，做过一段时期的国民党财政大官，由于他恪守自己的清贤，遭到蒋介石的冷遇，历经变故后，在思南路上买了房子定居下来。当年思南路不少政要人物住的洋房，据说都是这位张先生的房产。思南路70号还住过一位大名鼎鼎的人物，他就是被称为中国留法第一人的李石曾先生。李先生早年留学法兰西，曾在巴黎创设了一家著名的“豆腐公司”，让法国人尝到了美味的中国豆腐的滋味。与此同时，他还在巴黎创设了法国第一家中国餐馆，取名为中华饭店。这位老先生专爱吃素，曾提出过“哲学素”的观念，为了倡导“以苦为甘”的人生哲学，他还发动“世界社”来号召全世界都吃素。住在思南路时，李石曾先生曾受邀主持旧上海蒲石路（今长乐路）中法学院的中西疗养院成立典礼，还曾经赴法国医院作《统一与互助》文，又筹建过“世界文化合作中国协会”，为中法之间的学术交流不遗余力。

思南路34号也有着不凡的身世。这里原为信谊化学制药厂，1921年药物学博士约费在此创设了远东最大的药物实验室。1927年湘雅药学院毕业的何子康药师应聘入内任华人经理。这个实验室发展很快，于1931年改组为华资信谊化学制药股份有限公司，1945年春又购进了北四川路的德邻公寓大楼予以扩建。

“义品村”里的名人故居

20世纪二三十年代，租界当局要在法租界的中心打造一片齐整的“东方巴黎”。比利时公司义品洋行购进了复兴中路以南的马斯南路东侧30余亩土地，于1912年开始逐年兴建具有法国乡村别墅韵味的假四层独立式花园洋房，至1936年建成，它就是位于思南路51—95号的义品村。义品村是由22幢一模一样的西班牙式花园住宅组成的建筑群。住宅群的屋顶为红瓦双坡面，局部采用折屋檐，外墙集卵石、清水砖、黄色的水泥拉毛装饰等为一体，东、西面上有小窗作为点缀，南、北面是宽大的落地窗，在东南角上有一大二小三个漂亮的拱圈。二层大阳台旁有室外楼梯通花园，并设有半地下室。义品村尽管在规模、居住档次上并非是当时最大、最考究的，但作为群体所形成的环境，尤其是多个花园形成的共享绿化空间，却是在上海滩极为独特的。

义品村的第一批住客多为上海滩的头面人物及各界名流。思南路57号是曾任国民政府行政院主计总处主计官陈长蘅的故居，65号住的是原天明糖果厂厂长应国钧，71号里住的是爱国人士、民盟创始人罗隆基，87号住的是著名京剧表演艺术家梅兰芳。另外，晚清遗老、原慈禧太后的御前首席女官德龄公主等也曾在此居住过。据说这里还住过一家东南亚华侨富商，此人酷爱音乐，一家人就可组成支乐队，每当周末，悠扬的乐声从院子里传出，飘荡萦绕在思南路上，把法兰西风情渲染得浓浓的。独特的建筑风貌以及历史名人的遗迹赋予了思南路些许传奇色彩。

现在，如果想要一睹义品村老洋房的内景，那就到73号的周公馆去看看吧。由于它在历史、政治和社会的特殊地位，周公馆已从后来建成的思南公馆独立出来，让21世纪的人们看到了老洋房原汁原味的风貌。

周公馆所在地其实是1946年至1947年间中国共产党代表团驻沪办事处旧址。1945年抗日战争胜利后，国共两党经过谈判，确定了和平建国的基本方针，为了继续谈判和开展统一战线工作，考虑到上海是全国最大的工商业城市，各党派领导人及许多知名人士均居住于此。为便于工作，有必要在沪设立一个公开的办事机构。思南路73号的原主人是国民党官员黄天霞，因他要去南京，思南路寓所便闲置下来，有意出租。时任中共新闻发言人的乔冠华夫人龚澎女士通过其姐姐用金条顶下了这幢花园洋房。1946年，周恩来率中共代表团前往南京，与国民党进行谈判，6月，中共代表团在思南路73号设立了上海第一个公开的办事机构，当时的门牌号码是马斯南路107号。由于国民党不允许中共中央在上海设办事处，6月18日，从南京来沪的董必武果断地说："不让设办事处，就称周公馆。""周公馆"之名即由此而来。大门上挂着的牌子上面写着中文"周公馆"，下面用英文书写着"周恩来将军官邸"，以周恩来个人公馆的名义对外。即便如此，这幢房子依然受到了严密的监视，现在还能够看到对面的"监视窗"。

位于义品村的周公馆是一幢4层法式花园住宅，编织得很紧很密的竹篱笆围墙，黑漆的大门，建筑屋面用红瓦砖相嵌，折屋檐，外墙立面置卵石，

上图：周公馆外景
下图：周公馆局部

清水砖相嵌，局部墙面采用水泥拉毛饰面。暗红色的木头百叶窗户，式样方圆不一，墙上密密的爬山虎从屋顶垂到地面。周公馆底层为厨房、服务人员住房和门房；一楼为会客室，东、西两侧为起居室、卧室和卫生间；二楼为起居室、卧房和浴厕间，大阳台有露天楼梯直通庭院；三楼除卧室、卫生间外，还设有储藏室。周公馆的庭院很大，楼前是一片草地，垒有假山，设喷水池。四周植有冬青、龙柏、雪松、棕榈等，还有个藤萝花架。在绿茵茵的草坪中央，植着一株枝繁叶茂的大塔松。周恩来在晚饭后常常踱步到塔松下，坐在藤椅上与工作人员亲切交谈，研究布置工作。

思南路上的周公馆的设立开启了抗战结束后，中国共产党试图通过团结一切可以团结的力量以避免内战的一段特殊历史时期。周恩来曾多次在此举行记者招待会和会见中外友人。同时，周恩来同邓颖超、董必武、李维汉、陆定一、乔冠华等中共代表团成员先后来沪开展工作，一方面以记者招待会的形式向社会各界阐述中共和平民主的各项主张，另一方面，通过拜会郭沫若、张澜、沈钧儒、许广平、马叙伦、马寅初等民主人士，向他们介绍国共谈判情况，交换对时局的看法，建立了广泛的统一战线。这里还曾邀请100多位戏剧电影界人士来一楼客厅座谈，参加的有著名演员周信芳、白杨、丹尼和剧作家、导演于伶、黄佐临等。1946年11月，为朱德同志六十寿辰，办事处邀请了各界进步人士在这里举行庆祝活动。1947年3月5日，中共驻沪全体办事处人员被迫离开上海前往南京，3月7日，在董必武的率领下安全返回延安，周公馆的历史使命就此完成，虽然前后不到一年，但它却在中国现代史的记忆中留下了不平凡的一页。之后，周公馆的物业委托民盟代管，不久就被国民党查封了。

思南路87号是梅华书屋旧址。1932年“九一八”事变后，拒绝为日本人演出的梅兰芳离开北平缀玉轩寓所，全家迁居上海，就蛰居在马斯南路121号（今思南路87号）。梅兰芳的书房里挂着清代书画家金冬心真迹及“梅华诗屋”斋额，后人就把这里称之为“梅华诗屋”。这是一栋4层西班牙式花园洋房，屋顶采用孟沙式，即屋顶的坡度是两折的，顶部较平缓，靠近檐部就比较陡了。正面中间可以开足窗户，感觉十分明快。楼房前有个颇大的花园，梅兰芳常在园中散步、吊嗓子、跑圆场。楼中最高一层为梅兰芳的岳母和女儿居住，梅氏夫妇则住在三楼，二楼是儿子的卧室，底楼为仆人居住，还有汽车间。在思南路居住期间，梅兰芳排演了《抗金兵》、《生死恨》等戏。抗日战争爆发后，梅兰芳告别舞台，并蓄须明志，从此闭门谢客，过着清苦的隐居生活。1942年底，在这幢原本静雅的花园洋房里，梅兰芳为拒绝庆祝所谓“大东亚战争的胜利”，不惜冒着生命危险连注3针伤寒疫苗，引发高烧，经日本军医验证才免去演出。梅兰芳蓄须期间，因经济窘迫，虽倾尽其积蓄和字画笔润，变卖北平无量大人胡同住宅，仍无法维持戏班成员和一家生活，不得不靠典质和向故旧借贷度日。多家戏院知其艰难，邀其演出，更有汉奸以“只要登台，百根金条马上送到府上”为诱饵，但梅兰芳均不为之所动。每逢夜深人静之时，梅兰芳却在梅宅内自拉京胡，研究唱腔，坚持练功以保持体形。他曾在寓所《达摩面壁图》上题“穴居面壁，不畏魍魉，破壁飞去，一苇横江”。1945年8月15日，日本投降当天，梅兰芳立即在思南路的寓所里剃去留了13年的胡子。10月10日，梅兰芳登台兰心大戏院，演出《刺虎》以庆贺民族战争的胜利。从1932年到1945年，或许不是梅兰芳艺术生涯里最精彩的，却是他生命里最灿烂的一笔，而这一笔正是落在上海思南路这张纸上。如今，这里的空气中似乎依然留存着大师的遗韵。

思南路61号是法式风格的独立式3层洋房，周围环抱着广玉兰、棕榈等树木。尤其是3棵广玉兰，占据了将近500平方米花园的大部分空间。这里曾是担任过国民政府内政部部长、卫生部部长、水利部部长和国民党中央执行委员等要职的薛笃弼先生故居。1948年，辞去南京政府要职的薛老先生回沪当起律师，仗义执言，并拒绝了随国民党政府官员撤赴台湾，随后参加了我党工作，其“爱国一家”的理念让人钦佩。新中国成立后薛笃弼出任上海律师学会副主任。思南路91号是一幢红瓦3层别墅，悄悄地隐藏在思南路东侧的一条幽深的弄堂深处。这里是李烈钧的故居。李烈钧曾是江西都督府参谋长和海陆军总司令，1912年，孙中山正式任命他为江西都督。1913年7月2日，李烈钧在湖口成立讨袁军总司令部，并发布讨袁檄文，揭开了二次革命的序幕。1928年李烈钧从政坛引退，来上海闲居时就住在这幢洋楼里。李烈钧的东邻思南路89号则是曾任国民政府湖南省主席程潜的故居。

新中国成立后，义品村一直是民居，房屋和花园都出现了衰败情况。进入新世纪后，政府投入大量资金将居民住户置换搬迁，对每幢住宅楼进行了彻底的修缮，除外墙改成高雅的深灰色卵石贴面，其他都恢复了原貌。另外，又将具有英国乡村别墅风格的思南路43号、具有欧洲现代风格的思南路45号，加上复兴中路517号—535号，包括柳亚子旧居、上海越剧院旧址等建筑进行保护性的修缮，并将原重庆南路大陆坊内的优秀历史建筑也纳入了修缮范围，成为一道特别的风景线。现在义品村从东延伸到重庆南路，北延伸至复兴中路，并重新取名为“思南公馆”。

思南公馆的文化格调

如今，当人们走过思南路时可以看见在思南路近复兴中路处赫然矗立着“思南公馆”的标牌。思南公馆是上海市中心唯一一个以成片花园洋房的保留、保护为宗旨的项目。思南公馆修缮并改造了位于复兴中路、重庆南路、思南路交界处的49栋旧式宅邸，既包括重庆南路256弄的外廊式建筑，也包括原义品村内4排19栋花园别墅。重庆南路的连廊式建筑有着半圆拱连券，两边是华美的古希腊罗马柱，古朴的石头外墙让人想起古希腊的神庙，这幢楼宇如今整体被旋转了90度，为思南公馆打开了通达的入口，亦成为了思南公馆的天然屏障。思南公馆内汇聚了独立式花园洋房、联立式花园洋房、带内院独立式花园洋房、联排式建筑、外廊式建筑、新式里弄、花园里弄、现代公寓等多种建筑样式，俨然上海近代建筑博物馆。作为一片珍贵的历史人文建筑区域，思南公馆把海派文化精髓和城市历史文脉展现在世人面前，珍贵的文化遗存令人惊叹。思南公馆内设有精品酒店、酒店式公寓、企业公馆和商业区，这个上海的“新名片”饱含了浓重的人文历史底蕴，源远流长的建筑文化见证了东方与西方、历史与现代的和谐融汇，在尊重传统回归的同时赋予了这片区域崭新的生命力，重构了思南路的人文内涵和独特气质。

走在思南公馆青石板铺就的路面上，恍惚间有一种穿越历史之感。10多条宽窄不一的步行街和6个大小不一的开放空间，保存着昔日上海里弄的风貌，只是褪去了浮躁的市井气。联体住宅的外廊里挂着幽黄的壁灯，营造出

思南公馆

上图：思南公馆连廊式建筑
下图：思南公馆内多种花园洋房建筑样式

思南公馆青石板路面

一种往日情调。开在住宅底楼的酒吧、咖啡店和冰淇淋店在门前摆好了舒适的藤沙发椅和小圆桌，还撑起了一把把色彩艳丽的阳伞，颇有欧洲街头咖啡馆的腔调，只是稍显清冷，倒是由原先的车库改建成的花店里的花花草草开得煞是热闹。秋日的阳光缓缓透入别墅的木头门窗内，似在默默倾诉着光影流逝后的岁月痕迹，而那些夹杂在老宅之间的由法国设计师参与设计的新建筑也与整个环境非常和谐。

思南公馆第23幢楼是名为“龙门雅集”的艺术空间，一、二楼是画廊展区，三楼是需要预约的半开放艺术品展示空间。龙门雅集的建筑完全保留了20世纪30年代的设计与造型，室外左侧建筑墙面上栽种了一片垂直花园绿色景观，正前方则是一个休憩赏游的前庭小花园，奇石、花草、雕塑相互呼应，营造出一个充满创意的艺术场所，为历史积淀深厚的思南路增添了新的华彩。思南公馆南面的围墙后“藏”着的是由当年的别墅弄堂“义品村”改造而成的思南公馆酒店。这个上海市中心罕见的花园洋房式精品酒店共分成3排，由15栋3～4层独立花园住宅作为整幢出租的客房。为了满足不同住客的需求，别墅内部的设计分为3种风格：第一排为略带上海特色的欧洲古典主义；第二排属于简约的现代派装饰；第三排则采用了时尚而跳跃的设计元素。15栋别墅分三排林立，每一栋都有自己的私属花园。老建筑被桂花、竹林、香樟、榆树及各式石雕和水景所包围，铺就一张风花雪月的画卷，成为“活的”上海近代历史人文博物馆。思南公馆商业区位于思南公馆北部，北至复兴中路，东至重庆南路，西至思南路，由丰富多姿的新老建筑共同构建而成。

2013年8月，由诺贝尔文学奖得主莫言亲笔题词的“思南文学之家”在思南公馆正式揭牌。每到周六，穿过茂密的梧桐，在思南文学之家入驻的花园洋房里举办的“思南读书会”成为市民们的一个新去处，构筑起上海城市的一道人文景观——市民们排着队，或小声交谈，或手捧书籍，静待入场，期盼读书会带来一次心灵的碰撞。如今，思南读书会已成了上海城市的一张名片，市民周末生活的一个新选项。与思南读书会同时推出的还有“思南书集”。每到读书会举办当天，思南公馆前的露天花墙广场会摆出书摊，供书友们“淘书”。也许是这里读书氛围浓郁，也许是思南公馆情调优雅，在上网买

思南公馆内的酒吧、餐厅和咖啡屋大多设有露天座位

思南文学之家入驻于此

书的年代，思南书集的销量居然意外地好。读者会觉得，这是一个有格调的集市，聚集的是对文化价值有认同的人。书摊前挤满了慕名而来的情侣与市民，一时间，原本以幽静、低调著称的思南公馆充满了浪漫与知性。

思南公馆的创建使思南路的精彩得到了延伸。“寻根”和“再造”，如同一枚硬币的两面，贯穿于思南公馆十数年的保留、保护、改造之中。当和煦的阳光透过茂密的梧桐叶，洒在花园洋房的鹅卵石的墙面上，思南公馆的个性和气质在思南路这条静谧的马路上彰显无遗。

人间烟火气的阿娘面馆

一路走来，名人故居簇拥的思南路似乎有点不食人间烟火，好在临近泰康路时，市井味就显山露水了。街边的石库门房子、卖杂货的小店等琳琅满目，毕竟滚滚红尘中的老百姓过的是寻常日子。被网友评为“上海最好吃的面”就诞生在思南路上的阿娘面馆。看来，思南路还是不寻常，区区一碗面竟也会做得如此风生水起。

开业至今已有16年历史的阿娘面馆原来叫“泰和饮食店”，开在思南路19号，两旁都是别家的高墙。这是一家宁波老太太开的面馆，她的孙子管她叫阿娘，于是来吃面的人也叫她阿娘，阿娘面由此而被传扬开来，原名反而被渐渐淡忘了。阿娘面的浇头种类很多，但是打出名气的当属经典的招牌黄鱼面。据说每天早上3点，阿娘就起床调配汤料，5点钟去水产市场买黄鱼制作浇头。整条黄鱼剔骨后，切成一块块，雪白的鱼肉看上去就很嫩、很新鲜，一口咬下去鲜美极了。面馆非常小，两三个人在里面一坐，后面的人，脚就踏不进去了。天气好的时候，阿娘在路边摆上两张小桌，一会儿就坐满了来吃面的人。就这么一家不起眼的小店，在后来几年中，一不小心就成了上海滩私人面馆的翘楚。除了被征服的上海市民，还有许多人捧着《吃在上海》这本攻略慕名而来。后来，成群结队的香港人、台湾人来上海，下了飞机就直奔阿娘面馆。每天的午市、晚市时分，幽静的思南路上瞬时人声嘈杂，摩肩接踵的人群排起长龙，只为吃一碗阿娘黄鱼面。

据说阿娘老伴已去世，儿子身体也不好，阿娘靠开面馆把孙子培养到英国去留学。花甲之年的阿娘日夜操劳，就这样，一碗一碗卖面，赚出了送孙子去英国留学的学费。阿娘去世后，经过一年修整，面店辗转换了门面，搬家到思南路的另一边，和老店隔着一个十字路口的思南路36号，靠近南昌路路口，依然是街边小店。地方大了不少，还是平房，招牌换成了大大的红底黄字的“阿娘面”，在招牌的另一边是红底黄字的“面对大众”四个繁体字，很是引人瞩目。店堂和原来一样，是很传统的老式小吃店模样，朴素简陋，但蛮干净，很有亲和力，只是看上去与贵族的思南路一点不搭，因为另类，反倒更加夺人眼球。掌门人是当年阿娘辛苦培养出来的孙子，他从英国回来后就接管了阿娘留下的面馆。和阿娘一样，留学回来的孙子也坚持每天用最新鲜的宁波黄鱼，坚持一天只开早、中、晚三市，好让师傅休息。店堂里近20张桌子，几乎可以用“人山人海”来形容，来这儿的客人，点上一碗黄鱼面，或者鳝糊面，连面带汤可以一口气吃光。有些开着自驾车来的，干脆端一碗面，在自家开来的车上，关了窗，稀里哗啦地享用，也免得站在别人的座位旁边干等了。这倒也成了思南路上的一道独特的风景。

阿娘面馆不但让思南路放下身段，也让这一段的思南路充满了温馨的人间烟火气。

香山路：弥漫欧洲乡村风情

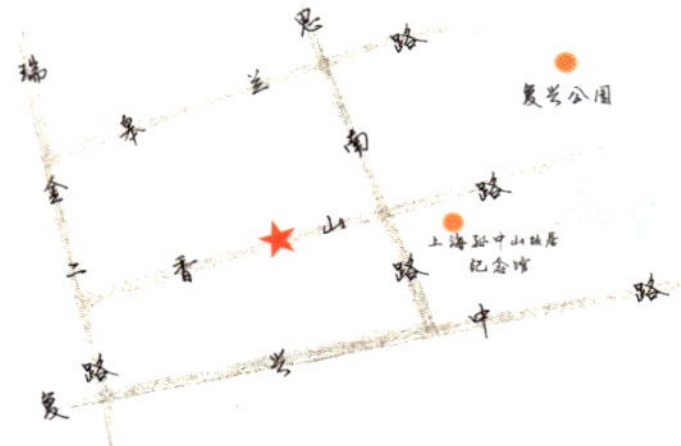

辟筑于1914年的香山路东起复兴公园，西至瑞金二路。这条路原名“莫里哀路”。莫里哀是法国17世纪古典主义文学最重要的作家，古典主义喜剧的创建者，在欧洲戏剧史上占有十分重要的地位。1943年，莫里哀路正式改名为“香山路”。

香山路是一条很短的路，梧桐满街，隐藏在城市深处。因为这里居住过一位在中国历史上举足轻重的伟人——孙中山，因而此路也随之名声大振了。

这条路原名“莫里哀路”。莫里哀是法国巴洛克时期的一位杰出剧作家，本名让·巴蒂斯特·波克兰，自幼酷爱戏剧，莫里哀是他的艺名。一辈子以演戏和写戏为生的莫里哀擅长模仿各种人物的语言和动作，用生动的台词吸引观众，使之沉醉在戏中，对欧洲的戏剧艺术产生了深远影响。伏尔泰称其为“描述法兰西的画家”。莫里哀一生共创作了37部喜剧，其代表作品有《无病呻吟》、《伪君子》、《吝啬鬼》等，中国的观众并不陌生。

短短的香山路上，曾经出现过不少名人的身影。大概因为孙中山曾居住此处，当时国民党许多元老也都居住在附近，比如吴稚晖、叶楚伧、孙科。此外，如陈独秀、何香凝、柳亚子等也曾寓居在这条路上。

承载历史风云的孙中山故居

在香山路的名人故居中最有名的莫过于孙中山故居。名闻遐迩的孙中山故居坐落在香山路7号，这幢典雅的欧洲乡村式样的2层楼灰褐色花园小洋房，是孙中山先生和夫人宋庆龄自1918年6月26日至1924年11月22日期间在上

香山路街景

孙中山故居

海的寓所，也是孙中山生前在上海最后居住的寓所。据说，这幢楼是当时旅居加拿大的华侨集资买下送给孙中山的。

孙中山故居坐北朝南，朝北的一面靠着香山路，外墙饰以深灰色卵石，屋顶铺着洋红色的鸡心瓦，拱门、烟囱、长长的回廊，透出浓浓的欧洲田园风味。楼前是一片正方形的草坪，东、西、南三面环绕着冬青、香樟、广玉兰、松柏及其他四季常青的树木，近主楼是一条整洁雅致的石板小径。底层南面是餐厅和会客室，外面有一长廊。二层南面是书房、卧室和小客厅，卧室外面有一个长方形的内阳台。现室内的陈设是1956年宋庆龄按当时原样布置的，绝大部分是原物，里面有许多珍贵的照片和手稿。在故居东侧，还有一幢2层小楼，楼上是孙中山的警卫和副官住所，楼下是汽车库。花园东北角还有一座木制鸽亭，是当年宋庆龄养鸽子用的。

香山路上的这间房子承载着近代中国的历史风云。这里也是孙中山从旧三民主义向新三民主义转变的见证。1918年，孙中山辞去海陆军大元帅一职后，经日本回到上海，入住莫里哀路寓所。1918年至1920年间，孙中山经常是整天躲在寓所的书房里伏案写作，而宋庆龄则默默地协助他收集书籍、整理资料。《孙文学说》、《实业计划》、《民权初步》等重要著作就是在这所幽静的住宅里写成的。在这里，孙中山会见了中国共产党和苏俄代表，重新解释三民主义，完成了他思想上的巨大飞跃。1922年8月，孙中山在寓所书房内会晤了共产党人李大钊和林伯渠，经过多次交谈，于当年9月4日，在住宅的花园草坪上召开了有中国共产党人参加的研究中国国民党改组方案的历史性会议，最终促成了国共第一次合作。1923年1月18日，在李大钊陪同下，列宁的特使越飞也在这里与孙中山会晤，讨论中国革命迫切需要解决的问题。他们从下午5时50分一直谈到夜里10时，著名的《孙文越飞宣言》就是在这样的背景下于此地诞生的，这篇宣言为改组国民党和实现第一次国共合作奠定了基础。孙中山还在这里举行了记者招待会，向国人发出和平统一祖国的号召。毛泽东、邓中夏、恽代英、向警予等曾在这所房子里参加了孙中山先生就任非常大总统三周年庆祝活动，并在门前的草坪上合影留念。

1924年，冯玉祥在北京发动政变，推翻当时的曹琨军阀政府，邀请孙中山北上商讨时局。11月17日，孙中山从广州抵达上海，在这里停留五天后旋即北上。孙中山这一次在香山路上的小住却是诀别，翌年的3月12日上午9时25分，59岁的孙中山因操劳过度，在北京溘然长逝。孙中山逝世后，32岁的宋庆龄于4月11日回到上海，继续居住在香山路上从事革命活动。1933年2月17日清晨，英国作家萧伯纳乘坐英国皇后轮由香港抵达上海，上午10时在杨树浦码头登陆后，由宋庆龄陪同，先去亚尔培路（今陕西南路）访问中央研究院院长蔡元培，接着就去香山路7号宋庆龄家。17日中午，蔡元培雇车托人送信给鲁迅，说萧伯纳就在孙夫人家吃午饭，叫他赶紧去。鲁迅急忙随车赴香山路宋庆龄住宅，鲁迅走进客厅隔壁一间小小的屋子里，看见萧伯纳就坐在圆桌的上首，和别的5个人在吃饭。这5个人就是宋庆龄、蔡元培、史沫特莱、伊罗生和林语堂。午餐用的是中式菜肴。饭后，大家在后园的草坪上照了像，留下了这个有纪念意义的历史瞬间。

1937年8月13日，淞沪战争爆发，宋庆龄撤退到香港。抗日战争胜利后，宋庆龄回到上海，把分散的物品重新集中起来，照孙中山先生在此居住时的原样布置。1945年底，宋庆龄将这幢住宅移赠国民政府，以作为孙中山的永久性纪念地。从此，这里便成了瞻仰、纪念孙中山先生的圣地。这幢楼旁边的一幢3层楼房是由原来的孙中山故居办公楼改建而成的孙中山文物馆。馆内共展出有关孙中山先生的文物、手迹、资料300余件，文物馆门前是一尊孙中山先生坐在藤椅上的逼真塑像。

阅尽人间沧桑的老房子

从20世纪初开始，伴随着法租界第三次扩张带来的城市化发展，香山路上陆续兴建起一幢幢独立的西式花园洋房。最初居住在此处的都是来华的外国人，渐渐一些中国人也搬到了这里。20世纪20年代时，这里远离上海滩灯红酒绿、浮华喧闹的城市中心，虽说这里在当年是地处偏远的市郊，但香山路以及周边路上的花园洋房，却是当时新潮中产阶级心目中的理想住所。当时旅华的法国人，曾将香山路这一片区域称为“小瑞士”。当时的报纸也刊载了人们对香山路上房屋的赞誉：“此辈华人家庭，当其由旧式住房迁至新式住房之时，莫不欢悦相告，喜形于色。此后除非重大变故，或家道中落外，决不愿再迁入旧式住房……”到了20世纪40年代，香山路上的住宅越加受人青睐，一些身价不菲的大资本家也纷纷搬来居住，甚至不乏当年上海滩上的风云人物。

香山路6号，是一栋法国文艺复兴时期建筑风格的花园住宅，建于20世纪20年代。主建筑朝南，面对大草坪。正立面以正中的大门为纵轴线，两侧形成对称；正门及相邻的两侧开间设计为相近的形式，底层及二层设计为由双罗马拱券支撑的连续券柱内廊，顶层退为平台；两侧的三层屋檐下设计有浓郁西班牙情调的檐饰，杯形栏杆上饰雕刻望柱；四坡屋瓦面，两侧深挑檐，檐下有木支托。这座花园洋房曾是天主教上海教区主教龚品梅的旧居，还附带有一个天主教堂和一个大花园。龚品梅是天主教上海教区首任华籍主教。他19岁便进了神学院，1949年8月9日，被教廷任命为天主教苏州教区主教。1950年7月15日，龚品梅兼任上海、苏州及南京三教区主教，是上海教区的首任中国籍主教。新中国成立后，龚品梅受罗马教廷指使进行反政府活动，受到法律的惩处，他的香山路6号房产由政法部门代管。1985年，被关押了30年的龚品梅获得政府假释，1988年，龚品梅因心脏病被获准前往美国接受治疗，其后一直居住在美国，直至2000年3月12日因病在美国去世。

香山路10号是一幢2层洋楼，奶黄色的墙面，坡顶红瓦，檐下隐约可见弧形装饰，平实的窗户，显得十分质朴。这里曾经是抗日将领马占山的旧居。九一八事变后马占山任黑龙江省主席兼东北边防军驻该省副司令。1931年11月4日，日本在侵略辽宁、吉林得手之后即紧逼黑龙江省，形势非常危急，马占山受命代理省主席兼军事总指挥，奋起领导江桥抗战，打响了中国人民武装抗日的第一枪。七七事变后，他又出任东北挺进军总司令，率部在晋绥抗击日本侵略军。

再往前走，便见香山路18弄的红薇村。这是一条新式里弄，弄内两排房屋每排3个门号，每个门号都有注重装饰的雕花立柱，前庭有小花园，十分优雅宁静。

香山路6号已被列为优秀历史建筑

上图：龚品梅旧居主建筑
下图：龚品梅旧居一隅

扑面而来的欧式田园味

香山路上的老房子似乎看惯了这条路上的潮起潮落，将人间沧桑烂熟于心，于世事洞明间慢慢历练出了一种神定气闲的大家风范。这条路上一幢幢梧桐深处的花园洋房里满载着历史和故事，早已被主人牢牢地锁在了深深的庭院内，然而来这条路上怀旧的人们却依然能感觉到这里特殊的味道。略带神秘色彩的香山路上，高大的梧桐交织出浓密的树荫，红色砖墙，木制百叶窗，铁艺栏杆，半圆形的大阳台等，营造出一个欧洲乡村的田园梦境。

走到香山路尽端(靠近瑞金二路)时，蓦地见到一家咖啡馆，2层的小洋楼，门前和二楼阳台的原木花架上各种香草似乎长得茂盛恣意。咖啡馆的名字叫EASO，还有个中文名叫“亦手小店”。一楼专门卖工艺品，墙面上挂满了原创作品。这些手工艺品非常有个性，而且都是独一无二的，数十元一件的价格倒也不贵。咖啡馆在楼上，是个非常小的亲密空间，只有四五张桌子，但布置得很是典雅。墙上二层的搁板上摆着一盆盆花花草草，木头吊顶、轻纱窗帘、小幅的画、蒂芙尼灯、木制吊扇，轻轻萦绕四周的经典怀旧音乐，把欧洲乡村风情渲染到极致。落地窗外有个小阳台，窄窄的，却被改造成唯一的露天咖啡座。地上铺着鹅卵石，原木的扶栏，藤编花盆里栽着摇曳多姿的常春藤，藤竹藤椅，欧式田园风光扑面而来，和整条香山路的环境氛围暗合着，熨帖着，让人感受到浓缩了的欧式风情。

皋兰路：诗人气质蔓延一路

皋兰路是一条东西走向的小马路，东起复兴公园西门，西至瑞金二路。皋兰路原名“高乃依路（Rue Corneille）”，为1914年法租界公董局修筑。1943年时该路名改为“文安路”，1946年正式命名为“皋兰路”。

皋兰路是上海西区一条短短的小马路，马路两边是一排排参天的法国梧桐，路尽头复兴公园的青枝绿叶伸出墙外，与路上的绿叶暗自连成一片，恬静幽雅之极。历经了花开花落，云卷云舒，皋兰路上的建筑却几乎没有什么大的变化，这条路上没有霸气的高楼，也很少各种时髦小店，只是执拗地默默保持着它近一个世纪以来的原貌。

皋兰路最初叫“高乃依路”。高乃依是法国古典主义悲剧的创始人之一，他的悲剧创作超越了古希腊悲剧的命运观。在高乃依笔下，主人公的悲剧不是命运的安排，而是英雄自主的选择，其严肃悲壮的主题，显示出一种荣誉与责任相结合的悲剧观。高乃依的戏剧创作有30多部，其中《熙德》、《西拿》、《波利耶克特》及《贺拉斯》被称为高乃依的古典主义悲剧四部曲。尤其是《熙德》，不但是高乃依的代表作，也是法国古典主义悲剧的巅峰之作，至今在法国仍有“美得像熙德一样”的成语。

高乃依的创作生涯是先从写抒情短诗开始的，他的剧本也一样带着浪漫悲壮的诗意。也许正是缘于此，皋兰路这条小小的马路上，始终弥漫着挥之不去的诗人气质。

皋兰路街景

暗藏历史风云的皋兰路1号

皋兰路的起点就十分华丽。皋兰路1号是原张学良公馆，复兴公园西门门口旁边的车库门口挂着“张学良故居”的牌子。故居始终紧闭的大门给人带来神秘感，从毗邻的复兴公园出来的人都会情不自禁地对它望上一眼。这幢精致的具有现代风格的3层西班牙式独立小楼建于20世纪30年代中期，门窗带有西班牙螺旋形柱子，两柱之上筑重叠的屋檐，红瓦屋顶，乳白色的外墙，十分别致。楼前是一个大约1000平方米的大花园，园中遍植香樟、雪松、紫藤、玉兰、金桂等四时花木，草坪是马尼拉式的，还有可供数人坐着共荡的秋千架。张公馆主楼为凸出的3层楼，楼下大厅是当年宴客之所，会客室在二楼，室外有阳台。三楼是张学良、赵一荻的卧房，房内放着一张西班牙式的大床，是按原样仿制的。卧室边有一个雅致的小书房，是张学良在沪时读书写字的处所。房外有20平方米的平台，隔墙便是著名的复兴中路。站在平台上凭栏眺望，复兴公园的旖旎风光尽收眼底。金秋时节，桂花盛开，阵阵花香袭来，令人心旷神怡。

这幢洋楼不是张学良自建的，而是张学良向上海一家银行业主租下来的，他在这里住的时间并不长。1931年3月11日，张学良通电全国，宣布下野，12日飞抵上海，宋子文安排他在上海福煦路（今延安中路）181号小住。4月12日，张学良搭乘康脱罗素伯爵号去欧洲考察。1934年张学良回沪后，先是暂住在莫里哀路（今香山路2号）的洋房里，他的侍卫副官长谭海为他物色到了高乃依路也就是现在的皋兰路1号的花园洋房并租了下来，作为张学良的寓所。赵四小姐也从北平南下住进皋兰路1号与之相伴。皋兰路上的这座寓所，曾在中国历史上起过重要的作用，甚至可以说西安事变就发端于此。当年这位风流倜傥的少帅就是在这里作出了他一生中最重要的转变，走上了抗日救国的路途。1935年10月29日至12月，张学良自西安至南京参加国民党四届六中全会和第五次全国代表大会，会议期间曾多次回到上海寓所，还曾看望过正在狱中的著名爱国人士、东北同乡杜重远，杜重远说：“不联共抗日，就是空谈抗日！”这句话深深打动了少帅的心。之后，张学良在此秘密会晤了东北义勇军将领李杜，后来，李杜把中共地下党员刘鼎介绍给他，对

原张学良公馆

外则称是张学良的英文秘书。张学良还在这里宴请了在沪的一些朋友和部属，商谈如何联共抗日问题。12月底，张学良返回西安，经过一段时间的酝酿，翌年12月12日，在全国日益高涨的抗日爱国运动感召下，张学良和杨虎城两位将军发动了震惊中外的“西安事变”，抗日民族统一战线就此建立。西安事变后，张学良被蒋介石软禁，这幢小楼里就再也没有出现过张学良的身影。而赵四小姐在这里居住的时间却较多，与赵四小姐住在一起的，是1930年她和张学良所生的儿子张闾琳，赵四小姐的许多亲友也常来此探望并小住。

新中国成立后，此楼曾是卢湾区工商联和区民主建国会的办公处，现为上海市房地产管理局迎宾馆，屋内几处厅室被分别取名为敬学厅、慕良厅、忆卿厅、少帅厅，并将花园以赵四小姐名字中的最后一个字命名为“荻苑”。厅内壁上挂了张学良、赵一荻的照片及张学良的手迹，这是张学良在上海仅有的手迹。二楼张学良和赵四小姐当年用过的西班牙大床犹在。

复兴公园西门前的浮世绘

张学良寓所旁的皋兰路2号甲是复兴公园西门。复兴公园不但是目前我国唯一保存较完整的法式园林，也是近代上海最完美的一座法国古典式园林，它是近代上海中西园林文化交融的历史佐证。由于它的法国风貌，一直以“法国公园”而闻名沪上。复兴公园曾被20世纪30年代的文人称之为上海的“卢森堡花园”。卢森堡花园是巴黎市内的一座大型园林，建于1612年，原是为亨利二世的王后玛丽·德·美第奇建造的。花园中央的草坪及台地保留着最初的布局特点，是巴黎市民最喜爱的休憩场所。复兴公园的布局和卢森堡花园有着许多相似之处，公园内的林荫道、花坛、雕塑等富有法国式的浪漫。将近一个世纪以来，这座安静地伫立在上海最繁华路段的优雅公园一直默默地守候着这座城市的朝朝暮暮，不管世事沉浮，它宠辱不惊地美丽着，虽已届高龄，却依旧保持着绝代风华。至今仍有不少人认为，复兴公园是最有上海味道的公园。

1990年，在复兴公园的西侧出现了一家名为Park 97的酒吧，复兴公园的西门开始喧闹起来。Park 97是由California Club、意大利餐厅Baci和日本餐厅Tokio Joe这3个在香港非常火爆的餐饮及娱乐场所构成的。当年，它是台湾、香港、新加坡来沪的人相当熟悉的地方，因为在那里有关上海的介绍资料中，复兴公园的Park 97是必然推荐的。据说，张国荣生前是这家酒吧的常客，他喜欢在夜里身穿一袭黑衣，很低调地和三四位朋友一起坐在Park 97的包厢里。张国荣话很少，但很有礼貌，每次服务生递东西过去，他都会说“谢谢”。Park 97不但是香港明星时常惠顾的地方，也成了上海城市生活一个重要的娱乐场所，人气长盛不衰。这里其实只是复兴公园皋兰路入口的一个弹丸之地，到晚间却成了上海人流最密集的夜店之一。因为有了Park 97，皋兰路的夜晚变得人声鼎沸，热闹异常。不过，相对于其他娱乐场所而言，皋兰路的夜晚不太张扬，却自有一种无可复制的魅力。那是一个有着近百年历史的公园沐浴着今天的时尚所产生的，它以宽大的胸怀庇护着贪欢的人群。皋兰路门前的人群摩肩接踵，酒吧里面灯火通明，人声和着乐声，一直散到了幽静的花园里。

紧邻Park 97的“官邸”是一家富有现代感的开放式会员制俱乐部，借着老板之一吴大维的名气，不少明星都曾光顾这里。白天远远一瞥，独门独院的官邸依靠着公园内的游廊，绿树掩映下是低矮的白色园墙、低矮的屋顶，落地玻璃窗前垂下深褐色的百叶帘，犹如神秘人物居住的深宅大院。晚上当你懒散地窝在官邸天鹅绒的沙发里，漫不经心地一抬头，也许眼前就是你心仪已久的偶像呢。官邸的人气一直很旺，每晚来自不同国度的音乐人组成的乐队会在这里演出南美风情的拉丁爵士，充满激情的音乐让人心跳加速，引得一些喝得high的年轻人一个个跳入窄小的舞池中央，即兴地跳起了Salsa来。如果厌倦了酒吧的喧闹，穿过灌木深处可到复兴广场上人气KTV钱柜去唱歌。钱柜旁边是Richy酒吧，音乐很high，是帅哥美女的聚集地。在餐厅和酒吧里享受了美酒美食，玩够了、high完了的夜游族们随时可以到公园的大草坪上躺一会，去闻一闻青草的味道，聆听一会儿头顶梧桐树叶发出的沙沙声。休息完后重新推开酒吧厚重的大门，再度卷入涌动的人潮时，会有一种别样的感动。

曾几何时，官邸、Park 97、钱柜和Richy这4家娱乐场所稳稳位于复兴公园这块时髦又复古、洋气又充满生活气息的风水宝地，在复兴公园的Park 97或官邸喝一杯，再到钱柜高歌几曲或去Richy热舞一番，然后在凌晨的公园里徜徉散步，是很多上海小资青年颇为“高大上”的夜生活样本，而皋兰路上的复兴公园西门便成了奔赴夜店的专用出入口。夜幕降临时，当公园的最后一抹光亮被四周五光十色的霓虹灯所接替时，一辆接着一辆的出租车仿佛约好般地驶向坐落在张学良故居旁的复兴公园西门。

然而，花开总有花谢时，从2013年3月以来，官邸、Park 97和Richy相继谢幕，2014年4月上旬，钱柜也正式宣告了停业。复兴公园里的“四大传奇”齐刷刷地集体告别了皋兰路。于是，复兴公园西门前不再有鼎沸的人声，这一带的皋兰路重又恢复了久违的宁静。

散落一地的昔日繁花

皋兰路上都是建于民国时期的花园住宅，它们样式各异，却都透着浓浓的欧陆风情，体量不大，却很精致玲珑。如皋兰路11号是一幢漂亮的英式乡村别墅，原是民居，现已改建为思南路幼儿园。皋兰路21弄和25弄内也都是欧式风格的花园洋房，有英式、德式和西班牙式。这些花园洋房里原先住着不少达官贵人，繁花落尽春已去。今日的皋兰路虽风貌依旧，却显出了落寞，那些重门深锁的大铁门内也早已是寻常人家了。

皋兰路18号是虞洽卿在上海的故居，这里环境清幽，带有私家花园。虞洽卿是近代民族工商业家，也是20世纪初上海滩呼风唤雨的大买办、中国航运界的巨擘。虞洽卿是宁波人，1911年上海宁波同乡会成立时，虞先任副会长，后任会长。30年来他对同乡来访，不论其社会地位高低、富贵贫贱，皆一视同仁，对他们申诉请求，尽可能给予解决，人们因而感激并尊称他为“阿德哥”。虞洽卿是当年名闻上海滩的商界领袖人物，现在的西藏中路，旧上海时叫“虞洽卿路”，用华人的名字来命名这样一条大马路，这在当时的上海尚属首例，虞洽卿在十里洋场的地位可想而知。如今，皋兰路上的这幢曾发生过无数传奇故事的虞洽卿故居已脱胎成了宝马集团全球创意设计咨询公司上海设计室，它是宝马设计过程中不可或缺的一份子。那扇黑色

虞洽卿故居

铁门后面，还藏有宝马互联驾驶中国研究院，它们代表着宝马未来的设计和未来的科技。其中，一楼是实车测试实验室和开放性实验室，二、三楼是互联驾驶研发中心，四楼为宝马上海设计室，顶层阁楼则为露天花园和员工食堂。

皋兰路25弄5号曾是国民党将领王耀武的旧居。1937年7月抗战时，王耀武率领第51师调往淞沪战场，投入真如防线与日军激战3个月。当时上海《申报》、《新闻报》均于头版刊登王耀武肖像。11月部队撤退，第51师调往南京参战，1938年4月又急调兰封会战。兰封会战结束后该师调往南阳，中途前往江西，参加了南浔战役，与日军血战七日，粉碎了敌军突围的妄想。新中国成立后，王耀武任全国政协文史资料研究会专员、全国政协委员。皋兰路27号，是由俄罗斯侨民伊万投资建造的德式建筑，后为扬州商人高怡生购得，著名书法家徐伯清在这幢楼里居住了50多年。皋兰路29号，曾被柏林大学化学系博士李祖薰从俄国人手中购得，后由国民党著名将领卫立煌居住。著名电影演员康泰在20世纪60年代末至80年代初居住在这幢楼里。康泰在《渡江侦察记》、《海魂》、《青春之歌》等影片中饰演过重要角色。尤其是在与谢芳合作的电影《青春之歌》中扮演的卢嘉川更是倾倒一大批影迷。“文革”后，康泰主演影片《苦难的心》、《第二次握手》、《特殊身份的警察》等颇获好评，并因《特殊身份的警察》中扮演的李渊风一角，获得第二届电影小百花奖优秀男主角奖。

皋兰路28号是一座建于20世纪20年代的法式建筑，大铁门里一条甬道通往花园中坐落着的老房子，甬道两侧树木葱茏，一边的一排青竹更是衬托出这幢小楼的东方文化意蕴。这里曾是爱国银行家宋汉章的故居。1891年，中国第一家银行——中国通商银行成立，宋汉章任银行跑楼，1907年任上海大清银行经理。辛亥革命后，大清银行结束，设立中国银行，1912年2月，宋任中国银行上海分行经理，在金融界崭露头角。后来北京和天津发生中国、交通两行京钞挤兑风潮，北洋政府下令两行对已发行的兑换券一律停止兑现，宋汉章为维持银行声誉，拒不执行，并设法筹款平息了风潮，从此声名大振。他曾先后担任过第一届银行公会会长、上海总商会会长、上海银行

宋汉章故居

公会及上海华洋义赈会会长等要职。后来，他又被选为中国银行常务董事。1931年，宋汉章出任新华信托储蓄银行董事，同年创建了中国保险公司，又发起中国保险学会，1935年3月任中国银行总经理。宋汉章还担任过至中银行董事长、中一信托公司董事、农林部渔业银团常务理事等职。他虽身在政治中心，但在商言商，厌谈政治，确保了上海中国银行的独特地位，使其基础日益巩固。1948年4月，宋汉章出任中国银行董事长。新中国成立后，宋汉章仍被推为新生的中国银行董事。后来，这里曾成为上海市卢湾区业余大学下属的印刷厂。

法国梧桐掩映下的东正教堂

皋兰路上，在茂密的法国梧桐掩映下悄悄隐藏着一座教堂，它就是位于皋兰路16号的东正教圣尼古拉斯教堂。这座拜占庭式的俄罗斯教堂不动声色地屹立在寂静的皋兰路上，虽然已不复当年的美艳，但其独特的造型依然使之成为这条路上极其精彩的一笔。

这是上海俄侨自建的第一座教堂。圣尼古拉斯教堂原为军人小教堂，始建于1924年12月，原先蜗居于霞飞路（今淮海中路）583弄13号的民宅内。1932年，俄侨格列博夫中将为了纪念已故的沙皇尼古拉二世，向上海各国外侨宣传东正教，募捐10万银元筹建圣尼古拉斯教堂，于1934年初在皋兰路上建成。同年3月31日，教堂举行落成祝圣仪式。旧上海有三大闻人，虞洽卿为其中之一。他是为数极少的华人东正教徒之一，教名安利烈·帕夫洛维奇·虞，也是1935年成立的上海中国东正教协会会长。两年后因抗日战争爆发，东正教协会停止活动。

这座教堂是拜占庭式建筑，典型的俄罗斯东正教堂。建筑平面为等臂十字形，立面对称；外墙为浅色面砖，多重檐部作连续的桃尖拱状，逐渐向上收拢；顶部是5个高耸的孔雀蓝葱头顶，尖端均竖有金色的东正教十字架，十字架下还有一斜杠。主入口面西，为重叠的桃尖拱圈门。进门过西厅、中厅，就是呈半圆形的东厅。东厅祭台是教士布道和唱诗班合唱的地方，最东端原放置神像。中厅最高、最大，大堂四壁和穹顶绘有彩色壁画，多出自俄罗斯画家

东正教圣尼古拉斯教堂

之手。教堂墙身厚重，室内砌有彩色瓷砖。每个墙面都是中间设窗，窗户造型垂直瘦长，窗顶用半圆拱，窗框、窗格多用铸铁花，临街的窗户用五彩玻璃镶嵌。装饰富丽堂皇的大堂内镶嵌着一块用俄文、英文和法文镌刻着教堂全名的大理石碑。教堂南墙旁还连着建有一座小钟楼，拱顶高近10米。和新乐路上的圣母大教堂一样，这座可容纳400～500名教徒同时祈祷的教堂的周围也隐隐蔓延着一种忧伤，那应当是那些俄国贵族遗留在空气里的。

1949年以后，俄侨大多离开上海，皋兰路教堂一直支撑到1955年8月才正式关闭。1966年“文革”开始后，圣尼古拉堂的圆尖顶被毁，改为一家工厂。20世纪90年代，曾开设过“幸运阁大酒店”。1994年，该教堂被公布为上海市建筑保护单位，教堂重建了穹顶，改为简易的马赛克贴面。后来，一位葡萄牙人把它变成了一家地道的法国西餐馆，中文店名叫作“阿香蒂”，所幸的是整栋建筑及内部的壁画保存十分完整。在法国餐厅面朝皋兰路的一面被改装成了一家名为Kinloch Coffee的咖啡馆，这是一家苏格兰风情的咖啡馆，既有着来自苏格兰最深刻的文化底蕴，也有传统英式咖啡馆的亲切悠然。咖啡种类从经典的意式咖啡和美式咖啡到点缀着焦糖、巧克力和香草风味的特制咖啡冰沙，据说都精选自拉丁美洲与非洲的最优质咖啡豆磨制而成，一脚踏入店里就被包围在浓浓的咖啡香里。原先尼古拉教堂的小院子已成了这家咖啡馆的户外区域。白色的遮阳伞，原木的装饰，篱笆上爬着绿叶小花，在这里坐下来，喝一杯咖啡，感受一下俄罗斯教堂的风情，一任皋兰路的诗人气质在梦幻般的场景中绽放。

雁荡路：淮海路的后花园

雁荡路南起复兴公园北门，北端与淮海中路相接。该路修筑于1902年，原路基为农田，修筑时北起西江路（今淮海中路），南到顾家宅法国兵营（1909年改建为法国公园，即今复兴公园），马路也因法国兵营命名为“军营路”。后以法国远征将军的名字改称“华龙路”。1943年改名为“雁荡路”。

雁荡路可能是上海64条永不拓宽的马路中最短的一条了。站在淮海中路看去，一眼就看得到头。马路边种植着棕榈树，从繁华热闹的淮海中路拐入雁荡路，慢慢走到尽头，就是宁静的复兴公园北门。

短短的雁荡路被称之为淮海路的后花园，比起淮海路的喧哗自然要清净许多。一个多世纪以来，这条小马路始终默默地守候着淮海路的朝朝暮暮，似乎是为了让人们在繁华热闹之余有一个安安静静的休憩之地。1998年，雁荡路修建成了上海第一条休闲步行街。

雁荡路虽然没有淮海路与生俱来的的贵族气，却也称得上是世家子弟。这条路两边坐落着建于20世纪30年代的海派建筑群，粉墙白沿，二楼落地玻璃窗前探出造型优雅的小阳台，阳台前带有黑色铸铁雕花栏杆，路两边高高的棕榈树伴随着老式公寓的影子斜斜地跌落在铺有小块彩色路面砖的地面上，有些迷离，带着几分慵懒。公寓门前散落着一个个异国情调的咖啡馆、酒吧、中西餐厅，几乎全球知名的异国美食，在这里都可以找得到。每家门前的露天咖啡吧前无一例外地撑出一把把漂亮的遮阳伞，伞下摆放着雕花的铸铁桌椅，营造出一派浪漫的欧陆风情，虽有些矫情，却也好看。座位

雁荡路休闲步行街

四周还摆放着一盆盆盛开的鲜花，最多的是四季海棠。古老的法式经典花园洋房、公寓、洋楼和20世纪90年代末建造的融拜占庭和骑楼式建筑风格于一体的综合商务楼“金雁坊”相互呼应。徜徉其间，恍如一脚踏入欧洲某个小镇。

雁荡路步行街建成以来，已举办啤酒节、上海茶叶节、国际食品节、上海法国周等主题活动，并与复兴公园一起，多次用作玫瑰婚典殿堂。如今，这条步行街已成为上海有名的时尚地标。尤其是在每年金秋时节举行的上海法国周期间，法国葡萄酒、法式面包、法国时装设计等纯正的法国文化在雁荡路上齐齐亮相。在此，人们边逛马路边品尝着法国波尔多地区的纯正葡萄酒与原汁原味的法国面包、橄榄和果汁等，成了雁荡路独特的景观。

路上曾萦绕着交响乐的音符

雁荡路的第一次繁荣，源于法国公园的活动。

复兴公园所在地原系一片农田，坐落着一个名叫顾家宅的小村庄，居住着几十家农户，农民们过着“日出劳作，日落而息”的恬静安逸的田园生活。村里有个姓顾的大户人家拥有十多亩土地，便造了一个私家花园，人称“顾家宅花园”。1900年，法租界公董局以白银7.6万两购买了这里152亩土地，并将其中的112亩租给法军建造兵营，所以，这里称之为“顾家宅兵营”。1902年在这一带修筑了一条军营路，那就是今天的雁荡路。后来，驻沪法军逐步减少，遂由法国俱乐部等租用军营内部分土地建造网球场、停车场等。公董局仅以每年象征性收纳1法郎的租金，同意其在东北角处建造漂亮的弹子房、酒吧舞厅、餐厅、击剑馆，室外建一个网球场和一个法式滚球场，供外籍侨民游玩、休闲、享受和娱乐。

1908年7月1日，法租界公董局决定把顾家宅兵营辟建为公园，由法籍园艺家柏勃（Papot）主持园林设计，同年开工。公园按欧洲古典园林风格作对称规则设计，铺设了大草坪，草坪边上建了个音乐演奏厅和几座简便的避雨棚，四周环绕植有高大法国梧桐的林荫大道。公园于次年6月竣工，于7月14日的法国国庆日对外开放，名“顾家宅公园”。因当时仅限法国侨民进出游览，故上海人称其为“法国公园”。

复兴公园入口

上图：复兴公园内喷泉
下图：复兴公园内雕塑

早期的法国公园面积不大，只有东北角开向华龙路（今雁荡路）的一道园门，这里原是法国军营对外通道的营门。20世纪30年代初，法国公园游人不多，但每年7月14日法国国庆，租界当局要在园内举行园游会等庆祝活动。白天园内搭建小火车房，并设置各种游艺活动，晚上则有提灯会、放焰火等，吸引众多游人前来，华龙路也就热闹起来，进出公园的游人络绎不绝，各种小贩便在路的两旁设摊兜揽生意。抗战爆发后，法国国庆园游会不再举行，但每年夏天的夜晚，上海工部局的交响乐团，都要在公园内的草坪上举行夏季音乐会。草坪外用绳子圈起来，买票的听众坐在帆布椅子上，不买票的，也可围立在绳圈周围聆听。青草的清新香味伴和着交响乐的音符回荡在公园的上空，成为这座城市当年最为优雅的狂欢。交响乐的美妙余音萦绕在安静的雁荡路上，吸引着人们前往。于是，听音乐和纳凉的人群便络绎不绝地穿梭于原本人迹稀少的雁荡路上，成为雁荡路一道独特的风景，并造就了这条马路最早的繁荣。

培文公寓和永业大楼

雁荡路淮海中路路口，坐落着两幢大楼。靠东面的是著名的“培文公寓”。培文公寓大楼建成于1930年，装饰艺术派风格，清水红砖装饰立面。公寓共由两幢建筑组成，主体为沿街建造的长体型公寓，为6层钢筋水泥结构，中部高9层，顶部设有旗杆。辅楼高4层，后加盖为5层。公寓设有两个出入口，辅楼底层设有汽车库、锅炉房等附属设施。主楼底层为商店店铺，二层以上为住宅。二层主要以二室户的房型为主。三层以上分别有三室至五室的不同户型，除房间外，每户都配有壁炉、储物间、厨房和卫生间等配套房间。厨房与卫生间一般都建造在临街一侧，以便自然采光和有利通风。另外，为了便于住户倾倒生活垃圾，各楼层均配备垃圾管道直达底层内侧。辅楼称为“小培文公寓”，内部主要以三室户的房型为主。培文公寓初为法国居民产业，公寓里曾设有上海俄侨公共联合会，是俄国人唯一在上海注册的俄侨团体。1937年抗日战争爆发，出于对上海时局不稳的忧虑，大楼的相关业主决定抛售该楼。时任国民政府行政院长、财政部长的孔祥熙遂以低价购入。

20世纪三四十年代，霞飞路是海派绒线编织专家冯秋萍、黄培英向市民传授技艺的重要场所。培文公寓华龙路转角的仁昌绒线店是当时上海最大的绒线零售商店，该店还向来店买绒线的顾客赠送黄培英写的图文并茂的绒线编结书，很受欢迎。1949年以后，公寓底层曾开设云裳、霞飞、丽都等十多家经营时装的公司。1956年起，底层开设为上海市妇女用品商店，此后数十年中，它一直是全市规模最大的妇女用品专业店。

在培文公寓的对面，即淮海中路雁荡路西北隅有一幢建于1932年的高5层的公寓“永业大楼”，原名“杨氏大楼”。它沿街作曲尺形布局，平面呈L形。大楼为现代派风格，局部装饰为古典式，红瓦四坡顶，外墙以褐红色面砖镶砌，窗台外墙刷以白色水泥，设有凸窗和小阳台，有的还设有凸阳台，二层转角处有弧形凹阳台。这幢建筑的特点是在转角处日光室上，作仿北京天坛式的四方攒夹圆顶设计，上覆西班牙红筒瓦，形成独特的屋面轮廓线，呈现中西合璧的特色，是上海滩当年众多多层公寓中出类拔萃的一栋。大楼有4个公寓入口，还有一个汽车出入口。底层沿街为商店，二层以上楼层为公寓住宅，其标准层由四个大单元组成，每个单元由于平面不一，分为一梯两户、一梯三户及一梯四户。每个单元设一部电梯和环形楼梯，在电梯后设小楼梯和保姆间。新中国成立前，这幢楼多为中外高级职员居住。当年绒线编结专家黄培英寓居永业大楼时，每天在亚美电台传授绒线编结法，永业大楼西侧的良友绒线店楼上有冯秋萍开设的编结学校。永业大楼底楼的工商银行就是原来的四明银行，旁边的全国土特产食品商店的前身是创设于1935年的培丽土产公司，当年专营沪宁地区土特产，如今已发展为经营二三千种商品的大店了。

老房子里的如烟往事

早期的“华龙路”上店铺不多，只有一家为居民服务的“老虎灶”和一家烟纸店，后来又开了一家“伙食商店”，供应外国侨民和中产阶级买菜和饮食所需的用品。霞飞路一带逐渐繁荣起来后，雁荡路上开设的商店也逐渐多了起来，且品质不俗。自20世纪30年代以来，路上先后开办了金龙绸缎公司、沪上最大的绒线零售店仁昌绒线店、特级美发中心中原理发厅等。

雁荡路80号门前挂着中华职业教育社的牌子。这栋通体红砖砌成的6层大楼建于1930年，这里就是由黄炎培发起成立的中国近代第一个职业教育团体所在地。20世纪初叶，民族经济有了较快发展，迫切需要大量实用技术人才，黄炎培经过国内外调研考察，提出解决国计民生需要倡兴职业教育。1917年，黄炎培等社会知名人士在上海发起成立中华职业教育社。1930年在这里建成中华职教社社所。他们通过创办《教育与职业》杂志、创办职业学校、举办活动等方式宣传职业教育，并提出“大职业教育主义”主张，将职教社的事业推向社会。在抗日战争和第三次国内革命战争时期，社办刊物《教育与职业》、《生活周刊》、《国讯》、《展望》；社办学校“中华职业学校”、“中华职业补习学校”、“中华工商专科学校”以及“比乐中学”，都为新民主主义革命的胜利和新中国的建立做出不可磨灭的贡献。新中国成立后，中华职教社迁至北京，在上海建立了中华职教社上海分社，职教社的事业纳入社会主义轨道。1983年，中华职业教育社在北京建立了总社，在“文革”中一度中断的上海雁荡路80号的职业教育社也恢复了。

雁荡路56弄的元昌里是一条寻常的新式里弄，里面坐落着45幢3层砖木结构房屋。路过的人们可能不会想到，这条普通的上海弄堂内却诞生过一位韩国英雄，他以自己的血肉之躯在这里吟唱了一曲“风萧萧兮易水寒，壮士一去兮不复还”的悲壮之歌。1932年4月29日是日本天皇生日，谓“天长节”。日本侵华军方为了庆祝天皇的生日和淞沪战的胜利，在虹口公园举办隆重的庆典，以羞辱中国人。当时日本军方只允许日本人和日本的附属国韩国人参加庆典活动。韩国临时政府的领导人金九与国民党机关策划了虹口公园的爆炸案。1932年4月29日早上，在金九安排下，韩国志士尹奉吉从雁荡路元昌里13号出发到虹口公园。在日本白川大将等众魔头得意忘形地站在检阅台上展现其淫威之际，尹奉吉的炸弹给了他们致命的当头一棒。当场死伤高级将领五六人，场面极度混乱。可惜义士当场被俘，后被押到日本处死。

雁荡路上最漂亮的建筑，要属雁荡路69号的一幢民宅了。这幢3层楼房

上图：中华职业教育社
下图：中华职业教育社大楼

建于1923年，是一栋比较典型的中式建筑，山墙上装饰也非常讲究。二楼和三楼挑出的阳台用白色的木头栏杆装饰，显得十分清新。一楼设有店铺，大门上有圆伞形的青色雨篷，在棕榈树的衬托下显得格外安宁。

锦江茶室和洁而精川菜馆

雁荡路82号，曾是锦江饭店创始人董竹君创办的锦江茶室。

抗战前夕的上海，共产党员及左派人士没有恰当的联络地点，社会上的普通民众也没有一个适宜喝茶、谈心、商讨事情的去处，先施公司楼上虽设有大东茶室，却庸俗不堪。鉴于此，锦江川菜馆的女老板董竹君便在法国公园附近的华龙路上租赁了中华职业教育社大厦旁的大楼并在其楼下开设了约有40余张台桌、能容纳200余位客人的分店。这里上、下午卖茶点，中午和晚上卖饭菜，命名为“锦江茶室”，于1936年1月28日董竹君的生日那天正式开张。锦江茶室开张前，董竹君登报招聘女服务员。由于是上海第一个公开招聘女服务员的茶室，前来应聘者众多，而且多数是初、高中毕业生。她们进店后，在董竹君的培训下，服务灵活周到，态度好，作风正派，博得社会舆论的一致好评。各界人士和法国公园的游客纷纷来到锦江茶室尝鲜，场面盛极一时，轰动了整个上海滩。

锦江茶室开业时仅有一大间，半年后扩充为楼上、楼下的雅室。茶室的装修是由董竹君亲自设计监工的。门面采用淡黄色新式砖砌墙，横装一排大红色霓虹灯招牌，上面是中英文的“锦江茶室”字样。进门便是大厅，面对大门的整座墙上挂了一幅“四川灌县索桥”大油画，有时换挂“地中海峡”大油画，画面气势雄伟。进左边门向左拐弯是一大间雅座室，在雅座室顶上还建有半边楼的雅座室。楼下雅座分左右两边，沙发座椅，桌上放置鲜花，墙端装置着一盏盏倒挂茄子形的磨砂玻璃灯。正中顶上挂着一盏西班牙式米色蜡烛电灯，左边墙上装有两盏法国式五彩瓷盘蜡烛壁灯。靠墙处摆着一张红木雕刻琴桌，上面摆放着盛开的盆花。从左侧的座位起，整个墙壁是一幅“荷兰农村风景”大油画。

从雅座室左角开始随着半圆形磨砂玻璃柱转到楼上，屋顶和周围墙壁都以柚木包装，沃克木打蜡地板。左、右两边设有14套双人玫瑰红沙发桌椅，置放五彩靠垫。左边墙上开了14个圆顶小窗口，窗口下各吊一盏西班牙式绿色磨砂玻璃灯，逢年过节则换上红色的灯。两边座位桌上都放置鲜花，墙上也有倒挂的茄形磨砂灯，茶室内共设置220个座位。布置优雅整洁、安静舒适且颇有独特意境的锦江茶室被人们称之为“铸情楼”，一时间成了当时上海革命人士、进步人士集会商讨国事的集中场所，也是上海各界人士聚会讨论的地方。闻人们在这里用茶点、吃饭，看书、写文章，因其环境舒适且花钱不多，一些文人墨客干脆到这里来度过安逸舒适的一天，这里几乎成了文艺界不挂牌的沙龙场所。在锦江茶室后墙有一条暗弄，通道是中华职业教育社连接元昌里的永业大楼。当时，中华职业教育社是中共八路军驻上海办事处领导的“上海各职业界救亡协会”的秘密活动中心。1950年，锦江茶室和锦江川菜馆一起合并为锦江饭店，且转为国营，迁入茂名南路59号华懋公寓。

锦江茶室离开这条路8年后，雁荡路上又迎来了享有“上海川菜一枝花”盛誉的洁而精川菜馆。“洁而精川菜馆”原址在麦赛尔蒂罗路（今兴安路）133号，本是一家滇帮菜馆，所经营的滇菜接近川菜风味。时值北伐军进驻上海不久，官兵中有不少是四川人和云南人，喜欢食用又辣又麻的菜肴，因而生意不错。1937年，由向德增接手，改名“洁而精川菜茶室”，专营川帮风味菜肴和扬帮点心，“洁而精”3个字，指的是环境的“洁”和菜品的“精”。洁而精川菜的特点是在保持正宗川菜风味的基础上，吸取其他帮别菜肴的精华而形成了自己的特色，其川菜的特色是“选料讲究、操作精细、注重火候、讲究调料、百菜百味”。20世纪30年代后期，该店经营的川菜在沪上已有一定声誉，许多文艺界著名人士经常来此用餐。京剧大师梅兰芳寓居临近的马斯南路（今思南路）时，常来品尝这里的川菜。书画家吴湖帆也是该店的常客，他认为洁而精的川菜味道正宗、味中有味，别具风味。作家巴金、电影演员赵丹也常来此品尝川帮菜肴。周恩来也曾光顾“洁而精”，对洁而精的“干煸牛肉丝”等菜肴喜爱有加。1946年5月国共两党谈判时，中共代表团住在附近的周公馆，周恩来和代表团成员也曾在洁而精就餐。此外，许多上海文人雅士和教育界名人，也都喜欢来洁而精吃饭。

公私合营后，洁而精川菜茶室改名为“洁而精川菜馆”。1958年，周恩来总理莅临上海科学会堂视察，当得知参加科学会堂活动的科学家和科技工作者的就餐无着落时，就建议让洁而精搬来科学会堂为科学家们服务。在周总理的直接关怀下，洁而精就从兴安路搬到了雁荡路、南昌路路口的雁荡路82号，毗邻国内外科技界人士聚会的科学会堂。迁来后，许多外宾和华侨、港澳台同胞以及一些科学家、艺术家都慕名前来品尝川菜，并给予很高评价。住在附近的艺术大师刘海粟经常在“洁而精”用餐，有一次，他品尝了美味川菜后特别高兴，当场即兴挥毫题写了“其味无穷”4个大字，表示赞美。

在雁荡路相约“上海法国周”

每年金秋时节在雁荡路上举办的“上海法国周”已经成为了上海街头一道不可不看的风景。

一年一度的“上海法国周”始于2002年，这是一个展现法国生活方式和体现法国风情的大型公众活动。上海法国周举办期间，短短几百米的雁荡路中间一字排开数十个临时搭起的白色帐篷，在雁荡路淮海中路口，蓝白红三色的法国国旗迎风招展。短短的雁荡路步行街成了洋溢着法兰西风情的“法国街”，漫步其间，犹如置身于巴黎街头。帐篷里分别摆放着法国的汽车、服装、化妆品、家电、通讯产品、玻璃器皿、运动产品、美食等，让上海市民直接感受到多姿多彩的法兰西文化。当然，最受欢迎的还是葡萄酒，纯正的波尔多口味十分诱人。

连续举办了13届的“上海法国周”至今已成为上海市民了解法国文化的一扇窗口。届时，不必亲临巴黎的香谢丽舍大街，上海市民也能在雁荡路上欣赏法国学生现场表演的法国民间舞蹈，法语培训中心学生表演的哑剧、时装秀以及别具一格的法国插花等。最吸引人的当属法式长滚球，这是法国人最喜爱的户外运动之一。穿梭在法国的乡间小镇中，经常可以看到民众在沙地上玩这种有趣的游戏。据记载，现代滚球游戏发源于20世纪初的法国南部普罗旺斯地区，并逐渐盛行于地中海区域。上海法国周上的滚球都是从法国

“长途跋涉”空运而来，在活动现场，市民可以自由参与游戏，并可得到法国友人的现场指导。除了充满法国乡村特色的长滚球游戏，来自法国的音乐家还在活动现场演唱，这里也曾举办过“纪念法国画家塞尚逝世百年画展”。为庆祝中法建交五十周年，“上海法国周”现场还举办了“中法建交50周年回顾展”等。这些都给雁荡路增加了浓浓的文化韵味。

四川北路：以文化驰名的商业街

四川北路南起四川路桥北堍北苏州路，中经横浜桥至东江湾路。

上海开埠前，四川北路是上海、宝山两县乡间的无名小浜和农田。1877年，租界当局自里摆渡桥（今四川路桥）北堍筑路至天潼路，习称里摆渡桥北。1904年，租界当局越过老靶子路（今武进路）继续向北延伸筑路至宝山金家厍一带（今鲁迅公园），使之成为南北贯通的交通主干道。此路因与苏州河南岸的四川路相连，遂名为北四川路。1946年1月，更名为四川北路至今。

四川北路是上海第三商业大街，与南京路和淮海路相比，四川北路显得内敛而不张扬，因为近年来较少有时尚人士光顾，它显出几分落寞。但这条素来低调的马路却依然神定气闲，显现出一种宠辱不惊的沉着气韵。漫步其间，你会感觉到这条路上弥漫着一种自足自信、自得其乐的平民风范，与喧闹无关，与时髦无缘。

不知为什么，平日里寂寞的四川北路总让我想起寂寞的文学，也许因为这条路上有着太多和文学有关的故事，历史积淀出来的文化味飘荡在四川北路的空气中，使它显得卓尔不群。四川北路不但是中国电影放映业的发祥地，20世纪二三十年代许多出版社、书店和杂志社也在这条路上创建，一大批进步文化名人更是在这条路上留下了深深浅浅的足迹，而其中首屈一指的便是鲁迅先生，这位大文豪最后的岁月便是在四川北路上度过的。

四川北路街景

老上海广东人集聚的地带

四川北路南枕苏州河，紧靠黄浦江，西邻当时上海的陆上大门北火车站，具有独特的地理优势。1896年，商人江良通在北四川路开设了上海第一家具有相当规模的和昌洋服店。1898年，淞沪铁路通车后，交通便捷的北四川路商贩云集，商店鳞次栉比，逐渐形成街市。1908年，有轨电车由静安寺经外滩折向行驶于北四川路直至虹口公园（今鲁迅公园），商业娱乐业相继发展，该路北段，先后开设了福兴、日宫等戏院、电影院和多家歌舞厅，粤式、日式、欧式菜馆，茶楼，浴室，美容院，按摩院，妓院交杂其间。由于北四川路是广东人集居地带，所以到处都是卖烤鸭、烧鹅等广东风味菜肴的店铺。“不中不西”、“羊城风味”、“吃玩中心”成为20世纪30年代北四川路的市场特色。

随着北四川路水陆交通的不断发达，人口日益增多，大楼、公寓、新式里弄的建造在这一带逐渐形成一个高峰。1922年，跨越苏州河的四川路桥改建竣工，沟通了北四川路与上海市中心区外滩的交通，英、日和华侨相继在北四川路投资建造楼房。1924年，矗立于四川路桥北堍西侧的上海邮政总局大楼落成，上海邮务管理局迁入，大楼被改为邮政大楼，成为上海邮政的象征。1927年至抗日战争前夕，北四川路上新建和重建的楼房如雨后春笋般涌现。其中有1927年建成的虹口大楼，1928年重建的长春公寓，1929年竣工的中国银行上海分行公寓式大楼，狄恩威大楼（今溧阳大楼），1930年前建成的川北大楼、大桥大楼，1931年由原大陆、中南、金城、盐业四家银行建成的虹口公寓，1934年由海外华侨、港澳同胞为主投资的新亚酒店大楼，1935年建成的德邻公寓大楼、河滨大楼等，市容日趋欧化。沿路两侧的新式里弄住宅也陆续新建，如四川里、广寿里、安镇坊、大德里、永安里、永乐坊等。当年，北四川路的繁荣程度仅次于南京路、霞飞路(今淮海中路)，成为当时上海主要商业大街之一。20世纪30年代初出版的《上海风土杂记》中有这样的描述：“北四川路跳舞场，中下等影戏院、粤菜馆、粤茶楼、粤妓院、日本菜馆、浴室、妓院、欧人妓院、美容院、按摩院甚多，星罗棋布，全上海除南京路、福州路以外，以北四川路为最繁盛，日夕车辆、行人拥挤。”

“八一三”日本侵沪战争爆发，虹口是战争的前沿阵地，居民外逃，商店倒闭或迁址，市面凋零。沦陷期间，区内由日本海军直接管辖，日侨猛增，部分日本人依仗日军势力，掠夺国民财产。北四川路上原有703幢房屋，“八一三”前，日本人仅占65幢，战后华人业主逃离（有的被驱赶），日本人又占600幢，共达665幢，占全路房屋的90%。这些日本人将原门面改成日式店铺，到1942年，北四川路上有日本店铺、公司达326家，成为日本人的世界。

1945年，抗日战争胜利，日军、日侨逐批迁返，北四川路商店陆续恢复或易主开业，有轨电车、公共汽车恢复行驶。1946年北四川路改名为四川北路。羊城风味的市场特色已经不再。行号、商店均低矮、狭窄、进深浅，且门面陈旧不成片，这是历史造就的四川北路商业街的格局。由于四川北路上到处散落着日本人的生活痕迹，以致后来很多人还误以为这里曾是日租界。

中国电影放映业的发祥地

上海开埠后，西方文化输入。新兴的电影艺术最早便是从虹口四川北路一带兴起的。1908年，西班牙商人安·雷玛斯在北四川路南段海宁路乍浦路路口租赁了一个溜冰场。他用铁皮将其围起来，内设250张木板座椅，取名“虹口活动影戏院”，作为自己专用的电影放映厅。这家虹口活动影戏院便是后来名满上海的虹口大戏院的前身，时人称为“铁屋子”。同年12月22日，虹口活动影戏院正式开业，首映西洋片《龙巢》，吸引了大批民众前来观影。1918年雷玛斯把铁皮房改建成钢筋砖木拱型结构，内场放映为一层，座位也相应增加到710个，门面则有二层，增辟观众休息室、办公室、会客室等，并装备有供暖设施。1919年，更名为“虹口大戏院”。这是上海第一家电影院，也是中国第一家向社会开放的营业性电影院。1930年雷玛斯返回西班牙，虹口大戏院改由杨瑞芝、戚顺堂等8人合伙继续经营，1945年抗日战争结束后虹口大戏院停映电影改演地方戏曲。1988年在拓宽海宁路工程时虹口大戏院被拆除，原址改建成道路和街心绿地，唯有绿地中设置的一块“虹口大戏院”遗址纪念性保护标志让人记起这座中国第一家电影院的存在。

1909年，雷玛斯又在海宁路北四川路路口开办了上海第二家电影院——

维多利亚活动影戏馆，后易名“新中央”、“海光”，用于放映电影和演出外国戏剧，1914年首映有声电影，盛极一时。不久，葡萄牙籍俄人郝思倍在今四川北路1288号处开设爱普庐活动影戏院，放映电影和演出粤剧，与维多利亚开展竞争。1913年，北四川路横浜桥北首幻梳花园设有幻梳外国活动影戏院。1917年5月，广东人曾焕堂在今四川北路1408号同庆戏院原址开设了上海大戏院，这是华商开办电影院的第一人。在1924—1925年前后，靶子路（今武进路）和北四川路江湾路路口尚建有消夏电影场和雨园露天影剧场。从那时起，中国看电影的人越来越多，经营影院业的中国人也逐渐多了起来。那时，在北四川路横浜桥中央大会堂还开设了一家专门放映电影的金星大戏院。1925年，代理欧美影片租赁业务的奥迪安影片公司在北四川路虬江路路口的西北首建造了奥迪安影戏院，影院为3层钢筋混凝土建筑，其内部布置之华丽，足以与1923年建成启幕的卡尔登大戏院媲美，成为上海名列前茅的电影院之一。鲁迅和许广平到上海后第一次观看电影，便是在奥迪安影戏院，以后更是成了这家影院的常客。1932年“一·二八”事变发生，遭我十九路军反攻的日军便衣队逃匿于奥迪安大戏院，并纵火将影院烧毁，乘机逃逸。1935年，日商林右板吉在北四川路横浜桥堍（今四川北路1800号）租地建造了上海演艺馆，放映日本影片，曾先后易名为“明星大戏院”、“新东方剧场”、“上海剧场”等。1945年美机轰炸驻扎在今洪湖中学内的日军，未命中，殃及旁边的戏院，剧院屋梁舞台全部坍塌，后由永安公司兴工重建为永安大戏院，1947年底开幕。一开始放映首轮国产影片，继而，放映米高梅、华纳等西方八大公司的首映影片。1955年更名为永安电影院，成为虹口一带居民观影的重要场所。现该处已改建为融购物、餐饮、娱乐、休闲为一体的海虹永安商厦。

四川北路1552号坐落着现群众影剧院。它始建于1928年，由旅沪潮州人吴姓珠宝商租地建造，1930年竣工。主建筑为5层，旁有3层裙房，坐东朝西，装饰艺术派风格。三层阳台出挑，南侧裙房转角为曲面。沿街立面采用对称构图，两侧突出贴褐色面砖，檐部做水平向装饰线脚，全场成扇形。1931年1月31日，戏院正式开幕，取名广东大戏院，成为沪上第一个粤剧演出中心，蜚声海内外。先后有新春秋、永寿年两个粤剧团演出。1932年元旦，戏院特邀阮玲玉等10名粤籍男女主角用粤语对白演唱歌剧《爱美人》，为客居虹口的广东人献演5场。1937年日军侵占后，更名为虹口中华大戏院。抗战胜利后，改名虹光大戏院。1952年9月更名为群众电影院。1954年1月经过大修建后改名为群众剧场。1954年至1958年，广州粤剧工作团、珠江粤剧团等5个粤剧团先后献演此院，特别是马师曾、红线女两位粤剧表演艺术家的演出曾轰动沪上，盛况空前。1968年1月，这里更名为群众影剧院。“文革”后，也经常有上海越剧院、沪剧院及其他文艺音乐团体来此演出。剧场后门在一条弄堂里，散场的扶梯从二楼观众出口处延伸到地面，一楼还留有一个观众出口，供底楼观众散场之用。这里也是演员卸妆后回家的必经通道，一些热心的观众便捧着鲜花在弄堂口等候着自己心仪的演员。如今四川北路上的群众影剧院，金字招牌还在，建筑立面颜色也未褪尽，只是剧场彻底关了，再也听不到里面传出的笙箫管笛之声。旁边的门面，有的做了游戏房，有的卖起了小东西。每当经过那里，总忍不住要对它多看几眼。

1932年12月中苏复交后，国民党政府允许在个别影院上映苏联电影，坐落在今四川北路1408号的上海大戏院就是上海影院中最早放映苏联影片的。它首次公开上映的苏联影片《生路》，首开上海放映苏联影片的先河。1935年苏联十月革命节时，苏联驻沪领事邀请鲁迅、茅盾等观看了苏联影片《夏伯阳》，翌年4月，该片在上海大戏院正式公映时，鲁迅又邀胡风、萧军、萧红等一同观看此片。之后，向往当时的苏联并关注苏联文化生活的鲁迅又先后在上海大戏院观看了《傀儡》、《抗拒》、《铁马》等苏联影片。1936年，苏联人在上海组建亚洲影片公司，是年夏天，上海大戏院经过改建、修葺，与亚洲影片公司签订了放映合同，作为专门放映苏联电影的首轮影院，并于9月1日正式开幕。10月4日，病中的鲁迅邀请日本友人鹿地亘及其夫人池田幸子，并同许广平、海婴一起往上海大戏院看了描写苏联青年向北极进军的故事片《冰天雪地》。10月9日，根据普希金小说《杜布罗夫斯基》改编的苏联影片《复仇艳遇》上映，上海大戏院赠送给鲁迅专观苏联电影的优待券，第二天鲁迅就去看了，看后鲁迅觉得“甚佳”，几乎逢人便要称赞一番。这张上海大戏院的优待券如今已作为重要文物珍藏于上海鲁迅纪念馆。1937年“八一三”抗战爆发后上海大戏院停业，租给商人作为仓库使用。

除了电影院，在四川北路上还曾居住过一位著名电影人胡蝶。胡蝶和阮玲玉是当年上海滩两大名伶，二人祖籍都在广东，但均出生于上海。1924年，胡蝶从东余杭路541弄搬到今四川北路1906弄（余庆坊）52号一幢石库门房子里，在那里居住了8年，这是蝴蝶在上海居住时间最长的一处。在此期间，她主演了中国第一部有声电影《歌女红牡丹》。

30年代文化的印痕散落一地

20世纪二三十年代，四川北路上集聚了许多进步文人，一批出版社、书店和杂志社涌现于北四川路，给这个商业闹市融入了浓浓的文化气息。

为了“使无产阶级者有书看”，1921年，湖畔诗人应修人联合钱庄青年以共进会名义在北四川路克明路天寿里(今永明路内)开设了上海通信图书馆，读者可用通信方式借书，不受路途、经济、职务、时间等限制，开上海完全开放的公共图书馆之先河。1927年4月12日国民党发动反革命政变，从各地转移来沪的中国共产党党员潘汉年、阳翰笙、李一氓等人聚集虹口，团结郭沫若、郑伯奇等一批文化界进步人士，建立文化统一战线，在北四川路一带开设书店，组织社团、创办刊物，掀起左翼文化运动，对国民党查禁、取缔、迫害左翼文化进行合法斗争。是年10月，鲁迅寓居虹口，与郭沫若等一批进步人士建立统一战线。此后，春野书店、创造社出版部、南强书局、水沫书店等先后入驻北四川路。

名噪一时的现代文学团体“太阳社”和“创造社”都在四川北路上留下了它们的印痕。四川北路1999弄丰乐里32号是现代文学团体太阳社旧址。太阳社为便于瞿秋白指示蒋光慈、阿英、孟超等于1927年秋成立于上海。太阳社的主要成员大都是第一次国内革命战争失败后，从实际斗争中转移到上海从事文化活动的中国共产党党员，他们有相似的斗争经历和共同的思想基础，在文学主张与创作上,也有某些共同的倾向即积极提倡无产阶级革命文学，反映工农大众的生活与斗争，如蒋光慈的《短裤党》等所谓的“无产阶

上图：太阳社旧址所在地
下图：太阳社旧址（现为虹口区纪念地点）

级革命文学”。创造社是“五四”新文化运动初期成立的现代文学社团，1921年7月由留学日本的郭沫若、成仿吾、郁达夫、张资平、田汉、郑伯奇等人在日本东京成立。1926年4月，创造社出版部在宝山路三德里成立，1928年1月迁至四川北路1811弄麦拿里41号。麦拿里建于1911年，为砖木结构假3层联排式新式里弄建筑。创造社出版部成立初期，由周全平、叶灵凤、潘汉年负责，迁至麦拿里后，由成仿吾、冯乃超、王独清主办。前期的创造社反对封建文化、复古思想，崇尚天才，主张自我表现和个性解放，强调文学应该忠实于自己“内心的要求”，表现出浪漫主义和唯美主义的倾向。郭沫若的诗集《女神》、郁达夫的小说《沉沦》及郭沫若翻译的歌德作品《少年维特之烦恼》等，是该社最有影响的作品。该社还先后编辑出版了《创造》季刊、《创造周报》、《创造日》、《创造月刊》、《洪水》等十余种刊物。以其独特的文学主张和锋芒毕露的文学活动，成为五四以后新文学一支生力军，特别在文学青年中激起强烈共鸣。后期创造社与太阳社一起大力倡导无产阶级革命文学。1929 年2 月7日，创造社出版部被国民党政府查封。

四川北路856号是新华书店虹口区店，这里原系商务印书馆虹口分店于1923年所建造的3层楼房，1983年改建为4层独幢商务楼，今三楼屋檐下尚留存有“商务印书馆虹口分店”字迹。老一辈无产阶级革命家陈云同志于1925年初至1927年间在这里工作过，他在这里从事领导上海五金、百货、药业、估衣业等组织工会和罢工斗争。“五卅”期间商务印书馆的总罢工系由陈云同志等在此发动的。陈云同志于1982年来沪视察工作时曾到此视察并题词：“商务印书馆是我在那里当过学徒、店员，也进行过阶级斗争的地方。应该说商务印书馆在解放前是中国的一个很重要的文化教育事业单位。”

商务印书馆对面的四川北路861—863号曾是创办于1924年的良友图书印刷公司所在地。底层是门市部，后边是印刷厂，编辑部在后部的三楼。中国第一本大型综合性画报《良友画报》就是在这里诞生的。由伍联德、周瘦鹃等人主编的《良友画报》以图文并茂的形式涉及时事、政治、军事、经济、文化、社会生活等各个方面，从1926年2月创刊直至1945年10月，以其雅俗共赏的丰富内容广销国内外，影响深远。良友图书印刷公司还是鲁迅后期出

261

上图：创造社出版部旧址（现为虹口区纪念地点）
下图：创造社出版部所在地

版书籍的重要阵地，曾出版鲁迅译作和编选的画集，鲁迅还经常亲自去那里送稿、选画、商谈出版事宜。《良友画报》主编梁得所还把他拍摄的鲁迅坐在景云里寓所书房中的生活照片发表在1928年4月号的《良友画报》上。1932年起，良友文学编辑赵家璧在编辑《良友文学丛书》时，经友人介绍，与鲁迅认识，从此先后出版了鲁迅编译的良友文学丛书《竖琴》、《一天的工作》，后又合成《良友文学丛书》特大本之一《苏联作家二十人集》，还出版了鲁迅编选的《中国新文学大选·小说二集》、木刻连环画《一个人的受难》以及鲁迅作序赵家璧编的《苏联版画集》和曹靖华译的《苏联作家七人集》等。这里后来改建为红光鞋帽商店，唯有原址后门与原来印刷工场连接处的铁栏杆扶手楼梯仍是原有旧物。

在四川北路沿线还散落着不少与文化有关的地方。如四川北路1844号，是上海市立实验戏剧学校的旧址，它是上海戏剧学院的前身，由李健吾、黄佐临、顾仲彝等于1945年11月创办，由熊佛西任校长。四川北路1702弄30号是精武体育总会旧址。该处房屋建于1919年，为砖木结构2层，坐东朝西。有两对通贯屋顶的巨型壁柱，平拱门洞，立一对科林斯古典柱式，红砖清水墙，红瓦坡顶。精武体育会由人称“大侠”的霍元甲创办于1910年，是我国近代体育史上第一个民间体育社团，它将中华民族的传统武艺与西方体育的概念和内容有机结合，原名“精武体育学校”，1910年更名为“精武体育会”。1919年孙中山亲笔题赠“尚武精神”匾额并为会刊《精武本纪》撰写序文。精武以体、智、德三星会旗和三星会徽为标记，代表精武以体、智、德三育为宗旨。1922年该会迁至四川北路1702弄30号，新建以“中央精武”命名的“中央大会堂”。1929年又租同弄现址为总会会所至今。

拉摩斯公寓和内山书店诞生地

坐落在四川北路2093号的北川公寓，是一排由英国人拉摩斯出资建造的钢筋混凝土4层建筑，原名“拉摩斯公寓”。公寓的三楼四室是鲁迅在上海的第二个寓所。1930年春，鲁迅受到反动当局的通缉，不能再居住在景云里，遂由内山完造介绍租借了这一住所。1930年5月12日，鲁迅从景云里

虹口区文物保护单位
拉摩斯公寓
虹口区人民政府
二〇〇四年一月十三日公布
上海市功茂律师事务所
四川北路2093号
二楼
信箱

拉摩斯公寓

迁入这里，为了掩人耳目，这套公寓的总门上贴着的是内山完造的名片。拉摩斯公寓坐南朝北，马路对面原是工部局学校，上海沦陷时改为兴亚学院，现为复兴中学。寓所面向四川北路的大间是鲁迅的会客室兼书房。因为前窗临街，即便是炎夏，鲁迅也一直坐在临窗三尺远处，决不靠近窗户，以免被路人抬头看见。他的书桌斜对着日本海军陆战司令部。中间过道两侧是卧室，南面中间是餐厅，东面和西面分别是厨房和浴室。公寓的底层正门有两道大门，楼内各室有总门，住户各自分门进出。

鲁迅住在拉摩斯公寓近三年，其间，他曾秘密会见了从鄂豫皖根据地来沪治伤的陈赓将军。遭反动派迫害的瞿秋白夫妇也曾两次在这里避居。1932年11月下旬到12月23日，瞿秋白和夫人杨之华为躲避盯梢的叛徒，在拉摩斯公寓鲁迅家住了一个月左右。这段时间里，鲁迅和瞿秋白，朝夕相处，无话不谈。在拉摩斯公寓里，鲁迅写下了有名的对联“人生得一知己足矣，斯世当以同怀视之”赠与瞿秋白。那年初冬的一个深夜，陈云来这里接瞿秋白夫妇安全转移。鲁迅还在拉摩斯公寓热情接待过日本友人增田涉，为他讲授正在翻译的《中国小说史略》。1931年8月24日，暑期木刻讲习班结束的第三天，鲁迅约请一部分学员到拉摩斯公寓，学员们一边听鲁迅讲解，一边看着他收藏的画片和画册。鲁迅在拉摩斯公寓寓居三年，脍炙人口的《为了忘却的纪念》、《论第三种人》、《中国无产阶级革命文学和前驱的血》、《“友邦惊诧”论》、《黑暗中国文艺界的现状》等就是在这里写就的。住在拉摩斯公寓时，鲁迅还出版了《二心集》、《伪自由书》、《南腔北调集》等杂文集和《竖琴》、《十月》、《一天的工作》等译著。“左联五烈士”被害后，为了抗议反动派对“左联五烈士”的迫害，鲁迅与冯雪峰在这里赶写纪念文章，并夜以继日地编辑“左联”机关刊物《前哨·纪念战死者专号》,《前哨》问世后，在国内外产生了巨大反响。

就在鲁迅搬入拉摩斯公寓的同一个月，冯雪峰也从景云里搬入这所公寓的地下室。所谓地下室只是比地面低了40厘米左右，大部分在地面上部。它位于鲁迅寓所西隔壁楼，今为四川北路2099号。整座拉摩斯公寓，只有这样一间地下室。房间面积约15平方米，房间低矮，光线又暗，白天也要点灯。

这里的好处是比较安全，这间房间从西边弄里进出，而弄内只住这唯一的一家，不通行人，只要把龙口铁珊门锁上，其他人是进不去的。冯雪峰与妻子何爱玉以及他们的女儿在这个地下室里一直住到1933年6月。其间，他和鲁迅先生来往十分密切，两家的住所，也是他们商量工作的场所。当时，担任左联党团书记的冯雪峰工作忙，常在晚上10点才回家，晚饭后，还去同鲁迅商量工作，常常谈到深夜，甚至凌晨。鲁迅有事，也必然去雪峰住处联系、商讨。那年，鲁迅与冯雪峰共同编完《前哨·纪念战死者专号》后，他们两家一起去照相馆合影留念，鲁迅在照片的下角还亲书“1931年4月20日，上海所照”字样。

四川北路1878号的上海市第一人民医院分院原为上海市第四人民医院。它最早是日本人开办的福民医院，创办于1924年。之所以特别提到这家医院，也是缘于鲁迅先生。因为这家医院离鲁迅的寓所很近，鲁迅在上海的最初几年，他和家人多数是在福民医院就诊的。1929年9月26日，许广平去福民医院生产，当夜，鲁迅就在医院陪夜，次日晨8时，许广平在这家医院生下了小海婴。海婴出世第二天，鲁迅非常高兴，他捧着一盆小巧玲珑的松树轻轻地放在许广平床前的小桌子上。许广平在福民医院前后住了15天，鲁迅天天去医院探望，而且每天要去两三次，有时还领着一批批朋友去慰问。许广平出院后，福民医院仍是鲁迅常跑的处所之一，因为海婴要去医院检查，种牛痘等。抗战胜利后，福民医院由上海市卫生局接收，改名为“上海市立第四医院”。上海解放后，改名为“上海市第四人民医院”。

第四人民医院对面的四川北路魏盛里（今四川北路1881弄），是著名的内山书店创立时的所在地（后迁至施高塔路即山阴路11号）。今四川北路2050号二楼为内山书店陈列室。魏盛里共有7幢房屋，当年全部住着日本人。1913年3月24日，年仅28岁的日本人内山完造从日本来到上海，在大学眼药总店参天堂任推销员。1916年1月，内山与美喜子结婚，住吴淞路义丰里164号。翌年，内山美喜子租下了魏盛里紧靠弄堂口的一幢有假3层的砖木结构楼房，在住所的楼下开了一家小书店，左面的墙上挂着书有“内山书店”金黄色店号的店牌。初期的内山书店店面很小，书店内用啤酒箱隔成书架，虽然只有

内山书店陈列室

100多册基督教方面的书，但由于是专业书店，营业额却逐月上升。美喜子又按照顾客要求，增加了哲学类等其他书籍，书店越做越兴旺，店员也增加了。不久，内山书店又推出了独一无二的“赊账买书”，就是书款可以到月末结付，如果月末不来付，也绝不去催付。这种信任顾客的做法被传为佳话，对于囊中羞涩的文化人也是极大的方便，内山书店的名气越来越响了。1924年，内山完造买下了内山书店对面的进弄第一、第二间房子，那里原是日本人开的杂货店，老板娘因病回国，杂货店关闭，房子就转给内山完造。内山买下后，把它们打通，作为内山书店的店堂。书店原来的地方则作为堆放货物和店员住宿之用。新辟的内山书店为双开间店面。店堂里东、西、北三面都是一人多高的书架，中间还有一排书架，这排书架后面摆一张小桌子，四周摆着一套藤沙发，这就是内山书店著名的“漫谈席”，这里成了中日两国文化人交流活动的主要场所。进门是一张写字台，面向里放着，这就是柜台了。1926年1月，日本作家谷崎润一郎到上海，希望内山完造为他介绍认识一些中国新进的作家。内山就请了郭沫若、田汉、欧阳予倩、郁达夫等人在书店二楼举行“文艺漫谈会”。谷崎回国后又介绍日本作家佐藤春夫来上海，也通过内山与中国作家在他的书店碰头。从此，日本文化人都知道要和中国文化人交朋友就找内山完造，内山书店的“文艺漫谈会”也越办越红火。

1927年10月3日，鲁迅从广州来到上海。10月5日，鲁迅与许广平一起，前往内山书店买书。那时，鲁迅穿一件灰布长衫，脚上是一双白色的橡皮底鞋子，头发很长。店员发现这两位穿着朴素的顾客竟然选购了一大沓书。三天后，鲁迅又来内山书店买书了。内山夫人就把前几天这位顾客来买书的事情告诉了内山先生，内山立即上去用日语和鲁迅打招呼，鲁迅也用日语回答。经过交谈，他们开始相识了，并很快成了莫逆之交。有一段时期，鲁迅还带着青年朋友一起去内山书店，其中就有他的好友和学生柔石。内山完造利用自己日本人的身份，援救过许多陷于危境的中国朋友。1927年蒋介石发动“四一二”政变后，郭沫若就曾匿名居住在魏盛里的内山书店。随着书店业务的发展，内山书店的经营范围日渐扩大。1929年，内山书店迁移到施高塔路（现山阴路）11号，同鲁迅的交往就更密切了。

而今，拉摩斯公寓丰姿依旧，依傍着多伦路文化街，它并不寂寞，墙上的标记告诉人们这里曾经住过的文化名人。1978年它又加高了一层。如今底楼开设了商店和茶坊等，游览完多伦路的人也会向它投以关注的目光。而内山书店的诞生地魏盛里建筑已拆除，原址矗立起了现代化的高层建筑“荣欣大厦”。

咖啡、早茶和海派京帮菜

20世纪30年代，开设在四川北路上的咖啡馆和酒楼大多染上了文化的色彩。

在中国现代文学史上，上海四川北路上的公啡咖啡店是绕不过去的一页。在20世纪30年代国民党白色恐怖极端严重的岁月里，上海文艺界的一些秘密会议或著名进步人士的约见，就常常在公啡咖啡馆的楼上进行。公啡咖啡馆的地址在今天的四川北路多伦路转角处，即四川北路1919号，是一幢建于20世纪20年代的坐西朝东3层砖木结构的沿街楼房，由日本人开设经营，楼下卖糖果、点心，楼上有两间小房供客人喝咖啡及冷饮等。当年，这里曾是上海滩上中外白领、文化名人集会休闲的场所之一，因较为隐蔽，故左翼人士常在这里开会、活动。鲁迅、田汉、茅盾、丁玲、夏衍、潘汉年等，都是“公啡”的常客。别人面前都是一杯咖啡，唯独鲁迅就要一杯绿茶，有时，夏衍也陪他喝绿茶。这里还是中国左翼作家联盟诞生的摇篮。1929年2月16日，上海新文学运动讨论会在此召开。1929年秋，夏衍在这里召集左翼剧联党员筹备党团会，后来这里成为“左联”筹备会的固定活动地点。“左联”的筹备会一般每周一次，有时隔两三天一次，地点固定在公啡咖啡馆二楼一间可容十二三人的小包间里。1930年1月下旬，就在公啡咖啡馆起草了“左联”的纲领，协商了发起人名单，并一致决定在3月召开“左联”成立大会。2月16日，以鲁迅为首的“左联”12位发起人在公啡二楼包间里召开了一次“清算过去”和“确定目前文学运动的任务”的讨论会。当时在公啡咖啡馆酝酿成立的还有中国左翼戏剧家联盟。由于公啡咖啡馆距离鲁迅的寓所很近，鲁

公啡咖啡馆遗址

迅常在这里约见文学青年。公啡咖啡馆早已被拆除，现多伦多8号已成为公啡咖啡馆遗址纪念地。

在今四川北路2079号曾经坐落着一家仅有一间门面的白俄咖啡馆，除门售面包、奶酪外，还设有专座供顾客喝咖啡。1933年底，成仿吾受中共鄂豫皖苏区省委派遣，来到上海向党中央汇报请示工作时，就在这家白俄咖啡馆与鲁迅见面，在鲁迅的协助下同党中央取得联系。这里，现在是北川公寓东侧第一间，实际上是公寓底层的一部分，现为艺华家具杂品商店。

沪上最早的文艺沙龙“新雅茶室”位于今四川北路1413号。该茶室是广东商人蔡健卿于1926年创办的，其初衷是服务于虹口一带的广东籍居民，但因地处僻静，清新雅致，吸引了众多文化名人如戴望舒、叶灵凤、袁牧之、郎静山等在此喝茶聚会，成为沪上最早的“文艺沙龙”。1930年2月1日，大江书铺编辑陈望道在新雅茶室宴请鲁迅、冯雪峰、傅东华、沈端先等文艺界人士，以组织稿件并商讨有关出版事宜。1931年12月3日，中国青年世界语者联盟在此举行第一次会议。该茶室于“八一三”事变后停业。

上海滩喝早茶最有名的莫过于四川北路天潼路转角处的新亚大酒店了。它建成开业于1933年，是广州新亚大酒店的一家分店。新亚大酒店于1928年创办于广州，同年于香港开设分店。“新亚”两字是民国元老于右任的手书。上海开埠以后，大批广东籍商人、居民涌入上海，尤以居住于虹口为最，当时的武昌路曾称之为“广东街”。因此，新亚大酒店在上海开设分店时，便选择临近武昌路附近的虹口一带。加上广州和香港新亚的习惯，酒店一般都设立于水边，所以，最后上海新亚选择位于北四川路和天潼路交界的土地，该地块北邻武昌路等传统广东籍居民区，南部离苏州河仅百米之遥。新建成的新亚大酒店高8层，沿四川北路和天潼路两翼平铺展开。大楼整体为美国近代式竖线条装饰，墙体外立面采用棕色剁斧面，上部均用棕色砖贴面，主入口最上方设置塔楼一座。大楼底层为中西餐厅和外卖间。二层至六层为客房，七层有一座可容纳千人的大型宴会厅。八楼阳台是屋顶花园，种植奇花异木，还驯养了猴、鸟、兔等动物，并安装有“秋千”、“摇摆吊椅”、“滑梯”、“拖绳圈”等小型娱乐设施供食客休闲。新亚大酒店还有一条长约100米的精制优雅的长廊，被雅称为“香榭丽舍廊”。每天早晨，新亚大酒店都会根据广东习俗开辟早茶市面，20世纪30年代，新亚的早茶风靡上海滩，成为沪上一大摩登休闲方式。此外，在经营之初，新亚便提倡入住客人不赌、不嫖、不抽鸦片的“三不主义”，受到当时社会各界的赞赏。当年，鲁迅寓居在虹口时，经常与亲友于新亚楼啜茗，还多次应友人之邀或邀友人在此宴饮。1936年2月11日，日本改造社社长山本实彦在新亚大酒店宴请鲁迅，商谈中日文化交流，鲁迅当场同意向日本介绍中国现代文学作品。1956年以后，新亚大酒店收归国有。1987年和2003年，进行过两次翻修，现楼高9层。经常有中外游客特意慕名来新亚品尝特色早茶。

在四川北路海宁路路口有过一家享誉沪上的京帮菜馆凯福饭店，它曾是四川北路商业街上最大的饭店。该店与燕云楼、北京饭店同为沪上3家最有名的京帮菜馆。凯福饭店创办开设于1945年，原址在今四川北路878号，原先经营俄式西菜及咖啡、西点等业务，因这类俄式西菜出名于苏联基辅一带，故以俄语“基辅”的谐音“凯福”作为店名。抗战胜利后，京菜走红沪上，考虑到虹口四川路一带尚无正宗的京帮菜馆，凯福店主便在饭店三楼增营京菜，并以重金聘请名厨来店掌勺。开业后，生意不错，很快蜚声沪上，许多达官贵人、军政要员和文艺界人士等纷纷慕名前来品尝特色京菜。后来凯福干脆全部经营京帮菜肴，规模也不断扩大，并根据上海的特点对京菜作了改革，形成了自己独特的海派风格。其中赛螃蟹和凯福牛排是该店创制的两道特色看家菜，为沪上京帮行家所推崇。新中国成立后凯福饭店实行公私合营，不断推出有特色的名菜，1984年，凯福饭店还派出厨师参加商业部举办的宫廷菜训练班，回来后，把昔日的御用珍馐搬上了凯福的餐桌，受到欢迎。1995年，因原址改建新凯福商厦和新凯福大酒店，凯福饭店搬至靠近武进路的四川北路1279号。2006年底，伴随四川北路半个多世纪的凯福饭店因门店调整而关门歇业。

远东一流的邮政大楼

在苏州河北岸的北苏州路与四川北路转角处的四川路桥堍，矗立着一座巍峨的西洋建筑，它就是著名的邮政大楼。迄今为止，这幢漂亮得惊人的建筑仍是远东邮政史上的一次极尽奢华之举。它落成于1924年，是第一座中国人自己的邮政总局，在建成之时，曾是远东第一流的邮政建筑。人们站在苏州河边，能完整地观赏到大楼全貌，又能见到河中的建筑倒影，一旁又有四川路桥作陪衬，形成一幅自然的立体城市景观图画，不知吸引了多少画家和摄影师前来采风。

驿寄梅花，鱼传尺素。作为传递亲情、友情和商情的邮政至19世纪末，已频频出现。在上海既有官办的邮驿、文报局，又有民办的民信局、官商合办的华洋书信馆，还有洋人控制的海关邮政局、工部局书信馆以及“客邮”机构，但它们都不算真正意义上的中国近代国家邮政。1896年，中国改良主义运动方兴未艾，这一年的3月20日，光绪皇帝批准开办大清邮政，这一天便成为中国国家邮政开办的日子。随后上海海关税务司赫德受命兼任总邮政司，负责管理大清邮政事宜。1897年2月2日，从海关邮政局脱胎而来的上海大清邮政局正式开业，并在原邮政局经办函件业务的基础上，逐步增办了各种新的业务，还在市区和郊县设立了自办的分支机构和代办机构。1897年11月1日，上海大清邮政局更名为上海邮政总局。

清政府在开办国家邮政十年以后的1906年，成立了国家邮政管理机关——邮传部。1910年，盛宣怀任邮传部尚书后，便与代理海关税务司的洋人安格联多次交涉，最后达成了将大清邮政移交给邮传部管辖的协议。1911年5月28日，邮传部正式接管大清邮政，在盛宣怀的治理下，中国邮政事业初具规模，到1911年底已设有总局、分局、支局、代办处等邮政机构6201处，邮差、轮船、火车等各种邮路38.1万里，形成了沟通全国的邮政网络。1909年，上海大清邮政总局租用马车运输邮件；1914年上海邮局被指定为国际邮件互换局，成为当时中国邮政国际通信的主要进出口门户。1917年春，上海邮务管理局购置两辆用于运输邮件的法国克莱门特·贝亚特汽车，上海邮政大楼便是在此基础上应运而生的。它于1922

年12月由当时的上海邮务管理局负责人希乐思负责主持，1924年11月落成，12月1日，上海邮务管理局便迁入新址办公。1946年11月，上海邮政管理局（1931年上海邮务管理局更名为“上海邮政管理局”）在沪宁铁路列车上设了“火车行动邮局”，亦称“流动邮局”，主要是为偏远地区公众及旅行途中旅客用邮而设立的一种特殊邮局。上海的行动邮局有轮船行动邮局、火车行动邮局和汽车行动邮局。

邮政大楼是一幢马蹄形建筑，由主楼和塔楼两部分组成。建筑平面沿着北苏州路、四川北路、天潼路作周边式布局。基座采用花岗石砌筑，墙面为细柱水刷石粉面，临天潼路的一面则为机制红砖墙。主楼为古罗马建筑风格，高20余米，地上4层，地下1层，井字形框架结构。主立面两翼有上下贯通3层的科林斯式立柱，显得器宇轩昂，体现出邮政的公正和庄严。主楼东南侧转角处上方面向苏州河矗立着一座17世纪意大利巴洛克式风格的钟塔，塔楼下方设方形基座，四角为双柱，顶作凹弧线，楼座装有时钟，这是整幢建筑最引人注目的部分。钟塔高30米，两侧各铸有3人像雕塑一组：一组是男女3人分别手持早期火车头、轮船铁锚和电信电缆的人物模型，象征中国交通和通信正处于发展期；另一组也是3个人物，居中者为希腊神话中的通信之神墨丘利，左右为爱神丘比特，象征邮政是上帝的信使，为人间沟通情愫。这套精致的雕像曾被誉为上海滩最高水平的石雕，可惜在“文革”中被当做“四旧”砸毁。幸好当时有一位美术学校的学生偷偷地为雕塑做了石膏模型。20世纪90年代，工人师傅们就是根据这些石膏原型用青铜复制出了这组雕塑重新安装在钟塔旁。整幢建筑格调高雅，气势雄伟，两种不同的建筑风格完美糅合在一起，成为欧洲折衷主义建筑的代表作，曾被列为当时上海十大建筑之一。

大楼内共有大小房间187间，地下层、底楼和二楼分别用于邮件分发、转运和对外营业，三楼为内廊式写字间，四层为外廊式职工宿舍。室内装修富丽堂皇，房间大多为打蜡地板，配置大型钢窗，并设有取暖壁炉，楼梯踏步镶嵌金刚砂，楼梯栏杆均为黄铜制成。大楼内还装有螺旋形邮件滑道、木板链轨传送机、货运升降电梯等20世纪二三十年代先进的邮政设施。大门转角入口处两面有大理石铺筑的双旋转形楼梯，人们可以从两边经过圆形的楼梯走到二楼营业大厅。门厅面积达1200平方米，装饰华丽，门面采用大理石装潢，地面采用马赛克、水磨石及水泥3种地坪。室内光线充足，天花板装饰精美，走道两边有长列大理石柜台，柜台上装有精致的铜栏杆，曾有“远东第一大厅”之称。

2006年元旦，全国第一个邮政博物馆——上海邮政博物馆正式开馆。馆址是由邮政大楼一楼天井和靠天潼路一侧二楼的原办公用房改建而成的。邮政大楼底楼中庭原为天井，主要用于汽车邮运场地。随着邮政的发展，大楼功能重新定位。现中庭内陈列着1909年大清邮政总局用来运输邮件所租用的马车复制品、1917年上海邮务管理局购置的第一辆用于邮件运输的汽车模型等，以及大清邮政局场景模型和“未来邮政”环幕影厅。此外还有邮船，早期邮筒以及光绪皇帝批准开办国家邮政的奏折，《大清邮政章程》及其使用的各种封、戳等珍贵的实物展品，再现了邮政交通的历史和变迁。

坐电梯可直达屋顶花园，U字形屋顶上建有观景平台、四季常绿的花园等。在屋顶花园可以观赏苏州河及浦江两岸的美丽景色。

传承四川北路文脉的大型绿地

2002年国庆前夕，四川北路公园建成开放。公园处于四川北路商业街的繁华路段东宝兴路西侧，东北角与爱思儿童公园相邻，是一座开放型的现代都市公共绿地。公园以人为本，体现了虹口深厚的文化底蕴，在现代造园设计手法上融入中国传统古典园林的精髓，将生态和艺术完美结合。公园以“绿脉”、“水脉”和“文脉”为主线，由欢乐广场、大海枣、凌波池、三星里、紫霞双阁等共同组成了“虹舞乐章”、“绿音琴阶”、“银盘托月”、“翠黛霓林”、“碧玉虹峰”、“兰桂飘香”、“夕阳幽篁”七大景区，营造出流泉飞瀑、绿影婆娑等雅俗共赏的景观，为市民提供了一个健身休闲和户外活动的绿色空间。2012年9月，中共“四大”纪念馆于公园内落成。该纪念馆原址在东宝兴路254弄28支弄8号的一幢石库门房子里，当年的房屋已于“一·二八”事变中毁于战火。2006年，虹口区在多伦路215号建立了中共

“四大”史料陈列馆。在四川北路公园异地重建的中共“四大”纪念馆，不但弥补了中共“四大”史料陈列馆规模较小的遗憾，还弥补了建国前在国内召开的6次代表大会唯有“四大”没有建立正式纪念馆的遗憾。

与同样位于上海的中共“一大”和“二大”纪念馆一样，“四大”纪念馆也选择了赭红色的外围砖墙，整幢建筑在近处绿树小湖和远处现代化高楼的映衬下显得格外庄重大气。纪念馆复原了当年会议召开时的路线，注入石库门造型的房屋图案、上海里弄、年轮大道等元素，使参观者有身临其境的感受，并贯穿着“事为魂、史为桥、讲述会议”的理念，以党史知识与文化内涵为血脉，凸显了中共四大的重要意义。

四川北路在商业街上建立大型开放式公共绿地并开辟纪念馆，在上海还是第一个，却是和它特有的文脉一脉相承的。

作为当今上海最长商业街的四川北路在改革开放后的进程中，延续了民国时期的繁华商业与旺盛的人气。但由于各种因素的影响，特别是诸如徐家汇、五角场等新兴商圈的迅速崛起，四川北路已不复昔日辉煌，不过其所拥有的商业历史和文化遗迹依旧，这是其他商街、商圈所不具备的独到优势，也是它的底气。众多高品位的商业设施在四川北路落成后，仍然坚持以中价位商品为经营特色，“走走逛逛其他路，买卖请到四川路”是四川北路一句亲切而温馨的口号，它迎合了上海市民讲究“实惠”的居家过日子心理，也凸显了四川北路清清淡淡的个性。

山阴路—祥德路：海派文化集聚地

山阴路南起四川北路，北接祥德路。筑路前这一带都是农田，仅有一条煤屑小路。1911年公共租界在此越界筑路，以1896年任租界工部局总董的英国人施高塔名字命名为“施高塔路”。1943年更名为“山阴路”。祥德路西起山阴路，东至沙泾港路，该路筑于20世纪20年代。

走在山阴路上，抬眼望去，只见窄窄的马路两边有年头的梧桐枝叶恣意地纠缠在一起，执拗地在空中撑出一片浓浓淡淡的绿。漫步其间，沿街的景致一点点地显露。马路虽不长，因为弯弯曲曲，所以一眼是看不到底的，倒是显出了一种含蓄之美，和这条路本身的文化积累十分地契合。山阴路中间没有将之拦腰切断的横马路，只有两条更小的路悄无声息地与之相连。路两旁没有气势逼人的大商厦，只零星散落着些小铺子，售些烟酒杂货。弄口路边，三三两两的人们在聊天，渲染出一派闲适的市井味，这使山阴路看上去更像是上海一条避世独立的马路，一副与世无争的散淡模样。路上散落着的弄堂布局和名字也散发出一种曾经的殷实和不急不躁的绅士气质。当年，山阴路上的住户，大多是高级职员或文化界人士；如今，山阴路的楼房是老旧了，但那是一种有底蕴的老，有气质的旧。它们虽然换了好几代主人，外观平添了无数沟沟壑壑的皱纹和斑斑驳驳的印记，但依然不失高贵典雅。隐藏在绿叶藤蔓后面的窗户引人遐想，而那些写有鲁迅、茅盾、瞿秋白、内山完造等20世纪30年代名人名字的铜牌，则又让人感到温磬亲切，甚至路上随便飘落的一枚树叶都比别的地方要厚重，因为有文化积淀的气息在山阴路的空气中飘散。

山阴路是近代文化名人聚集地，具有浓郁的历史人文氛围。20世纪30年代，这一带曾活跃着鲁迅、瞿秋白、郭沫若、茅盾等一大批彪炳史册的文化名人，见证了近现代上海一段风云激荡的历史。有人用这样一首诗来形容山阴路："走马观花两小时，纵览百年文化史。名人荟萃故事多，海派民居连成片。"

上海近代民宅露天博物馆

山阴路开辟以来就被定位为住宅区。当时这里南有繁华热闹的北四川路（今四川北路），北接空气清新的郊野，是中产阶级理想的居住之地。如果说，外滩是万国建筑博览会，那么，山阴路则堪称自然形成的上海近代民宅博物馆,在这条路上几乎可以完整地看到上海开埠以来民宅的各种各样的类型。

山阴路开辟后，便陆续建起了弄堂房子，从四川北路路口往前延伸。这些弄堂房子呈现出完全不同的风格。右边的恒盛里、恒丰里等石库门里弄，外立面美观，山墙山花讲究；而东照里、四达里虽是新式里弄，但外观接近石库门里弄，弄口有过街楼，门前有矮墙围住的小花园，后门有圆弧形门廊，三楼朝南有半圆形铸铁阳台。这些弄堂大都很深，里面纵横交错的支弄犹如阡陌。路左边则都是西洋风格的新式里弄，如大陆新村、文华别墅等。每个单元门前有个开放的小院落，围着矮墙和铁栏杆。再往前过了一排花园式里弄，又是法式新里。这中间除却一条积善里是石库门弄堂外，一路上都是西洋式的房子，阳光下，那些西洋古典式门窗的花玻璃悄悄地吟唱着古老而动人的旋律。

从19世纪末到20世纪30年代，上海出现了广式里弄住宅，其特点是住宅单元正厅的门临弄，没有天井。又分老广式和新广式两种。老广式里弄住宅呈单开间联立，行列式布局，住宅正面有时采用木板墙。新广式里弄基本上保持了老广式里弄住宅的形式，但是压缩了住宅开间、进深和层高的尺寸，住宅正面改用砖墙，取消了后天井，增加了晒台等。从石库门里弄房到新式里弄房的变化，可以看出当时人居理念的变化：高墙变成了矮墙，通风和采光更佳；天井变成了小花园，顶层有圆弧形阳台挑出，更强调人与自然的亲近；更大、更舒适的卫浴空间，冷热水供应，都是为了居室的舒适感。位于山阴路44弄和64弄的两排老房子本名“留青小筑”，是面对面和背靠背的对称式格局设计的新式里弄住宅，在上海的住宅中极为罕见。由于山阴路是南北向的马路，住宅为了朝南，大多把侧面冲着街面，以便正面得到更多的阳光，并远离市声的侵扰。因此，和上海大多数弄堂房子不同，这条路上没有沿街面建造且面街的底层为店面，楼上为住家的横排房子，而只是简单地将与马路垂直走向的弄堂房子的山墙直接朝向街面。由于山墙是承重墙，不能多开窗户，更不能破墙开店，沿路只见一堵堵红色的金字顶的大砖墙和沿街的法国梧桐相映成趣，整条马路显得格外简洁整齐。

在山阴路，20世纪二三十年代兴建的民宅占了90%以上，岁月的风霜把这条路打磨得犹如一棵圣诞树的主干，路两旁生出一条条枝丫般的弄堂，弄堂里的一片片住宅好像风貌各异的树叶，枝叶上挂满了历史馈赠给上海的礼品。要说单体建筑，山阴路上也许没有什么突出的老房子，但它却汇集了20世纪二三十年代住宅的各种类型：山阴路2弄的千爱里是当时日本人集中居住地，由一片联排的日式花园洋房构成；山阴路310弄的积善里是新式石库门房子；山阴路16弄的施高塔公寓为当时最新式的公寓住宅，外立面的装饰效果富有现代风格；山阴路132弄的大陆新村具有新式里弄房子的特点，砖木结构，清水红砖墙，每单元有小庭院、矮墙；山阴路69弄的恒丰里建于20世纪20年代早期，是标准的“石库门里弄房”，有装饰各异的门楣；旁边的新恒丰里则为新式里弄，其中22号和23号为花园住宅，有高高的围墙，弄内住宅为双坡屋顶带尖形老虎窗，清水红砖外墙，局部为简化的古典装饰和柱式；山阴路145弄建于1927年，为新式里弄，外观简洁，墙面为干粘卵石和水泥仿石面，入口采用弧形券。山阴路208弄的文华别墅建造于1932年，是3层清水红砖房，二楼有挑出的半圆形铸铁阳台。山阴路就这样波澜不惊地悄悄汇集了20世纪住宅的各种类型，众多的住宅风格基本可以分为四大类式样：以“恒丰里”为代表的早期石库门里弄；以“大陆新村”为代表的有小绿地和卫生设备的新式里弄；以“施高塔公寓”（今山阴大楼）为代表的独立成套式“公

山阴路145弄为新式里弄

寓住宅”和以“千爱里”为代表的花园式里弄。现在这些住宅外观基本如旧，走在弄堂深处，那份独有的幽静让人仿佛走进了一部20世纪30年代老电影的镜头里。

普通民宅里隐匿着的不凡

在民居建筑史上有很高价值的山阴路，它的人文价值也一点不逊色。因虹口一度是海派文化的集聚地，而山阴路上的名人故居、历史遗迹又相对十分集中，所以这条不长的马路成为体现上海文化内涵不可多得的所在，具有浓郁的历史人文氛围。这里的文化名人故居数量在上海首屈一指，原因是这里当时既非英租界那么奢华，也不像老城区那么杂乱，洋房虽多但不张扬，石库门房子遍布却不嘈杂；这条路幽静又不远离生活，非常适宜文人居住。

1926年，中共中央党校设在山阴路恒丰里69弄90号。时任中共中央临时政治局常委的罗亦农是党校的校长，沈雁冰和杨之华都是党校学员。1927年，中共上海区委机关曾设在90号二楼，次年成为上海工人第三次武装起义以周恩来为首的军事指挥部联络点。1942年8月，郭沫若在重庆创办了群益书店，1946年迁至恒丰里77号。该书店主要出版郭沫若、陈白尘、阳翰笙等人的剧本。这里还曾是郭沫若与夫人于立群及全家于1946年5月8日回到上海的暂住处。

我国历史上著名的“七君子”领头人沈钧儒，于20世纪30年代曾居住在山阴路恒盛里12号。20世纪30年代初期，恒盛里还曾居住过3位文学家——方光焘、胡愈之和章克标。当年，他们3人共同租住在恒盛里一幢3层楼房里。方光焘是我国著名语言学家、作家、文艺理论家和文学翻译家，曾先后留学日本和法国，在留学时期参加了“创造社”，1931年加入“左联”。他介绍现代西方语言学理论，建立汉语语法体系以及普通语言学理论。胡愈之是我国文字改革运动和世界语运动活动家，亦为出版家和社会活动家。1920年他和郑振铎、沈雁冰共同发起成立“文学研究会”。“九一八”事变后，他与邹韬奋共同主持《生活》周刊，主编《东方杂志》等刊物。抗战爆发后，任上海文化界救亡协会国际宣传委员会主任，主持出版《团结》、《上海人报》、《集纳》、《译报》等报刊，进行抗日救亡宣传，组织编译出版美国记者斯诺的《西行漫记》，并首次编辑出版了《鲁迅全集》。新中国成立后曾任外交学会副会长、全国人大常务委员会委员、出版总署署长、《光明日报》总编辑、文化部副部长等要职。章克标出生于1900年，早年曾是武侠小说泰斗金庸的老师，20岁时赴日留学。后来又考入日本京都帝国大学，攻读数学博士学位。回国当过一段时间教师后，决定向文坛发展。1926年他在上海与胡愈之、丰子恺、叶圣陶等人共同轮流主编《一般》月刊，同时与滕固、方光焘等人创办我国新文学早期著名社团之一的狮吼社。1928年章克标又进入开明书店，主编当时影响广泛的开明数学教科书以及《开明文学词典》。一年以后，他又参与创办时代图书公司，这个公司后来成为30年代中国规模最大的出版机构之一。章克标出任时代图书公司的总经理，并主编《十日谈》旬刊。后来他成为《申报》“自由谈”专栏的主要撰稿人之一，跻身30年代中国杂文高手之列。章克标还与林语堂、邵洵美等人一起创办了《论语》杂志。据章克标后来回忆，那幢房子里有浴室和卫生设备，前楼后楼分开，当中隔条走廊，朝北的后楼小些。三楼上面还有一间屋顶阁楼，也可以住人，所以住3户人家并不拥挤。

四达里曾住过当年的左翼文学青年沙汀。沙汀原名杨朝熙，四川安县人。1929年，沙汀来上海，先住东横浜路德恩里（今秦关路44弄）13号，并在中华艺术大学听课。1930年他与杨伯凯等在北四川路四川里（今1604弄）办辛垦书店，被推为董事长。1932年10月，小说集《法律外的航线》出版，始用“沙汀”笔名，同年退出辛垦书店，迁居山阴路四达里，加入“左联”。沙汀在四达里住了一年左右的时间，1933年任左联常务会秘书。同年秋，他迁居姚主教路（今天平路）天祥里。1928年9月，由张友松、夏康农创办的春潮书局在四达里104号成立，曾出版过《春潮》月刊和《二月》、《小小十年》、《小彼得》等书籍，1930年因经济困窘关闭。

位于山阴路145弄的花园里是一排灰色拉毛墙的3层建筑。弄内2号曾居住过著名日本友人尾崎秀实。尾崎秀实1901年生于台湾，其父汉学功力颇深，因此尾崎秀实的中文也很了得。尾崎秀实大学毕业后成为东京《朝日新闻》社记者，1928年至1932年任该报驻上海特派员。他结识许多中国左翼文化人士，与鲁迅时有晤面。尾崎秀实曾在1931年将日本左翼记者山上正义翻译的日文版鲁迅《阿Q正传》赠予鲁迅，1934年尾崎秀实最后一次赠予鲁迅的书籍是自己翻译的史沫特莱的自传体长篇小说《大地的女儿》。山阴路165弄的新式里弄兴业坊是浙江兴业银行于1927年投资建造的，弄内共有4排房子，每幢前面围有半墙，可以种植花木。1931年1月，在左翼戏剧家联盟的领导下，大道剧社在弄内17号成立。淞沪战争爆发后，大道剧社全体演员在田汉率领下，奔赴抗日前线，1933年停止活动。1937年“八一三”前后，兴业坊的许多民居被日本人占用作使馆人员宿舍，直到抗战胜利，兴业银行才收回。曾直接参与“左联”筹备工作，“左联”成立后又主编“左联”机关刊物《大众文艺》的陶晶孙于1937年在山阴路216弄2号居住。20世纪60年代末赵家璧搬入山阴路192弄53号。赵家璧曾于1921年主编了良友图书印刷公司的“一角丛书”。1935年在鲁迅、茅盾、郑振铎等前辈作家的支持下，他主持编辑《中国新文学大系》。

文华别墅18号曾是黄炎培次子黄竞武烈士的故居。黄竞武从清华大学毕业后，留学美国哈佛大学，获经济学硕士。1929年归国后，开始投身民主运动，新中国成立前夕被国民党特务杀害，年仅43岁。现黄竞武灵柩安葬于川沙烈士公墓。山阴路四达路路口有一栋独立英式洋房，曾住过中国人民解放军海军政治部秘书长柳夷，他也是海军政治部文化部长、海军报社社长。山阴路209弄与山阴路四达路路口的房子一样，都是青砖墙体、四面坡红瓦屋顶的英式洋房，每两幢连在一起，房屋和花园的格局很大。灰色的立面镶嵌着砖红腰线，圆形的门窗中央都有拱心石，既美观又在力学上起到坚实稳定作用。这里是中央储备银行为高级职员提供的住处。弄内4号曾是台湾著名导演杨德昌的出生地，他以前的夫人便是享誉歌坛的“丝绒皇后”蔡琴。杨德昌的父亲过去是中央储备银行的职员，1992年，夫妇俩遵循已是耄耋之年的父亲的嘱托，前往山阴路上寻根，当杨德昌看到自己小时候住过的房子时不由感慨万分。山阴路292号是栋独立的花园洋房，临街两扇灰色的大铁门紧闭着，其花园之大堪居山阴路之首。里面的主人是曾参加过二万五千里长征，新中国成立后被授予中将军衔的东海舰队司令刘浩天，他也是解放军军事学院院长和中共第九届中央候补委员。

山阴路末端的343弄是一条名叫“青庄”的里弄，新中国成立前这里是基督教青年会的宿舍。旧时的青庄，围墙是用漆成黑色的竹子编成的篱笆墙，透过竹子间的缝隙，隐约可见里面一片绿色的草坪，周围种着花草树木，颇有些田园风情。青庄里3号是宗教界爱国人士、群众歌咏活动的倡导者之一刘良模的旧居。1935年7月，刘良模所领导和担任指挥的“民众”团联合另外7个业余歌团，在精武体育总会举办群众性音乐会，吕骥、冼星海等参与组织，这是群众歌曲第一次出现在公开的音乐会上。1949年9月，在第一次政协会议上，他和几个委员联名向大会提出将《义勇军进行曲》定为国歌的建议，被大会采纳。而相邻的1号是曾任中国基督教三自爱国运动委员会主席的宗教活动家、爱国民主人士吴耀宗的旧居。刘良模和吴耀宗都是20世纪30年代开始在这里居住的。

名满天下的大陆新村

山阴路名气最响的当属大陆新村了，那里住过鲁迅和茅盾两位文学大师，大陆新村还是鲁迅先生最后的居所，在这里，鲁迅度过了他生命中最后四年半的岁月。

1933年4月11日,鲁迅先生由北四川路的拉摩斯公寓迁到施高塔路大陆新村1弄（今山阴路132弄）9号。大陆新村是由大陆银行上海信托部投资，于1932年建成的6条弄堂共61幢独门进出的新式里弄住宅。大陆新村的房子都是红砖红墙、红瓦盖顶的3层楼建筑，原本是大陆银行给自己职员盖的宿舍，租金十分高昂，几十两黄金也只能买个使用权，每月还得交不菲的租金。鲁迅当时化名周裕斋，以内山书店职员的名义迁入，他是这幢房子的第一位房客。

鲁迅先生住的是弄内最后第二幢，这是一幢砖木结构，红砖红瓦的3层楼房，现在这幢房子已按照鲁迅生前居住时的情况复原。推开黑铁皮大门，迎面是一个12平方米左右的方形小天井，左侧西墙下有一个小花圃，花圃里

大陆新村鲁迅故居

种着桃树、紫荆、石榴等花木。穿过天井，踏上台阶，进屋便是会客室。中间摆着一张西式餐桌，周围摆着5把椅子。沿西墙放有书橱、手摇留声机和瞿秋白去江西瑞金时留赠给鲁迅的西式拉盖书桌。书桌上方挂着一幅《读〈呐喊〉图》的油画，东墙上挂着一幅《太阳照在贫民窟》的木刻画。下面是海婴的玩具橱。南窗下是许广平的缝纫机。会客室后面是一间用花玻璃隔扇隔开的小间，里边放着一张广漆八仙桌，四周是4只烤花圆座椅，这是鲁迅一家人用餐的地方。西墙角是一只双层碗橱和4只圆凳，东墙放着衣帽架。通过餐室，沿楼梯拾级而上，二楼前间是鲁迅的卧室兼工作室，沿西墙放着大衣柜、茶几、两把藤椅和一只梳妆台，梳妆台上陈设着外国版画。北墙五斗橱上方的墙上挂着一幅海婴出生后16天的油画像。南窗上糊着彩色玻璃纸，窗下是书桌，桌上放着文具、烟具和茶具。桌前是一张木头转椅，书桌右侧是一张藤榻，想来，先生写作累了便会靠在上面休息并思考吧。他在藤椅上沉思，许多杂文就在这里诞生。靠东墙是张双人黑铁床，床上的薄棉被、印花枕头，均按原样布置。1936年，重病缠身的鲁迅仍坚持写作。宋庆龄知道后，语重心长地给他写了一封信。后来鲁迅就在这张铁床上不幸逝世。后间是储藏室，两边的木箱上盛放着鲁迅举办版画展览时的镜框，一只多层用品橱内放置着鲁迅的修书工具、药品和医疗器皿等杂物，还有一只瞿秋白留下的红色破皮板箱。三楼前间是海婴和保姆的卧室，卧室正面是落地窗，窗外是个宽1米、长近2米的阳台。室内除一张大床外，陈设简单。后间是客房，放着简单的卧具、桌椅和书橱，瞿秋白、冯雪峰都曾在这里避过难。三层楼上还有一个晒台，可以晾晒衣被，逢年过节，还能燃放烟花。

鲁迅住在这里时，前门平时不作进出用，除非生客来访才开启，以示隆重。信件、邮件、报纸、杂志等也从后门投递。在这里，鲁迅会见过瞿秋白、茅盾、冯雪峰和史沫特莱、内山完造等人。大陆新村所在地为“越界筑路”地区，具有半租界性质，鲁迅便以“租界”二字的一半命名自己的书斋为“且介亭”，并以此为名编了《且介亭杂文》集。在大陆新村，鲁迅写了许多战斗性杂文，并编辑《译文》杂志，翻译《死魂灵》、《俄罗斯童话》等外国文学作品。他提倡木刻版画，还编辑整理了瞿秋白遗著《海上述林》。

时至今日，大陆新村鲁迅卧室梳妆台上挂着的一个旧时日历牌的日历还停留在这位大文豪逝世的日子：1936年10月19日。梳妆台上的闹钟指针也静止在那个悲伤的时刻：凌晨5时25分。

大陆新村对面是东照里，为仿日式3层新式里弄住宅，外墙是清水砖的。此里弄约建于1921年，初名“日照里”，后又改为“东照里”，沿用至今。每幢房子有前后两个门，还有一个小天井。住宅南向有老虎窗，北面有一个七八平方米的露台，围着镂空的水泥花瓶栏杆。东照里之所以出名，是因为那里住过瞿秋白。如今弄口的墙上有一块镌刻着“瞿秋白故居”的铜牌，上面写着“山阴路133弄12号”的字样。

鲁迅与瞿秋白相识于1932年春夏之间，彼此一见如故，十分相契。在白色恐怖中，1933年2月初，瞿秋白夫妇从南市紫霞路到北四川路的拉摩斯公寓鲁迅寓所避难。但鲁迅家也不安全，鲁迅便托内山完造租下东照里12号2楼的亭子间，并让他用“白之”的笔名发表杂文。瞿秋白4月初搬入，4月11日鲁迅也从拉摩斯公寓迁入东照里对面的大陆新村。东照里和鲁迅居住的大陆新村隔路相望，似乎腿一抬就到了。那段时间，鲁迅几乎每天都去看望瞿秋白。瞿秋白在东照里居住的短短3个月里，完成了《鲁迅杂感选集》的编选，并写下17000多字的序言，对鲁迅的思想及杂文作了精辟论述，第一次给予鲁迅以中国现代文学史上“无产阶级和劳动人民的真正友人，以至于战士”的高度评价。当年，鲁迅曾亲笔题写了对联“人生得一知己足矣，斯世当以同怀视之”赠给瞿秋白。在瞿秋白就义后，他仍坚持抱病为挚友编印《海上述林》，以此表达深切的悼念；同时不断与瞿秋白的妻子杨之华通信，鼓励、安慰她，可见鲁迅与瞿秋白夫妇间的深厚情谊。如今，东照里12号这个小房间已成为他俩友谊的历史见证。

与鲁迅住处仅一弄之隔的施高塔路大陆新村3弄9号（今山阴路156弄29号）是茅盾住过的地方。1933年4月，茅盾化名“沈明甫”住在弄内29号，与鲁迅相邻，关系密切，经常来往。两人共同研讨文坛情况，领导左翼文化运动，并肩以《申报·自由谈》为阵地，写下大量抨击时政的杂文。

瞿秋白寓所旧址

1933年春节，在北平燕京大学教书的郑振铎回上海过年，顺便来大陆新村看茅盾，商量创办《文学》之事。他们还互邀宴饮。那年5月6日，茅盾去鲁迅寓所，并赠《茅盾自选集》一本。饭后，鲁迅去茅盾住所，"食野火饭而归"。四天后，史沫特莱将前往欧洲，鲁迅委托夫人许广平"治馔为之饯行"，并邀茅盾参加。1933年7月，20世纪30年代上海大型文艺刊物中寿命最长、影响最大的《文学》由茅盾负责创办。茅盾在这里住了两年，于1935年3月迁出。其间，他写下了《春蚕》、《秋收》、《残冬》农村三部曲；并与鲁迅一起不顾白色恐怖，共同编选了中国现代作家短篇小说集《草鞋脚》。1946年5月，茅盾夫妇从香港来沪，因此时上海的房子已不好找，于是，便住进大陆新村1弄6号（今山阴路132弄6号）朋友欧阳翠家的二楼，和鲁迅的住处在一条弄堂里，只相隔两个门牌号。可惜，鲁迅已在十年前在此仙逝。两个志同道合的朋友再也无缘相聚了。茅盾在此写下了大量的杂文、文艺评论、翻译作品，并发表了《上海文化界反内战斗争自由宣言》。同年12月，茅盾夫妇应邀访苏，大陆新村茅盾居处的二楼聚集了许多来送行的人，郭沫若、叶圣陶等还一路送到船上。1947年12月茅盾奉命离开上海去香港，结束了在山阴路历时一年零七个月的寓居生涯。

内山书店和千爱里3号

在山阴路四川北路路口的工商银行山阴路储蓄所正门左侧的墙上，镶着一块白色碑石，碑石上端有鲁迅先生和内山完造先生的塑像，这里便是内山书店的旧址。

1929年，内山完造辞去了书店推销员的工作，在施高塔路11号即现在的千爱里街面房屋四川北路2048号增设了内山书店营业部，不久，这里便成了内山书店总店。内山书店是一幢坐北朝南的砖木结构假3层沿街弄堂房子，楼上为内部用房，底层是营业部，中间是书店入口。店内东、西、北三面墙和中间摆放着书架，书架后面是个小小的空间，中有圆桌和一只日式火钵，四周是一些椅子，顾客可坐在上面休息和漫谈。其中靠书架的一只椅子是鲁迅的"专椅"，椅子面朝里，坐在上面，店堂里的人只能看到鲁迅的背部，起到了保护鲁迅安全的作用。夏天，内山书店门口沿街处摆着为行人供应茶水的茶缸。

内山书店是中日文化交流的桥梁，现代日本文学830种中译本绝大部分是由内山书店经销的，尤其是由左翼作家翻译的330种书，全都是通过内山书店销售的。鲁迅就曾在内山书店买了1000册以上的书，内山书店还出售国民党当局禁售的各种进步书籍，因为有治外法权的保护，当局也无可奈何。当时鲁迅的书几乎都被禁了，但在内山书店却依然能买到，而且销路很不错。不过售禁书毕竟有风险，因此这些书并不公开陈列在书架上，熟悉的读者，只要询问店员，店员就会视情况悄悄出售。

那时，鲁迅常常到内山书店去，除了买书，还常常坐在他的“专椅”上和老板内山完造聊天，内山夫妇也常去附近的鲁迅寓所做客。为进一步扶植新兴木刻，1933年10月14日、15日鲁迅与内山完造合作在施高塔路的千爱里40号（今山阴路2弄20号）举办了“现代作家木刻画展览会”，展览会上展出德国、苏联、捷克、荷兰、匈牙利等国木刻作品多幅，参观者如潮。鲁迅在大陆新村楼上窗口望到不远处千爱里川流不息的人群，便高兴地放下手头的工作，跑到会场去照料一下自己亲手布置的展览。

内山完造的寓所在施高塔路千爱里3号（今山阴路2弄3号），建于1928年的千爱里是日本式样的砖木结构3层联排花园洋房。弄内有坐北朝南房屋5排45幢，每幢屋前都有低矮的围墙，门前有小铁门，墙内有小花园。岁月荏苒，千爱里清幽依旧，反倒多了点历史积淀的韵味。走进里边，仍可看到日式拉门和适合铺设榻榻米的地板。当年弄内的居住者以日侨为主，除了日本商人及高级职员外，还有许多日本海军高级军官。内山夫妇住在3号的底层，斜直对着临街的内山书店后门。门前有个小花圃，中间过道两侧，有60余米高的竹篱。走进去，前半部是内山先生的书房，后半部用作内室，中间用四扇中式落地长窗相隔，内室的柳安木地板上铺设有榻榻米。走道尽头是卫生间，里面有一只洗澡用的半人多高的大木桶。鲁迅先生曾多次在这里会见日本友人。

内山完造四次帮助鲁迅先生避难的故事，成为中国文学史上的佳话。

内山完造旧居　山阴路2弄3号
Former Residence of Uchiyama Kanzo
House No. 3, 2 Shanyin Road
内山完造（1885-1959），日本冈山人，内山书店老板。二十世纪30年代至40年代两次在此居住。
Uchiyama Kanzo (1885-1959), a native of Okayama, Japan, ran a Uchiyama Bookstore in Shanghai. He lived in this house twice from 1930s to 1940s.
3
山阴路二弄

内山完造旧居

1930年3月19日，鲁迅因参加“中国自由大同盟”等活动被国民党秘密通缉，内山得讯后就让鲁迅住到内山书店的假三层阁楼上，直到4月19日才回到景云里自己的家。1931年1月柔石被捕后，内山怕牵连鲁迅，就安排他全家住到日本朋友开的黄陆路（今黄渡路）30号的花园庄旅馆暂避。黄陆路是一条幽静的马路，离拉摩斯公寓很近，鲁迅在那里度过了包括旧历除夕、春节在内的39天的避难生活，并在那里写下了有名的七律诗《无题（惯于长夜过春时）》，直到2月28日才回到拉摩斯公寓自己的家。1932年1月30日，为避“一·二八”战乱，内山把鲁迅一家和周建人的家眷接到内山书店，让他们暂住在鲁迅住过的假3层阁楼上，一周后又派书店的日本店员护送他们住到四川中路的内山书店支店里。内山书店也是鲁迅与外界接触的中介点，由于鲁迅处在被通缉的状态，住处不便公开，一般都是在附近的内山书店与人约会，信件也是通过那里转交的。鲁迅到内山书店与人约会时，内山夫妇总是警惕着周围，一旦发现情况，就及时把鲁迅从后门送走。由于内山完造的掩护和援助，使鲁迅得以安全地度过在上海的十年艰险生涯。

1934年8月23日凌晨，内山书店两名中国店员因参加社会活动被捕。鲁迅在当天下午就应内山完造之邀避难到内山完造寓所。鲁迅在内山完造位于千爱里3号的寓所住了10天，他的房间就在会客室右边朝南的一间。鲁迅在千爱里避居的第二天，在寓所会见了日本东京庆应大学图书馆职员、中国古社会研究者井上芳郎和日本友人尾崎秀实。29日，井上芳郎与上海东亚同文书院教授、日本人林哲夫一起来内山家，鲁迅又与他们热情交谈，并在内山寓所前合影留念。9月18日，两名店员被释放后，鲁迅才回到大陆新村。鲁迅与内山完造交往10年，内山深刻理解了鲁迅，也深受鲁迅精神的感染。鲁迅也把内山作为可信赖的朋友，逝世前一天，他还支撑着写了一封信给内山：“……老板，出乎意料之外，从半夜起，哮喘又发作起来了，拜托你，请你打个电话请须藤先生来。希望快点替我办！”许广平拿了信，急忙赶到书店交给内山。这封信竟成了鲁迅最后的绝笔，现存放在上海鲁迅纪念馆内。

内山完造在充满日本生活气息的千爱里一直住到1942年，前后达10年之久。当年，这里的房前设有木栅，庭院里植有红松和杉树，并种着各式花草。而今屋前的木栅已被砖砌的围墙代替，房顶的红瓦上有三角形天窗，所有门窗均配有穹形的木框。不过原先用卵石装饰的外墙面现已改为拉毛水泥装饰，唯有当年种植的两株水杉还在，而且已经长得高过屋顶了。大门上悬挂着“内山完造寓所”的牌子，只可惜物是人非，里面早已住进了毫不相干的居民了。千爱里这条弄堂，一边是高高的围墙，把原本窄窄的弄堂衬托得很幽深。最难得的是千爱里的绿化，每家每户门前都有两个浅浅的花坛，上面种着冬青、黄杨等常绿植物，而且所有的围墙上都爬满了藤本植物，深锁的庭院里露出高大的树枝。入夏，结满了累累硕果的枇杷树伸展着繁茂的枝叶，碧绿的水杉直冲天际。每一条支弄里的树叶两边相结成一条绿色的甬道，像这样情调浓郁的弄堂委实不多见，更难得的是它的静，只听见鸟声不绝于耳，还有风吹树叶的沙沙声，使人几疑误入桃花源中。

在鲁迅居住虹口的10年时间里，内山完造给了他许多帮助，在白色恐怖笼罩下，鲁迅曾4次外出避难，全都是内山帮助找地方，或者就在他家和书店避居。内山完造还营救过被捕的鲁迅夫人许广平、鲁迅弟弟周建人及其他文化人。战争期间，为帮助中国人顺利通过哨卡，他将印有“内山书店”的名片送给中国朋友，在名片上写道：“此人是我的熟人，我担保他的身份。”由于他热诚帮助中国人，多次受到日本军特机关的查询。新中国成立后，内山完造曾多次访华。在参加新中国国庆十周年时，内山完造不幸因脑溢血在北京去世。根据他的遗愿，将他与1944年在上海去世的妻子美喜子同葬在上海万国公墓。留下内山足迹的千爱里至今犹在，它的面貌虽然已经有所改变，但是仍让不少前来探访的日本朋友流连忘返。

内山完造创设的内山书店一直营业到1945年被国民党封闭为止。原内山书店房屋现已成为工商银行山阴路储蓄所。上海市文物管理委员会因该屋为内山书店旧址，又是鲁迅先生生前买书、会客、避难之处，于1981年9月28日鲁迅诞生百年之际，勒石纪念。碑石用白色大理石，高50厘米，宽70厘米，上面镌刻金字说明，镶于书店门旁右侧墙壁中间。1998年10月，山阴路储蓄所扩建营业大厅，并在二楼设立“内山书店旧址纪念室”。原来的纪念碑从墙上取下，陈列于纪念室内。门口左侧墙上重新镶入两块白色纪念碑石，一块是上海市文物管理委员会立的“上海市纪念地点”碑石，另一块是虹口区文化局立的，碑石上有鲁迅先生和内山完造先生的塑像。2005年1月，在内山完造诞辰120周年之际，中国工商银行上海市分行对陈列室又进行了装修。

至今依然是文化人钟爱的路

为保持街道设施的历史延续性，如今，山阴路人行道水泥路被铲平，铺上了红黑相间的舒布洛克砖，并配以鹅卵石，古雅美观。而街道两旁高大的梧桐树下种植了灌木及小型乔木，以及花草等。

不久前，我与我的朋友、著名京剧演员周燕萍一起去山阴路拜访沪上著名戏曲人物画家陈九。陈九既是上海两家美术馆的艺术总监，又是上海新水墨艺术的探索者之一。因为喜欢山阴路的文化氛围，陈九把大陆新村的一间底楼租了下来作为工作室。巧的是那条弄堂正是当年茅盾先生居住过的，陈九的工作室和当年茅盾先生的旧居中间只是隔了几户人家。

从铁门进去是一个小天井，天井里种着兰花和丹桂，石缸里养着小金鱼，窗台上摆着一盆盆绿色植物，有雏菊、文竹、海棠等，正热热闹闹地开着。一侧砌着一个长长的花坛，里边种满了青青的竹子，还有一枝葡萄正在上面搭出的架子上攀援。砖红的外墙有些斑驳，白色的玻璃门，白色的花格窗，旧旧的，露出木质，老房子的沧桑明明白白地写着。室内陶瓷花瓶里插着几支枯萎的莲蓬。老式的脸盆架，老式的搪瓷脸盆，墙上挂着的古琴，案头的兰花，少不了的文房四宝，画案，假山石，把小小的工作室塞得满满，但那种雅致的文人气却从四壁渗透出来。

我从小住在山阴路附近，对大陆新村始终怀着高山仰止的崇敬，第一次走进鲁迅故居，我还是青春年少，但从此对于这幢房子就魂牵梦萦，曾想像自己若能生在那个年代，也许会像萧红那样成为先生家的常客，聆听他谈文学，谈人生。那是怎样的幸福啊！现在当我坐在陈九工作室里时，突然萌生了穿越感，感觉这间小小的工作室竟是如此令我心仪，顿时明白陈九缘何要把自己的工作室设在这里了。文化是有气场的，大师们的气息至今留存在这里。艺术家在这里画画，看书，会客，灵感自然不请自来。

蓦地想起鲁迅先生的散文《好的故事》，先生笔下的山阴道美不胜收，然而，毕竟似镜花水月，蹙皱的云锦，临了，终成了片片碎影。鲁迅当年选择山阴路，是不是也缘于这“山阴”二字？可是，鲁迅先生住在这里的时候，这条路不叫山阴路，而叫施高塔路呀，这让我一下子又回到了当下。

山阴路走到尽头就和祥德路相接了。祥德路长不过700多米，沿路多老式花园洋房住宅，和山阴路的风格颇为接近。建成于1943年的祥德村就在靠近山阴路的祥德路2弄，这条新式里弄不长，弄内总共才8幢联体小洋楼。朝南的外立面是立体感很强的奶黄色拉毛墙，屋顶上有两个双坡老虎窗，檐下有三角形双坡山墙，两层挑出铸铁栏杆阳台，朝北是清水红砖墙。红瓦绿檐，色彩丰富。南立面底层前有个可种花草树木的小院子。祥德路和山阴路的渊源可从祥德路48弄窥见一斑，该弄弄名原来就叫“山阴路绿苑庄”。

甜爱路：风情着别人的风情

甜爱路原系靶场内小路，1920年辟筑，初名“公园靶子场路”，因与千爱里相通，故又称“千爱路”。1934年后，改称“甜爱路”。幽雅宁静的甜爱路南起四川北路，北到这条路上的351弄。比起四川北路，甜爱路显得那样小巧而羞涩，它没有轰轰烈烈的过往，一切都显得静谧而清新。

在上海的马路路名中，甜爱路是很另类的。上海的马路大多是以中国的省市命名，西区许多情调很浓的马路，单看名字是无论如何也想不到它内在的韵味的，如衡山路、武康路、华山路、永嘉路、泰安路等，更不必说南京路、淮海路这样的大牌马路了。可偏偏甜爱路的名字就这么令人遐想，不必去管它的历史，也不必去看它的实景，单是路名就够得上“风情万种”4个字了。

甜爱路的路名明明白白地告诉你，这是一条甜蜜的爱情之路。好在，它确实是实至名归，凡走过这条路的人都会感受到。于是，人们把这条路称之为“上海最浪漫的马路”。

路上藏着的美丽传说

一踏上甜爱路，立即就会感觉到它的与众不同。与上海马路的行道树多栽种法国梧桐不同，甜爱路的马路两边各自栽植着的是一排笔直的、高耸入云的水杉。水杉羽毛一样的树叶比起其他树的叶子要绿得淡一些，安静而不张扬的树冠把直射的阳光也过滤得温和起来，轻柔的树叶只管一味向上，使得原本就不宽的马路有了一种幽谷深邃之感。路两侧高高的围墙后都是建

甜爱路街景

于20世纪30至40年代的欧洲乡村别墅式的清水红砖或是水泥拉毛的洋房，还间杂着日式花园住宅，那些尖顶的小洋楼从水杉的缝隙中春光乍泄，犹抱琵琶半遮面的，显得有点神秘。阳台上一盆盆姹紫嫣红的花儿迎风摇曳着，又似乎在召唤着路上的行人。夏日，水杉洒下一片浓荫；深秋，又甩落满地碎金。月光下，水杉修长的身影投射到窄窄的马路上，有一种扑朔迷离的美，溢满诗情画意，而那些甜和蜜悄悄藏在浓密的树荫里，不知道那些被浓荫隐没的屋子里面隐藏了些什么动人的故事。

这条路上还真的流传着一个美丽的故事。传说古时候这里居住着一户姓田的财主，财主家里有一个女儿，芳名田爱。这姑娘从小就知书达理，聪慧过人，长大后更是才貌双全，远近闻名。田宅里有一个放牛的小伙子，名叫祥德，聪明能干。他和田爱从小在一起，有时还陪小姐一起读书，两小无猜，日久生情，最终成就了一段爱情佳话。从此，上海就有了甜爱和祥德两条相依相偎的幽静小路。而“愿天下有情人终成眷属”，也成了甜爱路暗藏着的心愿。

在鲁迅公园边门的甜爱路上有一个书场，在那里泡上一壶茶，听半日说书，品味香茗，也品味吴侬软语。台上旗袍长衫，琵琶三弦，演绎出大千世界的千姿百态，恰似这条素来远离尘俗之路的气定神闲。

酿就穿越百年的浪漫

在甜爱路和山阴路之间有一条名为“千爱里”的弄堂，暗红色的砖墙，葱郁的爬山虎，把弄堂衬托得十分优雅。这条连接甜爱路和山阴路的小弄堂有这么好听的名字，就缘于它隔壁那条远近闻名的浪漫马路“甜爱路”。当时取名“千爱里”还因为日文中的“千爱”两字的含义与汉语相近，有“爱及千家”之意。当时在千爱里居住的均为日侨，千爱里3号的主人就是内山书店的老板内山完造，他在这里住了11年，当年鲁迅先生和夫人许广平是内山完造家的常客，甜爱路也是他经常光顾的地方。如今，甜爱路200号为鲁迅纪念馆。

甜爱路一侧是由28首中外著名爱情诗篇组成的“爱情墙”，墙上的爱情诗

鲁迅纪念馆

画采用的是中式和欧式两种风格的镜框，材质以铁艺仿中西式窗棱修饰，大理石表面镌刻着古今中外的经典爱情诗歌，从诗经的《上邪》到普希金、徐志摩、席慕容、舒婷的诗篇都可以在这堵爱情墙上找到。每首诗都配有形象化的图案，丰富了画面主题。印象最深的是歌德《夜思》里的两句诗："自从我沉湎在爱人的怀抱里，星星和深夜我都已忘记。"读了确实难忘。嵌着这些美丽诗句的镜框挂满了甜爱路掩映着洋房的围墙墙面，在西洋式路灯的映衬下构成一道特别的风景线。携上心爱的人儿，手牵着手一路念过去，每一篇都用心诵读，让甜甜的爱溢满心头，该是怎样的幸福啊！据说相爱的人手牵手走过这条路，爱情就会长长久久。很多人的恋爱故事就是在这条路上发生的。在甜爱路上行走的一对对恋人们自然不会错过这美好的爱情瞬间，他们边走边拍，成了甜爱路上的人文景观。

在临近四川北路的甜爱路路口设置了一只特别的爱心邮筒，也被叫做"爱情邮筒"。围绕着邮筒的地面上有一大块正方形的青石板，邮筒下镌有3颗连在一起的心，有点像蝴蝶的翅膀，以示"心与心"的沟通，青石板上写满了恋人们的爱情絮语。从这只爱心邮筒投出的每一封信，都将被盖上一枚爱的邮戳，让收件人通过这枚邮戳感受一份爱心与浪漫。许多恋爱着的人会特意把自己写着绵绵情话的明信片放进这个爱心邮筒，寄给自己的心上人，寄托自己的情意。

邮筒、邮戳和马路两侧的爱情墙，让甜爱路散发出浓浓的甜蜜气息。在爱情邮筒投递盖着爱心邮戳的情书，在爱情墙轻吟古今中外的情诗，到过甜爱路的人都会因为它的甜爱意境而陶醉。

据说，在上海的有情人在情人节当天到甜爱路上走一圈就会幸福、甜蜜到老。于是，每年的情人节，甜爱路上满是一对对相拥相偎的恋人。这一切让这条浪漫之路焕发出甜蜜的气息，其独有的寂静和舒缓的情调浸透其间。优雅沧桑的洋房，斑驳的墙面，一年复一年地以欣赏的眼光惬意地守望着这穿越百年的浪漫。

甜爱路就这样风情着别人的风情。

由中外爱情诗篇组成的“爱情墙”

在咖啡馆里寄出爱情明信片

在甜爱路上邂逅两家品味不俗的咖啡馆。

一家是甜爱路129号的甜爱咖啡馆，它位于甜爱路与甜爱支路的交界处，这里俨然就是为情侣们开设的。咖啡馆对面靠近甜爱支路一端路口的一片绿地里，肥硕的散尾葵下竖立着一对相亲相爱的情侣雕塑，造型有点20世纪30年代青年的味道，像是在为这条浪漫的路点题。咖啡馆红瓦坡顶，一楼是红砖外墙，棕色的格子玻璃门，墙面上镶嵌着彩色马赛克，一排小小的木头篱笆渲染出田园风情，在水杉的绿荫下越显幽静。紫色的店招上浅黄色的“甜爱咖啡馆”字样显得十分娇媚。一边的红砖墙上挂着的一块块小黑板上用粉笔写着咖啡馆的咖啡及点心品种；另一边墙上镶嵌着一块大大的黑板，上面中英文的“甜爱”两字俏皮地迎接着客人。二楼是白粉外墙，中间一株三叉树枝，两边各有一排木格子窗。门口放着一辆旧自行车，悄无声息地述说着怀旧的意蕴。

推开木格子玻璃门，走进去，是吧台，再进去，里面墙边居中摆着一架欧式壁炉，壁炉上雕着玫瑰花，柔媚的枝叶相互缠绕着，上面摆放着的银质烛台插着几根白色的蜡烛，便有了几分欧洲客厅的情调。舒舒服服地坐进临窗安放着的椅背高高的沙发椅，看窗外水杉的树叶被风吹得枝叶乱颤，摇出一片苍翠。点了一款魔方咖啡，是因为觉得特别。服务员说那是把咖啡做成冰块，再往上面倒牛奶制成的。喝着魔方咖啡，定神向四周打量，便看见了一面墙上贴满了的画着甜爱路街景的手绘明信片。服务员说，你来到这里，就不能错过在她们的店里敲章。这倒引起了我的好奇，仔细一看，这里的章有两枚，一枚是上海旅游局的甜爱路章，还有一枚是咖啡店的专用章。这枚专用章果然特别，上半部分印着甜爱咖啡馆的外景素描，下半部分印着两行字，分别写着“甜在路上，爱在此刻”，倒是把甜爱路的主题渲染得浓浓，作为来此一趟的纪念倒也确实不错。不动声色的广告语让我怦然心动，当即买了几张明信片乖乖地盖了章。

再往前走，在甜爱路137号邂逅了梦咖慢递咖啡馆。这家咖啡馆干脆以名

甜爱咖啡馆

信片作为主题。2层楼的房子，浅蓝色外墙，一侧墙上用灯围成一圈半圆形的砌成砖红的墙，上面挂着一只只五颜六色的小屋子样的小邮筒，墙上用粉笔随意写着“明信片、慢递、咖啡”等字样。外墙上方是一排原木店招，除中英文店招外，还画着色彩绚丽的充满童趣的画。老上海风味的门灯下是一扇格子玻璃棕色木门。推门进入，一楼除了卖咖啡，还卖名信片，有两张小桌子，好像是专门给写明信片的人伏案写字用的，写完了可以在门口的一个个彩色小房子里寄出甜爱路专属明信片。旁边还有个照片墙，只要你愿意，尽可以把自己的倩影贴上去。信步走上二楼，那里有舒适的沙发座，还有情侣雅座，一个个隔开的位置适合情侣们依偎在一起窃窃私语。当然你如果和我一样是独行客，也可以要一杯咖啡，把自己埋进舒适的沙发里看看书，听听音乐，写写字，或者用店里的WiFi上网发微信，享受一下慢时光。服务员递上咖啡单时，喜欢养花的我一眼看中一款盆栽提拉米苏，端上来时，只见包裹在一片绿叶中的提拉米苏宛若一朵盛开的百合花，勺子居然是一把微型铁锹，顿时带给我惊喜，也算是有创意的了。只是看了它很久，始终舍不得用勺子去搅，眼睁睁地看着它一点一点地融化，花朵慢慢地小下去，好像一点一点枯萎了。我拿起勺子赶紧吃，否则看着好端端的花儿凋零成烂糟糟的一滩肯定会不开心的。

坐够了，下楼给未来的自己寄一张甜爱路明信片，顺便看看那只懒洋洋趴着睡觉的小猫咪，便也觉得时光美好……

溧阳路：虹口文脉的缩影

溧阳路始筑于1889年，旧称“狄思威路”。该路南起黄浦江畔虹口港，向西北沿俞泾浦东岸至嘉兴路原英租界时的“熙华德线”交界处。1912年又越界向北延伸至欧嘉路（今海伦路），1918年再次延伸至北四川路（今四川北路）。1943年改名为“溧阳路”。1983年，为了迎接第五届全运会而拓宽了四平路，溧阳路也被分成了两段，中间隔着一条四平路。

从四川北路跨入溧阳路，蜿蜒曲折的马路上年代久远的梧桐树叶撑起一片森森绿荫，犹如城市森林，那种安静雅致的空间体验和繁华热闹的四川北路宛若两个截然不同的世界。溧阳路窄窄的马路上铺着颜色暗暗的红砖，一路上的林荫道伴着两侧古色古香的老洋房，仿佛一不小心跌入了旧日的传说里，一股优雅的怀旧风情就这样猝不及防地扑面而来。

溧阳路是全上海花园洋房集聚密度较高的马路之一，在长不到600米的林荫路上，密集着一幢幢花园洋房，同时，它也是名人故居聚集地。这条集中反映了上海近代独立式花园洋房风貌的典型马路，可与思南路、新华路媲美。今天的溧阳路平平淡淡、悄无声息地湮没在熙熙攘攘的红尘中，却难掩骨子里的高贵，那是文化熏陶出来的。那些红砖红瓦的洋房里的树经过一个世纪的栉风沐雨已长得越来越大，繁茂的枝叶不安分地伸出墙来，似乎在向行人诉说着曾经的沧桑。它们悄悄地勾勒出虹口文脉，并保持了悠闲淡定的气质。在溧阳路沿街北侧有一长排的文化名人墙，从墙上一帧帧犹如电影胶片般定格的壁画可以品读溧阳路的历史，岁月的印痕悄然凸现。

溧阳路街景

溧阳路上的花园洋房群

溧阳路上最灼人眼球的当属48幢外貌酷似、彼此相连的花园洋房。它们位于四川北路以东、四平路以西的溧阳路上，是目前上海面积最大、最完整的双拼英式花园洋房群体。这些洋房始建于1913年，初建时为租界高级职员的独立式双拼住宅，具有维多利亚时代红砖建筑的特征，代表了早期上海近代居住建筑的典型风格。高低错落的楼房轮廓在深深梧桐的掩映中透着一种低调的华丽，宁静中带着无限神秘，似乎每一幢里都藏着轻易不与人说的故事。

这些花园洋房沿马路两侧排列，前后有花园。一式的灰赭色镶嵌黯红色砖带饰的墙面，正立面采用拱券式外廊，四坡歇山顶，红瓦屋面上设双坡老虎窗。从门口铁门进入后，便是天井花园，花园中间一道围墙把整幢别墅一劈为二。按照当初设计意图，每栋房子大多有两个门牌号，从中轴线划开，两户人家分享一栋花园别墅，类似于今天的“双拼联体别墅”。花园里树木扶疏，褪色见朽的窗棂被疯长的爬山虎层层包裹着，夏日，一片深深浅浅的绿，秋日，树叶红黄褐色相间，仿佛为这些老房子披上了一件斑斓的华服，春天的一片新绿更是把沧桑掩埋在勃勃生气之中。这些小洋楼分上、下两层，加上屋顶阁楼也可算作3层。进入洋楼，首先看见的是内阳台，有的门洞被填封起来变成一间阳台间。再往里就是客堂间，面积大约50多平方米，大多被分为前后两间客厅。客厅后面是厨房间，厨房间有北窗。经过客堂间旁边的过道通过木楼梯来到二楼，二楼是正房寝室，又被称为前楼，加上过道面积总共有70多平方米。朝北二楼半是亭子间，面积也有近30平方米，可以割成两间。二楼再上去就是带老虎窗的阁楼了。

这48幢花园别墅大多有着不凡的过往，不少有纪念意义的房子和名人故居悄无声息地潜伏在里面。如今这些旧居功能依然不改，只是里面已住着寻常人家。虽已有一个多世纪，但这些建筑却没多大变化，致使溧阳路始终保持着幽静、沉稳，成为历史的见证与人文传承的载体。

溧阳路上的联排式花园住宅

鲁迅藏书室和郭沫若故居

溧阳路最为有名的莫过于1359号的鲁迅先生藏书室了。当年鲁迅到上海后，购买了许多社会科学、文艺理论、美术等方面的书籍。1931年“九一八”事变后，反动派强化法西斯统治，鲁迅的处境更加险恶。为了妥善珍藏书籍，鲁迅通过内山完造，以内山书店日本职员镰田诚一的名义，在日本侨民聚居的狄思威路（今溧阳路）上租了一个房间，用来存放书籍。决定迁居大陆新村后，原住拉摩斯公寓所存的这些藏书，于1933年3月27日先移到这里。

溧阳路1359号是一幢建于1920年的砖木结构3层楼房，鲁迅的秘密藏书室位于这幢房子面向溧阳路的二楼。这是一间大约24平方米的屋子，屋内有两扇门，朝北的门通向楼梯间，平时由此门出入；另一扇门通向二楼中间的阳台，这扇门常年紧闭。藏书室东、南两面有窗，窗下有书桌和椅子，中间置一方桌，靠墙沿壁四周由下而上叠放着全是木板制成的书箱，几乎叠至屋顶。这些装满了书籍的箱子本色无漆，有活门，内分两格，可以加锁。这种书箱都是由鲁迅先生亲自设计，体积并不大，看上去有点像现在的小“集装箱”，便于迁移时书籍可以连箱运走，不致混乱散失。因为藏书室里存书较多，且整日拉着窗帘，光线较暗，不可能长时间待在里面看书，鲁迅先生到那里去，主要是拿要看的书，或者存放已经看过的书。这间藏书室里存放着鲁迅从寓所移来的马恩列斯著作及其他社会科学、文学、美术等方面的书籍约6000册，不少是鲁迅从内山书店购买或托友人从国外购得的，还珍藏着瞿秋白、柔石等人的手稿和纪念物品。鲁迅逝世后，许广平移居淮海中路淮海坊，并将这里的藏书等也带走了。建国后，鲁迅绝大部分藏书由北京鲁迅故居保存，故上海鲁迅藏书室未曾恢复。藏书室现为居民住房，在它的底层大门旁墙面上镶着一块镌有“上海市文物保护单位”的汉白玉标记。

溧阳路1269号（原狄思威路719号）是郭沫若在上海的第二个寓所。1946年5月8日，郭沫若和梁漱溟、章伯钧等同来上海，郭沫若在山阴路恒丰里77号暂住数天后即搬到溧阳路1269号。这是一幢红砖红瓦座北朝南假3层的日式洋房，红瓦清水砖墙，木头门窗，拱券型窗楣。围墙是竹子扎的篱笆。屋

鲁迅藏书室

郭沫若寓所现为民居

前有小庭院，庭院里有假山、金鱼池和花圃。室内装饰为日本风格，日式木窗、浴室、拉门、木地板上加垫“榻榻米”。这幢洋楼是当年中共联络人冯乃超事前向日侨管理处租来的。成立于1945年10月1日的日侨管理处当年就位于溧阳路1177号，它对日侨管理的主要任务包括集中、编训、教育、遣返等方面。这个管理处前后存在仅7个月，在1946年4月间与第三方面军京沪地区战俘管理处合并。

郭沫若入住时把这幢房子的底层做成会客室，二楼作为卧室兼工作室。当时这里还是上海民主人士联络处之一。上海的进步文化人冯乃超、胡子婴、史东山、应云卫、赵丹、周璇、陈步高等人经常来此相聚。他们一来就有10余人，可以想见这幢房子里是何等热闹。溧阳路1269号的融融灯光曾经温暖着这些进步文化人士的心。1946年8月，邓颖超等假此地招待文化界人士；11月，进步文化人士又在此为朱德60寿辰举行庆祝会，屋子里的欢声笑语不绝于耳。中共参与“北平军调部”工作的同志向进步人士揭露美蒋假调处、真进攻罪行的招待会以及以宋庆龄名义主办的“募集贫病文化人救济基金的义卖游园会”发起人会议等也都是在这幢洋楼里举行的。郭沫若在这幢楼里住了一年多，他在此筹组创造社，编辑《创造季刊》，并完成了著名的译作《浮士德》。1947年11月，因白色恐怖的笼罩，郭沫若在叶以群的护送下离沪去了香港。岁月匆匆而过，如今已经很少有人知道曾经发生在这所洋楼里的故事了。外观依然和从前一样，里面却已住满了普通百姓。只有黑色铁皮门前挂着一块铜牌，上面镌刻着“郭沫若寓所”的字样。

与郭沫若故居比邻的溧阳路1267号是毛泽东夫人贺子珍旧居。这座四周围墙高耸、封闭式的3层楼房是贺子珍当年来上海后的第一个落脚点。新中国成立后，毛泽东曾委托陈毅照顾贺子珍，在贺子珍搬进湖南路市委招待所之前，就住在这里。这栋房子原先是陈毅在上海做生意的一位哥哥的，由于附近就是派出所，所以，那里的人格外注意贺子珍的安全。这个院子里种着石榴、无花果、梨子等果树，到了秋天，满园子都是水果散发出来的香气。几层楼高的水杉如卫兵般守护着这幢不凡的房子。

曾蛰居在这条路上的文化名人

和山阴路一样，溧阳路上也寄居过不少20世纪30年代的文化名人。

溧阳路1335弄5号是著名文化人曹聚仁的旧居。这是一幢坐北朝南的2层楼石库门里弄房子，曹聚仁故居在底楼。1946年秋，曹聚仁见到一本舒宗侨编著的《第二次世界大战画史》，他仔细地研究了这本书的题材格局后，决定利用手头收集的资料，编一本类似的有关中国抗战的图书，并立刻和舒宗侨取得了联系。1947年5月，《中国抗战画史》出版并引起轰动，在当年6月又再版了一次。这本书后来成为东京审判日本战犯的重要物证之一。曹聚仁用得到的稿费买下了溧阳路1335弄5号底楼的一间房子，并取名为“闲云草堂”，还给刚出生的小儿子取了个小名，叫“闲闲”。当年曹聚仁居住在此时，从事新闻、教育工作。他担任《前线日报》主笔兼香港《星岛日报》驻京沪特约记者，还编写了反映抗战历史的《大江南线》。曹聚仁在这里住了3年，直至1950年8月前往香港。

著名记者、作家、我国晚报界先驱者之一、原新民晚报社社长赵超构1946年至1988年在溧阳路瑞康里（现四平路52弄）92号居住。抗战胜利后，赵超构任《新民报》副总主笔、总主笔。1946年主持创刊于上海的《新民报》，任总编辑。新中国成立后曾任新民晚报社社长。1972年《新民晚报》复刊后，重任社长，以林放为笔名，写了大量脍炙人口的杂文。溧阳路1156弄10号是著名新闻工作者、国际问题专家金仲华的故居。金仲华是浙江桐乡人。早年任上海《妇女杂志》和《中学生》编辑。1936年参与创办《世界知识》杂志。抗日战争前后，协助邹韬奋创办《大众生活》、《生活日报》、《永生》、《抗战》、《全民抗战》等报刊，后加入保卫中国同盟。1938年秋去香港任《星岛日报》总编辑。新中国成立后，历任华东军政委员会文化部副部长，中国新闻社、《中国建设》、上海《新闻日报》社长，中华全国新闻工作者协会副主席，上海国际问题研究所所长，上海市副市长等职。

今溧阳路965弄原名“麦加里”，系新式里弄住宅，1923年由麦加利银行投资建造，弄内共有38幢坐北朝南的西式砖木结构2层楼房。1935年8月，巴金从日本回来后就住在麦加里21号一间亭子间里，并在这时，担任了文化生活出版社的总编辑。在巴金主持下，出版《文化生活丛刊》近50种、《文学丛刊》10集160种、《译文丛书》50种，为新文学的发展做出了可贵的贡献。巴金在繁忙的编辑之余，仍不忘创作，他的长篇小说《春》便是在麦加里开始酝酿创作的。麦加里21号还是上海市总工会在1925年设置的秘密机关所在地，1927年上海工人第三次武装起义时，周恩来就在此地指挥。不过，因拓宽四平路，溧阳路965弄已被拆除，麦加里连同曾经在这里居住过的名人旧居也了无痕迹了。

今四川北路溧阳路路口一座临街的6层大楼，在20世纪30年代曾是日本人所办的“购买组合”（即供销社）第一店。1930年10月4日和10月5日，鲁迅和内山完造借这里二楼的日语学会教室举办了两人合作的第一次版画展。展览会虽名为“世界版画展览会”，实际上展出的是以苏联作品为主，包括德国的版画共70多幅。这一首次在中国举办的“世界版画展览会”，引起了各方面的注意，也唤起了文化界人士对木刻的认识，“对中国的艺术界投一石而起了波纹”。

怀旧与时尚在路上悄然融合

如今的溧阳路，是平民的世界，普通百姓离不开柴米油盐，漂亮的花园洋房里住的人也需要生活。如是，在这条文化气息浓郁的路上留存有上海滩现存最老的油酱店也就不足为奇了。

溧阳路1382号的立新油酱店从公私合营起就已存在，至今已有将近60年的历史，只是原先的国营商店现已成了民营。周边的环境不断变化，而立新还是老样子：包装简易的货品整齐地堆放在柜台上，食盐、年糕、切面、糟卤，顾客一伸手就能够到。站在这家小小的油酱店前，很容易让人穿越到20世纪七八十年代。小时候拿着空瓶子打酱油、提着空袋子装米的片段瞬间鲜活。店面一角，两台油迹斑驳的老式拷油机堪称镇店之宝。这个老上海人熟谙的拷油机被现在的营业员称之为“油坦克”，顾客来拷油时，他们逆时针摇一圈，顺时针摇一圈，拷出来的油正好一斤。看金黄的豆油从弯弯的油嘴里缓缓流出，就像看着岁月慢慢流淌。为了豆油独特的味道，住在附近的一些老邻居搬走以后，还会特意坐公交车回到这里，带着三四个油桶，装满了油回家。这里的年糕、切面、糟卤、鲜酵母等全是老上海的味道。切面和馄饨皮是手工制作的；酵母是“燕子牌”，蒸出的包子味道很正；香糟就是给老上海糟年货用的。甚至店面背后的矮墙上还贴着20世纪90年代的“经济目标、荣誉目标”的墙报，暗黄的纸张不动声色地散发着怀旧的气息。

在昔日鲁迅藏书室的楼下开出了一家名为“旧居缘”的小小杂货铺。院子的大铁门敞开着，踏进去，见花园里放着几把木椅子，上面撑开了一把白色的遮阳伞，倒也有些味道。铺子里都是些充满时尚情调的小东西，手工咖啡研磨机、自制香氛精油、玻璃醒酒器等被随意地摆放在架子上，让人看了就觉得亲切。知道自己租的房子楼上曾经是鲁迅藏书室，年轻的女老板感到非常庆幸，她说：“我的店开在名人住过的房子里，周围全是文化气息。值了。”

溧阳路上的沿街小店，几乎每家都会出售明信片，原来，位于溧阳路1338号的四川北路街道办事处门卫室，就是鼎鼎大名的“甜爱路爱心章”盖章处。

舟山路：中国的小维也纳

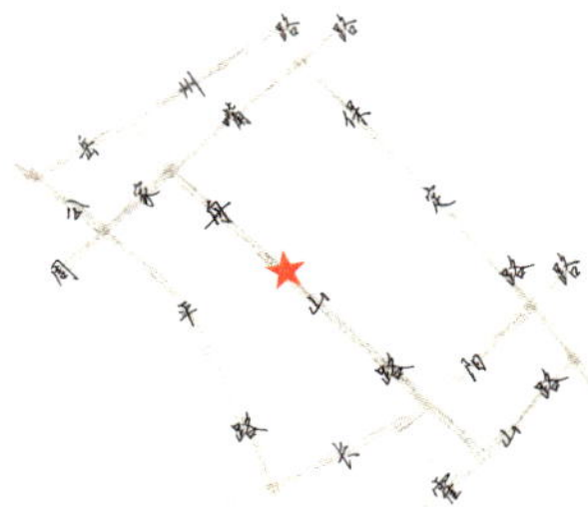

舟山路南起霍山路，北至岳州路。该路筑于20世纪20年代，以浙江省舟山为名。舟山路由南向北逐渐延伸，南端原名“七埭头”，中段是蔡家浜，向北为田野村舍。

位于提篮桥地区的舟山路沿路为商住混合区，多石库门里弄住宅。1937年淞沪会战期间，附近街区曾受到严重破坏。随后数万欧洲犹太难民逃避迫害来到上海，聚集在提篮桥地区，舟山路则成为繁盛的商业街，建造欧洲风格的红砖尖顶房屋，开设众多的小型服装、面包等商店，号称“小维也纳”。

舟山路是一条很普通的马路，它悄无声息地挤在几条大马路中间，很难引起人们的关注。这里没有中国文化名人的故居，也没有历史辉煌的建筑，然而，这却是一条名满天下的路。“二战”时期，这里是上海犹太难民居住地之一，在那段严酷的岁月里，舟山路庇护了这些无家可归的难民，小小的不起眼的舟山路也如同辛德勒、瓦伦堡、杉原千亩等一样，成了“拯救”、“避难地”的代名词。随着第二次世界大战的结束，许多犹太难民依依不舍地告别他们曾经的邻居，告别上海这座曾经庇护过他们的城市，踏上了归程。虽然世易时移，但舟山路上至今仍保留着大量犹太难民当年的生活痕迹，成为他们和后人寻根追忆的宝贵载体。

不长的舟山路北边一端是有着80多年历史的舟山菜场，抗战期间曾有一批犹太人进入这个2层钢筋混凝土的菜市场设罐头食品、面包等摊位。而在另一端，与霍山路、长阳路交会的这一段，曾被称作“小维也纳”。光线在这里调暗，眼前大片巴洛克风格毗连的建筑群，把岁月压成了照片。当年，这一段舟山路是犹太难民隔离区中最繁华的街道，建筑都是红色外墙，狭窄的拱门，高耸的屋顶，数栋建筑连为一体，类似于现代的联体别墅。只是今天的舟山路已是一片市井气息，烟尘满面的华美外廊通往暗黑门洞，油烟熏黑了楼梯的雕花扶手，巴洛克式扇形大窗的窗台上摆放着几盆盛开着的花，红黄粉紫的，衬托得这些老建筑生气盎然起来。曾经的不凡就深藏在这一幢幢积满岁月沧桑的老房子里。

张开双臂拥抱“惊弓之鸟”

一切源自那个恐怖的水晶之夜。

水晶之夜，单从语义上看不乏美丽而浪漫，不难想象，水晶璀璨的光华在夜色下会焕发出怎样迷人的魅力！然而，在犹太人的心目中那却是恐怖的代名词，只要一想起来就会不寒而栗，因为那是他们民族噩梦的开始。

20世纪20年代，大多数德国犹太人已经完全融入到德国社会中。但在1933年1月30日阿道夫·希特勒上台后，犹太人的灾难便开始了。希特勒把犹太人看作是世界的敌人，一切邪恶事物的根源，一切灾祸的种子，任何民族生活秩序的破坏者。纳粹德国最初的反犹措施是对犹太人进行限制，禁止德国人去犹太商店买东西，禁止犹太人从事公务员、医生、司法等工作，禁止犹太人出入浴室、音乐厅和艺术展览馆等公共场所。1938年11月9日至10日凌晨，在纳粹的怂恿和操纵下，德国各地的希特勒青年团、盖世太保和党卫军化装成平民走上街头，他们挥舞棍棒，对犹太人的住宅、商店、教堂进行疯狂打、砸、抢、烧。这一夜给犹太人造成了巨大的灾难，许多犹太人的窗户被打破，破碎的玻璃在月光的照射下犹如水晶般发光。所以，有德国人讽刺地称之为“水晶之夜”。“水晶之夜”事件标志着纳粹对犹太人有组织屠杀的开始。此后，纳粹开始全面实施这项庞大的杀人计划，他们把犹太人关在集中营服苦役，灭绝人性地在犹太人身上进行化学武器试验，数以百万计的无辜犹太人被关进毒气室，活活窒息而死。在这种骇人听闻的杀戮下，犹太人的尸体可以堆起一座阿尔卑斯山。幸存下来的犹太难民犹如惊弓之鸟般哀号着四处逃散，满世界寻找着可以安放他们伤痕累累身躯的栖身之地。

舟山路上的建筑

1937—1941年，德国、奥地利、捷克斯洛伐克、匈牙利、立陶宛、爱沙尼亚的大批犹太难民先后从西伯利亚辗转逃到日本神户，因日本政府不允许有一个犹太难民留在日本；想去美国、加拿大的犹太难民来到上海，对于那些可怜的犹太人来说，上海犹如茫茫大漠中一眼救命的甘泉。这些摩西的后裔们匆匆扔掉了世居的土地和房子，手提着薄薄的行李箱，生命的威胁逼迫他们挤上了拥挤的轮船，经历了难以想象的艰辛，风尘仆仆地穿越了半个地球，在太平洋上航行了一个月后登上了中国上海的埠头。身无分文的犹太难民对这个完全陌生的东方都市有些惶恐，在刚下船的眩晕中，他们惊恐的目光瞠视着这些黄面孔黑头发的异族人，说不清是庆幸还是恐惧，因为他们完全无法预测自己面临的将是什么。此时，东海的海水徐徐分开了，上海的双臂圣母般打开了。这个遥远的东方大都市成了犹太人在全世界的最后一个庇护所，唯一一个愿意接收犹太人入境的城市。上海，犹如漫漫长夜中的一盏明灯，瞬间照亮了他们的心灵。

天性善良的上海市民以好客热情的态度收留了这些离乡背井的犹太人，这些远涉重洋、历经千难万险的犹太人在上海舟山路一带终于可以把他们已经太过疲惫的身躯和漂泊已久的灵魂安放下来，在异国他乡找到了栖身之地。舟山路一带成了犹太难民最安全的避风港。这里没有杀戮和仇恨，没有耻辱和恐惧，有的是宽容和理解，是慷慨的给予和最温暖的呵护。比起千万惶惶的犹太同胞们，他们觉得自己真是太幸运了。犹太学者克兰茨勒说："上海这个名字，对千千万万个犹太人来说，已经成为一种护身符。他们可凭此将一生中的厄梦，改变成得救的开门咒，而有希望逃脱纳粹的恐怖统治。"根据统计，仅1937年间就已有6000多犹太人陆续抵沪，1938年到1941年，上海先后接纳了欧洲涌入的犹太难民2.5万余人，是当时加拿大、澳大利亚、印度、南非和新西兰接收的犹太难民人数的总和。

这段交往的历史，生动地显示了上海这座城市海纳百川的包容性格。时过境迁，许多生动鲜活的细节不可避免地散落在记忆的尘埃中，但残留的建筑和街区依旧可以让我们走进那个特殊的年代。

犹太难民乡愁的安放之地

生活拮据的犹太难民在上海拥挤的弄堂里与中国人比邻而居，生活虽然窘迫，却感受到了从未有过的亲切和自由。对于在这个陌生的东方城市里安居下来的犹太人来说，上海的生活是个新的开始，他们在这里找到了劫后重生的希望。在“美犹联合救济委员会”的支持下，上海一些上层人士和美、英、加、澳等国反战人士一起，专门成立了“救援欧洲犹太难民委员会”，出面在提篮桥地区买下一些房子给难民居住，又拨出地块，让犹太人自行建造居室。一些居住在这一带的上海人，还腾出自己有限的房间来安置犹太难民，并把自己的生活用具借给他们使用；有些上海市民主动四处奔走，帮助犹太人寻找临时工作；连当地的几所小学，也破例接收犹太难民儿童进学校读书，有的还为此专门聘请了犹太籍教职员工。尽管世事艰难，但生活仍将继续。稍事安定下来的犹太难民为了生存下去，先是出售自己的旧衣服和什物，他们把带来的珠宝和晚礼服送进当铺，接着便四处寻找工作。他们到饭店和食堂去打工，推着小车给人磨剪刀、修理自行车、卖肥皂，做各种各样的小生意，摆地摊、卖皮鞋和牙刷牙膏，有的帮人家修皮鞋、擦皮鞋，还学习各种手艺，干起了泥水匠和餐厅钢琴手。很快，竟也把小小的舟山路，闹腾得风生水起，热热闹闹。犹太人哪个不是一身本事？他们被称作全世界最聪明的一族，也许是因为他们早就绝望地看清了自己寄居者的身份，时刻准备着以各种新的姿态求生。

舟山路及其周围被当时居住在此的一些犹太人称为他们的“上海方舟”。这些前律师、前教授、前维也纳乐团首席提琴手们，来到上海后，犹太民族“适者生存”的优点显露无疑。他们迅速习惯了新的寄居生活，并以一种乐观的情绪融合进了异国的陌生环境中。他们和上海居民比邻而居，相濡以沫。那时，舟山路上的每一幢楼里往往要挤五六个犹太家庭，常常是一家老小济济一堂。他们烧饭用煤球炉，想洗澡得去街角的老虎灶买水。生活虽然清苦，但他们依靠自己的力量顽强地生存了下来。犹太难民们学会了给人剃头、送报纸和打家具，学会了生煤球炉，倒马桶，去老虎灶泡开水，用怪腔怪调的上海话与他的邻居们讨价还价。他们中还出现了卖面包、卖香烟、卖报纸、卖饮料甚至送煤球等小商小贩。安居下来的犹太难民们在这里结婚、生子、居丧、祈祷，生活得艰苦而充实。舟山路上的尖尖屋顶不但有美丽外表，更昭示出了盎然的生命力。

在霍山路、长阳路中间的舟山路西侧是犹太人集中生活的区域。1932年“一·二八”事变后，舟山路曾经被日本侵略军轰炸过。犹太难民在这里安定下来后重新修建了被炸毁的楼房，这里的街道和房子被奥地利犹太建筑师们改造成了欧洲风格，他们把原先的2层楼翻成了3层楼，现舟山路临街一排相连的建筑都是一模一样的红砖砌成的安妮女王时代风格的建筑，这种建筑主要以窗上的圆形拱券，带有装饰的圆柱和大而丰富的砖砌装饰为特征。它在19世纪末流行于世界各地，现在它们被带到了遥远的东方土地上。仅仅两年半的时间，这里的街道便改头换面，中国人街道的特点几乎消失殆尽，看起来更像是维也纳的小巷。这些漂泊惊惶的人们在这里暂时安定下来，他们把自己居住的舟山路戏称为“小维也纳”，以安放他们浓浓的乡愁。

数万犹太难民中，颇多律师、医生、艺术家、工程师、商人、面包师、屠宰师、缝纫工、点心师等专业人才，在熟悉了周围的环境后，他们开始重操祖传的商业，小维也纳以舟山路为核心，毫无过渡地便开出一片欧式的简易杂货店、药房、面包房、水电铺、理发店、缝纫店、鞋店、帽店、眼镜店、餐厅等。如舟山路30号是杂货铺，32号是野味店，34号是修钟表的店，44号是卖文具的店，46号是帽子店，48号是箱包店，50号是寄卖店，56号是皮鞋店，72号是铝制品店，60号原先是药店，后来开了家洗衣店，甚至还开设了一家牛奶房。舟山路霍山路路口的维也纳鞋店是奥地利难民在这里集资创办的，墙上的幌子上写着“维也纳的鞋”，还画着20世纪初的欧洲鞋子。鞋店当年紧跟欧洲时尚，制作出了上海最时髦的女式皮鞋。由于面包是犹太人的主食，犹太区域内开设的面包房特别多，舟山路上维也纳式带萨尼花园的咖啡馆也应运而生，有家咖啡馆就叫作“维也纳咖啡馆”，楼上则是一个犹太牙医的诊所。当年，短短两三百米的舟山路沿街两旁开设了许多商店，摆满了各种摊铺，整天人头攒动，熙来攘往，显得异常的热闹繁荣。这些商业店铺还在报纸上大登广告，以招徕顾客，如舟山路8号的无线电修理行、舟山路

43号的帽子店、舟山路32—34号的玩具店等。犹太民族还是一个崇尚文化和智慧的民族，安居下来后，他们在这里建立了自己的社区、学校、医院和教堂。舟山路上一排红房子的43号，原先底楼是基督教堂，大约有100平方米左右；二楼住着一位50多岁，名叫克林斯基的犹太单身汉，三楼住着中国牧师郑仁全，这是当时教会配给他们的。“二次”大战结束后，克林斯基回到了以色列。

在避难的艰苦岁月里，犹太难民的居住条件是粗陋的，日常生活是窘迫的，但物质的匮乏压迫不了他们艺术的灵性。这些落魄的犹太人固执地保持了他们最本质的热情，并以超人的顽强苦心经营着艺术，尽一切可能把欧洲的生活痕迹带到了这个东方的城市。他们建立了一个犹太人剧团，演出的剧目包括萧伯纳、斯特林堡、莫尔纳、霍夫曼斯塔尔等著名剧作家的剧作。犹太难民中有非常多的音乐专业人士，仅指挥家就有15人，演奏家则有200多人。那时，舟山路上的剧场定期举行犹太族音乐家演奏的音乐会，而维也纳约翰·斯特劳斯剧院的男高音科瓦茨在这里开设的“香肠男高音饭店”是当时最具欧洲风情的犹太人聚会地点。上海的犹太报纸《上海先驱》曾这样介绍：“上海的中欧犹太移民中，没有一个职业群体像这些艺术家，尤其是音乐家群体那样完全靠自己谋生。他们在流亡中也不让自己丰富的文化遗产丢失，几乎从无到有地建立起一种音乐生活。”当这些犹太难民在欧洲的家园已成为一片焦土，音乐之城维也纳的“音乐之声”却自由地飘荡在这块中国的土地上，这些流亡上海的犹太音乐家给上海西乐带来的滋养，到现在我们还在受用。这些犹太人还创办了自己的广播电台。1939年5月2日，难民们的XMHA电台开播，播出节目包括古典音乐、爵士音乐、医疗讲座以及为东欧难民准备的意第绪语讲演、新闻等。他们还每天出版《上海犹太记事报》，甚至建立了自己的公共图书馆。从1939年底至1941年底珍珠港事件发生，在选物购货的掩护下，这里还悄悄流传着犹太难民用德文、俄文、英文、波兰文、意第绪文以及中文出版的公开和不公开的《犹太日报》、《八点钟晚报》、《黄报》、《上海先驱》、《我们的生活》、《犹太之声》、《流浪的犹太人》等几十种报刊，传播着外出人员带来的消息，并散发着塔斯社的油印传单。

在犹太人的经营下，舟山路的繁华确实令人惊奇。当年，这一带不仅商业发达，舞厅、酒吧也鳞次栉比，街道两边霓虹灯林立，入夜，灯火璀璨，在五颜六色的霓虹灯闪烁下，舟山路上的咖啡店里传出悠扬的四重唱歌声以及小乐队的伴奏，成了隔离区内最热闹的商业和文化娱乐中心。这里犹太人开设的咖啡店和小吃铺很多，那些犹太人都喜欢去喝杯咖啡、聊聊天以消磨时光。据说二次大战结束的胜利消息也是最先从这里传开的。虽说现在这些都已不见踪影，但那份小维也纳的气氛却是流传至今。到这里闲逛的人，一定会感觉得出来。

布鲁门塞尔的少时蜗居

犹太人在舟山路上有了自己的家，尽管流离但不失所，他们在这里生儿育女，生活丰富而又热闹。

舟山路59号11室，是个不足10平方米的小房子，名副其实的蜗居，但它的名气却很大，因为美国前总统卡特政府的财政部长布鲁门塞尔曾经是这里的住户。从59号门口进去，穿过一个幽暗潮湿的长廊，从一个狭窄的楼梯到达二楼，一个只有9平方米的房间就是布鲁门塞尔13岁时随全家从柏林逃到上海后居住的地方，他在这里度过了整个青少年时代。正如他在《自述》中所写："一个少不更事的孩子，和父母一起经历了不堪诉说的仓皇出逃，流浪颠沛，直到上海才初次享受到童年的快乐，并在那里接受了启蒙教育。"当时谁会想到，那个曾在这个陋室内居住的犹太男孩，后来居然成为了世界上最富裕国家的掌财人呢？

二次大战结束后，布鲁门塞尔移居美国，后出任卡特总统任内的财政部长。他曾经有两句话常对人说，一句是"我在上海学会了把一分钱掰成两半花的本事"，另一句是"在犹太史书里，'上海'一词将永远有一席之地"。1997年，德国政府又邀请已退出政界的布鲁门塞尔出任柏林犹太博物馆馆长。2003年7月，在他一手操持下，博物馆的拉费尔—罗特学习中心，向全世界观众正式开放了一个名为《逃亡犹太人在上海》的长期展览。通过数百张珍贵的历史照片和录像、录音、地图及文字说明，生动地展示了犹太人逃亡

59
舟山路
舟山路59号
59 Zhoushan Road
建于1910年，上海近代时期外廊式建筑风格。二战时期，包括曾担任美国卡特政府财政部部长的M·布鲁门撒尔在内的一批犹太难民居住于此。
Built in 1910, the house is deemed veranda-style architecture typical in modern times Shanghai. During the World War II, a number of Jewish refugees lived in this house, among whom is Michael Blumenthal, the U.S. Secretary. of the Treasury of Carter Government.

舟山路59号

布鲁门塞尔旧居

到上海前的艰难、绝望的困境，以及逃到上海后在善良的中国人的帮助下，对生活产生了希望的生动场景。

布鲁门塞尔一共来过舟山路59号6次。他对这里很熟悉，每次都是自己摸着黑走进去。他还曾带着夫人以及子女一起来过，说是要让子女们看看自己以前在上海居住的地方。最早来的时候是1969年，当时他还不是财政部长，是以美国篮球队领队的身份来的。当布鲁门塞尔看到当年小屋门墙依旧，心底最柔软的那根弦被触动，回想起当年一家四口住在不到10平方米小屋里的苦难生活，不禁泪流满面。如今，这间屋子窗台边的一个旧灶台还是当年布鲁门塞尔使用过的旧物。布鲁门塞尔曾表示如果要建博物馆，一定要把这个灶台放进去，因为它见证了一段历史，也见证了一段中犹人民的友谊。数年前，在这间小屋里，我看到过住在那里的一对质朴的老夫妻，他们犹如民间的外交使者，每天把10平方米的小屋收拾得干净整洁，热情地接待着每一位来访者。为了使空间宽敞一点，他们特地搭了个阁楼，把自己的卧室设在了阁楼上。

70多年来，无数早已散居在各国、曾经在舟山路一带生活过的犹太人重访上海，来到这里寻找自己当年的生活踪迹。不久前，德国社会活动家索尼亚·缪伯格女士曾带着自己儿时玩过的橡皮筋、幼儿园的毕业证书来到自己居住过的舟山路怀旧。1939年，索尼亚的父母逃难来到上海，并在上海生下了她。重返悠长记忆中的第二故乡，她充满感情地说："那是一段艰难的生活，但是，上海人民的勇气和友好让我终身难忘。"索尼亚还向以前的老街坊展示了自己全家在舟山路上拍的照片，并唱了一首儿时在舟山路上跳橡皮筋时经常唱的儿歌。1998年，上海艺术家陈逸飞曾拍摄了一部记录犹太人在上海足迹的影片《逃亡上海》，为此，他去了世界的许多地方，采访过的犹太人数以千计。这部史诗般的纪录片以一首犹太母亲唱的童谣开头，以贝多芬《第九交响曲》结束。当维也纳交响乐团首席小提琴家汉斯·格林伯格见到自己昔日在上海舟山路上的旧居，那幢公寓楼竟能如此完整地保留下来，倍感意外，激动得抽泣不已。

摩西会堂和白马咖啡馆

当年，苦难的犹太人虽然失去了祖国，却依旧执著地坚守着自己的宗教传统，这是他们在艰苦环境里依旧顽强生存的精神支柱。坐落在舟山路长阳路路口的摩西会堂是至今保存较为完整的一所犹太人教堂。摩西是犹太人信奉的民族英雄，在《圣经·旧约全书》中详细记载了摩西接受圣神耶和华之命，率领受苦受难的犹太人走出埃及，到美好宽阔，长满葡萄，流着奶和蜜的迦南地区的经过。为了纪念这位民族英雄，犹太人就把祈祷的圣殿命名为"摩西会堂"。静静地矗立在舟山路长阳路路口的摩西会堂又称"华德路会堂"，是俄罗斯犹太人于1927年集资兴建的一所正统的供俄罗斯和德国犹太人使用的会堂。"二战"期间，这里是犹太难民主要宗教活动中心，是他们礼拜、结婚和受洗的地方，里面曾聚集了无数逃难来的犹太难民，他们在这里为自己的悲惨遭遇痛哭祈祷。犹太青年组织也曾将其总部设在摩西会堂内。

摩西会堂是一幢3层的房子，红砖斜尖顶，白色的窗棂上有蓝色的拱纹，罩着窗顶，然后又向两头延开去，点缀成红墙上的条条蓝纹。建筑平面呈凸字形，与周围一些辅助的建筑围合成前院、后院、侧天井。底层平面有两个主入口，设于凸字形阴角的两侧边上，面向前院。主楼为3层欧式花园住宅，建筑的顶部为四坡顶，用红色平瓦铺盖屋面，出檐很小，与下腰檐相当。黑底色镶嵌红条纹的青红砖外墙，和周围的民居十分协调。每一层楼面处均砌筑一圈砖叠腰，与两檐间粗细相同的同色砖带形成有韵律的水平装饰主题。建筑的门套和窗套、窗台均置有风格基本统一但又各具特点的弧线，如通往楼梯间大门的门顶部是半圆外又增多了一圈由几段正弧、反弧、直线组成的线角，颇具特色，这是正宗的犹太建筑细部。深色木门上方镶着显眼的犹太标志"大卫星"图案，大门外左侧墙上镶嵌着一块铜牌，刻有犹太教的标志物"大卫星"，铜牌上书写着"摩西会堂旧址"。

走进会堂镂花的大铁门，里面是一个院子，穿过巴洛克风格的石拱门廊，就是典型的犹太会堂。庄严的大厅中间是一排排长长的座椅，西面靠墙是诵经坛。犹太教没有偶像崇拜，《圣经·旧约》的摩西"十戒"里也明确有这一条，因此，诵经坛上只有一个暗红色的曾配有“塔木德”经书的约柜，那个约柜是朝向耶路撒冷的，当年那些穿着黑衣黑袍的大胡子拉比就在此宣讲教义。边上有一张小边桌，桌上放的是最朴实的留言本，边桌的下半部分做成了捐款箱。一楼马赛克地面的拼花还是往昔模样，只是被岁月打磨得暗淡了许多。沿着左边狭窄的木头楼梯拾级而上，便是与大厅相通的二楼。木楼梯的油漆是老式的暗红色，其望柱和楼梯侧面的三角形部分木雕做工细致、精美，在楼段转折处有一倒葱头状装饰，反映了俄籍犹裔居室中的犹太建筑风格。二楼的西面半间做了挑空，可以俯瞰到一楼的约柜。这是专为犹太女士们准备的，为的是同正厅里的男同胞们保持距离。另外半边陈列着当时犹太人的生活用品，欧式的玻璃柜里摆放着当年犹太人的证件等小物品，红木圆桌上摆的是石英收音机，两张明清太师椅边上是脚踏式的缝纫机，蓝色的煤油炉和水壶旁边是青花瓷盆、犹太人的信物“烛台”等。它们都是当年的犹太难民离开上海后或遗留或捐赠给教堂的。这些东西经年未用，看上去好像已经安然地睡着了。墙上挂着反映当年犹太难民在虹口犹太隔离区生活的珍贵历史图片，这些图片是当年犹太难民遭受德国法西斯、日本帝国主义残酷迫害的历史见证。三楼更像是一个会议室，12把椅子围着一张长桌。据说犹太人有12个支派，每次开会各个支派推选出一个代表，正好坐满一桌。当年，这里曾辟做难民子弟的小教室，犹太难民的婚礼也在此举行。现在里面陈列着各国名人参观的纪念照片以及一些有象征意义的工艺品等。再往上有一个大约11平方米的阁楼，据说当年里面住着一个五口之家：3个犹太小男孩，每天用煤球炉做饭的母亲以及在摩西会堂做杂役的父亲。在二楼和三楼外还设置有贯通的大露台。

在摩西会堂里镌刻着这样一句话：“打开窗，外面就是犹太人的世界。”的确，60余年前，推开摩西会堂的后窗，舟山路上都是犹太人的住所。这个当年犹太难民聚居祈祷的场所如今已成了犹太难民在上海的纪念馆，成了犹太人和他们后裔寻找回忆、学习历史的地方。

2015年8月27日，与摩西会堂一路之隔的舟山路和长阳路交界处，一座修旧如故的“安妮女王式”3层小楼撩开了神秘面纱，这就是按照已经消逝的犹太难民区中颇为知名的“白马咖啡馆”原样复建的。犹太难民后裔莎拉·伊麦斯捐赠的“风雨同舟”纪念雕塑伫立在复建后的白马咖啡馆前，雕塑呈现了一位身穿旗袍的中国母亲为怀抱玩具熊的小女孩撑起雨伞遮挡风雨的情景。这座雕塑形象地展现了犹太人民的感恩和上海人民的大爱与包容。

关于白马咖啡馆流传着一个美丽的故事。

1938年“水晶之夜”事件爆发后，德奥等国的犹太人纷纷逃难。一位名为鲁道夫·莫斯伯格的犹太难民带着太太和女儿赫塔于当年逃往上海，次年儿子科特也出发前往上海和家人团聚。1939年底，好友阿尔弗雷德·拉塞克寄来6000美元。靠着这笔巨款，他们盘下了长阳路临潼路路口的一座3层带阁楼的欧洲风格小洋楼，开起了咖啡馆。这家咖啡馆有一个浪漫的名字——“白马咖啡馆”。不过，这并非原创，因为在维也纳就有一家白马咖啡馆。这家咖啡馆的老板爱上了女招待，后来就有剧作家以这段真实浪漫的故事为蓝本编写了歌剧《白马咖啡馆》，上演后，深受欢迎，白马咖啡馆也因此声名远扬。鲁道夫决定自家新开的店就叫这个名字，并按典型的维也纳风格设计、装修。咖啡馆外立面为白色，底楼面向马路的部分有一片空地，咖啡馆一半在室内，一半在室外。咖啡馆前架置起了鲜花、雕塑和油画。莫斯伯格聘请点心、面包制作和调酒高手，使这家咖啡馆兼具了餐厅、酒吧和夜间俱乐部的功能。在上海开咖啡馆，对于鲁道夫一家来说，不仅为了在战火中有个营生,也是为了追忆和平、美好的战前生活。而这个精心复制的酷似原版的白马咖啡馆很快就成了当时犹太人聚居区的生活地标之一，难民们选择在这里小憩、聊天。对比在维也纳时遭到纳粹的追捕和迫害，这里对他们来说就像“天堂”一样，因为在这里他们不但不用担惊受怕，还能坐下来安安静静地喝上一杯咖啡。在战火漫天的阴云下，咖啡馆给了他们难得的放松，抚慰着他们伤痕累累的灵魂。上海的白马咖啡馆成了“上海犹太人”的精神家园。

咖啡馆开起来后，鲁道夫的太太罗莎当大厨，女儿赫塔和一些亲友当招待。咖啡馆每天从中午开始营业，卖午餐、咖啡，卖威士忌，一直要到午夜或等最后一位客人离开才关门。当年在白马咖啡馆驻唱的女歌手劳舍妮克战后成了瑞士演员，当年，她喜欢为犹太富商维克多·沙逊献唱。另一个犹太

白马咖啡馆

富商嘉道理家族也是白马咖啡馆的老主顾。“二战”之后，鲁道夫一家把咖啡店转让后，便远迁大洋波岸。临行前，这位老人还和自己的妻子、儿子、媳妇以及经常来的客人，在店里拍摄了一张“全家福”，以记录往日颠沛流离的生活以及对未来的向往。2009年，配合长阳路动迁，白马咖啡馆所在的小楼被拆除。

2015年，白马咖啡馆在舟山路长阳路路口复建。复建后的白马咖啡馆内部装饰根据店主在澳大利亚的后人提供的照片依原样设计，还部分采用了拆除时被保存下来的门窗、柱子和楼梯扶手。大门入口、露台咖啡座、室内的窗户、吧台、壁炉、桌椅、吊灯、窗帘款式等完全按照白马咖啡馆当时的场景布置，朴素的碎花窗帘、心形镂空的靠背椅等富有欧陆风格的陈设，在70年后重新呈现在人们面前。市民游客可以入座小憩，点上一杯香浓的咖啡，感受一下当年犹太人在上海的生活场景，还能追忆“小维也纳”昔日的岁月留痕。白马咖啡馆开张那天，创办者的后裔罗恩·克林格尔站在重新开张的咖啡馆门前，欢迎着一批批来客，一如70年前他的外祖父、白马咖啡馆创办者鲁道夫·莫斯伯格。

说起来，这个犹太人家庭与上海的缘分颇深。罗恩是白马咖啡馆原店主家族的第三代。1940年，在白马咖啡馆当服务生的赫塔在店里工作时结识了前来店内就餐、同为难民的赫尔曼·克林格尔，两人相恋、结婚、生子，生下了罗恩。一个犹太人家族在上海得到了延续，直到1949年前往悉尼。巧的是，多年后，罗恩的儿子又娶了一位中国姑娘为妻。作为家族代表，罗恩说：“我的母亲总是说，在上海避难时，我们犹太人没有受到威胁，没有受到任何不友善的对待。我们的家族是幸运的，我们的故事有一个愉快的结局。”这家充满传奇色彩的咖啡馆曾见证了“二战”期间犹太难民的上海岁月，见证了同一片屋檐之下，两国人民的艰难、坚持、友善、快乐和希望。站在复建的咖啡馆门前，店主后人罗恩无比感慨地说道：“我感觉棒极了，就像回到了家一样。”

后 记

马路是一座城市的记忆，在上海人的心里那更是一种难以割舍的情结。

我的一位闺蜜在20世纪80年代中期去了加拿大，客居异国的她虽然早已是他国公民，但对于上海依然是魂牵梦萦。她在写给我的信中说，她想上海，想小时候家门前每天都要走的马路，甚至连弄堂里的石头路都想。那些马路和弄堂是她的乡愁。那些年每次来上海，她都要到自己熟悉的马路和弄堂去走一走，看一看，虽然它们苍老了，破旧了，但在她眼里它们都写满了她的成长轨迹。抚摸着家门口的墙壁，她一次次泪流满面。后来，她家所在的那条马路拓宽了，弄堂也消失了。她回国后再也找不到从小生长的地方，从此她的乡愁没有了去处。她伤感地说，自己的灵魂找不到回家的路了。我虽然一直生活在上海，但儿时的老房子也早已不在了。记得小时候家里的石库门弄堂前是一条很热闹的马路，弄堂口还有一口井，离开很长时间了，我还经常梦见那个老房子，甚至在梦中欣喜地搬回了那里，还像小时候那样端着钢精锅去弄堂门口的面馆里买菜汤面。梦里的老屋温馨依旧，我在梦中想，我总算又回来了，从此再也不会离开这里了。可是，梦毕竟是梦。离开了就再也回不去了。

也就是从那个时候起我萌生了为自己以及同我一样有着上海马路情结的人留存一份关于这个城市记忆的念头。于是，十年前就有了我的第一本写上海的书：《上海的马路》。从那时开始，写上海就成了我的写作主题，并且一发而不可收，10余年来写了将近10本关于上海的书。《上海的马路》合同到期后，接连有一些出版社的编辑来找我，想要我在原书的基础上再加入一些内容，重写一本《上海的马路》，可是，我始终没有心动。我不知道自己是不是在等待着什么。2015年春节，东方出版中心的戴欣倍编辑来找我，她是

《上海的马路》一书的责任编辑（当时她在上海画报出版社工作）。戴编辑的敬业精神始终给我留下了深刻的印象。之后，戴编辑又以其敏锐而犀利的洞察力策划了《上海：精神的行走》书系，我依旧成为她的忠实作者。这套书推出后得到广大读者和专家的一致好评，一年后就重印了。因此，当戴编辑提出想请我写关于上海64条永不拓宽的马路时，我几乎没有考虑就欣然应允了。令我心仪的是这个选题没有重复10年前的《上海的马路》一书，它还悄然促动了我心底潜伏已久的愿望，并为我关于上海题材的写作找到了一个新的突破口。这大概就是所谓的缘分吧！

由于受篇幅限制，我把这64条永不拓宽的马路分为3本来写，本书为其中之一。对于这3本书的顺利出版，我要特别感谢东方出版中心领导李智平先生、郑纳新先生和王祖光先生的出谋划策与鼎力支持；感谢责编戴欣倍女士一如既往的敬业和充满知性的理解，她细致的提醒和不断的鞭策使我不敢有丝毫懈怠；感谢摄影师徐坚一、朱克家、寇善勤先生提供的精彩照片，我深知他们拍摄这些照片的甘苦；也感谢为这套书的精美呈现付出辛劳的书籍设计师陶雪华女士。

城市的文化基因和历史信息以种种隐秘的方式赋予个人记忆，成为每个人一生的精神财富。无论你是上海人、新上海人抑或是来上海旅行的游客，希望通过阅读，使你们的思绪能跟随我移向上海这些永不拓宽的马路，移向一条条弄堂，移向马路上的老建筑，使这些建筑变成活生生的场景，走进我们的视线，走进城市的记忆。

惜珍

2016年1月

图书在版编目（CIP）数据

永不拓宽的上海马路．一 / 惜珍著．—上海：东方出版中心，2016.7（2023.6 重印）
ISBN 978-7-5473-0965-0

Ⅰ．①永… Ⅱ．①惜… Ⅲ．①随笔－作品集－中国－当代 Ⅳ．①I267.1

中国版本图书馆CIP数据核字(2016)第101961号

永不拓宽的上海马路（一）

惜珍 著 徐坚一 摄

总 策 划 李智平
策划/责编 戴欣倍
书籍设计 陶雪华
责任印制 周 勇

出版发行：东方出版中心
地　　址：上海市仙霞路345号
电　　话：021—62417400
邮政编码：200336
经　　销：全国新华书店
印　　刷 上海丽佳制版印刷有限公司
开　　本：890×1240毫米 1/32
字　　数：318千
印　　张：10.75
版　　次：2016年7月第1版 2023年6月第5次印刷
ISBN 978-7-5473-0965-0
定　　价：48.00元
